KB021965

죽음의 신

죽음의 신

God Player

로빈 쿡 지음
문용수 옮김

오늘

언제나 변함없는 동료이며 가장 좋은 지지자인

바바라와 플러피에게

| 로빈 쿡의 작품들

OUTBREAK

MINDBEND

COMA

MARKER

CRISIS

THE YEAR OF THE INTERN

ABDUCTION

GODPLAYER

VECTOR

ACCEPTABLE RISK

BRAIN

INVASION

CONTAGION

HARMFUL INTENT

신이란 뜻에는 어떤 사람도 신이 될 수 없고,
어떤 사람도 전지전능할 수 없다는 의미가 포함되어 있다. 따라서
신의 존재는 사람의 자기 우상화에 분명한 한계를 설정한다.

_E. 프롬

차례

프롤로그

브루스 윌킨슨은 갑자기 깊은 잠에서 깨어났다. 마치 악몽을 꾸고 난 아이처럼 무서운 생각이 엄습했다. 왜 잠에서 깨어났는지는 모르지만 무슨 소리나 움직임이 있었던 것 같았다. 그는 똑바로 일어나 앉아서 가만히 숨을 죽인 채 귀를 기울였다.

처음에는 자신이 어디에 있는지조차 알 수가 없었으나, 이윽고 한정된 시야에서 기억이 되살아나자 자신은 지금 보스턴 메모리얼 병원, 정확하게 말하면 그 병원의 1832호실에 있다는 것을 알았다. 그는 장소를 알게 되자 동시에 지금은 한밤중이라는 것도 알아차렸다. 병원은 완전히 정적에 잠겨 있었다.

심장의 바이패스(cardiac bypass surgery : 심혈관 우회술, 심장실에 혈액을 공급하는 관상동맥이 막혔을 때 그 부분을 우회시키는 혈관수술) 수술을 받기 위해 브루스는 일주일 전부터 이곳에 입원해 있었다. 그는 한 달 전에도 아래층 병실에 3주 동안이나 입원한 적이 있었다. 그때 갑작스런 심장발작은 치료를 받고 회복되었으나 그 바람에 브루스는 병원의 일과에 완전히 익숙해져 있었다.

간호사가 복도를 밀고 오는 드레싱카의 삐걱거리는 소리, 멀리서 구급차가 도착하는 소리, 의사의 이름을 부르는 원내방송 소리까지도 왠지 마음을 편안하게 해주는 것 같았다. 그는 실제로 그런 귀에 익은 소리를 듣기만 해도, 시계를 보지 않고도 몇 시쯤 되었는지 알아맞힐 수 있게 되었다. 그리고 그 소리들은 위급할 때 구원의 손길이 바로 옆에 있다는 것을 말해 주었다.

브루스는 전에 다발성 경화증에 걸렸을 때도 자신의 건강에 대해서는 별로 걱정을 하지 않았었다. 5년 전 의사로부터 진단받은 시력장애 문제도 해결되었기 때문에 의사나 병원은 으레 협박만 일삼는다고 생각하고 의식적으로 병명에 대해서는 잊으려고 노력해 왔다. 그런데 갑자기 심장발작이 일어나서 입원과 동시에 큰 수술을 받게 된 것이다.

주치의들은 이 발작과 다발성 경화증은 아무런 관계가 없다고 했으나 그들의 그런 말도 의기소침해진 그에게는 아무런 위안도 되지 못했다.

브루스는 한밤중에 잠에서 깨어났으나 여느 때처럼 기운을 돋워주는 소리는 아무것도 들리지 않고, 병원이 희망은커녕 도리어 공포를 느끼게 하는 기분 나쁘고 쓸쓸한 장소가 된 것 같은 느낌이 들었다. 그는 그 정적이 매우 위협적이어서 왜 갑자기 잠에서 깨어났는지도 모른 채 느닷없이 엄습해 오는 공포감에 몸을 떨었다.

차츰 시간이 지나자 그는 5일 전 수술 전 처치(premedication : 마취를 하기 전에 투여하는 약재로 기관 마취 시 분비물을 줄임. 침이 잘 나오지 않아 갈증을 느끼게 됨) 때와 같은 갈증을 느꼈다. 그는 여전히 조심스러운 짐승처럼 가만히 드러누운 채 이 갈증은 공포 때문이라고 생각했다. 그는 예측할 수 없는 사태에 대비해서 신경을 곤두세웠다.

불빛은 침대 뒤의 마루와 같은 높이에 달려있는 작은 야간 등뿐이어서 침대에 반듯이 누워 있는 그에게는 실내가 잘 보이지 않았다. 천장과 벽의 이음매가 희미하게 보일 뿐이었는데, 거기에 자신의 링거 주사의 받침대와 링거병과 호스의 그림자가 확대되어 비치고 있었다. 병은 약간 흔들리고 있는 듯이 보였다.

브루스는 어떻게든 공포감을 떨치려고 이런저런 생각을 하기 시작했다. 그때 한 가지 큰 의문이 들었다. 난 정말 괜찮은 것일까? 몸에 대한 자신감도 심장발작을 일으킨 후에는 완전히 잃고 말았기 때문에 갑자기 어떤 결정적인 변화가 생겨서 잠에서 깨어난 것이 아닐까 하는 생각이 들었다. 어쩌면 수술자리가 터진 것이 아닐까? 그것은 수술 직후부터 느끼던 걱정거리였다. 아니면 혈관의 바이패스가 어긋난 것은 아닐까?

브루스는 관자놀이에서 맥박이 뛰는 걸 느낄 수 있었다. 손바닥에는 식은땀이 나고 머리는 열 때문에 왠지 불쾌한 느낌이 들었지만 그는 아무 곳도 나쁜 것 같은 생각은 들지 않았다. 적어도 아무런 통증도 없었고, 더구나 최초의 심장발작 때 느꼈던 불에 덴 것 같은 압박감도 없었다.

브루스는 조심조심 숨을 들이마셔 보았다. 폐를 부풀게 하는 데는 특별한 노력이 필요한 것 같았다. 그래도 칼로 찌르는 듯한 통증은 느껴지지 않았다.

그때 목구멍 속에서 터져 나오는 가래가 섞인 기침소리가 어두컴컴한 방에 울려퍼졌다. 브루스는 새로운 공포를 느꼈으나 금방 깨달았다. 그것은 같은 방 환자인 하우프트만의 기침소리였는데, 자신이 그 때문에 잠에서 깨어난 것 같았다. 그렇게 생각하자 브루스는 약간 마음이 가벼워졌다. 이윽고 노인은 다시 기침을 시작하더니 얼마 후에는 부스럭거리며 몸을 뒤척이다가 다시 잠이 들었다.

브루스는 간호사를 불러서 하우프트만의 용태를 살펴봐달라고 해야겠다고 생각했다. 하지만 그건 하우프트만이 걱정되었기 때문이 아니라 자신이 지금 누군가와 얘기를 하고 싶어서였다. 하우프트만의 기침은 지금 시작된 것이 아니기 때문이었다.

불쾌하고 뜨거운 기운이 더해가더니 차츰 전신으로 번지기 시작했다. 브루스는 마치 가슴속에 뜨거운 핫팩을 안고 있는 것 같은 느낌이 들었다. '안'에 무슨 이상이 생긴 것이 틀림없다는 생각이 다시 고개를 들었다.

브루스는 침대 옆의 가로대에 감겨 있는 초인종을 누르기 위해 몸을 뒤채려고 했다. 그러나 눈동자는 움직일 수 있었지만 머리가 몹시 무거웠다. 그때 그는 시야의 가장자리에서 단속적으로 움직이는 빠른 움직임을 보았다. 위를 보니 움직이고 있는 것은 링거액의 급속한 흐름이었다. 링거액이 매우 빠르게 떨어지고 있었는데 야간 등의 불빛이 폭발이라도 시킬 듯이 그 액체에 반사되어 부서지고 있었다.

뭔가 이상하다! 이 링거는 만일에 대비해서 꽂아놓은 것뿐이기 때문에 그 흐름은 되도록 천천히 떨어지도록 조절되어 있다는 것을 그는 알고 있었다. 이렇게 빠를 리가 없었다. 아까 독서용 스탠드를 끄기 전에도 그는 그것을 분명히 확인했었다.

브루스는 손을 뻗어 간호사를 부르는 초인종을 누르려고 했다. 그러나 몸을 움직일 수가 없었다. 오른손이 전혀 움직여지지 않았다. 다시 해봤지만 마찬가지였다.

그의 공포는 절정에 달했다. 자신의 몸에 뭔가 무서운 일이 일어나고 있었다! 최고의 의료진에 둘러싸여 있으면서도 거기에 손이 닿지 않았다. 그는 도움이 필요했다. 지금 당장 도와줘야 하는 것이다. 그것은 아직도 덜 깬 악몽과도 같은 것이었다.

브루스는 머리를 들고 큰소리로 간호사를 불렀다. 그러나 그 가냘픈 목소리에 자신도 놀라고 말았다. 자신은 절규를 한다고 하는데 단순한 속삭임에 지나지 않았다. 그와 동시에 머리가 굉장히 무겁게 느껴져서 베개에서 머리를 조금 들고 있는데도 전신의 힘을 짜내지 않으면 안 되었다.

겨우 들릴 정도로 가냘픈 한숨을 쉰 그는 베개 위에 힘없이 머리를 떨어뜨렸다. 공포감은 더해갈 뿐이었다. 그는 다시 소리를 질러보았으나 자기 귀에 들리는 것은 쉬— 하는 힘없는 소리뿐이었다. 어디가 나쁜지는 모르지만 뭔가 점점 악화되고 있는 것 같았고, 마치 눈에 보이지 않는 납으로 만든 담요가 씌워져 무서운 힘으로 내리누르는 것 같은 느낌이 들었다. 그는 숨을 쉬려고 해봤지만 가슴이 전혀 말을 듣지 않았다. 극도의 공포감을 느끼면서 브루스는 자신이 차츰 질식해가고 있다는 것을 인정하지 않을 수가 없었다.

그때 초인종이 있다는 것이 생각나면서 그는 침대에서 필사적으로 팔을 들어 올려 중풍환자처럼 부들부들 떨면서 가슴 위로 움직여갔다. 온몸이 질척거리는 액체 속에 잠겨 있는 것 같았다.

이윽고 손가락이 침대 옆의 가로대를 더듬어갔으나 초인종은 닿지 않았다. 거기에 없었던 것이다. 그는 온 몸의 힘을 다해서 왼쪽으로 몸을 들어 올렸으나 침대의 가로대에 힘껏 부딪치고 말았다. 차가운 쇠에 얼굴이 부딪혀 오른쪽 눈이 보이지 않게 되자 더 이상 몸을 움직일 수 없었다. 그는 왼쪽 눈으로 간신히 구급용 초인종을 발견했다. 그것은 바닥에 떨어져서 뱀처럼 똬리를 틀고 있었다.

공포와 절망감이 그의 의식을 지배하는 것과 동시에 몸은 더욱 무거워져서 전혀 움직일 수 없게 되었다. 그는 자기 심장에 무슨 이변이 일어나고 있는지 몰라서 공포스러웠다. 아마도 수술한 자리가 한꺼번에 터진 것이 아닌가 하는 생각이 들었다. 그의 뇌가 생명줄인 산소를 찾아서 절규하기 시작하자 금방이라도 질식할 것 같은 느낌이 점점 강렬해지기 시작했다. 그러나 이미 전신이 마비되어 필사적으로 숨을 쉬려고 할 때마다 고통으로 끙끙댈 수밖에 없었다. 다만 감각만은 아직 예리하게 남아 있었고 사고도 애처로울 만큼 분명했다. 그는 자신이 죽어가고 있음을 깨달았다. 귀 울음이 나고 현기증과 구역질이 나기 시작하더니 이윽고 어둠이 그를 덮쳤다.

■ ■ ■

파멜라 브레켄리지는 1년이 넘도록 오후 11시부터 아침 7시까지 야간근무를 하고 있었다. 오랫동안 시간대를 바꾸지 않는 것은 매우 드문 일이었지만 그녀는 그것을 좋아했다. 자유로운 기분을 맛볼 수 있기 때문이었다. 여름에는 낮에 해수욕을 즐기다가 저녁 무렵이 되면 잠을 잤고, 겨울에는 줄곧 낮에 잠을 잤다. 7시간만 자고 나면 건강을 유지하는 데는 아무런 문제가 없었다. 그래서 그녀는 야간근무를 좋아했다. 그 시간에는 별로 고된 일이 없기 때문이었다.

주간근무를 하게 되면 엑스레이 사진이다, 심전계다, 검사다, 수술이다 해서 같은 환자를 몇 번이나 맞고 보내야 하기 때문에 간호사들은 마치 교통순경처럼 눈코 뜰 새 없이 바빴다. 그에 반해 밤에는 혼자 근무하다 보니 자신이 중요인물인 듯해서 기분이 무척 좋았다.

오늘밤에도 그녀는 사람의 기척이 없는 어두운 복도를 걸으면서 누군가 조용히 속삭이는 소리와 인공호흡기가 작동하는 소리, 그리고 자신의 발소리를 듣고 있었다. 3시 45분이었다. 근무 중인 의사나 정간호사는 아무도 보이지 않았다. 파멜라는 2명의 준간호사와 함께 일하고 있었는데, 그들은 돌발사고를 많이 처리해온 베테랑들이었다.

1832호실 앞을 지나다가 파멜라는 걸음을 멈췄다. 저녁때 교대를 하고 돌아가는 간호사가 그날 밤의 보고서에, 브루스 윌킨슨의 링거 주사는 충분히 천천히 해놓았기 때문에 D5W의 새 병은 이른 아침에 바꿔주면 된다고 써놓았던 것이 생각났기 때문이었다. 파멜라는 잠시 망설였다. 그러나 평소 규칙에 별로 까다로운 성격이 아닌 그녀는 그 일은 어차피 자신이 해야 할 일인 데다 마침 이 병실 앞에 와 있으니 온 김에 해버려야겠다고 생각했다.

어두컴컴한 병실에 들어서자 끓는 듯한 기침소리가 그녀를 맞았다. 그것은 파멜라로 하여금 자신도 기침을 해서 칵 하고 가래를 뱉어내고 싶게 하는 소리였다. 그녀는 가만히 윌킨슨의 침대로 다가갔다. 그러고는 병의 액체가 얼마 남아 있지 않을 뿐만 아니라 링거액의 떨어지는 속도가 굉장히 빠른 것을 보고 깜짝 놀랐다. D5W의 새 병은 침대의 스탠드 옆에 놓여 있었다.

그녀가 병을 교환하고 속도를 조절하는 순간, 발에 무엇인가 딱딱한 것이 밟혔다. 내려다보니 그것은 초인종이었다. 그녀는 그것을 주우려고 몸을 굽히다가 그때서야 비로소 침대의 가로대에 얼굴을 대고 있는 환자를 발견했다. 뭔가 잘못되었다!

그녀는 브루스를 가만히 바로 눕혔으나 몸에 저항이 전혀 없고 오른손을 매우 부자연스럽게 구부린 채 마치 봉제인형처럼 털썩 쓰러져 버렸다. 그녀는 얼굴을 좀 더 가까이 환자에게로 가져갔다. 환자는 숨을 쉬고 있지 않았다!

파멜라는 익숙한 솜씨로 초인종을 누르고는 침대 옆의 전등 스위치를 올리고 침대를 벽에서 떼어놓았다. 눈부신 형광등 불빛에 비친 브루스의 피부는 마치 정교한 중국 도자기처럼 짙은 회청색을 띠고 있었다. 무엇인가가 목에 걸려 질식했을지도 모른다는 생각이 들었다.

파멜라는 즉시 몸을 구부리고 왼손으로 브루스의 턱을 들고는 오른손으로는 코를 쥐고 그의 입에 강하게 숨을 불어 넣었다. 기도가 막혔을 것으로 생각했는데 그의 가슴이 아무런 저항도 없이 쉽게 부풀어 오르자 그녀는 깜짝 놀랐다. 만약 무언가를 빨아들였다 하더라도 그것이 이미 기도에 남아 있지 않을 거라는 것은 의심할 여지가 없었다.

그녀는 브루스의 손목을 잡고 맥을 짚어보았다. 아무런 반응이 없었다. 목의 맥도 잡히지 않았다. 그녀는 베개를 빼내고 손바닥으로 가슴을 눌렀다. 그리고 다시 몸을 구부리고 입으로 숨을 불어넣었다.

준간호사 두 사람이 동시에 방으로 뛰어 들어왔다. 파멜라가 단 한마디 '구급'이라고 하자 두 사람은 잘 훈련된 특공대처럼 행동하기 시작했다. 로즈는 재빨리 원내방송으로 구급을 알렸고, 트루디는 심장 마사지를 할 때 환자의 몸을 밑에서 지탱해주는 길이 1미터, 너비 60센티미터 정도의 튼튼한 널빤지를 가지고 왔다. 그녀가 그 널빤지를 밀어 넣자 로즈는 즉시 침대 위로 올라가서 브루스의 가슴을 누르기 시작했다. 로즈가 4번 누를 때마다 파멜라는 입으로 숨을 불어넣었다. 한편 트루디는 구급용구가 실려 있는 드레싱 카와 심전계를 가져오기 위해 달려갔다.

4분쯤 지나자 내과 레지던트인 제리 도노반이 달려왔다. 파멜라와 로즈, 트루디 등 세 사람은 심전계를 설치하고 스위치를 넣었다. 불행히도 심전계는 단조로운 직선밖에 그리지 않았으나 브루스의 얼굴빛은 이전의 회청색에서 약간 회복이 된 것 같았다.

제리는 심전도가 그리는 직선을 보고 파멜라가 하는 것처럼 환자의 가슴을 두드렸으나 아무런 반응도 없었다. 동공을 들여다보니 크게 벌어진 채 움직이지 않았다. 제리에 이어 피터 마세슨이라는 인턴이 오더니 트루디와 교대해서 침대 위로 올라갔다. 수세미 같은 장발을 한 한 의대생이 출입구에 서 있었다.

"시간이 얼마나 지났소?"

제리가 물었다.

"발견한 지 5분쯤 지났어요. 하지만 모니터가 없었기 때문에 언제 발작이 일어났는지는 알 수 없습니다. 안색은 매우 창백했어요."

파멜라가 대답했다.

제리는 고개를 끄덕였다. 갑자기 그는 구급처치를 계속할 것인지 어떻게 할 것인지를 생각했다. 환자는 이미 뇌사상태인지도 모르는 것이다. 그러나 아직 치료를 단념할 단계는 아니었다. 중지를 결정하는 것보다 계속하는 것이 옳았다.

"탄산수소나트륨 앰플 2개와 에피네프린(epinephrine : 아드레날린. 척추동물의 부신수질에서 분비되는 호르몬의 일종으로 혈압 상승, 심장 박동 수의 증가, 지혈작용을 하며 혈당량을 증가시킴)을 좀 줘요!"

제리는 구급용 드레싱카에서 기관 내 튜브를 집으면서 소리쳤다. 그는 침대 뒤로 돌아가 파멜라에게 다시 한 번 숨을 불어넣게 한 다음 후두경과 기관 내 튜브를 삽입해서 벽의 산소전에 연결되어 있는 구급용 백을 부착시켰다. 그리고 환자의 가슴에 청진기를 대고 피터에게 잠시 손을 멈추라고 신호를 보내고는 구급용 백을 눌렀다. 브루스의 가슴은 순식간에 부풀어 올랐다.

"적어도 기도폐색은 아니야."

제리는 혼잣말처럼 중얼거렸다.

탄산수소나트륨과 에피네프린이 건네졌다.

"염화칼슘을 써봐야겠군."

브루스의 얼굴이 서서히 보통의 핑크색으로 돌아온 것을 보고 제리가 말했다.

"얼마나 필요하죠?"

드레싱카 뒤에 서 있던 트루디가 물었다.

"10% 용액 5cc."

그는 이어서 파멜라를 돌아보며 물었다.

"이 환자는 왜 입원했소?"

"바이패스 수술을 했습니다."

로즈가 가져온 차트를 얼른 펼쳐보며 파멜라가 대답했다.

"수술 후 나흘째, 경과는 매우 좋습니다."

"좋았었다는 말이겠지."

제리가 정정했다. 브루스의 얼굴빛은 거의 정상으로 돌아왔으나 동공은 여전히 크게 벌어져 있었고, 심전도도 여전히 직선을 그리고 있었다.

"심장이 몹시 나빠진 모양이군. 틀림없이 폐동맥 색전일 거야. 당신이 발견했을 때 얼굴이 창백했다고 했죠?"

"몹시 창백했어요."

파멜라가 단호하게 말했다.

제리는 고개를 가로저었다. 어떤 병명을 붙이더라도 두 진단 모두 심한 치아노제(cyanosis : 혈액 중의 산소 결핍으로 나타나는 현상으로 피부나 눈으로 볼 수 있는 점막 등이 청자색을 띠는 증세)와는 연결이 되지 않았다.

그의 생각은 외과 레지던트가 도착함으로써 중단되었다. 그는 자다가 급히 깼기 때문에 아직도 몽롱한 표정을 하고 있었다.

제리는 자기가 한 처치를 간단히 설명하면서 에피네프린 주사기를 위로 들어 기포를 빼고는 브루스의 가슴에다 수직으로 꽂았다. 주사바늘이 근막을 펑 하고 뚫는 소리가 들렸다. 그 밖에는 계속 직선을 그리고 있는 심전계의 종이소리뿐이었다.

제리가 주사기의 피스톤을 당기자 주사기 안으로 혈액이 빨려 들어왔다. 그는 주사기가 제대로 심장에 도달한 것을 확인하고는 주사액을 주입했다. 그리고 피터에게는 가슴을 누르는 작업을, 로즈에게는 숨을 불어넣는 작업을 재개하도록 지시했다.

그러나 심장의 움직임은 전혀 없었다. 제리는 페이스메이커(전기의 자극으로 심장의 박동을 지속시키는 장치)의 전극을 싸고 있는 무균 커버를 열면서 이런 어리석은 짓을 시작하지 말걸 그랬다고 생각했다. 직관적으로는 이미 틀렸다는 생각도 들었으나 그래도 시작한 이상 끝까지 해보지 않을 수가 없었다.

"14게이지 카테터를 줘요."

제리는 그렇게 말하고 베타딘으로 브루스의 목 왼쪽 개구부를 소독하기 시작했다.

"내가 할까요?"

외과 레지던트가 비로소 입을 열었다.

"괜찮을 것 같소."

제리는 자신이 생각해도 뜻밖일 정도로 자신만만하게 대꾸했다.

파멜라는 수술용 장갑을 끼고 그를 돕기 시작했다.

그녀가 소독 부위에 막 소독포를 덮으려고 할 때 한 사람이 출입구에 서 있는 의대생을 밀치며 나타났다. 제리는 외과 레지던트의 반응에 주의가 끌렸다. 비굴한 인간은 마구 꼬리를 흔드는 것이다. 이 병원에서 가장 저명한 심장외과 의사인 토마스 킹슬리가 병실에 들어오자 간호사들마저 황급히 자세를 바로잡았다.

그는 수술실에서 바로 오는 길인지 수술복을 그대로 입은 채 침대로 다가서더니 브루스의 이마에 가만히 손을 얹었다. 마치 손만 대봐도 무엇이 문제인지 사태를 꿰뚫어볼 수 있다는 듯한 태도였다.

"무엇을 하고 있었나?"

그는 제리에게 물었다.

"페이스메이커를 작동시키려고 했습니다."

제리는 킹슬리 의사의 출현에 놀라고, 또 감동한 듯이 대답했다. 스태프(병원의 정식 직원. 수련과정을 마친 전문의들로 진료와 전공분야 교육을 담당함. 대학병원에서는 교수 이상을 가리킴)들은 보통, 더구나 이런 한밤중에는 심장발작 같은 일에는 일일이 나오지 않는 것이 관례였다.

"심장이 완전히 멎은 것 같군."

킹슬리는 이미 많이 출력되어 뭉쳐 있는 심전도 종이의 일부를 두 손으로 넘기면서 말했다.

"방실폐색(A-V block : 심방에서 나오는 심장 박동의 전기적인 신호가 심실에 도달하지 못하고 차단되어 심실이 수축하지 못하는 현상)의 어떤 유형 같지도 않군. 정맥 카테터로 페이스메이커를 보내더라도 성공할 확률이 매우 적어. 자네들이 하고 있는 건 시간낭비야."

킹슬리는 그렇게 말하고 브루스의 서혜부 맥박을 짚어보았다. 그러고는 침대 위에서 땀을 뻘뻘 흘리고 있는 피터를 올려다보았다.

"맥박은 잘 뛰고 있군. 자넨 열심히 한 것 같네."

그는 빈정거리듯이 말했다. 그러고는 파멜라에게 "8호 사이즈를 부탁하네." 하고 말했다.

파멜라는 곧 수술용 장갑을 꺼냈다. 킹슬리는 그것을 끼고 구급용

드레싱카에서 메스를 꺼내도록 지시했다.

"붕대를 좀 떼주겠나?"

킹슬리는 아직도 침대 위에서 브루스 옆에 무릎을 꿇고 앉아 있는 피터에게 말했다. 그는 파멜라에게는 소독을 한 외과용 큰 가위를 요구했다.

피터는 '어떻게 할까요.' 하고 묻듯이 제리를 힐끗 바라보더니 마사지를 그치고 뒤얽혀 있는 반창고와 거즈 따위를 떼어내기 시작했다.

킹슬리는 메스를 들고 침대로 다가섰다. 그러고는 조금도 망설임 없이 아물고 있는 수술자국 맨 윗부분에 메스를 집어넣더니 아래쪽까지 단숨에 죽 그어 내렸다. 반투명의 푸른색 나일론 봉합사가 그의 칼이 지날 때마다 툭툭 끊어지는 소리를 냈다. 피터는 방해가 되지 않도록 침대에서 내려왔다.

"가위."

킹슬리가 조용하게 말했다. 관객들은 숨을 죽이고 지켜보고 있었다. 책에서 읽은 적은 있으나 처음 보는 장면이었다.

킹슬리는 절개한 흉골을 이어놓은 철사를 자르고 그 안에 두 손을 집어넣더니 그 흉골을 힘껏 벌렸다. 딱 하는 날카로운 소리가 났다.

제리 도노반은 브루스의 가슴 안을 들여다보려고 했으나 킹슬리의 몸에 가려 잘 보이지 않았다. 그가 알 수 있는 것은 다만 출혈이 전혀 없다는 사실뿐이었다. 킹슬리는 브루스의 가슴에 손을 집어넣고 심장 끝에 손가락을 대더니 리드미컬하게 그것을 주무르기 시작했다. 그러고는 로즈에게 고개를 끄덕이며 언제 폐를 부풀릴 것인지 신호를 보냈다.

"자, 맥박을 살펴보게."

킹슬리의 지시에 피터가 앞으로 나가서 맥박을 짚어보았다. 그러고는 공손히 대답했다.

"강합니다."

"에피네프린을 좀 주게. 하지만 별 효과는 없을 거야. 이 환자는 심장이 멎은 지 오랜 것 같아."

제리 도노반은 자신도 그런 생각이 들었다고 말하려다가 그만두기로 했다.

"뇌파기사를 불러주게. 뇌가 활동하는지 어떤지 알아봐야 하니까."

아직도 심장 마사지를 계속하면서 킹슬리가 말했다.

트루디가 전화기가 있는 곳으로 갔다.

킹슬리는 에피네프린을 주사했으나 심전도에는 아무런 영향도 없다는 것을 알았다.

"이 환자는 누구 담당인가?"

"발렌타인 선생님이에요."

파멜라가 대답했다.

킹슬리는 몸을 구부리고 상처를 들여다보았다. 제리는 그가 수술 상태를 살피고 있다고 생각했다. 수술의 기술적인 면에서 10까지 점수를 매길 수 있다면 킹슬리는 10점이고 발렌타인은 심장외과 과장임에도 불구하고 3점이라는 것이 병원 내에 상식이 되어 있었다.

이윽고 킹슬리는 불쑥 얼굴을 들더니 마치 처음 본다는 듯 문간의 의대생을 노려보면서 말했다.

"이 시점에서 이것이 왜 방실폐색 증세가 아니라고 말할 수 있겠나, 미스터?"

질문을 받은 의대생은 얼굴빛이 하얘지며 간신히 대답했다.

"모르겠습니다."

"안전한 대답이군. 나도 학생 때 모르는 것을 솔직히 인정할 수 있는 용기가 있었으면 좋았을 텐데 말이야."

킹슬리는 미소를 지었다. 그러고는 제리를 돌아보며 "동공은 어떤가?" 하고 물었다.

제리는 브루스에게 다가가 눈꺼풀을 들어보았다.

"산대된 그대로입니다."

"탄산수소나트륨 앰플을 한 번 더 써봐야겠군. 칼슘도 넣고."

제리는 고개를 끄덕였다.

킹슬리가 심장 마사지를 계속하고 있는 동안, 또 몇 분의 정적이 계속되었다. 이윽고 뇌파기사가 구식 뇌파검사기를 가지고 출입구에 모습을 나타냈다.

"뇌에 전위(電位)의 움직임이 있는지 그것을 알고 싶네."

킹슬리가 말했다.

기사는 환자의 머리에 전극을 설치하고 뇌파기를 작동시켰다. 뇌파 역시 심전도와 마찬가지로 평평한 직선만 그려대고 있었다.

"유감스럽지만 보는 대로야."

킹슬리는 브루스의 가슴에서 손을 빼고 장갑을 벗었다.

"누가 발렌타인 선생을 부르는 것이 좋겠군. 도와줘서 감사하네."

그러고는 성큼성큼 방에서 나가버렸다.

한순간, 누구도 말하는 사람이 없었고 움직이는 사람도 없었다. 뇌파기사가 맨 먼저 쭈뼛거리면서 "이제 슬슬 돌아가 볼까." 하고 말하더니 장치를 벗겨 밖으로 나갔다.

"난 이런 것은 본 적이 없어."

피터는 열린 그대로인 브루스의 가슴을 지켜보면서 중얼거리듯이 말했다.

"나도 마찬가지야. 자네도 어지간히 놀란 모양이군."

제리도 맞장구를 쳤다.

두 사람은 침대로 다가가 상처를 들여다보았다.

"이런 식으로 환자의 가슴을 벌려놓다니, 실력인지 자신감인지 어느 쪽인지 모르겠어."

"양쪽 다겠죠."

파멜라가 심전계의 플러그를 뽑으면서 말했다.

"여기를 좀 치워야겠으니 여러분, 잠깐만 비켜주세요. 그런데 내가 처음 윌킨슨 씨를 발견했을 때는 링거액이 굉장히 빨리 떨어지고 있었어요. 원래는 천천히 떨어져야 하는데 말예요. 그것이 중요한 일인지는 모르지만, 왠지 말해두는 것이 좋을 것 같아서요."

파멜라는 어깨를 움츠리며 말했다.

"고마워요."

제리는 건성으로 대답했다. 그는 그 말을 거의 듣고 있지 않았다.

그는 집게손가락을 조심스럽게 상처자리에 집어넣고 브루스의 심장을 만져보았다.

"사람들은 킹슬리 선생이 거만하다고들 하지만, 한 가지 분명한 것이 있어. 만약 내가 내일 바이패스 수술을 받게 된다면 반드시 그에게 받고 싶다는 사실이야."

"아멘."

파멜라가 시체를 처리하기 위해 제리와 침대 사이를 비집고 들면서 말했다.

SSD 증례

"어젯밤에 새로운 입원 환자가 있었습니다."

카산드라 킹슬리는 허겁지겁 작성한 진료 메모를 내려다보면서 말했다. 그녀는 정신과 클락슨 제2병동의 아침 회의에 참석해서 사람들의 주목을 받고 있었는데, 확실히 침착성을 잃고 있었다.

"이름은 윌리엄 벤트워스 대령. 48세의 백인남자로 세 번 이혼한 경력이 있고, 게이바에서 싸움을 하다가 응급실을 통해 입원했습니다. 술에 만취가 된 채 응급실 사람들에게 욕을 퍼부었습니다."

"저런!"

정신과 수석 레지던트인 제이콥 레빈이 웃으면서 둥근 금속 테 안경을 벗고 눈을 문질렀다.

"정신과에서 첫 당직날 밤에 벤트워스가 걸렸단 말이지!"

"참 대단한 시련이네요. 이 보스턴 메모리얼 병원 정신과 근무를 따분하다고 하는 사람은 아무도 없을 거야."

클락슨 제2병동에서 오랫동안 근무한 흑인 수간호사인 록세인 제퍼슨이 말했다.

"제가 보기에도 별로 좋은 환자는 아닌 것 같았어요."

캐시도 엷게 웃으며 말했다. 제이콥과 록세인의 말에 약간 마음이 놓인 캐시는 자기가 설명을 좀 잘 못하더라도 그들이 이해해줄 것 같은 느낌이 들었다. 벤트워스는 이 클락슨 제2병동에서는 이미 소문이 난 환자였다.

캐시는 정신과 레지던트가 된 지 일주일도 채 되지 않은 상태였다. 11월에 레지던트를 시작하는 예는 거의 없었지만 그녀에게는 가능했다. 그녀는 병리에서 정신과로 옮기기 위해 병원의 1년 일과가 시작되는 내년 7월까지 기다릴 수가 없었고, 마침 레지던트 1년차 한 사람이 나갔기 때문에 이곳으로 올 수가 있었다.

캐시는 자신의 운이 매우 좋다고 생각했으나 지금은 좀 의심스러워졌다. 전혀 경험도 없는 사람이 동료도 없이 레지던트가 된다는 것은 생각보다 훨씬 어려웠기 때문이었다. 다른 1년차들은 자신보다 5개월이나 먼저 들어와 있었다.

"당신이 나타난 것을 보고 벤트워스가 틀림없이 한마디 했겠죠?"

레지던트 3년차인 조안 위디커가 동정하듯이 말했다. 그녀는 지금 정신과 상담실을 담당하고 있었는데 캐시를 금세 좋아하게 되었다.

"그 얘기는 다시 되풀이하고 싶지 않아요. 그 사람은 정신과와 거기에 있는 의사들에 대한 의견을 말했을 뿐이지 제게는 아무 말도 하지 않았어요. 제게 담배를 달라고 하더군요. 그래서 그것으로 마음이 좀 풀렸으면 좋겠다고 생각하고 담배를 줬더니 그것을 피우지 않고 느닷없이 자기 팔에 갖다 대는 거예요. 제가 미처 말릴 새도 없이 순식간에 여섯 군데나 지져버리고 말았다니까요."

캐시는 조안을 향해 고개를 끄덕이면서 말했다.

"그는 정말 매력 있는 사내지."

제이콥이 말했다.

"캐시, 나를 부르지 그랬어. 그가 온 것은 몇 시였나?"

"새벽 2시 반이었어요."

"그래? 그럼 앞의 말은 취소해야겠군. 당신은 참 잘했어요."

제이콥이 말하자 캐시와 함께 모두가 웃음을 터뜨렸다. 여기에서는 그녀가 수련기간 중에 자주 볼 수 있었던 적의가 있는 경쟁심은 전혀 찾아볼 수가 없었다. 뿐만 아니라 그녀가 토마스 킹슬리와 결혼한 이래 병원 내부에서 그녀를 둘러싸고 나돌았던 존경 반, 질투 반의 비평도 여기에서는 전혀 없었다. 캐시는 이들의 호의에 어떻게든지 보답을 해야겠다고 생각했다.

"아무튼."

그녀는 자신의 생각을 정리하기 위해 말을 이었다.

"벤트워스 씨, 아니, 벤트워스 미 육군대령이라고 하는 것이 좋을 것 같군요. 아무튼 그가 가지고 온 것은 급성 알코올 중독 증상에다 억울함과 교대로 일어나는 막연한 불안감, 갑자기 폭발하는 노여움, 자학적인 행동, 그리고 4킬로그램에 달하는 과거 입원에 대한 차트였어요."

사람들은 다시 웃음을 터뜨렸다.

"벤트워스 대령의 한 가지 좋은 점은, 그가 한 세대 정신과 의사들의 수련에 큰 도움을 줬다는 거야."

제이콥이 말했다.

"저도 동감이에요."

캐시도 고개를 끄덕였다.

"차트 중에서 가장 중요한 부분을 읽어보려고 했지만 제게는 마치

〈전쟁과 평화〉만큼이나 길게 느껴지더군요. 그 바람에 저는 진단을 내리는 것과 같은 바보짓은 하지 않아도 됐어요. 그 사람은 이따금 짧은 기간 동안 정신병 증상을 나타내는, 정신분열증의 경계에 있는 인격이상으로 분류되고 있었습니다. 신체를 진찰했더니 얼굴에 많은 타박상이 있었고, 윗입술에 작은 열상이 있었습니다. 그 밖에는 최근 자신이 만든 화상자국 정도이고 내장에는 전혀 이상이 없었어요. 신경검사에는 응하려고 하지 않았지만, 시간과 장소와 인물에 대한 판단을 내리자면 매우 정상이었습니다. 이번 입원도 증상 면에서는 전의 입원 때와 똑같았고, 아미탈 나트륨(진정제)이 전에도 효과가 있었기 때문에 0.5그램을 링거주사로 천천히 떨어지도록 했습니다."

캐시가 보고를 마친 순간, 병원의 스피커에서 그녀의 이름을 불렀다. 그녀는 반사적으로 자리에서 일어났으나 조안이 병동의 사무원이 전화를 걸어서 무슨 일인지 알아봐줄 거라면서 그녀를 만류했다.

"당신은 벤트워스 대령이 자살할 우려는 없다고 생각하나?"

제이콥이 물었다.

"설마."

캐시는 잠시 망설이다가 그렇게 대답했다. 그가 자살할 우려가 있는지 없는지 자신이 어떻게 안단 말인가. 그 점에서는 자신이 아마추어와 다를 것이 없다는 것을 인정할 수밖에 없었다.

"담뱃불로 자신의 몸을 지지는 것은 자살행위라기보다 오히려 자학이니까요."

제이콥은 자신의 고수머리를 만지작거리면서 누구보다도 오랫동안 이 클락슨 제2병동에서 근무하고 있는 록세인을 힐끗 쳐다봤다. 그녀는 어느 정도 권위를 인정받고 있는 것 같았는데, 그것이 캐시에게는 이 정신과 근무가 즐거운 이유 가운데 하나였다. 이 병원의 다른 과에서 흔히 보는, 의사가 무조건 상위에 선다는 움직일 수 없는 체질 같은 것은 여기서는 전혀 찾아볼 수가 없었다. 이 병동에서는 의사도 간호사도 조수도 모두가 팀의 일원이기 때문에 제각기 그 역할에 따라 서로 존중을 하고 있었다.

"나는 그런 구별은 되도록 하지 않으려고 합니다. 하지만 분명히 차이가 있기 때문에 조심하지 않으면 안 됩니다. 그 환자는 특별히 복잡한 사람이니까요."

록세인이 말했다.

"그거 아주 조심스러운 표현이군."

제이콥이 말했다.

"그는 군대에서, 특히 베트남 전장에서 이상하게 빨리 진급했어. 훈장도 몇 번이나 받았는데, 그의 군대기록을 읽어보면 그것과는 대조적으로 많은 부하들이 죽었어. 어쨌든 현재의 지위에 오를 때까지 그에게 정신병적인 문제는 일어나지 않았던 것 같아. 왠지 출세가 그를 파멸시킨 것 같단 말이야."

"자살의 우려에 대해서 말하자면, 내 생각에는 우울의 정도가 가장 문제점이라고 생각합니다."

록세인이 캐시를 바라보며 말했다.

"그런데 그 사람은 전형적인 우울 상태는 아니었어요. 그는 슬프다기보다 오히려 공허한 느낌이 든다고 말하고 있어요. 어떤 때는 우울을 가장하고, 다음 순간에는 미쳐 날뛰면서 욕설을 퍼붓곤 했어요. 일관성이 없이 변덕스러웠죠."

캐시는 사람들의 눈치를 살피면서 말했다.

"바로 그거야!"

제이콥이 말했다. 이 말은 그가 즐겨 쓰는 말이었는데, 어느 단어에

악센트를 주는냐에 따라서 의미가 달랐다. 지금의 경우는 기뻐하고 있었다.

"만약 당신이 정신분열의 경계에 있는 환자를 한마디로 표현한다면 그 '변덕스럽다'라는 말이 가장 적합할 거예요."

캐시는 그 찬사를 기분 좋게 받아들였다. 이 과에 온 지 일주일이 되었지만 그녀는 아직 칭찬을 들을 기회가 거의 없었다.

"그건 그렇고, 벤트워스 대령을 어떻게 치료할 계획이신가?"

제이콥의 질문을 듣는 순간 캐시의 행복감은 사라져버렸다.

그때 한 레지던트가 말했다.

"내 생각엔 캐시가 그에게 담배를 끊으라고 할 것 같은데."

모두 웃음을 터뜨렸다. 캐시도 긴장이 풀렸다.

"벤트워스 대령에 대한 저의 계획은…… 저…… 주말 내내 많은 책을 읽으려고 합니다."

캐시는 쭈뼛거리며 말했다.

"그거 좋은 생각이야. 그리고 한편으로는 강력한 신경안정제를 단기간 사용하는 것이 좋겠어. 정신분열의 경계점에서는 장기간 사용해도 별로 도움이 안 되지만 일시적인 정신병 상태에서는 상당한 효과가 있을 거야. 어젯밤에는 다른 일은 없었나?"

그러자 정신과 간호사인 수잔 치버가 여느 때처럼 요령 있는 말씨로 전날 저녁에 일어난 중요한 일을 간결하게 보고했다.

그중에서 한 가지 별난 것은, 모린 카베노라는 환자가 당한 폭행사건이었다. 그녀의 남편이 오랜만에 찾아와서 한동안 오순도순 얘기를 하고 있는 것 같더니, 목청을 돋우며 화가 난 듯이 몇 번이나 부인의 뺨을 때렸다는 것이다. 사건은 환자 휴게실의 한복판에서 일어났기 때문에 다른 환자들을 놀라게 했다고 했다. 그는 즉시 붙들려 병동에서 쫓겨나고 부인에게는 진정제가 주어졌다고 했다.

그때 록세인이 말했다.

"나도 남편과 몇 번 얘기한 적이 있어요. 그는 트럭 운전사인데 부인의 병세에 대해서는 조금밖에 모르고 있어요. 아니 전혀 모르고 있는지도 모르죠."

"그래서 당신은 무슨 말이 하고 싶은 거야?"

제이콥이 물었다.

"내 생각으로는, 카베노 씨에게 부인의 문병을 자주 오게 하되, 반드시 누군가가 있는 곳에서 만나게 하는 거예요. 그 남편이 부인의 치료에 도움을 주지 않으면 모린의 증세는 좋아진다고 하더라도 결코 오래가지 못할 거예요. 물론 그의 협력을 얻는다는 것도 점점 어려워지고 있지만."

정신과의 전원이 참가하는 그 토의를 캐시는 가만히 듣고 있었다. 수잔의 얘기가 끝나자 모든 레지던트들이 자기가 담당하는 환자들에 대해 토론하는 시간을 가졌다. 그것이 끝나자 치료기술에 대한 전문가와 심리적 문제에 대한 전문가가 이야기를 했다. 그리고 마지막에 레빈이 그 밖에 다른 문제는 없느냐고 물었다. 그러자 아무도 발언을 하지 않았다.

"좋소. 그럼 오후 회진 때 다시 만납시다."

레빈은 말했다.

캐시는 금방 일어나지 않고 조용히 눈을 감고 심호흡을 했다. 지금까지는 회의에 참석해야 하는 걱정이 앞서서 피로를 잊고 있었는데, 그 흥분이 가시자 피로가 한꺼번에 몰려왔다. 그녀는 3시간밖에 자지 못했기 때문에 휴식이 필요했다. '아, 이대로 이 회의실 테이블 위에서라도 팔베개를 하고 잠을 잘 수 있으면 얼마나 좋을까.' 하고 그녀는 생각했다.

“너무 피곤해 보여요.”

조안 위디커가 캐시의 팔에 손을 얹으며 말했다. 매우 따뜻하고 격려하는 듯한 동작이었다.

캐시는 미소를 지어 보였다. 조안은 정말이지 남의 일에 자상하게 신경을 써주는 사람이었다. 캐시가 정신과 레지던트로서 최초의 일주일을 조금이라도 편하게 지낼 수 있도록 그녀는 누구보다도 신경을 써주었다.

“어떻게든 해낼 거예요. 실제로 오늘 아침은 매우 근사했으니까.”

조안은 단호하게 말했다.

“정말 그렇게 생각하세요?”

그녀의 담갈색 눈이 빛났다.

“정말이죠, 그럼. 제이콥한테도 칭찬을 받았잖아요. 당신이 벤트워스 대령을 변덕스럽다고 한 것이 그의 마음에 들었던 거예요.”

“그런 말을 들으면 부끄러워요. 솔직히 말하면, 정신분열의 경계에 있는 사람을 저녁식사 자리에서 만난다고 하더라도 나는 전혀 모르고 있을 테니까요.”

캐시는 비참한 심정으로 말했다.

“그럴지도 모르죠.”

조안은 맞장구를 쳤다.

“다른 사람들도 마찬가지예요. 전에 정신병 발작이 있었다는 것을 모르면 대개의 사람들은 알 수가 없죠. 경계에 있는 환자들은 다른 형태로 자신의 병을 감쪽같이 속이고 있으니까요. 벤트워스를 보세요. 육군대령으로 훌륭하게 근무하고 있잖아요.”

“그것이 나를 괴롭히는 거예요. 일관성이 없기 때문에.”

캐시가 말했다.

"벤트워스는 누구라도 애를 먹어요."

조안은 힘을 내라는 듯이 캐시의 팔을 잡고 지긋이 힘을 주었다.

"자, 따라와요. 카페에 가서 커피라도 마십시다. 지금의 당신에게는 틀림없이 효과가 있을 테니까."

"그런데 이렇게 여유를 부려도 될까요?"

"선배의 명령이에요."

조안은 자리에서 일어났다. 그녀는 복도를 나란히 걸으면서 말을 계속했다.

"나도 레지던트 1년차일 때 벤트워스를 만나 당신과 똑같은 경험을 했어요. 그래서 당신의 지금 기분을 잘 알아요."

"너무 놀리지 마세요. 회의 때는 별로 말하고 싶지 않았지만, 왠지 대령이 무서웠어요."

캐시는 얼마간 용기를 얻어서 말했다.

조안은 고개를 끄덕였다.

"사실 벤트워스는 고민거리예요. 몹시 심술궂은 데다 머리가 좋거든요. 상대방의 약점을 찾아내어 공격하는 방법을 알고 있어요. 그 힘이 억눌린 분노와 적개심과 더해지면 그야말로 무서운 파괴력이 되죠."

"그 사람은 나 같은 것은 아무 쓸모도 없는 인간이구나 하는 느낌을 갖게 해요."

"정신과 의사로서 말이죠."

조안이 정정했다.

"네, 정신과 의사로서. 하지만 난 정신과 의사로서 사람들의 기대를 받고 있어요. 아무튼 그 사람과 같은 병력의 기록을 찾아볼 수 있으면 좋겠는데."

"문헌은 얼마든지 있어요. 너무 많아서 탈이지. 하지만 그것은 자전거 타는 법을 배우는 것과 비슷해요. 몇 년 동안이나 자전거에 관한 책을 읽었다고 하더라도 실제로 자전거를 타려면 못 탄단 말이야. 결국 정신과학이라는 것은 학문과 동시에 같은 분량만큼 실제로 수련을 해야 한다고요. 자, 커피나 마시러 가요."

조안의 권유에 캐시는 망설였다.

"저는 일이 있어서……."

"지금 당장 환자를 만나야 할 일정이 있는 것도 아니잖아요. 안 그래요?"

"네, 하지만……."

"그럼 가요."

조안은 그녀의 팔을 잡고 걷기 시작했다.

캐시는 이끌리는 대로 따라갔다. 한동안 조안과 같이 있고 싶은 것은 사실이었다. 그녀와 같이 있으면 마음도 든든하고 배우는 점도 적지 않았다. 이제 하룻밤이 지났으니 벤트워스가 무슨 말을 할 수도 있을 것이다.

"벤트워스에 대해서 한마디 하겠는데."

마치 캐시의 마음속을 꿰뚫어보기라도 하듯이 조안이 그에 대한 말을 꺼냈다.

"그 사람을 담당하고 있는 사람들은 모두, 물론 나도 포함해서 말이지만, 그를 고칠 수 있다고 생각했어요. 하지만 일반적으로 정신분열의 경계에 있는 환자들, 특히 벤트워스 대령은 치료가 잘 되지 않아요. 조금씩 낫는 것 같지만 이들의 치료는 결코 쉽지 않죠."

간호사실 앞을 지날 때 캐시는 벤트워스의 차트를 테이블에 내려놓고 누가 자기를 호출했었느냐고 물었다.

"로버트 세이버트 선생님이었어요. 곧 전화해달라고 하시던데요."

보조 간호사가 말했다.

"세이버트 선생님이 누구죠?"

조안이 물었다.

"병리학과의 레지던트예요."

"곧 걸어달라고 한다니까 지금 걸어 봐요."

"괜찮겠어요?"

조안이 고개를 끄덕이자 캐시는 카운터를 돌아서서 차트 보관소 옆에 있는 전화기로 갔다. 록세인이 다가와서 조안에게 말했다.

"저분은 근사해요. 이 병동의 새로운 전력(戰力)이 될 것 같아요."

조안은 고개를 끄덕였다. 그러고는 캐시가 현재 품고 있는 의혹이나 불안이야말로 앞으로 헌신적인 활동을 할 수 있는 원동력이 될 것이라고 말했다.

"하지만 약간 걱정되는 게 있어요. 마음이 너무 여린 것 같아요."

"그건 염려하지 않아도 될 거야. 그렇게 약하다면 토마스 킹슬리와는 도저히 결혼할 수 없었을 테니까 말이야."

조안의 말에 록세인은 빙그레 웃으며 복도를 걸어갔다.

록세인은 지성과 품격으로 인해 사람들의 존경을 받고 있었는데 키가 크고 매우 우아한 흑인으로, 헤어스타일도 유행하기 오래 전부터 옥수수 다발처럼 땋아 늘어뜨리고 있었다.

조안은 캐시가 수화기를 내려놓는 모습을 가만히 지켜보았다. 록세인의 말대로 캐시는 정말 연약해 보였다. 그것은 피부가 창백해서 거의 투명하게 보이기 때문일 것이다. 그녀는 약간 마른 편이었지만 매우 아름다웠다. 겨우 160센티미터의 키에 머리카락은 가늘었지만,

빛의 각도에 따라 호두 빛에서 블론드까지 여러 가지로 달라 보였다. 일을 할 때는 머리를 느슨하게 말아서 작은 빗이나 헤어핀을 꽂는데, 머리카락이 부드럽기 때문에 항상 그 일부분이 거미줄처럼 얼굴에 내려뜨려져 있었다. 얼굴은 작고 갸름했으며 눈꼬리가 약간 올라가 있어서 어딘지 이국적으로 보였다. 게다가 화장을 엷게 해서 28세의 나이보다 젊게 보였다.

전날 밤에 별로 잠을 자지 못했을 텐데도 옷차림은 여느 때처럼 깔끔했는데, 오늘은 그녀가 많이 가지고 있는 하이넥의 블라우스를 입고 있었다. 그래서 마치 옛날 빅토리아조 시대의 사진에 나오는 젊은 여성처럼 보였다.

"커피를 마시러 가는 대신, 나와 함께 병리과에 잠깐 가보시지 않겠어요?"

캐시가 열정적으로 말했다.

"병리과, 글쎄요."

조안은 별로 내키지 않는 듯이 말했다.

"그쪽에서도 커피는 마실 수 있으니 그쪽으로 가요. 틀림없이 재미있을 거예요."

캐시는 조안이 주저하는 이유를 알겠다는 듯이 재촉했다.

조안은 마지못해 병원의 본관으로 통하는 두꺼운 방화 문을 향해 캐시를 따라 중앙복도를 걸어갔다. 클락슨 제2병동은 잠긴 문이라곤 없는, 자유롭게 출입할 수 있는 병동이었다. 물론 대부분의 환자들에게는 외출이 허락되지 않고 있었고, 외출을 하려면 허가가 필요했다. 그들은 만약 그 규칙을 무시하면 주립병원으로 보내질지 모른다는 것을 알고 있었다. 그쪽의 환경은 이곳과는 전혀 달라서 훨씬 열악한 곳이었다.

등 뒤에서 문이 닫히자 캐시는 안도의 숨을 내쉬었다. 정신과 병동과 병원 본관과의 큰 차이는, 본관에서는 의사와 간호사가 환자와 분명히 구별이 된다는 점이었다. 의사들은 보통 양복이나 흰 가운, 간호사는 흰 제복을 입고 있었고 환자들은 병원에서 지급하는 짧은 가운을 입고 있었다. 그러나 클락슨 제2병동에서는 모두가 평복 차림이었다.

중앙 엘리베이터 쪽으로 인파를 헤치고 가면서 조안이 물었다.

"병리과 레지던트로 있을 때는 어땠어요? 재미있었어요?"

"네, 아주 마음에 들었어요."

캐시가 대답했다.

"이건 나쁜 뜻으로 하는 말은 아니지만, 당신은 아무리 봐도 병리학자 같지가 않아요."

조안이 웃으며 말했다.

"그런 말은 자주 들어요. 의과대학에 다닐 때는 아무도 내가 의대생이라는 것을 믿어주지 않았고, 그 후에는 의사로서 너무 젊다는 말을 들었어요. 그리고 어젯밤에는 벤트워스 대령으로부터 황공하게도 도저히 정신과 의사 같지 않다는 말을 들었어요. 당신은 내가 어떻게 보여요?"

조안은 대답하지 않았다. 사실 캐시는 의사라기보다 오히려 무용가나 모델 쪽이 더 어울려 보였다.

이윽고 두 사람은 병원 본관인 쉐링턴의 엘리베이터 앞에 모여 있는 사람들 속에 끼었다. 이 건물에는 엘리베이터가 6대밖에 없었는데, 건축 상의 실수로 때로는 10분씩이나 기다리지 않으면 안 되었고, 그것도 모자라 층마다 천천히 멈춰서곤 했다.

"왜 전과를 했죠?"

조안이 물었다. 그러나 그 질문이 입 밖으로 나오는 순간, 그녀는 아차 하는 생각이 들었다.

"이건 대답하지 않아도 돼요. 캐물으려는 것은 아니니까. 이런 것을 자꾸 묻는 것은 내가 정신과 의사이기 때문인지도 몰라요."

그러나 캐시는 아무렇지도 않은 듯이 말했다.

"상관없어요, 조금도……. 전공을 바꾼 건 아주 단순한 이유 때문이에요. 난 소아당뇨병(juvenile diabetes)이 있는데 전공을 택할 때 이것이 항상 마음에 걸려 견딜 수가 없었어요. 무시하려고 노력했지만, 그것이 결국 결정적인 핸디캡이었어요."

캐시의 솔직한 말에 조안은 당혹감을 느꼈다. 그러나 민망스럽다고 상대방의 솔직한 고백에 대해 반응을 보이지 않는다면 더욱 이상해질 것 같았다.

"그럼 병리를 택한 것이 잘된 거잖아요."

"처음에는 나도 그렇게 생각했어요. 하지만 지난해부터 눈에 문제가 생기기 시작했어요. 실제로 그때는 왼쪽 눈으로 빛의 명암밖에 구별할 수 없었으니까요. 당뇨병 망막병변에 대해서는 알고 계시죠? 나는 워낙 지기 싫어하는 성격이어서 앞으로 점점 악화되어 눈이 보이지 않게 되더라도 정신과라면 할 수 있을 것 같다는 생각이 들었어요. 병리과는 안 되겠지만 말예요. 자, 엘리베이터가 왔네요."

두 사람은 재빨리 엘리베이터에 올라탔다. 문이 닫히고 엘리베이터는 올라가기 시작했다.

조안은 이렇게 민망해본 적이 없었지만 뭔가 말을 하지 않으면 안 될 것 같았다.

"당뇨병에 걸린 지 얼마나 되었죠?"

그 질문에 캐시는 잠시 과거의 일을 떠올렸다. 그녀의 인생은 그녀가 겨우 8세 때 달라지기 시작했다.

캐시는 그때까지만 해도 학교에 가는 것을 매우 좋아했다. 새로운 경험에는 호기심을 불태우는 열정적인 아이였다. 그러나 3학년 중간쯤부터 모든 것이 달라지기 시작했다. 그때까지는 항상 학교에 일찍 갔으나 어머니가 한참을 달래거나 강제로 보내지 않으면 안 될 정도가 되었다. 공부에 대한 집중력이 떨어지고, 그것에 대한 교사의 통지문이 집으로 날아들기 시작했다.

캐시 자신을 포함해서 아무도 깨닫지 못하고 있던 중요한 일은, 그녀가 날이 갈수록 화장실에 드나드는 횟수가 잦다는 것이었다. 처음에는 예사로 생각했으나 이윽고 공부하기가 싫어서 화장실로 달아난다고 생각한 교사 미스 로시는 캐시의 간청을 거절하게 되었다. 그렇게 되자 캐시는 소변을 참지 못하면 어쩌나 하는 심한 두려움에 빠지게 되었고, 나중에는 오줌이 의자에서 뚝뚝 떨어져서 책상 밑에 웅덩이를 만들어버리는 가공할 사태까지 상상하게 되었다. 그 공포는 캐시에게 분노를 자아내게 했고, 그것은 다시 친구들로부터 따돌림을 당하는 쓰라림을 맛보게 했다. 아이들은 캐시를 놀려대기 시작했다.

집에서도 그녀의 야뇨증은 그녀 자신에게도 어머니에게도 놀라움과 쇼크를 주었다. 어머니는 왜 그러느냐고 추궁을 했지만 자신도 그 이유를 몰라서 당황할 뿐이었다. 아버지인 캐시디 씨는 주치의와 상의를 하라고 했으나 부인은 캐시가 버릇이 나쁘기 때문이라고 생각하고 매우 부끄럽게 생각했다.

캐시디 부인은 여러 가지 체벌을 가했지만 효과는 나타나지 않았다. 도리어 캐시의 성질을 나쁘게 만들 뿐이었고, 그런 그녀의 곁에는 친구들까지 모두 떠나 아무도 없게 되었다.

그녀가 거의 방안에만 틀어박히게 되자, 캐시디 부인은 그제야 비로소 소아과 의사의 필요성에 대해 생각하기 시작했다.

이른 봄에 사태는 파국을 맞이했다. 캐시는 그날의 일을 똑똑히 기억하고 있었다. 쉬는 시간이 지난 지 30분도 채 못 넘기고 그녀는 갑자기 방광이 팽팽해지는 것과 동시에 심한 갈증을 느꼈다. 그러나 미스 로시가 휴식시간에 볼일을 보지 않았느냐고 말할 것이 뻔하기 때문에 수업이 끝나기를 애타게 기다렸다. 그러나 그녀는 주먹을 움켜쥐고 몸을 뒤틀면서 필사적으로 참고 있던 노력의 보람도 없이 오줌이 조금 새어나오고 말았다.

소스라치게 놀란 그녀는 안짱걸음으로 미스 로시에게 다가가 화장실에 가고 싶다고 말했다. 그런데 미스 로시는 거들떠보지도 않고 자리로 돌아가라고만 말했다. 캐시는 몸을 돌려 천천히 문 쪽으로 걸어갔다. 문이 열리는 소리를 듣고서야 미스 로시는 얼굴을 들었다.

캐시는 황급히 화장실로 뛰어 들어갔고, 미스 로시가 그 뒤를 쫓았다. 하지만 그녀가 따라잡기 전에 캐시는 얼른 팬티를 내리고 옷을 두 팔로 안은 채 안도의 한숨을 쉬면서 쭈그리고 앉았다. 미스 로시는 조금도 동요하지 않고 그녀의 엉덩이에 두 손을 짚고 서서 말했다.

"정말 누면 좋지만 그렇지 않으면 알지?"

캐시는 오줌을 누었다. 믿을 수 없을 정도로 한참이나 누고 있었다. 미스 로시는 그제야 부드러운 어조로 말했다.

"왜 휴식시간에 누지 않았지?"

"누었어요."

캐시는 슬픈 목소리로 대답했다.

"믿을 수가 없어. 네 말을 믿을 수가 없단 말이야. 오늘 오후 학교가 끝나면 잔코스키 씨의 사무실에 같이 가도록 하자."

미스 로시는 그렇게 말했다.

교실에 돌아온 미스 로시는 캐시를 혼자 앉혀놓았다. 그때 갑자기 느꼈던 현기증을 그녀는 아직도 기억하고 있었다. 처음에는 칠판이 보이지 않더니 기분이 이상해지면서 구역질이 나기 시작했다. 토하지는 않았지만 그녀는 곧바로 정신을 잃고 말았다. 정신을 차리고 보니 병원이었다. 어머니가 몸을 구부리고 자신을 내려다보며 당뇨병이라고 말했다.

그때 갑자기 정신이 든 캐시는 조안을 돌아보면서 빠르게 말했다.

"9세 때 입원을 했었어요. 그때 진단이 나온 거죠."

"매우 괴로운 시기였겠군요."

조안이 말했다.

"그렇게 나쁘진 않았어요. 오히려 내 증상이 몸의 이상 때문에 그랬다는 것을 알고 나서는 어떤 점에서는 마음을 놓았어요. 일단 인슐린을 계속 맞도록 의사 선생님이 조절해 주신 다음부터는 몸이 좋아지기도 했고요. 10대가 되면서 하루 두 번씩 자신이 직접 주사를 놓을 수 있게 되었기 때문에 보시다시피 지금도 이렇게 건재해요."

이윽고 캐시는 엘리베이터에서 내려야 한다고 손짓을 했다.

"굉장히 감동했어요. 내가 당뇨병에 걸렸다면 도저히 의학공부는 못했을 것 같은데."

조안은 정색을 하면서 말했다.

"당신도 얼마든지 할 수 있어요. 우리는 머리로 생각하는 것과는 다르게 실제로는 잘할 수 있으니까요."

캐시는 담담하게 말했다. 조안은 그 말에 찬성할 자신은 없었으나 굳이 반대도 하지 않았다.

"당신 남편은 어때요? 나도 외과 선생님은 몇 분 알고 있는데, 남편이 당신의 병을 충분히 이해하고 도와주면 좋을 텐데 말예요."

"아, 그 사람은 그저 그래요."

캐시는 담담하게 말했으나 조안의 분석적인 머리에는 그 대답이 너무 빠르게 느껴졌다.

병리학부는 병원의 다른 부서와는 전혀 다른 독자적인 세계였다. 조안은 정신과 레지던트로 2년 동안 이 보스턴 메모리얼 병원에 있으면서 한 번도 이곳을 찾아온 적이 없었다. 그래서 그녀는 자신이 다니던 학교의 어두컴컴한 19세기 병리학 교실의 풍경만을 상상하고 있었다. 거기는 노란색 포르말린에 담가놓은, 기분 나쁜 물체가 들어 있는 둥근 표본병이 지저분한 유리찬장에 즐비하게 늘어서 있었다.

그런데 여기에 와보니 이곳은 타일과 호마이카와 스테인리스와 유리로 만들어진 초현대적인 세계였다. 여기는 표본도 불쾌한 냄새도 없이 깨끗이 정돈되어 있었고, 입구에는 이어폰을 귀에 꽂은 비서들이 타이프를 두드리고 있었다. 왼쪽에는 사무실이 늘어서 있었는데, 그 중앙에 있는 하얗고 긴 호마이카 책상 위에 몇 개의 쌍안 현미경이 놓여 있었다.

캐시는 조안을 가장 가까운 사무실로 안내했다. 그들이 들어서자 완벽한 차림의 청년이 책상에서 일어나더니 과장된 몸짓으로 캐시를 포옹하고 나서 다시 그녀를 바라보았다.

"오, 건강해 보이는군. 그런데 가만 있자, 머리에 염색을 하지 않은 것 같은데."

"그런 말 할 줄 알았어. 다른 사람들은 아무도 알아차리지 못하는데 말이야."

캐시는 웃으며 말했다.

"내가 왜 몰라. 오늘은 새 블라우스를 입었군. 로드앤드 테일러?"

"아니, 삭스야."

"아, 근사하군."

그는 천을 만져보았다.

"100퍼센트 면이군. 정말 좋은데?"

"어머, 미안해요!"

캐시는 조안이 같이 와 있다는 것을 잊고 있다가 뒤늦게 깨닫고 그녀를 소개했다.

"이분은 조안 위디커, 이쪽은 로버트 세이버트, 병리과 레지던트 2년차예요."

조안은 로버트가 내민 손을 잡았다. 그의 쾌활하고 싹싹한 미소가 마음에 들었다. 그의 눈이 반짝거리는 걸 보면서 조안은 그가 순간적으로 자신을 훑어보고 있다는 것을 알아챘다.

"로버트와 나는 같은 학교에 다녔어요. 그리고 우연히도 이 보스턴 메모리얼 병원의 병리학 레지던트 1년차로 같이 근무하게 됐어요."

로버트가 다시 캐시를 팔로 감쌌다.

"당신들은 꼭 남매간 같아요."

조안이 말했다.

"모두들 그렇게 말하죠. 여러 가지 이유로 우리는 금방 의기투합하게 되었어요. 그 이유 중 하나는 우린 둘 다 어릴 때부터 중병을 가지고 있었다는 거죠. 캐시는 당뇨병을 앓았고 나는 류머티즘열을 앓았으니까."

로버트는 웃으며 말했다.

"그리고 우린 둘 다 수술을 끔찍이도 무서워하죠."

캐시는 그렇게 말하고 로버트와 함께 폭소를 터뜨렸다.

조안은 그 말이 두 사람 사이에서만 통하는 농담이라고 생각했다.

"하지만 이건 웃을 일만은 아니에요. 우리는 서로 돕는 것이 아니라 겁을 주는 내기를 하고 있는 것이나 마찬가지니까요. 로버트는 사랑니를 뽑아야 하고, 나는 왼쪽 눈의 출혈을 닦아내지 않으면 안 되거든요."

캐시가 말했다.

"나는 곧 이를 뽑게 됐으니, 그럼 시달릴 일이 하나 없어지겠군."

로버트가 약을 올리듯이 말했다.

"글쎄, 그때 가봐야 알지."

캐시는 웃으며 말했다.

"곧 보게 될 거야. 아무튼 일부터 해야지. 네가 올 때까지 부검을 보류하고 있었으니까. 하지만 그 전에 환자한테 소생술을 시도했던 내과 레지던트를 부르기로 약속했어."

로버트는 책상으로 돌아가서 수화기를 들었다.

"검시라니!"

조안은 깜짝 놀라 속삭였다.

"부검 같은 것은 생각지도 못했어. 나는 부검을 보러 온 것이 아니란 말예요."

"볼 만한 가치는 있어요."

캐시는 마치 검시가 사람을 즐겁게 해주는 것이라도 되는 것처럼 악의 없이 말했다.

"내가 여기 레지던트로 있을 때 로버트와 나는 SSD로 분류된 일련의 수술 후 돌연사에 대해 흥미를 느끼게 됐어요. 우리가 발견한 것은 심장수술을 받고 회복되어 가던 환자들 중에서 몇 명이 수술한 지 일주일도 안 돼서 죽는데, 부검을 해봐도 해부학상 사인을 알 수 없다는 것이었어요. 단지 몇 명뿐이라면 그럴 수도 있었겠지만, 지난 10년 동안의 기록을 살펴보니 17명이나 되더라고요. 이번에 로버트가 검시하는 것까지 포함하면 18명이 되는 거예요."

로버트는 전화를 끝내고 돌아오더니 제리 도노반이 곧 온다고 말했다. 그리고 두 사람에게 커피를 가져왔다. 그러나 그것을 마시기도 전에 제리는 벌써 달려왔다. 조안은 그가 맨 먼저 캐시를 포옹하는 것을 보고 감명을 받았다. 캐시가 누구하고나 사이좋게 지내고 있는 것 같았기 때문이었다. 그 다음에 그는 로버트의 어깨를 손바닥으로 찰싹 때리며 "전화 고맙네." 하고 말했다. 로버트는 아파서 몸을 움츠리며 억지로 미소를 지었다.

조안이 볼 때 제리는 매우 평범한 레지던트 같았다. 그의 흰 가운은 매우 지저분하고 주름투성이인 데다 오른쪽 호주머니에 들어 있는 두꺼운 노트 때문에 한쪽으로 쏠려 있었고, 허벅지 근처에는 핏자국이 여기저기 묻어 있었다. 깔끔하게 차려입은 로버트와 비교하면 제리는 마치 통조림 공장의 마룻바닥 청소부처럼 보였다.

"제리도 우리와 같은 의대를 다녔어요. 우리보다 1년 위이긴 하지만……."

캐시가 설명했다.

"유감스럽지만 그 차이는 지금도 변함이 없지."

제리가 웃으며 말했다.

"자, 가지. 내가 부검실 하나를 너무 오래 붙들고 있거든."

로버트가 말했다.

로버트가 앞에 서고 조안이 그 뒤를 따랐다. 제리는 캐시에게 길을 내주더니 금세 그녀의 뒤를 따랐다.

"영광스럽게도 내가 어젯밤에 누가 일하는 모습을 지켜봤는지 알겠어?"

제리가 현미경이 놓인 책상 가장자리를 지나가면서 말했다.

"알고 싶지도 않아."

캐시는 천박한 농담이 튀어나올 줄 알고 그렇게 말했다.

"너의 서방님이었어! 닥터 토마스 킹슬리란 말이야."

"정말? 너 같은 내과의사가 수술실에서 뭘 했지?"

캐시의 눈이 휘둥그레졌다.

"그게 아니야. 나는 외과병실에서 지금 부검할 환자의 소생술을 하고 있었어. 그런데 구급연락을 받고 너의 서방님이 오셨단 말이야. 나는 정말 감격했어. 그렇게 주저 없이 결단을 내리는 것을 보는 것은 처음이었거든. 환자의 가슴을 열어젖히더니 그대로 침대 위에서 심장 마사지를 시작하더라고. 정말 깜짝 놀랐어. 너의 서방님은 집에서도 그렇게 감동적이냐?"

캐시는 곱지 않은 눈으로 제리를 노려보았다. 만약 그 말이 제리가 아닌 다른 사람에게서 나왔다면 그녀는 틀림없이 한 방 먹였을 것이다. 그러나 처음부터 천박한 농담이 나올 줄 알고 있었기 때문에 그녀는 잠자코 있기로 했다. 그게 무슨 문제겠는가. 그녀는 잊어버리기로 했다.

캐시의 냉담한 반응을 모른 체하고 제리는 말을 계속했다.

"내가 감동한 것은 실제로 환자의 가슴을 열어젖힌 행동보다도 가슴을 열어야겠다고 생각한 바로 그 사실이야. 그건 조금만 잘못하면 돌이킬 수 없는 일이어서 아무나 할 수 있는 일이 아니거든. 어떻게 그런 결정을 내릴 수 있었는지 모르겠어. 나는 항생제 한 알을 사용할 때도 망설여지는데 말이야."

"외과의사는 그런 일에 익숙해. 그런 결정을 내리는 것을 어떤 의미에서는 즐기고 있는지도 모르지."

캐시가 말했다.

"즐긴다고?"

제리가 의아한 표정으로 반문했다.

"그건 믿을 수가 없어. 그래, 하지만 가만히 생각해 보니 즐기고 있는지도 모르겠다. 그렇지 않다면 이 세상에 외과의사가 존재하지 않을 테니까. 내과의사와 외과의사의 가장 큰 차이는 틀림없이 이 결단을 내리는 능력의 유무일 거야."

부검실에 들어서면서 로버트는 검은색의 고무 에이프런과 고무장갑을 꼈다. 다른 사람들은 아직도 가슴을 연 채로 누워 있는 창백한 시체를 둘러쌌다. 개구부 주위는 거무스름하게 변한 채 말라가고 있었다. 입에서 보기 흉하게 삐져나와 있는 기관 내 튜브만 빼면 환자의 얼굴은 매우 편안해 보였다. 다행히 눈도 감고 있었다.

"10달러 걸고, 이것은 폐색전이야."

제리가 자신만만하게 말했다.

"그럼 나는 1달러 걸지."

로버트는 천장에서 알맞게 내려뜨려져 있는 마이크의 위치를 고치면서 말했다. 그것은 발로 페달을 조작하는 것이었다.

"이 환자에게는 처음에 심한 치아노제가 있었다고 자네가 말했어. 나는 색전이 발견되지 않을 것 같은 느낌이 들어. 내 직감이 맞는다면 아무것도 발견되지 않을 거야."

로버트는 부검을 시작하면서 마이크에 녹음을 시작했다.

"이 케이스는 잘 발달되고 영양상태도 좋은 백인 남성인데 체중은 대략 75킬로그램, 신장 178센티미터, 42세의 나이에 어울리게……."

로버트는 그 밖에도 눈으로 볼 수 있는 브루스 윌킨슨의 수술 자국을 따라 구술을 계속했고, 조안은 태연한 표정으로 커피를 마시고 있는 캐시를 지켜보다가 자신의 컵을 내려다보았다. 그것을 마셔야 한다는 것을 생각하기만 해도 그녀는 속이 뒤집힐 것만 같았다.

"이 SSD의 증례는 모두 같은 건가요?"

조안은 부검대 위는 되도록 보지 않으려고 하면서 캐시에게 물었다. 로버트는 부검대 위에 시체를 절개하고 내장을 꺼내기 위해서 메스와 가위, 뼈를 자르는 큰 절단기 같은 것들을 늘어놓았다.

캐시는 고개를 저었다.

"아니에요. 이 증례처럼 치아노제가 있었던 것도 있고, 심장발작으로 죽은 사람, 호흡정지나 경련을 일으켜서 죽은 사람도 있어요."

로버트는 여느 때처럼 Y자 형의 부검절개를 시작했다. 피하의 뼈를 긁는 칼 소리가 조안의 귀에 들려왔다.

"수술은 어떻게 하죠?"

조안이 물었다. 늑골이 부서지는 소리가 나자 그녀는 눈을 감았다.

"모두 심장을 절개하는 수술이었지만 같은 진단은 물론 아니었어요. 마취나 송기(送氣) 시간, 저체온법의 사용 여부 등에 대해서도 조사해 봤지만 서로 일치되는 점이 전혀 없었어요. 그 부분이 제일 난감했죠."

"저, 당신들은 왜 그것을 서로 연관시키려는 거죠?"

"좋은 질문이군요."

캐시가 말했다.

"하지만 이것은 병리학자적인 사고방식으로 접근하지 않으면 안 돼요. 시체를 부검한 다음에도 결정적인 사인을 알 수 없다면 얼마나 불만스럽겠어요. 그런 상황이 계속되면 손을 들 수밖에 없잖아요. 다행히 수수께끼가 풀리면 병리의사들도 보람을 느끼게 되겠지만."

조안은 무심코 부검대 위를 힐끗 쳐다보았다. 브루스 윌킨슨의 가습은 마치 지퍼를 열어놓은 것처럼 흉곽의 피부와 피하조직이 거대한 책의 책장처럼 열어 젖혀 있었다. 조안은 현기증을 느꼈다.

"지식은 매우 중요해요."

캐시는 조안이 불쾌감을 느끼고 있다는 것도 깨닫지 못하고 말을 이었다.

"만약 원인을 방지할 수 있는 방법이 발견된다면 앞으로의 환자에게는 큰 도움이 될 거예요. 그리고 이번에 우리는 깜짝 놀랄 만한 경우를 발견했어요. 우리가 처음 부검했을 때의 환자들은 노인이기도 했지만 병도 무겁고 대부분은 회복 불가능한 혼수상태에서 입원했어요. 그런데 요즘 환자들은 50세 이하가 대부분이고, 이 윌킨슨 씨처럼 일반적으로 병도 가벼워요. 어머 조안, 왜 그래요?"

캐시는 옆을 돌아보다가 조안이 거의 실신상태에 있다는 것을 깨달았다.

"나, 밖에서 기다리겠어요."

조안은 몸을 돌려 출입구 쪽으로 걸어갔다. 캐시가 그녀의 팔을 잡았다.

"괜찮겠어요?"

"괜찮아요. 그냥 앉고 싶을 뿐이에요."

그녀는 그렇게 말하고 스테인리스 문을 얼른 빠져나갔다.

캐시가 막 그 뒤를 좇으려고 할 때 로버트가 무엇인가를 발견하고 그녀를 불렀다. 그는 심장표면에 있는 25센트짜리 동전만한 크기의 상처를 가리켰다.

"이게 뭘까?"

"틀림없이 소생술을 하다가 생긴 자국일 거야."

캐시가 대답했다.

"적어도 그 점에서는 의견이 일치하는군."

로버트는 다시 호흡기와 후두 쪽에 관심을 기울이면서 능숙하게 기도를 절개했다.

"장애물은 아무것도 없어. 만약 있었다면 심한 치아노제가 설명될 텐데."

그러자 제리가 투덜거렸다.

"폐색전 쪽으로 가보자니까. 난 틀림없이 있다고 생각해."

"그 내기는 잘못했어."

로버트는 고개를 저었다. 그는 안쪽으로 관심을 옮겨 폐의 혈관과 심장 자체를 조사해 보았다.

"봐, 여기에 바이패스 관이 꿰매져 있잖아."

로버트가 몸을 뒤로 젖혔기 때문에 캐시와 제리도 그것을 들여다볼 수 있었다.

메스를 집어 들면서 로버트가 말했다.

"알겠나, 도노반 선생. 이제 돈을 책상 위에 올려놔."

그는 몸을 구부리고 폐동맥을 절개했다. 역시 피는 응고되지 않았다. 마지막으로 대동맥이다. 메스를 혈관에 찔러 넣었을 때 약간의 저항은 있었지만 그곳도 깨끗했다. 혈전은 아무 곳에서도 보이지 않았다.

"빌어먹을!"

제리는 화가 나서 소리쳤다.

"10달러 내."

로버트가 거드름을 피우면서 말했다.

"그럼 이 작자는 왜 죽은 거야?"

제리가 퉁명스럽게 물었다.

"글쎄, 그것을 알게 될지 어떨지 의문이야. 아무튼 이것으로 열여덟 번째의 증례가 손에 들어온 셈이지."

"만약 무엇인가 있다고 한다면 머릿속에 있는 것이 아닐까."

캐시가 말했다.

"그건 왜?"

제리가 물었다.

"만약 이 환자에게 정말로 치아노제가 있었다면, 그리고 오른쪽에서 왼쪽으로 가는 순환계에 단락이 없었다면 문제는 뇌 속에 있는 거야. 환자의 호흡은 정지되었는데 심장은 계속 무산소의 혈액을 보내고 있다, 이것이 치아노제란 말이야."

"이런 속담이 있지. 병리학자는 무엇이든지 알고, 무엇이든지 한다. 그러나 항상 때가 늦다."

제리가 빈정거리듯이 말했다.

"첫 부분이 빠졌어. 외과의는 아무것도 모르면서 무엇이든지 한다. 내과의는 무엇이든지 알면서 아무것도 하지 않는다. 그 뒤에 병리학자가 이어지는 거야."

캐시가 말했다.

"그럼 정신과 의사는 어때?"

로버트가 물었다.

"그건 아무것도 아냐. 정신과 의사는 아무것도 모르고 아무것도 하지 않는다!"

제리가 웃으며 말했다.

로버트는 재빨리 부검을 마저 끝냈다. 뇌에도 이상이 없는 것 같았다. 응혈도 외상도 발견되지 않았다.

"어때?"

제리는 번쩍거리는 브루스의 뇌를 지켜보면서 말했다.

"두 분의 고명한 선생님들께선 무슨 근사한 의견이 없으십니까?"

"없는데요."

캐시가 말했다.

"하지만 로버트가 심장 발작의 증거를 발견할지도 모르지."

"설령 그렇다 해도 치아노제를 설명할 수는 없어."

"그건 사실이야."

제리가 머리를 긁적이면서 말했다.

"간호사들 얘기가 틀렸는지도 모르지. 잿빛이었는지 누가 알겠어."

"심장외과 간호사는 매우 우수한 사람이야. 그녀가 매우 창백했다고 했으면 틀림없이 아주 새파랬던 거야."

캐시가 말했다.

"그럼 내가 진 모양이군."

제리는 10달러짜리 지폐를 꺼내어 로버트의 가운 호주머니에 집어넣었다.

"돈은 필요 없어. 농담을 했을 뿐이니까."

로버트가 말했다.

"무슨 소리를 하는 거야. 만약 폐색전이었다면 난 진짜로 자네 돈을 받을 생각이었는데."

제리는 그렇게 말하며 자기 가운을 걸어놓은 곳으로 갔다.

"축하해. 이제 열여덟 번째 증례를 손에 넣은 것 같네. 지금까지 10년 동안의 증례보다 요즘에 일어난 증례를 찾아낸 것이 더욱 의미가 있는 것 같아. 이것만으로도 넌 문제없이 논문을 쓸 수 있을 거야."

캐시가 말했다.

"너라니? 우리 두 사람이지. 그렇잖아?"

로버트의 말에 캐시는 고개를 저었다.

"아냐, 로버트. 이건 처음부터 너 혼자 생각했던 거야. 그리고 난 이미 정신과로 옮겼으니 끝까지 계속할 수도 없고."

로버트가 이내 시무룩한 표정을 지었다.

"기운을 내. 그리고 논문이 완성되면 틀림없이 정신과 의사와 공동 저술이 아니어서 잘됐다고 생각하게 될 테니까."

"나는 이 연구를 위해 앞으로도 네가 자주 와주길 바란단 말이야."

"바보같은 소리 하지 마. 난 계속 올 거야. 특히 네가 또 새로운 SSD 증례를 발견하게 된다면 말이야."

"캐시, 어서 가자."

제리가 초조한 표정으로 문을 활짝 열어놓고 발로 받치고 있었다.

캐시는 로버트의 뺨에 가볍게 키스를 하고는 방에서 뛰쳐나갔다. 그녀가 문을 빠져나올 때 제리는 장난으로 그녀를 쥐어박는 시늉을 했다. 그러나 캐시는 그것을 멋지게 피했을 뿐만 아니라 그의 넥타이를 잡아당겼다.

"네 친구는 어디 갔지?"

병리학부의 중간쯤에 왔을 때 제리가 물었다. 그는 아직도 넥타이를 고치느라 애를 먹고 있었다.

"틀림없이 로버트의 방에 있을 거야. 아까 좀 앉고 싶다고 했으니까. 부검이 상당히 충격적이었나 봐."

캐시가 말했다.

그들이 로버트의 방으로 들어가자 조안은 눈을 감고 있다가 캐시의 목소리를 듣고는 비틀거리며 일어났다.

"그래서, 뭔가 좀 알아냈어요?"

그녀는 애써 태연한 목소리로 말했다.

"아니에요, 별로. 좀 괜찮아요?"

캐시가 근심스러운 표정으로 말했다.

"내 자존심이 치명상을 입었을 뿐이에요. 부검을 보지 말았어야 하는 건데."

"정말 미안해요……."

캐시가 말했다.

"사과는 무슨…… 내가 제멋대로 따라간 건데. 하지만 당신만 괜찮다면 곧 돌아갔으면 좋겠어요."

그들은 엘리베이터로 향했으나 제리는 내과 병동이 겨우 4층 아래에 있었기 때문에 계단으로 내려가기로 했다. 그는 손을 흔들면서 계단 쪽으로 사라졌다.

"조안, 당신을 억지로 끌고 와서 정말 미안해요. 난 병리 레지던트로서 부검에는 익숙해져 있어서 그것이 그렇게 기분 나쁜 것이라는 걸 잊고 있었어요. 당신에게 큰 충격이 아니었으면 좋겠는데……."

캐시는 뒤를 돌아보면서 말했다.

"나를 억지로 끌고 온 것은 아니잖아요. 그리고 기분이 나빠진 것은 내 사정이고 당신과는 아무 상관이 없는 일이에요. 나도 의과대학을 다녔기 때문에 그 정도는 아무렇지도 않다고 생각하는 것이 당연하죠. 아무튼 나는 부검실에 가지 않고 로버트의 방에서 기다리고 있는 것이 나을 뻔했어요. 그렇게 하지 않았기 때문에 바보 같은 짓을 하고 만 거예요."

조안은 변명하듯이 말했다.

"나도 처음에는 부검이 끔찍했는데 점점 아무렇지도 않게 되더군요. 당신도 자꾸 경험하면 깜짝 놀랄 정도로 익숙해질 거예요. 특히 그것을 감정적이기보다 지적으로 해나가면 말예요."

조안은 어떻게든지 화제를 돌리려고 했다.

"참, 당신의 남자친구들은 여러 종류의 사람들이 있더군요. 제리 도노반은 어떤 이력이 있는 사람이죠? 사귈 수 있을까요?"

"좋겠죠. 학생 때 결혼을 했지만 헤어지고 말았어요."

캐시는 엘리베이터 버튼을 다시 한 번 누르면서 말했다.

"그건 나도 알아요."

"지금 특별히 누구와 데이트하고 있는지는 모르지만, 그건 곧 알 수 있어요. 왜, 관심 있어요?"

"저녁식사에 초대하는 정도라면 괜찮을 것 같아요. 단, 내가 첫 데이트를 해보고 나서 마음에 안 들면 곱게 차여준다는 조건하에서."

조안은 무엇인가 생각하는 듯한 표정으로 말했나.

캐시는 조안의 말을 가만히 생각하다가 웃음을 터뜨렸다.

"사람을 잘 알아보시는 것 같아요."

"남자다운 의사예요. 로버트는 어때요?"

조안은 엘리베이터에 오르자 갑자기 목소리를 낮췄다.

"그 사람, 호모 아녜요?"

"글쎄요. 그런 것 같기도 해요. 하지만 우리는 그런 얘기는 한 번도 한 적이 없었어요. 정말 좋은 친구이고 그것이 문제된 적은 없었어요. 학부 시절에 그가 내 남자친구들을 일일이 평가해 주었는데, 한 번도 어긋난 적이 없었어요. 그래서 난 남편을 만날 때까지는 그의 말을 경청했었죠. 하지만 그는 토마스를 좋아하지 않으니까 틀림없이 질투하고 있을 거예요."

캐시가 담담하게 말했다.

"지금도 그래요?"

"모르겠어요. 그 문제에 대해서는 한 번도 얘기한 적이 없으니까."

종합병원의 음모

"환자가 3호 심장 카테터실에서 선생님을 기다리고 있습니다."

엑스레이 기사가 문간에서 얼굴만 들이밀고 말했다. 조셉 리긴 의사가 그 말에 대답하려고 뒤를 돌아보았을 때 그녀의 모습은 이미 사라지고 없었다.

조셉은 한숨을 쉬고는 책상에 올려놓았던 다리를 내리고 읽고 있던 잡지를 책꽂이에 던졌다. 먹다 남은 커피를 단숨에 마신 그는 옷걸이에서 납으로 만든 에이프런을 벗겨 입었다.

오전 10시 30분의 방사선과 복도는 마치 블루밍데일 백화점의 세일기간을 연상시켰다. 의자나 이동침대 위에서, 혹은 줄을 서서 사람들이 자기 차례를 기다리고 있었다. 모두가 멍하니 지친 표정이어서 조셉은 따분한 느낌이 들었다. 그는 방사선과의 일을 14년이나 계속하고 있었기 때문에 이미 흥분할 일 따위는 전혀 없다는 것을 알고 있었다. 날마다 똑같은 일만 반복되고 있었고 재미있는 건 아무것도 없었다. 만약 몇 년 전에 CAT(컴퓨터 단층촬영) 기계가 들어오지 않았다면 그는 이 일을 그만뒀을지도 모른다.

그는 3호실에 들어가면서 만약 이 임상 방사선과를 그만둔다면 자기는 무슨 일을 할 수 있을까 하고 생각했으나 불행히도 좋은 생각은 떠오르지 않았다.

이 3호 카테터실은 5개의 방 중에서 가장 크고, 최신설비가 갖추어져 있을 뿐만 아니라 붙박이 투시 스크린을 갖추고 있었다.

조셉이 방에 들어서자 누군가 다른 사람의 엑스레이 사진이 스크린에 그대로 비쳤다. 이미 기사에게 여러 번 잔소리를 했지만, 그는 천 번이라도 같은 말을 되풀이할 것이다. 자기가 사용하기 전에는 이 방에서 다른 환자의 사진은 모두 치워두라고 했다. 그러나 기사의 모습은 아무 곳에서도 보이지 않았다. 그렇게 되면 자신의 위신은 말이 아니게 된다.

조셉은 혈압이 오르는 것 같았다. '환자를 보호자 없이 방치해 두지 말라' 이것은 철칙이 아닌가.

"빌어먹을!"

조셉은 작은 소리로 투덜거렸다. 환자는 촬영대 위에 드러누워 흰 담요를 덮고 있었다. 15세 정도로 보이는 소년이었는데 넓적한 얼굴에 머리를 짧게 깎고, 그 검은 눈으로 조셉을 뚫어져라 지켜보고 있었다. 촬영대 옆에는 링거 병이 매달려 있고, 그 플라스틱 튜브가 담요 밑으로 들어가 있었다.

"안녕."

조셉은 기분이 언짢았으나 애써 미소를 지으면서 말했다. 그러나 환자는 꼼짝도 하지 않았다. 차트를 집어 들었을 때 조셉은 소년의 목이 굵고 근육이 솟아 있는 것을 깨달았다. 다시 한 번 힐끗 보았을 때 그의 얼굴이 보통 환자가 아니라는 것을 말해 주었다. 두 눈이 이상하게 한쪽으로 쏠려 있었고 입술에서 약간 내밀어져 있는 혀가 아주 커 보였다.

"그런데 여기서 뭘 하고 있었나?"

조셉은 약간 불안한 생각이 들어서 그렇게 말했다. 환자가 무슨 말을 하거나 눈을 돌려주기를 바랐던 것이다. 그는 차트를 펼쳐 입원 기록을 읽었다.

'샘 스티븐, 22세, 근육질의 백인 남성. 원인불명의 정신박약으로 4세 때부터 시설에 수용되어 있었음. 이번에 중격(中隔) 결손에 의한 것으로 생각되는 선천성 심장장애의 철저한 검사와 수술을 위해 입원…….'

그때 쾅당 하고 문이 열리며 샐리 마체슨이 엑스레이 필름 카세트를 한아름 안고 들어왔다.

"안녕하세요, 리긴 선생님."

"왜 환자를 혼자 내버려두나?"

그러자 샐리는 엑스레이 장치 앞에서 걸음을 멈추었다.

"혼자라뇨?"

"혼자 있잖아."

조셉은 화난 표정으로 말했다.

"글로리아는 어디로 갔죠? 그녀가 틀림없이……."

"부탁이야, 샐리. 제발 환자를 혼자 있게 하지 마. 왜 그걸 모르나?"

조셉은 목소리를 높였다.

"저는 겨우 15분에서 20분쯤 저쪽에 가 있었는데요."

샐리는 어깨를 움츠렸다.

"그리고 이 엑스레이 사진은 도대체 어떻게 된 거야? 왜 치우지 않았어?"

샐리는 스크린을 힐끗 쳐다보았다.

"저는 전혀 몰랐어요. 제가 나갈 때는 없었는데요."

샐리는 재빨리 필름을 빼내어 카운터 위에 있는 봉투에 쑤셔 넣었다. 그것은 누군가의 관상동맥 혈관조영 사진이었는데, 그것이 왜 여기에 걸려 있는지 그녀는 정말 알 수 없었다.

조셉은 혼자소리로 투덜거리면서 소독이 끝난 가운을 입었다. 그리고 환자 쪽을 힐끗 돌아보았다. 소년은 여전히 꼼짝도 하지 않고 누워 있었으나 눈만은 여전히 그를 따라 움직였다.

샐리는 깜짝 놀랄 정도로 큰소리를 내면서 엑스레이 장치에 필름 카세트를 끼워 넣고는, 다시 돌아와서 카테터 접시의 덮개를 벗겼다.

조셉은 고무장갑을 끼면서 환자에게 다가가 그의 얼굴을 들여다보았다.

"좀 어떤가, 샘?"

이 소년의 지능이 낮다는 것을 알고 있는 조셉은 보통보다 좀 큰 소리가 필요할 것이라고 생각하고 목청을 높였다.

"기분은 어떤가, 샘? 지금부터 자네한테 작은 바늘을 찌를 텐데 괜찮겠나?"

그러나 샘은 화강암 조각처럼 움직이지 않았다.

"잠깐만 가만히 있어, 알겠지?"

조셉은 말을 계속했다.

샘은 아까 자세 그대로 꼼짝도 하지 않았다. 조셉은 카테터 쪽으로 눈을 돌리다가 다시 샘의 혀를 깨달았다. 내밀어져 있는 부분은 말라서 금이 가 있었고, 자세히 보니 입술의 상태도 좋지 않았다. 마치 사막을 헤매고 있는 사람 같았다.

"목이 마른 모양이구나, 샘?"

조셉이 물었지만 소년은 여전히 말이 없었다.

링거주사를 힐끗 보니 흐름이 멈춰 있었다. 그는 손목을 약간 움직여서 그것을 작동시켰다. 환자를 탈수상태로 만들다니 정말 어처구니가 없었다. 조셉은 카테터 도구가 담긴 쟁반이 있는 쪽으로 가서 거즈를 꺼냈다.

그때 사람의 소리라고는 생각할 수 없는 날카로운 고음이 카테터실의 정적을 깨뜨렸다. 조셉은 멈칫하고 뒤를 돌아다보았다. 샘이 담요를 걷어 차버리고 링거주사를 꽂고 있는 팔을 쥐어뜯으면서 두 발로 촬영대를 두드리고 있었다. 째지는 듯한 소리가 아직도 그의 입술에서 새어나오고 있었다.

조셉은 간신히 정신을 가다듬고 샘의 버둥거리고 있는 다리에서 엑스레이 투시장치를 떼었다. 그리고 옆으로 다가가 샘의 어깨를 잡고 진정시키려고 했다. 그러나 샘은 조셉이 아픔을 못 이겨서 비명을 지를 만큼 강하게 그의 팔을 잡았다.

조셉이 팔을 빼낼 수가 없어서 겁에 질린 눈으로 그를 지켜보고 있자 샘은 느닷없이 그의 손을 입으로 가져가 엄지손가락을 힘껏 깨물었다. 이번에는 조셉이 비명을 질렀다. 팔을 뿌리치려고 허우적거렸으나 소년의 힘이 훨씬 강했다. 조셉은 필사적으로 촬영대 옆에 발을 대고 힘껏 밀었다. 그리고 뒤로 비틀거리다가 샘을 자기 몸 위에 싣고 뒤로 넘어졌다.

그 바람에 팔은 빼냈으나 다음 순간 그는 소년의 두 손이 자기 목을 누르고 있다는 것을 깨달았다. 그리고 그 손에 힘이 주어졌을 때 머리에 피가 오르는 것을 느꼈다. 그는 필사적으로 손을 떼어내려고 했으나 강철처럼 꿈쩍도 하지 않았다. 방이 빙글빙글 돌기 시작했다. 조셉은 있는 힘을 다해 무릎으로 소년의 사타구니를 걷어찼다.

그와 거의 동시에 샘의 몸이 갑자기 오므라들면서 위로 쳐들렸다. 그 동작은 빠르게 몇 번이나 되풀이되었다. 간질의 전형적인 대발작이었다. 경련을 일으키면서 솟아오르는 그의 몸에 짓눌려 조셉은 바닥에 달라붙어 숨도 제대로 쉴 수가 없었다.

간신히 정신을 가다듬은 샐리가 허우적거리는 조셉을 끌어냈다. 샘의 눈은 치켜떠졌고 터진 혀에서는 피가 내뿜어졌다. 그리고 마루 위에서 원을 그리기 시작했다.

"도움을 청해."

조셉도 출혈을 멈추기 위해 자신의 손목을 꽉 쥐고 신음소리를 냈다. 찢어진 상처 사이로 허연 뼈가 드러나 있었다.

사람들이 도착하기 전에 샘의 경련은 차츰 약해지더니 거의 멈췄다. 소년이 호흡을 하지 않고 있다는 것을 조셉이 깨달았을 때 구급반이 도착했다. 그들은 열심히 응급조치를 했으나 아무런 효과도 없었다.

15분 후, 조셉 리긴 의사는 손의 상처를 치료하기 위해 어쩔 수 없이 방에서 나갔고, 샐리 마체슨은 봉투에 들어 있는 엑스레이 사진을 치웠다.

■ ■ ■

토마스 킹슬리는 손을 씻으면서 수술 전에는 항상 그렇듯이 약간의 흥분을 느꼈다. 인턴으로서 수술실의 조수로 있을 때부터 그는 자신이 천성적인 외과의라는 것을 깨닫고 있었다. 그의 솜씨가 병원 안에 널리 알려지게 되는 데는 그리 긴 시간이 걸리지 않았다. 게다가 지금은 보스턴 메모리얼 병원의 뛰어난 심장외과의로서 국제적인 명성을 떨치고 있었다.

토마스는 비눗물로 씻은 다음 팔에 물이 흐르지 않도록 두 손을 높이 들었다. 그러고는 엉덩이로 수술실 문을 밀어 열었다. 갑자기 실내의 얘기소리가 뚝 그치는 것이 느껴졌다. 그는 담당 간호사인 테레사 골드버그가 내미는 수건을 받았다. 순간, 마스크 너머로 두 사람의 눈이 마주쳤다. 토마스는 테레사를 좋아하고 있었다. 그녀가 입고 있는 헐렁한 수술복으로도 그녀의 근사한 육체는 숨겨지지 않았다. 그리고 그는 그녀가 결코 울지 않는다는 것을 알고 있었기 때문에 언제든지 그녀에게 호통을 칠 수 있었다. 그녀는 매우 영리해서 토마스가 이 병원에서 최고의 외과의라는 것을 알고 있을 뿐만 아니라 그에게 직접 그런 말을 하기도 했었다.

토마스는 격식대로 손을 말리면서 환자의 바이탈사인(혈압, 맥박, 체온, 호흡 등 환자의 상태를 알 수 있는 기본적인 징후군)을 살펴보았다. 그리고 마치 군대를 사열하는 장군처럼 방을 한 바퀴 돌고 나서 심폐기기 뒤에 서 있는 관류계기사 필 박스터에게 눈짓을 했다.

기계는 이미 준비를 마치고 토마스가 수술을 하는 동안 환자의 혈액에 산소를 부가해서 체내에 보내는 작업을 하기 위해 붕붕거리는 소리를 내고 있었다.

토마스의 눈이 이번엔 마취계의 테렌스 할라이넨 쪽으로 향했다.

"준비가 다 되었습니다."

테렌스는 브레싱 백(환자를 전신마취 시킬 때 인공적으로 호흡을 시키기 위한 일종의 에어백)을 교대로 주무르면서 말했다.

"좋아."

토마스가 말했다.

그는 수건을 던지고 테레사가 들고 있던 소독이 끝난 수술복을 입고 나서 특별히 제작한 갈색 고무장갑을 꼈다. 그러자 심장외과의 선임 연구원인 래리 오웬이 수술대 앞에서 얼굴을 들었다.

"캠벨 씨의 준비가 모두 끝났습니다."

토마스가 수술대로 걸어가자 자리를 비키면서 래리가 말했다. 환자는 그 유명한 킹슬리 의사의 바이패스 수술을 받기 위해 가슴을 모두 열고 누워 있었다. 이 보스턴 메모리얼 병원에서는 이런 수술을 할 때 선임 레지던트나 연구원이 먼저 메스를 넣거나 또는 닫는 것이 관례로 되어 있었다.

토마스는 환자의 오른쪽에 서서 여느 때와 마찬가지로 절개한 가슴에 손을 넣고 박동하는 심장을 만졌다. 고무장갑의 젖어 있는 표면은 그 감촉이 맨손이나 마찬가지여서 고동치는 기관의 신비한 움직임을 그대로 느낄 수가 있었다.

그 심장의 감촉에서 토마스는 문득 흉부외과 레지던트로 있을 때 첫 번째로 집도했던 대수술을 떠올렸다. 그는 그 이전에도 수술에는 여러 번 참가했으나 항상 제1조수나 제2조수, 또는 그보다 더 하찮은 역할에 지나지 않았다.

이윽고 월터 나자로라는 환자가 입원해 들어왔다. 그는 심한 심근경색 발작으로 도저히 살아날 수 없다고 생각되었다. 그러나 그는 죽지 않았다. 심장발작을 극복했을 뿐만 아니라 가정의들이 내린 비관적인 예상도 물리쳤다.

최초의 검사결과는 매우 참담한 것이어서 이 월터 나자로는 앞으로 도대체 어떻게 살아나갈 수 있을까 하고 생각했을 정도였다. 그는 이전에도 심장발작을 일으켜서 오른쪽 관상동맥에 폐색 흔적이 있었고 승모판과 대동맥 판에도 고장이 있었다. 뿐만 아니라 그것으로는 부족하다는 듯이 최근의 발작 결과 좌심실의 벽이 부풀어 오르는 동맥류까지 생겼고 부정맥과 고혈압, 그리고 신장병도 가지고 있었다.

이와 같이 월터는 해부학과 생리학적인 여러 가지 병변을 가지고 있었기 때문에 각과의 연구회에 과제로 제출되어 많은 의견들이 나왔다. 그와 같은 증례에서 사람들의 의견이 일치된 것은 월터가 걸어 다니는 시한폭탄이라는 것이었다. 그래서 아무도 수술을 하려고 하지 않았다. 다만 토마스 킹슬리라는 한 레지던트만이 월터를 죽음의 선고에서 구할 수 있는 것은 수술밖에 없다고 주장했다. 그가 하도 끈질기게 주장해서 마침내 수석 레지던트가 굴복하고는 토마스에게 수술을 허락한 것이다.

그때까지 심장의 기능을 도와주는 실험 방법을 연구하고 있던 토마스는 수술하는 당일, 월터의 대동맥에 헬륨을 보내주는 대향박동법(對向拍動法) 기구를 삽입했다. 혹시나 생길지도 모를 좌심실의 이상을 예측하고 만약의 경우를 대비한 것이다.

수술이 시작되고 나자 사람들은 비로소 이런 처치가 매우 현실적이라는 것을 이해하게 되었다.

수술이 토마스가 마음속에 생각하고 있던 계획대로 진행되자 그의 불안은 점차 흥분으로 바뀌었다. 월터의 심장을 멈춰놓고 병들어 있는 그의 떨리는 근육을 만져보았을 때의 감동을 그는 아직도 잊지 못하고 있었다. 그 순간, 그는 사람의 목숨을 살리고 죽이는 것은 자기 수중에 있다는 것을 깨달았다.

그는 실패의 가능성을 생각하지도 않고 당시는 아직 실험단계에 있던 바이패스법을 처음으로 사용했다. 그리하여 월터의 심벽에 생긴 동맥류를 잘라내고 굵은 비단실로 그곳을 꿰맨 다음, 마지막에 승모판과 대동맥판을 복원했다.

수술이 끝나자 토마스는 월터의 인공 심폐장치를 제거하려고 했다. 그때는 토마스도 모르는 사이에 저명한 사람들이 견학하러 많이

와 있었는데, 월터의 심장에 혈액을 보내는 힘이 아직 없는 것을 보고 수군거리기 시작했다. 토마스는 잠자코 수술 전에 미리 준비해 두었던 대항박동법 기구를 작동시켰다.

월터의 심장이 거기에 호응했을 때의 기쁨을 그는 잊을 수가 없다. 월터의 인공 심폐장치를 무사히 제거했을 뿐만 아니라 3시간 후에는 회복실에서 그 대항박동법 기기마저 필요 없게 되었다. 토마스는 자신이 생명을 창조한 것 같은 느낌이 들었다. 물론 그 흥분은 일시적인 것이었으나 몇 달 후에는 심장절개수술에 열중하게 되었다. 가슴에 손을 넣고 직접 심장을 만지면서 자신의 두 손으로 감연히 죽음에 도전하는 것, 그것은 전능자를 연기하는 일이었다.

이윽고 그는 1주일에 몇 번씩 이와 같은 수술의 흥분이 없으면 매우 우울하게 되었다. 그는 더욱 유명해지자 하루에 세 번씩 이 수술계획을 짜서 평판이 더욱 높아지게 되었고 환자는 끝없이 밀려오게 되었다.

병원 측에서 수술실을 사용할 수 있는 충분한 시간을 주게 되면 토마스는 최고로 행복했다. 그러나 다른 과나 대학의 젊은 의사들이 그의 수술시간을 빼앗게 되면 토마스는 마치 약을 빼앗긴 마약환자처럼 화를 내곤 했다. 그는 스스로 존재하기 위해 수술이 필요했다. 자신을 실패자로 인정하지 않기 위해서라도 신처럼 굴지 않으면 안 되었다. 무슨 일이 있어도 자신이 사람들의 두려움의 대상이 되지 않으면 안 되었다.

"바이패스를 두 개로 하시겠습니까, 세 개로 하시겠습니까?"

래리의 질문을 받자 토마스는 비로소 정신이 들었다.

"절개를 아주 잘했어."

토마스는 래리의 절개를 칭찬했다.

"복재정맥(伏在靜脈)을 떼놓았으면 세 개로 하는 게 더 좋을 거야."

"충분히 떼놓았습니다."

래리도 열성적으로 대답했다. 그는 가슴을 절개하기 전에 캠벨 씨의 다리에서 정맥을 적당한 길이만큼 떼놓았던 것이다.

"좋아. 그럼 시작한다. 수혈준비는 됐지?"

토마스는 기계적으로 말했다.

"네, 됐습니다."

필 박스터는 계기와 다이얼을 보면서 말했다.

"메스와 핀셋!"

토마스가 말했다.

재빨리, 그러나 서두르지 않고 토마스는 작업을 개시했다. 몇 분도 되기 전에 환자의 인공 심폐장치가 작동하기 시작했다. 토마스의 솜씨는 매우 신중하고 조금도 불필요한 동작이 없었다. 그의 해부에 대한 지식은 백과사전적이었고 조직을 만지는 손끝의 감각도 매우 예민했다. 또한 전혀 낭비가 없는 정확한 솜씨로 봉합을 해서 그것을 견학하는 외과의들에게는 그것을 보는 것이 하나의 즐거움이었다.

봉합은 매우 완벽했다. 그는 지금까지 바이패스 수술을 수없이 해왔기 때문에 거의 기계적으로 처리해 왔으나 심장을 복원한다는 흥분을 느끼지 않고 끝나는 일은 한 번도 없었다.

봉합을 끝내고 바이패스에 이상이 없다는 것을 확인하자 토마스는 수술대에서 한 걸음 물러나와 장갑을 벗었다.

"자네가 좋다고 생각하는 방법으로 흉벽을 닫게. 이제 자네한테 맡기겠네."

토마스는 그렇게 말하고, 몸을 돌려 문 쪽으로 걸어갔다.

"곤란한 문제가 생기면 언제든지 불러주게."

문을 열고 나가는 그의 귀에 레지던트들의 부러움에 찬 한숨소리가 들려왔다.

수술실 밖의 복도에는 사람들로 초만원을 이루고 있었다. 오후의 이 시간대에는 36개의 수술실이 모두 가동되고 있었다. 수술실에 드나드는 환자들은 모두 이동침대에 실려 있었는데, 그중에는 시중드는 사람들에게 둘러싸여 있는 사람도 있었다. 토마스는 그 군중 사이를 지나면서 이따금 자기 이름이 속삭여지고 있는 것을 들었다.

중앙 자료실 앞의 큰 시계 앞을 지날 때 그는 캠벨 씨의 수술이 한 시간도 채 걸리지 않았다는 것을 알았다. 실제로 그는 그날 다른 외과 의사들이 겨우 한 건이나 두 건밖에 하지 못했을 때 바이패스 수술을 세 건이나 끝냈던 것이다.

아직 실제로는 하지 못하고 있으나 토마스는 또 하나의 수술 예정을 세울 수도 있다고 생각했다. 그런데 세 건밖에 하지 못하는 것은, 과장인 노먼 발렌타인의 제의로 심장외과 간담회가 금요일마다 개최되어 외과의사 전원이 참석해야 하는 매우 성가신 규칙이 생겼기 때문이었다. 토마스는 꼭 참석하라는 지시를 받아서가 아니라 그것이 심장외과의 특별한 집회가 되고 있어서 참석하고 있었다. 그러나 나갈 때마다 불쾌한 느낌을 받아서 그는 거기에 대해서 별로 깊이 생각하지 않기로 했다.

"킹슬리 선생님!"

갑자기 귀에 거슬리는 목소리가 들려와서 토마스는 생각을 중단했다. 항상 고압적인 자세를 취하고 있는 수술동 감독 프리실라 그레니어가 그를 향해 펜을 흔들고 있었다. 평소 그녀가 아주 열심히 일을 잘하고 늦게까지 근무하고 있다는 것은 토마스도 인정하고 있었다. 이 보스턴 메모리얼 병원의 36개나 되는 수술실을 원활하게 움직인다는 것은 그리 쉬운 일이 아니었다. 그러나 자신의 일에 대해 그녀가 사사건건 간섭하는 것을 토마스는 참을 수가 없었다. 그녀는 항상 명령이나 지시를 내리는 말투였다.

"킹슬리 선생님."

토마스가 걸음을 멈추자 프리실라는 말을 걸었다.

"캠벨 씨의 따님이 대기실에서 기다리고 있어요. 옷을 갈아입기 전에 가서 만나보세요."

그러고는 이쪽의 대답은 듣지도 않고 자기 일을 하기 시작했다.

토마스는 곤혹감을 느꼈으나 상대방의 말에는 대답도 하지 않고 걸음을 옮겼다. 수술실에서 느끼고 있던 행복감도 상당히 사라지고 없었다. 요즘은 수술의 성공에 따른 기쁨도 차츰 엷어져가고 있었다.

토마스는 처음에는 프리실라의 말을 무시하고 옷을 갈아입고 캠벨 씨의 딸을 만나러 갈까 했다. 그러나 캠벨 씨가 회복실로 나올 때까지 무슨 일이 생기면 안 되기 때문에 역시 수술복을 입고 가는 것이 좋겠다고 생각했다.

토마스는 외과 휴게실의 문을 열고 들어가서 옷장에서 수술복 위에 입는 긴 가운을 찾았다. 그는 그것을 걸치면서 왠지 짜증이 났다. 요즘 간호사들의 질이 눈에 띄게 떨어지고 있었기 때문이었다. 그리고 프리실라 그레니어! 도대체 그녀는 자기 직무를 알기 시작한 지 얼마나 되었다고 큰소리를 치느냐 말이다. 게다가 그 강제적인 금요일 오후의 간담회…… 빌어먹을!

토마스는 심란한 기분으로 대기실 쪽으로 걸어갔다. 그 대기실은 낡은 창고를 개조해서 최근 증축한 것이었는데, 흉부외과에서 실시하는 바이패스 수술이 늘어남에 따라 가족들이 수술을 받고 나오는 가족을 기다릴 수 있는 특별실이 필요하다고 해서 만든 것이었다. 이것은 부원장의 착상으로, 마침내 이 대기실은 병원을 홍보하는 달러 박스가 되었다.

토마스가 연한 청색 칠이 된 벽과 그 가장자리를 회색 졸대로 고상하게 꾸며진 대기실에 들어갔을 때 한쪽 구석에서 한바탕 소동이 벌어지고 있었다.

"왜? 왜요!"

한 자그마한 여성이 미친 듯이 울부짖고 있었다.

"좀 진정하세요, 진정을……."

흐느껴 울고 있는 그 부인을 열심히 달래고 있는 것은 조지 셔먼 의사였다.

"우리도 샘을 구하려고 최선을 다했어요. 하지만 그의 심장이 정상이 아니어서 언제 이런 일이 일어나도 이상할 게 없는 상태였잖아요."

"하지만 복지시설에 있을 때 그 아이는 행복했어요. 그냥 거기에 있도록 놔둬야 했어요. 그런데 왜 선생님은 여기에 입원시키라고 하셨나요, 네? 물론 수술을 하게 되면 다소 위험이 있다는 말은 들었지만, 심장 카테터를 할 때 저런 일이 벌어진다는 얘기는 듣지 못했어요. 세상에 이런 일이……."

부인은 넋두리를 하면서 하염없이 울다가 기진해서 쓰러지려고 했다. 셔먼은 황급히 손을 뻗어서 그녀의 팔을 잡았다.

토마스도 조지의 곁으로 달려가 같이 부인을 일으켰다. 그리고 놀라서 눈을 동그랗게 뜨고 있는 조지와 시선을 마주쳤다. 심장외과의 상근 간부인 조지 셔먼을 토마스는 별로 높게 평가하고 있지는 않았으나 이런 상황에서는 손을 빌려주지 않을 수가 없었다. 두 사람은 자식을 잃은 그 어머니를 의자에 앉혔다. 그녀는 두 손으로 얼굴을 가리고 어깨를 들먹이며 계속 흐느껴 울었다.

"이 부인의 아들이 심장 카테터를 하는 도중 엑스레이실에서 발작을 일으켰어. 그 친구는 심한 정신박약인 데다 신체 쪽에도 문제가 있었지."

토마스가 미처 대답을 하기도 전에 사제와 그 부인의 남편으로 생각되는 남자가 들어왔다. 그들은 서로 포옹했다. 그러자 부인도 약간 기운을 차리는 것 같았다.

이윽고 세 사람은 황급히 밖으로 나갔다.

조지도 자리에서 일어났으나 그 소동으로 몹시 당황하고 있는 것 같았다. 토마스는 행복하게 복지시설에 있던 그 아이를 왜 병원으로 옮겼느냐고 그 어머니가 묻던 말을 되풀이하고 싶었으나 그 말은 하지 않았다.

"정말 못해먹겠군."

조지는 방을 나가면서 투덜거렸다. 방안 사람들을 보기가 겸연쩍었던 것이다.

토마스는 방안에 남아 있는 사람들의 얼굴을 둘러보았다. 그들은 동정과 두려움이 섞인 표정으로 그를 지켜보았다. 그들 모두가 지금 수술을 받고 있는 환자들의 가족이어서 이런 광경은 보기만 해도 끔찍했다. 토마스는 캠벨의 딸을 찾았다. 그녀는 창백한 표정으로 손을 무릎에 얹고 창가에 앉아 있었다.

토마스는 창가로 다가가 그녀를 내려다보았다. 전에 자기 사무실에서 한번 만난 적이 있었는데 로라라는 여자였다. 30세쯤 되어 보이는 미인이었는데 갈색 머리를 포니테일로 길게 뒤로 늘어뜨리고 있었다.

"수술은 잘됐어요."

그는 조용히 말했다.

로라는 그 말을 듣고 발딱 일어나더니 토마스에게 몸을 던지면서 그의 목을 껴안고 울음을 터뜨렸다.

"고마워요, 고맙습니다."

토마스는 어쩔 줄 모르고 그 자리에 가만히 서 있었다. 그녀가 갑자기 울음을 터뜨리자 완전히 당황하고 만 것이다. 주위 사람들은 무슨 구경이라도 난 듯이 일제히 이쪽을 지켜보고 있었는데, 아무리 떼어 내려고 해도 로라는 떨어지려고 하지 않았다.

토마스는 처음으로 심장 절개수술에 성공했을 때 나자로 씨의 가족이 로라와 똑같이 히스테릭하게 감사를 표시했던 것을 떠올렸다. 그때는 토마스도 그들과 함께 행복감을 맛보았다. 온 가족이 그를 포옹하고 그도 역시 그들을 모두 포옹해 주었다. 그는 자신에게 향하고 있는 그들의 존경과 감사의 마음을 분명히 느낄 수 있었다. 그것은 믿을 수 없으리만큼 강렬한 체험이었기 때문에 토마스는 지금도 그때의 일을 생생하게 기억하고 있었다.

그러나 지금의 자신은 매우 복잡했다. 그는 하루에 3번 내지 5번의 수술을 하지만 환자에 대해서는 수술 전의 검사 결과 외에는 거의, 어쩌면 전혀 모르고 있는 실정이었다. 캠벨 씨가 그 좋은 예였다.

"전 선생님께 무엇이든 해드리고 싶어요."

로라는 여전히 토마스의 목에 매달려 속삭였다.

"무엇이든지 말예요."

토마스는 그녀의 엉덩이의 곡선을 위에서 내려다보았다. 몸에 찰싹 달라붙어 있는 실크드레스 때문에 몸이 더욱 강조되고 있었다. 뿐만 아니라 그녀의 넓적다리가 자신의 넓적다리에 밀착되어 있었다. 토마스는 어떻게든 이 여자를 떼놓아야겠다고 생각했다.

그는 손을 올려 매달려 있는 로라의 팔을 풀었다.

"내일 아침이 되면 아버지와 얘기할 수 있을 겁니다."

토마스의 말에 그녀는 갑자기 자신의 행동에 부끄러움을 느끼고 고개를 끄덕였다.

토마스는 그녀와 헤어져 대기실을 나왔으나 왠지 불안한 생각이 들었다. 피로 때문일까. 전날 밤은 긴급수술 때문에 별로 잠을 자지 못했으나 아침에는 그다지 피로한 줄 몰랐었다. 그는 가운을 벗어놓고 기분전환을 좀 해야겠다고 생각했다.

그는 휴게실로 가기 전에 회복실에 먼저 들렀다. 조금 전에 수술을 한 빅터 말보로와 그웬돌렌 하스브룩은 모두 증세가 안정되어 많이 좋아졌으나, 그들의 얼굴을 보자 토마스는 더욱 불안한 생각이 들었다. 조금 전에 자기 손으로 그들의 심장을 만졌는데, 많은 환자들 중에서 그들의 얼굴을 전혀 알아볼 수가 없었다.

회복실에서 교환되고 있는 허식적인 인사치레에 환멸을 느낀 토마스는 휴게실로 갔다. 커피 맛 같은 것에는 별로 까다로운 편이 아니지만 그는 손수 커피를 따라 구석에 있는 가죽 안락의자에 가서 털썩 앉았다. 〈보스턴 글로브〉지의 리빙 특집이 바닥에 떨어져 있었다. 그는 내용을 읽고 싶어서가 아닌데도 그것을 주워들었다. 지금으로서는 동료 누구와도 얘기하고 싶지 않았지만 마음대로 되지 않았다.

"아까 대기실에서는 도와줘서 고마웠소."

토마스는 신문을 내리고 쳐다보았다. 조지 셔먼의 넓적한 얼굴이 눈앞에 보였다. 그는 수염이 많아서 오후의 이 시간쯤 되면 아침에 면도하는 것을 잊은 사람처럼 보였다. 그는 건장한 체격을 가진 땅딸막한 남자였는데 180센티미터의 토마스보다 몇 센티미터가 작았다. 그는 이미 평상복으로 갈아입고 있었으나 한 번도 다리미질을 한 일이 없는 것 같은 쭈글쭈글한 와이셔츠에 줄무늬 넥타이, 그리고 팔꿈치가 약간 닳은 코듀로이 윗도리를 입고 있었다.

조지 서먼은 그리 많지 않은 미혼 외과의 중 한 사람이었다. 특히 40세가 된 지금까지 한 번도 결혼을 한 적이 없다는 점에서 매우 드문 부류에 속했다. 다른 독신자들은 모두 별거중이거나 이혼을 한 사람들이어서 젊은 간호사들에게는 조지가 특별히 인기가 있었다. 그녀들은 걸핏하면 그의 독신생활을 놀리거나 그를 도우려고 했다. 그러나 조지는 지성과 유머로 그것을 재치 있게 피하면서 필요할 때만 그녀들을 이용했다. 토마스는 그의 그런 점이 매우 못마땅했다.

"그 여자는 가엾게도 이성을 완전히 잃었더군요." 하고 토마스는 대꾸했다. 그러나 병원 안에서 일어난 일을 화제로 삼거나 의견을 말하는 것은 별로 좋지 않을 것 같아서 그는 다시 신문을 집어 들었다.

"그건 정말 뜻밖의 소동이었소."

조지는 둑이 터진 것처럼 지껄이기 시작했다.

"그런데 그 대기실에 있던 미인은 당신 환자의 딸이죠?"

토마스는 또 천천히 신문을 내렸다.

"글쎄요, 나는 그녀가 특별히 미인이라고는 생각되지 않던데."

그는 쌀쌀하게 말했다.

"그럼 그녀의 이름이나 전화번호도 물어보지 않았소?"

조지는 킥킥거리며 말했다. 그리고 토마스가 우물쭈물하자 교묘하게 화제를 바꿨다.

"발렌타인의 환자 한 사람이 어젯밤에 발작을 일으켜서 죽었는데 당신도 들었소?"

"예, 들었어요."

"그는 천하가 다 아는 호모였소."

"그건 몰랐는데요."

토마스는 별로 관심이 없다는 듯이 말했다.

"그리고 호모냐, 아니냐 하는 것이 심장외과의 일상적인 자료라는 것도 몰랐는걸요."

"그건 알아둬야 해요."

"그건 왜죠?"

토마스가 물었다.

"곧 알게 될 거요. 내일 데스 콘퍼런스에서."

조지는 눈썹을 치켜 올리며 말했다.

"그때까지 기다릴 수 없는데."

"아무튼 오늘 오후에 간담회에서 만납시다."

조지는 장난이라도 치듯이 토마스의 어깨를 툭 치고 돌아섰다.

토마스는 어슬렁어슬렁 걸어가는 조지를 지켜보았다. 그가 그런 식으로 지분거리는 것이 견딜 수 없이 불쾌했다. 꼭 어린애를 다루는 것 같은 수작인 것이다.

이윽고 조지는 창가의 의자에 앉아 있는 레지던트와 간호사들 속으로 들어갔다. 웃음소리와 왁자한 소리가 방안에 울려 퍼졌다. 토마스가 조지 셔먼을 싫어하는 것이 바로 그런 점이었다. 그는 외과의사로서의 실력은 그리 신통치 않으면서 승진 점수를 따는 데만 급급하고 있었다.

아카데믹한 의료센터의 폐해의 하나는 직무의 임명이 매우 정치적으로 이루어진다는 것인데, 조지야말로 바로 그런 정치적인 인간이었다. 그는 머리회전이 빠르고 언변이 좋았으며 사교에도 능란했다. 게다가 가장 중요한 것은 그가 병원정치의 관료적인 위원조직 속에서 날개를 펴고 있다는 점이었다. 성공하기 위해서는 착실한 할스테드(미국의 외과의사, 1852~1922)보다 권모술수가인 마키아벨리에게서 배우는 것이 최선이라는 것을 그는 일찍부터 알고 있었다.

이 문제의 근원은 교육을 담당하는 의사들 사이의 반목 때문이라고 토마스는 생각했다. 의사들은 토마스 자신과 마찬가지로 촉탁의의 형식으로 환자들로부터 직접 보수를 받고 있는 사람과 조지 서먼처럼 의과대학에 전임으로 고용되어 서비스료가 아닌 정기적인 봉급을 받고 있는 사람, 두 종류가 있기 때문이었다.

물론 촉탁의는 당연히 수입도 많고 보다 자유로우며 상사에게 아첨할 필요도 없었다. 그러나 근무의는 훌륭한 칭호를 가지고 일에 대한 계획도 마음대로 세울 수 있으나 항상 상사로부터 이래라저래라 지시를 받게 된다. 병원은 이 양자의 대결장이었다. 한편으로는 촉탁의가 데리고 오는 많은 환자들의 돈을 기뻐하고, 한편으로는 대학 의학부의 일부분이라는 신빙성과 안정성을 즐기고 있는 것이다.

"지금 캠벨의 가슴을 닫고 있는 중입니다."

래리의 목소리가 토마스의 생각을 중단시켰다.

"레지던트가 피부를 봉합하고 있습니다. 징후는 모두 안정되고 정상적입니다."

토마스는 신문을 던지고 의자에서 일어나 래리의 뒤를 따라 드레싱룸으로 걸어갔다. 조지의 옆을 지날 때 그가 새로운 교육위원회 같은 것을 따로 만든다는 얘기를 하고 있다는 것이 들렸다. 그 얘기는 오래전부터 있었다. 그리고 교육계장인 조지와 심장외과 과장인 발렌타인이 한통속이 되어 자신의 자유진료를 중지시키고 전임간부로 만들려고 압력을 가하고 있다는 것도 알고 있었다.

그들은 토마스에게 교수직을 제공하겠다고 유혹해 왔다. 거기에 대해 토마스는 생각할 여유를 달라고는 했으나 사실은 아무런 매력도 느끼지 않고 있었다. 그는 여전히 진료를 계속하면서 자유와 수입과 정신적인 안정을 얻고 있었다. 다만 누구를 수술하라, 누구를 수술하지 말라는 지시를 받는 것도 이젠 시간문제라고 토마스는 생각했다. 머지않아 자신은 카테터실에서 죽은 그 불쌍한 저능아와 같은 어처구니없는 환자를 맞이하게 될 것이다.

토마스는 화를 내면서 드레싱 룸으로 들어가서 자신의 로커를 열었다. 그리고 수술복을 벗어 세탁 바구니에 던지다가 문득 자신에게 바싹 달라붙던 로라 캠벨의 부드러운 육체를 떠올렸다. 그것은 매우 즐겁고 감미로운 감촉이어서 몹시 지쳐 있는 그의 신경을 달래주는 데 충분한 효과가 있었다. 수술실을 나온 후부터 수술로 느꼈던 쾌감은 사라지고 신경만 날카로워져 있었다.

"오늘도 선생님의 수술은 최고였습니다."

래리는 토마스의 험악한 표정을 보자 그를 기쁘게 해줘야겠다고 생각하고 그렇게 말했다.

토마스는 대답하지 않았다. 전에는 이런 아침을 좋아했으나 지금은 그저 덤덤하기만 했다.

"사람들이 세세한 일까지 다 모른다는 게 유감입니다."

래리는 와이셔츠 단추를 채우면서 말했다.

"다 안다면 아마도 수술에 대한 생각이 근본적으로 달라질 겁니다. 그리고 누구에게 수술을 받느냐 하는 것에 대해서 보다 관심을 가지게 될 거예요."

토마스는 그의 말에 고개를 끄덕였으나 역시 아무 말도 하지 않았다. 그리고 자기도 와이셔츠를 입으면서 노먼 발렌타인을 생각했다. 그는 사람 좋은 백발의 노 의사인데 모든 사람들로부터 사랑을 받고 칭찬을 듣고 있었다.

사실 발렌타인은 이제 수술을 그만둬야 하지만 아무도 그에게 그런 말을 하는 사람은 없었다. 이 흉부외과에서는 수석 레지던트가 반드시 발렌타인의 수술을 도와주면서 부장이 실패하면 손을 빌려주는 것이 상식으로 되어 있었다. 아카데믹한 의학이란 그런 것이라고 토마스는 생각했다. 발렌타인은 레지던트의 도움으로 상당히 좋은 결과를 얻을 수 있었기 때문에 환자가 마취 중에 무슨 일을 당하는지 알리가 없는 환자와 가족들은 그를 존경하게 되는 것이다.

토마스는 래리의 의견에 찬성하지 않을 수 없었다. 그는 또 자신이 과장이 되면 안성맞춤일 거라고 생각했다. 결국 이 보스턴 메모리얼 병원에서 대부분의 수술을 담당하는 것은 자신인 것이다. 이 병원에 심장외과가 있다는 것을 세상에 알린 것도 다름 아닌 자신이었고, 〈타임〉지도 그런 내용의 기사를 싣고 있었다.

그러나 토마스는 자신이 진정 과장이 되고 싶어 하는지 어떤지는 잘 알 수가 없었다. 물론 한때는 그것만 생각한 적도 있었다. 그것이 추진력이 되어 비상한 노력도 하고 자신을 희생시키면서까지 병원을 위해 일을 하기도 했다. 그렇게 되자 동료들도 그가 아직 연구생이었던 무렵부터 그런 얘기를 하기 시작했던 것이다. 그러나 2, 3년 전부터 관리직에 있는 불쾌한 인간들이 머리를 들기 시작하더니 사사건건 그의 진료를 방해하게 되었다.

토마스는 옷을 입던 손을 멈추고 먼 곳을 바라보았다. 매우 쓸쓸한 생각이 들었다. 오랫동안 추구해 오던 목표가 거의 손에 들어오게 되었을 때 그것이 이제 매력이 없어졌다는 것을 깨닫게 되자 우울해지지 않을 수가 없었다. 이젠 아무런 목표도 없다…… 올 데까지 오고 만 것이다. 아, 왜 이렇게 불쾌할까!

"부인의 얘기를 듣고 깜짝 놀랐습니다. 정말 안됐습니다."

래리는 구두를 신기 위해 의자에 앉으면서 말했다.

"그건 무슨 말인가?"

토마스는 한마디 한마디를 자르듯이 말했다. 래리와 같은 애송이에게 그런 말을 듣는 것이 불쾌했다. 래리는 토마스의 반응은 깨닫지 못한 채 허리를 구부리고 구두끈을 맸다.

"부인의 당뇨병과 시력 말입니다. 초자체 수술을 받는다는데 정말 큰일이 아닙니까."

"수술을 결정한 것은 아니야."

토마스는 딱 잘라 말했다.

상대방의 성난 목소리를 들은 래리는 얼굴을 들었다.

"수술을 결정했다고 말씀드린 것은 아닙니다. 이런 얘기를 꺼내 죄송합니다. 다만 선생님이 신경을 쓰실 것 같아서 말씀드린 것뿐입니다. 빨리 회복되기를 빌겠습니다."

"집사람은 아무 데도 나쁜 데가 없어. 그리고 그 사람의 건강은 자네와 아무 관계도 없잖아."

토마스는 여전히 퉁명스럽게 말했다.

"죄송합니다."

불편한 침묵이 흐르자 래리는 서둘러 구두를 신었다. 토마스는 넥타이를 매고 나서 입생 로랑의 향수를 뿌렸다.

"자네는 어디서 그런 소문을 들었나?"

토마스가 물었다.

"병리과의 레지던트한테 들었습니다. 로버트 세이버트라는."

래리는 로커의 문을 닫고, 회복실에서 자기를 필요로 할지 모르니 가봐야겠다고 말했다.

토마스는 머리를 빗으면서 애써 마음을 가라앉혔다. 오늘은 정말 재수가 없는 날이었다, 모두가 합세해서 자기를 괴롭히려고 드는 것 같았다. 아내의 병이 레지던트들 사이에서 화제가 되고 있다고 생각하니 괜히 화가 났다. 어째서 이런 얘기가 나돈단 말인가.

빗을 로커에 집어넣은 토마스는 거기에 조그만 플라스틱 병이 있는 것이 생각났다. 긴장감이 생기고 두통을 느낀 토마스는 병뚜껑을 열고 한가운데 금이 있는 노란색 정제를 한 알 꺼내 반으로 쪼개어 입에 넣었다. 그리고 잠시 망설이다가 나머지 반도 입에 털어 넣었다. 이럴 때는 먹는 것이 당연한 것이다.

정제는 몹시 썼다. 그는 식수대로 가서 물 한 모금으로 약을 삼켰다. 약을 삼키자마자 즉시 불안감이 사라졌다.

■ ■ ■

금요일 오후, 외과 중환자실 맞은편에 있는 터너 외과실습실에서 심장외과의 간담회가 열렸다. 그곳은 19세기 말에 세상을 떠난 J.P. 터너가 기증한 것인데 아르데코 풍으로 장식되어 있었다. 1939년 당시 의학부 교실의 반의 넓이였는데 60개의 좌석이 준비되어 있었고 정면에는 높은 연단과 지저분한 칠판, 옛날의 해부도를 그린 선반, 그리고 인골의 모형 등이 진열되어 있었다.

이 터너 교실은 병동과도 가까워서 노먼 발렌타인 의사가 '환자가 우선'이라고 주장하면서 그의 제안으로 매주 금요일마다 여기서 집회가 열리게 된 것이다. 그러나 10명 남짓한 사람들이 텅 빈 의자들 사이에 스파르타식으로 검소하게 만들어놓은 책상을 대하고 앉으면 뭔가 허전해 보였다.

"간담회를 시작하는 것이 좋겠습니다."

발렌타인이 실내의 두런거리는 소리를 제지하려는 듯이 말했다.

모두 자리에 앉았다. 현재 이 집회에는 발렌타인, 서먼, 킹슬리를 포함하는 8명의 심장외과 간부들 중 6명과 다른 과 의사들, 병원 관리자들, 그리고 최근에 참석하게 된 상담역인 사회학자 로드니 스토다드의 얼굴도 보였다.

토마스는 로드니 스토다드가 자리에 앉는 것을 지켜보고 있었다. 그는 머리가 거의 벗겨지고, 얼마 남지 않은 머리카락도 색깔을 분간할 수 없을 정도로 엷었으나 나이는 아직 30세도 안 된 것 같았다. 그는 금속으로 만든 가는 테 안경을 쓰고 항상 자기만족에 도취해 있는 듯한 표정을 하고 있었다. 토마스에게는 그 사나이가 마치 이렇게 말하고 있는 것 같았다.

'무엇이든 모르는 것이 있으면 물어보게. 나는 그 해답을 알고 있으니까.'

스토다드는 대학의 추천으로 고용되었다. 최근까지만 해도 의사들은 어떤 환자든 그들의 생명을 구하는 것이 당연한 것으로 되어 있었다. 그러나 지금은 심장절개 수술이라든가 이식, 인공장기 등 돈이 많이 들고, 더구나 복잡한 기법이 사용되어 병원으로서도 이와 같은 인명구조 수술은 신중히 선택하지 않으면 안 되었다. 그리고 애프터케어에 필요한 정밀기계를 설치할 공간을 확보하기 위해 이런 수술도 당분간 제한하게 되었다.

대개 의학교육을 담당하고 있는 간부들은 여러 가지 병을 가지고 있는 환자를 좋아하는 반면, 토마스와 같은 실제적인 의사는 건강을 회복하고 되찾을 수 있는, 사회적으로 생산성이 있는 사람들을 좋아했다.

토마스는 로드니를 힐끗 쳐다보면서 야릇한 미소를 지었다. 만약 저 녀석의 심장을 내 손에 쥘 수 있다면 저 자신만만한 로드니는 어떤 느낌이 들까 하는 생각이 들었다. 지금은 논의할 때가 아니라 결정할 때였다. 토마스의 입장에서 볼 때 로드니가 이 모임에 참석하고 있다는 것은 의학에도 관료적인 압력이 더욱 가중되고 있다는 좋은 증거였다.

발렌타인이 청중을 진정시키려는 듯이 두 팔을 벌리면서 말했다.

"간담회를 시작하기 전에, 여러분은 틀림없이 〈타임〉지가 이 보스턴 메모리얼 병원을 심장 바이패스 수술센터라고 평한 기사를 읽으셨을 겁니다. 그것은 우리로서는 당연한 것입니다. 그리고 이런 평가를 얻게 해주신 여러분에게 나는 진심으로 감사를 드립니다."

발렌타인이 박수를 치자 조지가 그것을 따르고, 얘기를 잘 듣고 있지도 않던 사람들까지 덩달아 박수를 쳤다.

언제 회복실로 호출될지 몰라서 출입문 근처에 앉아 있던 토마스는 얼굴을 찌푸렸다. 발렌타인과 다른 의사들도 알고 있겠지만 그와 같은 평판을 얻게 된 것은 대부분 토마스 덕분이었고, 또 일부는 오늘 간담회에 나오지 않고 있는 2명의 촉탁의 때문이었다.

그는 외과에 들어올 때 다른 직업에 흔히 있을 수 있는 사소한 일에는 일체 관여하지 않겠다고 생각했었다. 병과 대결하는 것은 자신과 환자밖에 없는 것이다! 토마스는 방안을 둘러보면서 이 간담회에 참석하고 있는 대부분의 사람들이 자기 일에 간섭할 수 있는 입장에 있다는 것을 깨달았다. 즉 심장외과의 입원실과 수술시간을 제한하려는 참으로 불쾌한 계획을 세우고 있는 것이다.

이 병원은 누구든지 여기에서 바이패스 수술을 받고 싶어 할 정도로 유명해졌고, 특히 환자들은 토마스에게 수술을 받으려고 말 그대로 장사진을 이루고 있는 실정이었다. 그러나 그는 수술실 사용을 일주일에 19건으로 제한하고 있었기 때문에 환자들을 한 달 이상이나 기다리게 하지 않으면 안 되었다.

"조지가 다음 주의 스케줄을 나누어 드리기 전에 이번 주의 화제를 간단히 말씀드리겠습니다."

발렌타인이 서류 다발을 조지에게 건네주면서 말했다.

단조로운 설명이 계속되고 있는 동안 토마스는 스케줄을 훑어보았다. 자기 환자의 처리에 대해서는 간호사가 계획을 세워주었다. 그녀가 필요한 사항을 조회해서 발렌타인의 비서에게 건네주면 그 비서가 그것을 타이핑해서 한데 모으는 것이다.

거기에는 환자 한 사람 한 사람의 대체적인 병력과 중요한 진단자료표, 그리고 수술의 필요성에 대한 설명 등이 기입되어 있었다. 그러므로 이 모임에 참석한 모든 사람이 환자 한 사람 한 사람의 자료를 살펴보면서 수술이 꼭 필요한지의 여부를 결정하는 것이 목적이었다. 그러나 실제로는 간담회에 결석하지 않는 한 그와 같은 간섭은 하지 않았다. 다만 한번 토마스가 쉬었을 때 마취과에서 그의 수술예정을 몇 건인가 취소한 적이 있었는데, 그때부터 의사들은 모두 그것을 명심하게 되었다.

토마스는 서류를 계속 훑어보다가 갑자기 발렌타인이 환자의 죽음에 대해서 무언가를 말하고 있는 것을 알고는 얼굴을 들었다.

"불행하게도 이번주에 수술 후 사망이 2건 있었습니다. 한 사람은 교육반이 담당하고 있던 환자인데 앨버트 비겔로우, 82세의 남성. 두 군데의 심장 판막을 복원한 후 인공심폐를 제거하지 못해서 생긴 일입니다. 이것은 구급조치가 필요한 환자였습니다. 그래, 부검 결과가 나왔는가, 조지?"

"아뇨, 아직 안 나왔습니다. 하지만 비겔로우 씨는 굉장히 중증이었다는 것을 말씀드리고 싶습니다. 알코올 중독으로 간장이 매우 나빴기 때문에 수술이 위험하다는 것을 우리는 알고 있었습니다. 득실은 반반이었지요."

회장에 정적이 감돌았다. 비겔로우 씨의 죽음을 재촉한 얘기가 사람들을 놀라게 한 모양이라고 토마스는 생각했다. 짜증나는 일은 자기 환자들을 언제까지나 기다리게 하는 것도 이런 부류의 환자들 때문이라는 것이었다.

발렌타인은 장내를 둘러보고 아무도 발언하는 사람이 없다는 것을 알자, 얘기를 계속했다.

"두 번째 사망자는 내 담당환자인 브루스 윌킨슨 씨였습니다. 어젯밤에 사망했는데 오늘 아침에 부검했습니다."

발렌타인은 조지를 돌아보았다. 그러자 조지가 가만히 고개를 흔드는 것을 토마스는 보았다.

발렌타인은 헛기침을 하고 나서 이 두 문제는 다음의 데스 콘퍼런스에 회부될 예정이라고 말했다.

토마스는 그들의 행동을 이상하게 생각하면서 아까 휴게실에서 조지가 하던 불쾌한 얘기를 떠올리며 고개를 흔들었다.

발렌타인과 조지 사이에는 분명히 무엇인가가 있다, 토마스는 약간 불안을 느꼈다. 발렌타인은 이 의료센터에서 독특한 지위를 차지하고 있었다. 심장외과 과장으로서 대학에도 자리가 있었고 봉급도 받고 있었다. 그러나 한편으로는 자기 환자도 가지고 있었다. 즉 조지와 같은 샐러리맨인 동시에, 또 토마스처럼 촉탁제의 간부로서 환자로부터 사례금을 받고 있는 것이다. 기술적인 면에서 분명히 떨어지고 있는 발렌타인은 자유로운 촉탁의의 수입 외에 교수가 될 수 있는 특권도 누리게 되었다고 토마스는 생각했다. 만약 그것이 사실이라면 근무의와 촉탁의 사이의 균형이 깨질 우려가 있었다. 지금까지는 전자에서 후자로 옮겨가는 것이 정상이었기 때문이다.

"그럼 가지고 계신 서류의 마지막 페이지를 보십시오. 스케줄 중에서 중요한 변경사항을 말씀드리겠습니다." 하고 발렌타인이 말했다.

사람들이 동시에 페이지를 넘기는 부산한 소리가 일제히 들려왔다. 토마스도 서류를 의자의 팔걸이에 올려놓고 페이지를 넘겼다. 스케줄의 중요한 변경이라는 말은 듣고 싶지도 않았지만…….

마지막 페이지는 세로로 4줄의 칸을 만들어서 심장 절개수술에 사용되는 4개의 방을 표시하고, 가로는 일주일 5일 동안의 수술실 사용일로 나누어져 있었다. 그리고 각 칸마다 그날의 담당의사 이름이 쓰여 있었다. 18호실은 토마스의 방이었는데 가장 빠르고 가장 바쁜 의사로서 간담회 때문에 3회로 줄인 금요일 외에는 그에게 하루 4회가 할당되어 있었다. 그런데 맨 먼저 18호실 칸을 본 토마스는 자기 눈을 의심했다. 스케줄에는 월요일부터 목요일까지 일률적으로 하루 3회로 되어 있는 게 아닌가. 주 4회의 수술이 없어져버린 것이다!

"대학은 의학교육을 담당할 직원 한 명을 더 고용할 수 있는 권한을 우리에게 주었습니다."

발렌타인이 자랑스러운 듯이 말했다.

"그래서 우리는 소아 심장외과를 설치하기 위한 검토를 시작했습니다. 물론 이것은 우리 과의 큰 발전입니다. 그리고 이 새로운 사태에 대한 준비로서 우리는 주 4회의 실습교육 시간을 별도로 설치하기로 했습니다."

"발렌타인 박사님."

토마스는 감정을 억제하면서 신중히 발언했다.

"이 스케줄을 보니 4회의 실습교육 시간을 전부 제게 할당되어 있는 시간에서 빼냈군요. 이것은 다음 주에만 이렇게 한다고 생각해도 되겠습니까?"

"아니, 그 스케줄은 별도의 연락이 있을 때까지 계속될 걸세."

토마스는 말을 하기 전에 천천히 숨을 내쉬었다.

"전 반대입니다. 저 혼자만 수술 횟수를 줄이는 것은 불공평한 처사입니다."

"말이 났으니 말이지만, 지금까지 수술시간의 40퍼센트는 당신이 차지하고 있었어요. 그리고 여기는 대학부설 교육병원 아닙니까."

조지가 나섰다.

"나도 교육에 참가하고 있소."

토마스는 날카롭게 말했다.

"그것은 나도 알아. 자넨 이 문제를 개인적으로 생각하면 안 되네. 이것은 단순히 수술시간을 공평하게 할당하자는 것뿐이니까."

발렌타인이 말했다.

"전 이미 환자들을 한 달 이상이나 기다리게 하고 있습니다."

"이것은 교육을 위한 증례는 되지 않겠지만, 현재는 실습교육에 도움이 될 환자도 그렇게 많지 않을 것으로 생각합니다."

"그 점은 염려 마십시오. 우리가 환자를 찾아낼 테니까요."

조지가 말했다.

토마스는 그 이면에 있는 실정을 깨닫고 있었다. 조지도 그렇지만 그 밖에 대부분의 사람들도 토마스가 취급하고 있는 환자의 수와 사례금의 액수에 질투를 느끼고 있었다.

그는 자리에서 일어나 조지의 낯짝을 한 방 갈겨주고 싶었다. 그때 토마스가 보니 갑자기 다른 의사들이 노트와 서류와 신변 주위의 물건들을 챙기고 있었다. 과연 여기에 있는 몇 사람이 자기편을 들어줄 것인지 자신이 없었다.

"우리 모두가 이해해야 할 것은, 우리는 모두 대학조직의 일원이라는 것입니다. 그리고 교육이야말로 그 최대의 적이라는 것입니다. 만약 여러분이 자신의 개인적인 환자로부터 치료를 강요당하는 일이 있다면, 그런 자들은 당장 다른 병원으로 보내야 한다고 생각합니다."

토마스는 그 말을 듣고 치미는 분노 때문에 침착하게 무엇을 생각할 수도 없게 되었다. 그렇다고 지금 여기를 뛰쳐나가 다른 병원으로 옮길 수도 없었다. 그것은 그도 알고 있고 다른 사람들도 알고 있는 사실이었다. 심장외과는 잘 훈련되고 경험이 많은 팀이 필요했다. 토마스는 이 병원 안에서 그런 팀을 만드는 데 힘을 써왔고 그 조직을 의지하고 있기도 했다.

그때 프리실라 그레니어가 일어나서 발언을 요청했다. 그녀는 만약 새로운 인공 심폐장치와 그것을 다룰 기사를 채용할 예산을 확보할 수 있다면 수술실을 하나 더 늘릴 수도 있을 것이라고 말했다.

"그것도 좋은 생각이오. 토마스, 그런 증설이 가능한지 어떤지를 조사하는 특별위원회에 자네는 기꺼이 의장으로 앉아줄 것으로 생각하는데 어떤가?"

발렌타인 의사가 그 제안에 그렇게 말했다.

토마스는 빈정거리는 말투가 되지 않도록 신경을 쓰면서 발렌타인 의사에게 고맙다는 인사를 했다. 그리고 현재의 업무량으로 봐서 발렌타인의 제안을 당장은 받아들일 수 없으나 거기에 대해서는 충분히 생각해 보겠다고 말했다. 지금 시점에서는 수술도 하기 전에 죽을지도 모르는 환자를 어떻게 기다리게 하느냐를 걱정하지 않으면 안 되었다. 수술만 하면 99퍼센트까지 생명을 연장할 수 있고 회복할 수 있는 환자를, 뻔한 알코올 중독인 경화증 환자 등에게 수술실을 빼앗겨 실습교육의 실험을 위해 희생시켜야 하다니!

그 얘기를 끝으로 간담회는 끝났다.

홍분을 억제하려고 애쓰면서 토마스는 발렌타인에게로 갔다. 조지가 선수를 쳐서 가로막으려고 했으나 토마스가 그것을 제지했다.

"잠시 드릴 말씀이 있는데 괜찮겠습니까?"

토마스가 물었다.

"괜찮네."

발렌타인이 대답했다.

"선생님한테만 말씀드리고 싶은데요."

"난 마침 중환자실에 가는 길이오. 만약 용무가 있으면 난 내 방에 있을 테니까 그쪽으로 오도록 하시오."

조지가 싹싹하게 말하고 토마스의 어깨를 툭 치고 밖으로 나갔다.

토마스가 볼 때 발렌타인은 부드러운 백발을 단정하게 갈라서 뒤로 빗어 붙이고 볕에 그을린 단정한 얼굴 모습을 하고 있는 것이 아무리 봐도 할리우드 영화에 나오는 의사 같은 느낌이었다. 그리고 그 전체적인 효과를 엉망으로 만들고 있는 것은 두 귀였다. 그것은 어떤 사람의 귀보다도 커 보였다. 토마스는 지금 그것을 붙들고 맘껏 휘둘러대고 싶은 충동을 느꼈다.

"자, 토마스."

발렌타인이 빠른 말투로 말했다.

"난 이런 일로 자네가 그렇게 과민반응을 보일 필요가 없다고 생각하네. 나는 〈타임〉지에 기사가 나온 뒤부터 특히 수술시간을 좀 더 교육에 돌릴 수 있도록 하라는 대학 측의 압력을 받고 있단 말일세. 그렇게 선전이 되면 기부금을 모으는 데도 큰 영향이 있는 모양이야. 그리고 조지도 말했듯이 자네는 지나치게 많은 시간을 차지하고 있어. 안됐지만 이 점을 이해해 주게. 하지만……."

"하지만, 뭡니까?"

토마스가 물었다.

"자네가 지금 촉탁의 신분이지 않나. 자네가 전임근무로 바꿔준다면 내가 교수자리를 보장하지. 그리고……."

"전 지금의 임상 조교수라는 자리도 만족합니다."

토마스는 그때 갑자기 아, 그렇구나 하는 생각이 들었다. 이 새로운 스케줄은 자신이 촉탁의로 있는 것을 단념시키기 위한 하나의 시도였다.

"토마스, 내 뒤를 이어 심장외과 과장이 될 수 있는 사람은 반드시 전임 근무의라야 하네. 그건 자네도 알고 있지 않나."

"그러니까 제 수술시간을 줄인 것을 기정사실로 받아들이라는 말씀이시군요."

토마스는 발렌타인의 말을 무시하고 말했다.

"그럴 수밖에 없겠지. 달리 수술실을 구할 수 없다면 말이야. 하지만 자네도 알다시피 그러려면 시간이 걸릴 거야."

토마스는 몸을 홱 돌려 밖으로 나가려고 했다.

"전임근무 문제를 한번 생각해 보지 않겠나?"

발렌타인이 그의 등 뒤에 대고 말했다.

"생각해 보죠."

토마스는 입에서 나오는 대로 대답했다.

그는 실습실을 나와서 계단을 내려가기 시작했다. 그러나 첫 계단에서 걸음을 멈추고 두 눈을 감았다. 걷잡을 수 없는 분노가 몸을 떨리게 했다. 그러나 그것은 잠시였다. 이윽고 그는 몸을 쭉 펴고 자신의 감정을 억제했다. 결국 그는 이성적인 인간이었다. 오랫동안 발렌타인과 조지가 무엇인가를 꾸미고 있다고 의심하고 있었는데 이제 그것이 밝혀진 것이다. 그러나 과연 그것뿐일까. 수술실 스케줄을 변경하는 것 이상의 무엇인가가 또 있을지도 모른다. 반드시 무엇인가가 있을 것 같다는 불안감이 느껴졌다. 그는 그것을 꼭 알아내야겠다고 생각했다.

비밀에 싸인 남자

캐시는 항상 자기 소변에 시험지(test tape : 테이프에 시약이 묻어 있어서 소변이나 혈액의 물질에 따라 색이 변함)를 적실 때마다 약간의 불안감을 느끼곤 했다. 테이프의 색깔이 변하면 그것으로 당이 나오고 있다는 것을 알게 되기 때문이었다. 소변에 미량의 당이 섞여 나오는 것은 그리 큰 문제가 아니었다. 더욱이 이따금 그럴 정도라면 문제될 것이 없었다. 당이 나온다고 해서 자신이 어떻게 할 수 있는 것도 아니었다. 다만 곤란한 것은 병이 조절되지 않고 있다는 데서 오는 불안감, 그 심리적인 것이 문제였다.

화장실의 불빛이 어두워서 캐시는 시험지의 빛깔을 잘 보기 위해서 문을 조금 열어놓지 않으면 안 되었다. 전날 밤은 제대로 잠을 자지 못한 데다 점심을 프루츠 요구르트로 때웠기 때문에 약간의 당이 나와도 별로 놀라지 않을 작정이었다. 캐시는 자신이 주사한 인슐린의 양과 식사와의 균형이 유지되고 있는 것을 매우 기뻐했다. 내과의 주치의인 말콤 매키네리는 이따금 인슐린 지속주입기(시간에 따라 인슐린이 계속 흘러들어가도록 고안된 장치)로 바꾸라고 설득을 했으나 그녀는 받아들이지 않았다. 그런대로 효과가 있었고 익숙한 것을 다른 방법으로 바꾸는 것이 귀찮았다.

그녀는 하루에 두 번, 아침식사와 저녁식사 전에 자기가 직접 주사하는 것이 아무렇지도 않았고, 이미 매일같이 해오는 일이어서 조금도 성가시지 않았다.

캐시는 오른쪽 눈을 감고 시험지를 보았다. 젖빛 유리를 통해 보듯이 뿌옇게 보일 뿐이었다. 장님이 된다는 것은 어떤 의미에서는 죽는 것보다 더 무서웠기 때문에 그녀는 어떻게든지 눈이 고장 나지 않도록 빌었다.

죽음의 가능성은 부정할 수 있었다. 누구나 그렇듯이. 그러나 장님이 될 가능성은 왼쪽 눈의 상태와 연관을 지어볼 때 부정하기가 어려웠다. 눈의 이상 현상은 갑자기 일어난 일이었다. 눈의 혈관이 터져서 초자체 속으로 피가 스며들어갔기 때문이라고 했다.

캐시는 손을 씻으면서 거울에 자기 얼굴을 비쳐보았다. 머리 위에 달려 있는 불빛으로 피부의 빛깔이 실제보다 짙게 보이는 것을 그녀는 고맙게 생각했다. 코를 보니 얼굴 전체로 볼 때는 너무 작은 것 같았다. 그리고 눈, 마치 머리카락을 뒤에서 강하게 잡아당기는 것처럼 눈꼬리가 부자연스러울 정도로 치켜 올라가 있었다.

다음에는 얼굴 모습을 하나씩 분리하지 않고 전체적으로 봤다. 정말 사람들이 말하는 것처럼 자신이 매력이 있는 것일까? 조금도 아름답다는 생각이 들지 않았다. 이마 위에 큰 글씨로 '당뇨병'이라는 스탬프가 찍혀 있는 것 같은 느낌이 들었다. 자신의 병은 누구라도 한눈에 알 수 있는 큰 상처라는 생각이 들었다.

항상 이랬던 것은 아니었다. 고교시절에는 자기 인생 중에서 이것은 매우 사소한 문제, 간단히 해결될 수 있는 문제라고 생각했다. 약의 복용이나 식이요법이 중요하다는 것은 알고 있었지만 일부러 무시해 버리기도 했다. 그러나 그녀의 이런 사고방식은 당연히 부모님, 특히 어머니를 걱정시키게 되었다. 이 병을 치료하는 데 필요한 규율을 지키는 것을 그녀 인생의 가장 중요한 과제로 삼아야 한다고 부모님은 생각했다. 적어도 그 방법만이 어머니 캐시디 부인이 생각하는 유일한 문제해결법이었다.

의견 충돌은 졸업반 댄스파티가 있던 날 절정에 달했다.

캐시는 흥분과 설렘으로 정신없이 집으로 돌아왔다. 댄스파티는 요즘의 풍조대로 지방의 컨트리클럽에서 개최되는데, 댄스파티가 끝나면 학교로 돌아와 아침식사를 하고 클래스 전체가 나머지 주말을 뉴저지 해안에서 보내기로 되어 있었다.

게다가 캐시는 학교에서 가장 인기가 있는 소년인 팀 바솔로뮤로부터 뜻밖에 파트너가 되어달라는 신청을 받았다. 그와는 물리학 수업을 같이 받기 때문에 수업이 끝난 후 몇 번 얘기를 나눈 정도였다. 그러나 데이트를 청한 일은 한 번도 없어서 이 초대는 정말 뜻밖이었다. 올해 최대의 행사에 좋아하는 남자아이와 같이 갈 수 있다는 것은 캐시에게 있어서 정말 가슴이 두근거리는 일이었다.

캐시의 아버지가 맨 먼저 이 좋은 소식을 들었다. 약간 따분한 컬럼비아 대학 지질학 교수인 그는 캐시만큼 열광하지는 않았지만 딸의 행복을 기뻐했다. 그러나 어머니는 매우 냉정한 사람이었다. 그녀는 부엌에서 나오면서 댄스파티에는 가도 좋지만 학교의 아침식사에는 가지 말고 집으로 돌아오라고 말했다.

"이럴 때는 당뇨병이든 뭐든 사람들은 조금도 사정을 봐주지 않는다. 그리고 주말에 해안으로 간다는 것은 말도 안 돼."

어머니가 그렇게 반대하리라고는 꿈에도 생각지 못했기 때문에 캐시는 대답할 말이 없었다. 그녀는 눈물을 흘리면서 약도 식사도 충분히 책임을 지고 조심하고 있기 때문에 가도 괜찮지 않느냐고 항의했다. 그러나 캐시디 부인도 물러서지 않았다. 자기는 오직 캐시의 건강만을 생각하고 있다고 말하고, 캐시가 자신의 몸이 정상이 아니라는 사실을 인정해야 한다고 말했다.

캐시는 자신은 아무 데도 아픈 곳이 없다고 외치면서 그녀의 청춘을 다 던져 어머니와 싸웠다.

캐시디 부인은 딸의 어깨를 잡고 말했다.

"너는 평생 동안 계속되는 만성병을 가지고 있는데 그것을 빨리 인정할수록 그만큼 편해질 수 있어."

캐시는 자기 방으로 뛰어 들어가 문을 잠그고 이튿날까지 아무하고도 말을 하지 않았다. 그녀가 맨 먼저 입을 연 것은 팀에게였다. 그녀는 전화를 걸어서 병이 나서 댄스파티에 가지 못하게 되었다고 말했다. 자신에게 당뇨병이 있다는 것을 모르고 있었기 때문에 팀이 그 얘기를 듣고 깜짝 놀랐다는 것을 캐시는 어머니에게 말했다.

캐시는 병원의 거울에 비친 자기 얼굴을 지켜보고 있다가 문득 정신을 차렸다. 자신의 병에 대해 정신적으로 어느 정도까지 이겨낼 수 있을까 하는 생각이 들었다. 지금은 충분한 지식이 있었기 때문에 온갖 종류의 증세와 특징 등 무엇이든 나열할 수 있었다. 그러나 그게 무슨 소용이란 말인가. 그런 지식이 지금까지 지불해온 희생에 대한 대가가 될 수 있을까? 알 수가 없었다. 아니, 영원히 모를 것이 틀림없었다. 캐시는 자신의 헝클어진 머리를 바라보았다.

그녀는 빗과 헤어핀을 손에 들고 머리를 한번 흔들었다. 부드러운 머리카락이 흩어지면서 얼굴에 드리워지자 그녀는 익숙한 솜씨로 빗질을 해서 묶었다. 화장실에서 나오자 한결 상쾌한 기분이 되었다.

당직날 밤에 들고 나온 얼마 안 되는 짐은, 이미 복사한 의학논문들로 꽉 차 있긴 했지만 천으로 된 숄더백 안에 그럭저럭 다 들어갔다. 그녀는 이 백을 대학 때부터 사용하고 있어서 이제 많이 닳고 더러워지기는 했으나 정이 든 물건이었다. 그 백에는 옆으로 큼직한 붉은 하트 무늬가 그려져 있었다. 의대를 졸업할 때 가죽가방을 선물로 받았으나 그녀는 이 천으로 만든 백이 더 좋았다. 가방 같은 것을 들고 다니면 왠지 으스대는 것 같아서 싫은 데다, 실제로 이 백에는 물건도 더 많이 들어갔다.

캐시는 손목시계를 보았다. 5시 반, 꼭 알맞은 시간이었다. 토마스는 지금쯤 자기 진찰실에서 마지막 환자를 돌려보내고 안도의 한숨을 쉬고 있을 것이다. 정신과의 또 하나 고마운 점은 일과시간이라고 생각하면서 캐시는 짐을 들었다. 내과의 인턴이나 병리의 레지던트로 있을 때는 6시 반이나 7시에 끝나는 일은 거의 없었고 때로는 8시나 8시 반까지도 일이 있었다. 그러나 정신과에서는 4시부터 5시까지 회의가 끝나면 당직 외에는 모두 자유의 몸이 되었다.

캐시는 복도에 사람의 모습이 보이지 않는 것을 보고 깜짝 놀랐다. 그러나 이윽고 환자의 저녁식사 시간이라는 것을 알았다. 휴게실을 지나면서 보니 대부분의 환자들이 텔레비전 앞에서 식사를 하고 있었다. 캐시는 아담하게 꾸며진 자기 방으로 들어가서 미리 뽑아놓은 차트를 그러모았다. 그녀는 벤트워스 대령을 포함해 4명의 환자밖에는 담당하지 않고 있었다. 그녀는 오후의 시간을 쪼개어 차트를 세밀히 살펴보고 나서 한 사람 한 사람의 환자에 대해 세로 13센티미터, 가로 8센티미터 크기의 색인카드를 만들었다.

캐시는 천으로 만든 백을 어깨에 걸치고 나서 차트를 두 팔로 안고 간호사실로 향했다. 그날 밤 당직인 조엘 하트만이 안에서 2명의 간호사와 잡담을 하고 있었다. 캐시는 차트를 각각 지정된 장소에 돌려놓고 잘 자라고 인사를 했다. 조엘은, "월요일까지 내가 환자를 잘 돌볼 테니 주말을 즐기고 오시오. 난 대학 때 ROTC였기 때문에 벤트워스를 다루는 방법을 잘 알고 있어요." 하고 말했다.

아래층으로 내려가면서 캐시는 차츰 마음이 안정되는 것을 느꼈다. 정신과에서의 첫 일주일은 두 번 다시 경험하고 싶지 않을 정도로 지긋지긋한 시기였다.

캐시는 건물 내의 횡단보도를 건너 의사 전용 빌딩으로 들어갔다. 토마스의 진찰실은 3층에 있었다. 그녀는 윤이 나는 떡갈나무 문 앞에서 걸음을 멈추고 '의학박사 토마스 킹슬리, 심장 및 흉부외과'라고 쓰인 번쩍거리는 놋쇠 간판을 지켜보면서 자랑스러운 마음에 전율을 느꼈다.

대기실은 치펜데일 복제품과 타브리즈의 융단으로 매우 고상하게 꾸며져 있었다. 연한 청회색 벽에는 진품 그림이 걸려 있었고, 안의 진료실로 통하는 문 쪽에는 토마스의 간호사 겸 사무원인 도리스 스트라트포드가 마호가니 책상에 앉아 있었다. 캐시가 들어가자 도리스는 고개를 들더니 이쪽이 누구인가를 알아보고는 다시 타이프를 치기 시작했다.

캐시는 책상으로 다가갔다.

"토마스는 뭘 하고 있죠?"

"매우 기분이 좋으세요."

서류에서 눈도 떼지 않고 도리스는 대답했다.

도리스는 캐시와 결코 눈을 마주치려고 하지 않았다. 그러나 캐시는 자신의 병을 기분 나쁘게 생각하는 사람도 있다는 사실에 이미 익숙해져 있었다. 도리스도 분명히 그중의 한 사람일 것이다.

"내가 왔다고 해주시겠어요?"

캐시가 말했다. 그리고 도리스의 갈색 눈을 힐끗 쳐다보았다. 그녀는 짜증스러운 표정을 짓고 있었다. 맞대놓고 불평할 정도는 아니었지만 일을 방해당하는 것이 불쾌하다는 기색이 역력했다. 도리스는 대답도 하지 않고 인터폰의 버튼을 눌렀다.

"캐시 선생님이 오셨습니다."

그녀는 말하고 나서 다시 타이핑을 하기 시작했다.

캐시는 도리스 같은 여자 따위에 신경 쓸 필요는 없다고 생각하고 장미색 소파에 앉아 정신분열에 관한 논문을 꺼냈다. 그러나 그녀는 그 논문을 읽다가 갑자기 그 서류 너머로 도리스를 바라보고 있는 자신을 깨달았다.

왜 토마스는 여전히 저 도리스를 고용하고 있는지 이상한 생각이 들었다. 아무리 유능하다고 해도 도리스는 변덕이 많고 성미가 급해서 도저히 의사의 사무실에는 어울리지 않았다.

그녀는 매력이 넘쳐흐를 정도는 아니었지만 보기 흉할 정도도 아니었다. 넓은 얼굴에 이목구비도 번듯하고 약간 쥐색을 띠는 갈색 머리를 틀어 올리고 있었다. 분명히 스타일은 좋았다. 그것은 캐시도 인정하지 않을 수 없었다.

이윽고 캐시는 다시 서류를 내려다보면서 그것에 집중했다.

■ ■ ■

토마스는 번쩍거리는 책상 너머로 오늘의 마지막 환자인 허버트 로웰이라는 52세의 변호사를 바라보았다. 이 진찰실의 장식은 대기실과 똑같았으나 다만 벽의 빛깔이 녹색이었고, 또 하나 다른 점이 있다면 가구가 진짜 치펜데일이라는 것이었다. 책상만으로도 상당한 재산인 것이다.

토마스는 로웰을 몇 번 진찰한 적이 있었는데, 그의 주치의인 파이팅 의사가 찍은 관상동맥의 조영사진을 재검토하고 있었다. 토마스가 볼 때 사태는 명백했다. 로웰은 협심증의 통증을 호소하고 있었는데 그는 가벼운 심근경색의 전력이 있었으며, 엑스레이 사진에서도 관상동맥의 협착을 뚜렷이 볼 수 있었다. 이것은 수술이 필요하므로 토마스는 로웰에게 그것을 알렸다. 그리고 이제 진찰을 끝내야겠다고 생각했다.

"그럼 그 결정은 변경할 수 없다는 말씀이시군요."

로웰은 걱정스러운 듯이 말했다.

"물론 당연히 내려야 할 결정이니까요."

토마스는 자리에서 일어나 로웰의 파일을 닫았다.

"미안하지만 워낙 스케줄이 빡빡해서 이만 실례합니다. 문의할 것이 있으면 전화를 해주십시오."

토마스는 마치 닳고 닳은 세일즈맨처럼, 더 할 얘기가 있으면 다음 기회에 하자는 듯한 몸짓을 하면서 문 쪽으로 걸음을 떼놓았다.

"수술 외에 무슨 다른 방법은 없을까요?"

로웰은 쭈뼛거리면서 물었다.

"로웰, 저의 의견은 이미 싫증이 나도록 듣지 않았습니까. 제가 파이팅 선생에게 이쪽의 의견을 충분히 써 보낼 테니 그쪽에 가서 잘 의논해 보십시오."

토마스는 대기실로 통하는 문을 열었다.

"솔직히 말하지만 로웰, 나는 다른 외과의에게 다시 한 번 진찰을 받아보라고 권하고 싶군요. 왜냐하면 솔직히 말해서 협력을 잘 하지 않는 환자와 접촉하는 것은 불쾌하니까요. 그럼 이만 실례합니다."

토마스는 로웰의 뒤에서 문을 닫았다. 그리고 그도 결국은 필요한 수술을 받게 될 것이라고 확신했다. 이윽고 그는 의자에 앉아 내일 아침 데스 콘퍼런스에서 발표하는 데 필요한 자료를 정리하고 나서 도리스가 두고 간 상담편지에 서명을 했다.

토마스가 서명을 끝낸 편지를 가지고 방에서 나갔을 때 대기실에 아직도 로웰이 있는 것을 발견했으나 별로 놀라지는 않았다. 토마스는 캐시를 힐끗 보면서 알았다는 듯이 고개를 약간 끄덕이고는 환자를 돌아보았다.

"킹슬리 선생님, 나는 자진해서 수술을 받기로 결심했습니다."

"그거 잘됐군요. 이 스트라트포드 양에게 다음 주에 전화를 드리도록 하겠습니다. 그녀가 잘 처리할 겁니다."

토마스가 말했다.

로웰은 토마스에게 인사를 하고 나서 밖으로 나가더니 허둥거리면서 문을 닫았다.

캐시는 논문을 읽고 있는 것처럼 그것을 눈앞에 펼쳐들고 남편이 도리스에게 서류를 건네주는 것을 보고 있었다. 로웰을 처리하는 멋진 솜씨도 눈으로 보았다. 그는 결코 주저하지 않았다. 해야 할 일을 분명히 알고 있었기 때문에 그대로 실천했다. 그녀는 자신에게는 없는 것으로 생각되는 남편의 침착성을 항상 부러워하고 있었다. 그의 옆얼굴의 날카로운 선과 갈색 머리, 그리고 늠름한 체격을 바라보면서 캐시는 자신도 모르게 미소를 지었다. 매력적인 남편을 새삼스럽게 발견한 것 같은 느낌이 들었다.

오늘 하루, 아니 지난 일주일 동안 마음이 편하지 못해서 캐시는 남편에게 달려가 매달리고 싶은 생각이 들었다. 그러나 그런 감정을 노골적으로 표현하는 것을, 특히 도리스가 있는 앞에서는 결코 좋아하지 않으리라는 것을 본능적으로 깨달았고, 또 그것이 옳다고 생각했다. 그래서 그녀는 프린트를 서류철에, 그리고 서류철을 다시 가방에 집어넣었다.

토마스는 도리스와의 일을 마쳤으나 캐시에게 말을 걸어온 것은 진찰실 문을 닫고 나서였다.

"나는 중환자실에 가봐야 해. 같이 가든지 로비에서 기다리든지 맘대로 해. 시간은 별로 걸리지 않을 거야."

그의 목소리는 매우 단조로웠다.

"같이 가겠어요."

토마스도 오늘은 결코 평온하지 않았다는 것을 캐시는 재빨리 알아차렸다. 그를 따라가기 위해 그녀는 걸음을 빨리하지 않으면 안 되었다.

"당신, 오늘 수술이라도 잘못되었나요?"

그녀는 슬쩍 물어보았다.

"수술은 잘됐어."

캐시는 더 이상 묻지 않았다.

쉐링턴 병동으로 바삐 걸어가면서 얘기를 하기도 어려웠지만, 토마스의 마음이 편하지 않을 때는 그가 먼저 이야기를 꺼내도록 하는 것이 좋다는 것을 캐시는 경험으로 알고 있었다.

엘리베이터 안에서도 그는 층을 알리는 숫자만 뚫어져라 지켜보고 있었다. 틀림없이 무언가를 골똘히 생각하는 것 같았다.

"오늘 밤에는 집으로 돌아갈 수 있게 돼서 기뻐요. 하룻밤 푹 잤으면 좋겠어."

캐시가 말했다.

"어젯밤에는 무슨 소동이라도 있어서 바빴던 모양이군."

"정신과 일을 당신 같은 외과 의사한테 얘기해 봐야 무슨 소용이 있겠어요."

토마스는 아무 말도 하지 않았으나 야릇한 미소를 지었다. 마음이 좀 풀리는 것 같았다.

17층에서 엘리베이터 문이 열리자 두 사람은 밖으로 나왔다. 토마스는 빠른 걸음으로 성큼성큼 걸어갔다. 몇 년 동안 병원생활을 하면서도 캐시는 외과 병동에 발을 들여놓을 때마다 같은 기분을 느꼈다. 공포는 아니었지만 그와 비슷한 느낌이었다. 항상 자신의 병을 의식하지 않으려고 애쓰고 있었는데 이 무시무시한 분위기가 그것을 부수고 마는 것이다. 캐시가 당뇨병의 합병증 때문에 환자로서 찾아가는 내과 병동에서는 한 번도 이런 느낌을 받은 적이 없었는데 이곳에서만 이런 느낌이 드는 것은 무슨 까닭일까.

그들이 중환자실로 다가가자 기다리고 있던 환자 가족 몇이 토마스를 발견하고 마치 영화배우나 로큰롤 스타처럼 그를 둘러쌌다. 어떤 노파는 마치 신이라도 되는 것처럼 그를 만지려고 했다. 토마스는 여전히 침착한 표정으로, "수술은 모두 예정대로 끝났으니 그 후의 경과에 대해서는 간호사의 연락이 있을 때까지 기다리세요." 하면서 그들을 격려했다.

간신히 포위망을 빠져나온 토마스는 중환자실로 들어갔다. 이제 캐시 외에는 아무도 따라오지 않았다.

많은 기계류와 오실로스코프의 스크린, 붕대 등이 캐시의 공포심을 더욱 부채질했다. 그리고 여기서는 실제로 환자는 거의 무시되어 수많은 기구 사이에 파묻혀 있는 것 같았다. 간호사도 의사도 먼저 주의

하고 있는 것은 기계였다.

토마스는 이 침대에서 저 침대로 옮겨 다니며 둘러보았다. 이 방의 환자들에게는 특별히 훈련된 간호사가 한 사람씩 붙어 있었기 때문에 토마스는 그 간호사에게는 말을 걸지만 특별한 이상이 보고되지 않는 한 환자 쪽은 거들떠보지도 않았다. 그가 주목하는 것은 그들의 맥박과 호흡, 체온 등의 징후였지만 그것은 모두 비치된 의료기기에서 파악해서 금방 알아볼 수 있도록 되어 있었다. 그리고 그는 체액의 평형상태와 차트를 들여다보고 엑스레이 사진을 머리 위의 전등에 비춰보며 전해질과 혈액가스의 수치를 확인했다. 캐시는 자기가 모르는 것이 너무도 많다는 것을 깨달았다.

토마스가 약속한 것처럼 시간은 별로 걸리지 않았다. 그의 환자들은 모두 순조로웠다. 래리 오웬의 지휘 아래 밤에 일어난 사소한 문제는 레지던트들이 완전히 처리해 놓고 있었다.

이윽고 토마스와 캐시가 복도로 나오자 환자 가족들이 다시 그를 둘러쌌다. 토마스는, "유감스럽게도 천천히 얘기하고 있을 시간이 없지만 모두 좋아지고 있습니다."라고 말했다.

"환자 가족들로부터 이렇게 감사를 받는다는 것은 정말 대단한 일이에요."

엘리베이터를 향해 걸어가면서 캐시가 말했다.

토마스는 아무런 말도 하지 않았다. 그는 캐시의 말을 듣고 옛날 나자로의 가족들로부터 감사하다는 인사를 들었을 때의 그 기뻤던 마음을 떠올렸다. 그들의 감사는 매우 의미가 있는 것이었다. 그리고 캠벨 씨의 딸을 생각했다. 복도 쪽을 돌아보았으나 그녀의 모습은 이미 보이지 않았다.

"물론 가족이 알아준다는 것은 좋은 일이지. 하지만 그것은 별로 중요한 것이 아니야. 그것 때문에 수술을 하는 것은 아니니까."

토마스는 담담하게 말했다.

"그건 그렇겠죠. 나도 그런 뜻으로 한 말은 아니에요."

캐시가 말했다.

"나는 스승이나 선배에게 인정받는 것이 더 중요해."

엘리베이터가 멈추자 두 사람은 밖으로 나왔다.

캐시는 남편의 얼굴을 쳐다보았다. 그의 목소리는 뜻밖에도 아무런 개성도 없는 가라앉은 목소리였다. 그리고 무슨 공상에 잠겨 있는 것처럼 물끄러미 전방을 지켜보고 있었다.

토마스는 믿을 수 없을 정도로 흥분과 모험으로 가득 찼던 흉부외과의 레지던트 시절을 떠올렸다. 3년 동안 거의 병원에서 잠을 자기 일쑤였고, 2칸짜리 초라한 아파트에 돌아가는 것은 겨우 2, 3시간 잠을 자기 위해서일 뿐이었다. 그는 남보다 앞서기 위해 더 이상은 도저히 무리라고 생각할 정도로 맹렬하게 일을 한 덕분에 마침내 수석 레지던트로 임명되었다. 여러 가지 의미에서 그것은 자기 생애의 황금시대였다고 토마스는 생각했다. 그와 똑같이 재능 있고 노력하는 영재들 중에서 선두에 나섰던 것이다.

토마스는 많은 동료들로부터 축복을 받았던 일을 아직도 잊지 않고 있었다. 분명히 외과 일도 그랬지만 그의 인생 자체도 그 무렵에는 매우 풍요롭고 즐거웠다고 토마스는 생각했다. 환자 가족들로부터 인사를 받는 것도 매우 근사한 일이었지만 아무것도 그것을 결코 대신할 수 없었다.

■ ■ ■

캐시와 토마스가 병원을 나섰을 때 보스턴에는 밤비가 휘몰아치고 있었다. 갑자기 돌풍이 소용돌이치면서 미친 듯이 비를 뿌렸다. 가로등의 불빛이 낮게 드리워진 구름에 반사되고 있었다. 캐시는 토마스의 허리에 매달려서 근처에 있는 주차장을 향해 달렸다.

어느 지붕 밑에서 잠시 걸음을 멈춘 그들은 구두에 묻은 빗방울을 털어내고 이번에는 천천히 콘크리트 비탈길을 올라갔다. 비에 젖은 시멘트는 놀라우리만큼 자극적인 냄새를 풍기고 있었다. 토마스의 태도가 이상해서 캐시는 그에게 어떤 고민이 있는 것은 아닐까 하고 생각했다. 왠지 자신에게 책임이 있지나 않을까 생각하니 불안한 생각이 들기도 했다. 그러나 그런 기억은 전혀 없었다. 목요일 아침 차를 같이 타고 병원에 온 후로 두 사람은 한 번도 얼굴을 마주친 적이 없을 뿐만 아니라 그때까지는 전혀 아무 일도 없었다.

"어젯밤엔 일 때문에 너무 지쳤던 것 아녜요?"

캐시가 물었다.

"응, 그럴지도 모르지. 그런 것은 생각지도 못했지만."

"환자는 어때요? 모두 순조롭게 되어 가나요?"

"아까도 말했잖아, 잘 돼 간다고."

토마스는 대답했다.

"그리고 시켜주기만 했다면 바이패스 수술을 더 할 수도 있었을 거야. 조지 셔먼이 두 번, 잘난 체 잘하는 우리 과장 발렌타인이 한 번을 하는 동안에 나는 세 번이나 해치웠으니까 말이야."

"그랬으면 기분이 좋아야 되잖아요."

캐시가 말했다.

두 사람은 메탈릭 928, 포르쉐 앞에 걸음을 멈추었다. 토마스는 차의 지붕 너머로 캐시를 바라보면서 잠시 망설이다가 말을 꺼냈다.

"하지만 난 조금도 기쁘지 않아. 나를 괴롭히는 자질구레한 일들이 너무 많아서 일하기가 어려워. 저 병원에서는 잘되기는커녕 점점 일하기가 어려워진단 말이야. 난 이제 진저리가 나. 어디 그뿐인가, 심장외과 간담회에서는 내가 하는 수술을 일주일에 네 번이나 뺀다고 했어. 조지 셔먼이 실습교육 스케줄을 만들었기 때문이야. 지금까지 예정된 시간을 메울 만한 교육용 환자도 없는데 말이야. 물론 그 녀석들은 그 때문에 병원의 귀중한 침대를 제공할 필요도 없는 가벼운 환자들을 어떻게든지 그러모으지 않으면 안 되겠지만 말이야."

토마스는 먼저 차에 오르고 나서 손을 뻗어 조수석의 문을 열어주었다.

"뿐만 아니라."

토마스가 핸들을 잡고 말했다.

"병원에서는 그 밖에 또 무슨 일이 있는 것 같은 느낌이 들어. 조지 셔먼과 노먼 발렌타인 사이에 무엇인가가 틀림없이 있어. 빌어먹을! 난 지금까지 진저리가 나도록 여러 가지 일을 겪어왔는데 또 이런 일이 생기다니."

토마스는 시동을 걸고 급하게 차를 후진시키더니 다시 전진했다. 타이어는 마치 항의라도 하듯이 날카로운 소리를 냈다. 캐시는 쓰러지지 않으려고 대시보드에 몸을 지탱했다. 그가 카드를 출구의 투입구에 넣고 있을 때 그녀는 자신의 어깨너머로 안전벨트에 손을 뻗었다. 그리고 그것을 장착한 다음, "토마스, 당신도 안전벨트를 하는 게 좋아요." 하고 말했다.

"시끄러워! 잔소리하지 마!"

토마스는 소리를 버럭 질렀다.

"미안해요."

캐시는 얼른 그렇게 대답했다. 아무래도 남편의 기분이 나쁜 것은 자신에게도 얼마간의 책임이 있다는 생각이 들었다.

토마스는 차의 물결을 누비면서 전진하다가 통근차 앞에 기어들어가 상대방을 화나게 했다. 캐시는 더 이상 그를 자극하지 않기 위해서 아무 말도 하지 않기로 했다. 그러나 이렇게 달리는 것은 마치 룰을 완전히 무시한 그랑프리 레이스나 마찬가지 아닌가.

거리의 북쪽으로 나오자 길은 한산해지기 시작했다. 토마스는 110km 이상의 속력을 내고 있었으나 캐시는 다소 마음이 놓였다.

"잔소리해서 미안해요. 이렇게 기분이 언짢은 날에."

그녀는 간신히 그렇게 말했다.

토마스는 아무 말도 하지 않았으나 그래도 마음이 좀 풀리는지 핸들을 잡고 있는 손이 한결 여유가 있어 보였다. 캐시는 그가 그토록 짜증을 내는 이유가 자기 때문이냐고 몇 번이나 물어보려고 했으나 아무래도 좋은 말이 떠오르지 않았다. 그녀는 한동안 비에 젖은 도로를 물끄러미 지켜보다가 간신히 입을 열었다.

"내가 당신을 난처하게 만들기라도 했나요?"

"했지."

토마스는 쌀쌀맞게 대답했다.

두 사람은 한동안 잠자코 차를 달렸다. 그러나 캐시는 그가 곧 입을 열 것으로 생각했다.

"래리 오웬 녀석이 당신의 개인적인 병에 대해서 알고 있는 것 같았어."

"당뇨병이라는 것이 무슨 비밀은 아니잖아요."

"당신이 너무 지껄이고 다녀서 비밀이 아닌 거야. 얘기는 안 하면 안 할수록 좋아. 화제의 대상이 되는 건 하나도 좋을 것이 없으니까."

캐시는 자신의 병에 대해 래리에게 말한 기억이 없었다. 그러나 그런 것은 문제가 아니었다. 분명히 몇 사람에게 당뇨병에 대한 얘기를 하긴 했었다. 특히 조안 위디커에게는 바로 오늘 하지 않았는가. 토마스도 그녀의 어머니와 마찬가지로 아무리 친한 친구라도 자신의 병을 화제로 삼아서는 안 된다고 생각하고 있는 것 같았다.

캐시는 토마스를 바라보았다. 마주 오는 차의 불빛과 그림자가 만드는 줄무늬 때문에 그의 표정을 정확히 알 수는 없었다.

"내가 당뇨병이 있다는 얘기를 하는 것이 당신 기분을 그렇게 상하게 할 줄은 몰랐어요. 미안해요. 앞으로 조심할게요."

"병원 안에서 어떤 소문이 나 있는지는 당신도 알 거야. 그 녀석들에게는 아무 말도 안 하는 것이 좋아. 래리는 당신의 당뇨병뿐만 아니라 다른 것도 알고 있었어. 눈 수술을 받지 않으면 안 된다는 것도 알고 있더라고. 이것은 우리밖에 모르는 얘긴데 어떻게 알았을까? 그는 당신 친구인 로버트 세이버트한테 들었다고 하더군."

그제야 캐시는 사정을 이해할 수 있었다. 래리 오웬에게 얘기한 적은 없었던 것이다.

"응, 로버트에게는 얘기한 적이 있어요. 우리는 오랜 친구고, 그 사람은 자기가 수술받은 얘기도 했어요. 매복치를 빼야 한다는 것 말이에요. 그리고 중증의 류머티즘열로 입원해서 링거로 항생물질 치료를 받은 것도 얘기했어요. 그래서 자연히 내 얘기도 하게 된 거예요."

이윽고 차는 128호선에서 북쪽으로 구부러져 바다 쪽으로 향했다. 뜻밖에 짙은 안개가 끼어있어서 토마스는 속도를 떨어뜨렸다.

"그래도 난 그런 얘기를 하는 것은 좋지 않다고 생각해."

프런트 글라스를 내다보면서 토마스가 말했다.

"특히 로버트 세이버트 같은 녀석과는 말이야. 그렇게 소문난 호모 녀석과 그토록 오래 사귀고 있다니, 난 도저히 이해할 수가 없어."

"우리는 로버트의 섹스 기호에 대해서까지 얘기한 적은 한 번도 없어요."

캐시는 정색을 하고 말했다.

"용하게 그런 얘기를 안 할 수 있었군. 난 도저히 이해할 수가 없다니까."

"로버트는 민감하고 지적이고, 그리고 훌륭한 병리학자예요."

"그렇게 여러 가지 소질을 가지고 있어서 좋겠구먼."

토마스는 아내를 놀리고 있다는 것을 알면서도 그렇게 말했다.

캐시는 대답을 꿀꺽 삼켰다. 토마스가 화를 내고 있다는 것도, 자기를 화나게 하려고 한다는 것도 그녀는 잘 알고 있었다. 그러나 여기서 자기가 화를 낸다고 해서 좋을 건 아무것도 없다는 것도 알고 있었다.

잠깐 침묵이 흐르고 나서 그녀는 손을 뻗어 토마스의 목을 쓰다듬었다. 처음에는 몸이 굳어져 있더니 그도 점점 긴장을 풀기 시작했다.

"내가 당뇨병 얘기 같은 것을 해서 미안해요. 게다가 눈 얘기까지 지껄이고 말았으니."

캐시는 마사지를 계속하면서 잘 보이지 않는 눈으로 창밖을 내다보았다. 그때 문득 토마스가 자신의 병 때문에 싫증을 내는 것이 아닐까 하고 생각하니 더럭 겁이 났다. 지금까지 자신은 불평이 너무 많았고, 특히 전과를 한다고 큰 소동을 벌이는 바람에 토마스와 지난 2, 3개월 동안 떨어져 있었으므로 감정이 아주 날카로워져서 금방 화를 내게 된다는 것을 인정하지 않을 수 없었다. 그리고 토마스가 얼마나 중압감을 느끼고 있는지 그녀는 누구보다도 잘 알고 있었다. 그래서 더 이상 사태를 악화시켜서는 안 되겠다고 그녀는 자신에게 다짐했다.

캐시는 그의 목을 쓰다듬으면서 이제 화제를 바꾸는 것이 현명하다고 생각했다.

"다른 의사들이 하나나 둘밖에 하지 못하고 있을 때 당신은 바이패스 수술을 세 번이나 했다는 얘기, 거기에 대해 누가 무슨 말을 하던가요?"

"아냐, 아무도 말하지 않았어. 항상 그랬으니까. 아무도 나와 경쟁하는 녀석은 없어."

"가장 최고의 사람과 경쟁하는 건 어때요? 당신 자신과 말예요."

캐시가 미소를 지으면서 말했다.

"이제 그만해둬! 그 엉터리 심리학은 그만두라니까."

"이 시점에서 경쟁한다는 것이 중요한 일일까? 환자들을 실생활로 돌아가게 해주는 만족감만으로도 충분하지 않을까요?"

이번에는 정색하며 캐시가 물었다.

"그것 참 좋은 의견이오."

토마스도 찬성했다.

"하지만 내가 수술한 환자가 육체적으로나 사회적으로 정상인이 된다 하더라도 나는 그 어느 쪽 하고도 상관없어. 그리고 그들이 아무리 감사를 하더라도 내가 과장이 될 수 있는 것도 아니야. 물론 나도 이젠 그런 자리를 바라고 있지는 않지만. 당신한테 솔직히 말하면, 나도 이제 외과수술의 가슴 두근거리는 즐거움을 이전만큼 느끼지 못하게 됐어. 요즘은 왠지 허무한 생각이 든단 말이야."

'허무하다'라는 말에서 캐시는 무엇인가 떠오르는 것이 있었다. 그것은 꿈속이었을까? 그녀는 차 안을 둘러보면서 가죽 특유의 냄새를 맡으며, 그리고 와이퍼가 규칙적으로 왕복하는 소리를 들으면서 열심히 생각을 떠올리려고 했다. 무슨 연상일까? 이윽고 그녀는 생각해냈다. '허무하다'란 말은 벤트워스 대령이 요즘의 자기 생활을 표현한 말이었다. 그는 공연히 화가 나고 허무한 생각이 든다고 했었다.

잎이 모두 떨어진 숲을 지나 차는 소금물이 고여있는 습지를 지나고 있었다. 비에 씻기는 프런트 글라스를 통해 캐시는 황량한 11월의 풍경을 바라보았다. 쉬지 않고 내리는 비는 벌거벗은 나무줄기로부터 마지막 남은 가을의 잔상을 씻어 내리고 있었다. 겨울이 오고 있음을 차고 습기 찬 밤의 대기가 알려주는 것 같았다.

두 사람이 타고 있는 차가 마지막 커브를 돌아 큰소리를 내면서 나무다리를 건너 그들 집의 드라이브웨이로 들어섰다. 캐시는 흔들리는 헤드라이트 불빛으로 자기 집의 윤곽을 볼 수 있었다.

이 집은 원래 어느 부자의 여름별장으로 금세기 초에 세운 것인데, 이 뉴잉글랜드에서는 보기 드물게 판자 지붕을 하고 있었다. 1940년대가 되어서야 간신히 난방장치를 설치했다. 옆으로 드러누워 있는 것 같은 그 모습과 고르지 못한 지붕의 선이 독특한 실루엣을 그리고 있었다. 캐시는 그 집이 매우 마음에 들었다. 특히 겨울보다 여름이 좋았다. 가장 멋진 것은 그 집의 위치였는데, 바로 바다 어귀에 있어서 대서양의 북꽂 경치가 한눈에 들어왔다. 보스턴까지 차로 40분 정도 걸리는 곳이지만 캐시는 그 정도의 통근은 할 만하다고 생각했다.

차가 긴 드라이브웨이를 올라가고 있는 동안 캐시는 처음으로 토마스와 데이트했을 때의 일을 떠올렸다. 그녀가 의대 3학년일 때 내과에 배속된 이 메모리얼 병원에서 두 사람은 처음 만났다. 어느 날 캐시는 병동에서 토마스 킹슬리 의사를 보았다. 그때 그는 그의 뒤를 강아지처럼 졸졸 따라다니는 한 무리의 레지던트들과 함께 심장마비로 쓰러진 환자를 진찰하고 있었다. 캐시는 황홀한 기분으로 킹슬리 의사를 지켜보았다. 그에 관해서는 듣고 있었으나 그가 너무 젊게 보이는 데 놀라면서 굉장히 매력적인 사람이라고 생각했다. 그와 같이 멋진 사람은 상대가 매우 난처해할 만한 의학적인 질문이라도 던지지 않는 한 쳐다보지도 않을 것 같은 느낌이 들었다. 그리고 그날 토마스는 그녀를 보았지만 아무런 말도 건네지 않았다.

병원이라는 사회는 평소 생각하던 것과 달리 그리 무서운 곳이 아니라는 것을 캐시는 알게 되었다. 그녀는 열심히 일만 하고 있었는데 놀랍게도 어느 사이엔가 갑자기 굉장한 인기를 얻게 되었다. 지금까지는 데이트할 틈도 없었는데 이 보스턴 메모리얼 병원에서는 일과 사교생활이 뒤범벅이 되어 대부분의 간부 선생님들이 이것저것 가르쳐주면서 그녀의 뒤를 쫓아다녔다. 그리고 얼마 후에는 그보다 젊은 조수들이 그 경쟁에 가담하게 되었는데, 그중에는 좀처럼 거절할 수 없을 것 같은 핸섬한 안과의사도 끼어 있었다. 그러나 캐시에게는, 특히 비콘 힐에서의 캠프파이어 같은 때에도 성실하고 착한 남자는 눈에 띄지 않았다. 조지 셔먼이 데이트를 신청해올 때까지는 모두가 장난처럼 보였고 진지한 점은 보이지 않았다. 캐시가 별로 마음이 내키지도 않음에도 불구하고 조지는 그녀에게 꽃과 조그만 선물을 보내더니 이윽고 느닷없이 결혼을 신청해 왔다.

캐시는 조지의 결혼신청을 금방 거절하지는 않았다. 사랑하고 있다고는 생각하지 않았지만 싫지도 않았다. 어떻게 대처해야 좋을지 망설이고 있는데 뜻밖의 일이 일어났다. 토마스 킹슬리가 데이트를 신청해온 것이다.

캐시는 토마스와 같이 있을 때의 그 격렬한 흥분을 떠올렸다. 그는 남이 볼 때 거만하다고 생각될 정도로 자신만만한 분위기를 가지고 있었다. 그러나 그녀는 거만하다고 생각하지 않았다. 다만 그는 자기가 원하는 것이 무엇인가를 알게 되면 순식간에 결단을 내리고 마는 사람이라고 생각했다. 캐시가 처음 교제하기 시작했을 때 자신의 당뇨병에 대해서 얘기하자 토마스는 과거의 일이라면서 일소에 부치고 말았다. 그리고 그녀가 3학년 때부터 잃고 있던 자신감을 되찾게 해 주었다.

조지와 정면으로 얼굴을 맞대고 당신과 결혼하고 싶지 않을 뿐만 아니라 동료인 토마스와 사랑을 하게 되었다는 것을 알리는 것은 매우 괴로운 일이었다. 조지는 그 고백을 겉으로는 담담하게 받아들이면서 앞으로도 친구로 남고 싶다고 말했다. 그 후 병원에서 이따금 만날 때도 그는 그녀의 행복을 진심으로 바라는 듯이 보였다.

토마스는 캐시가 생각하던 것보다 더 매력이 있고 친절하고 남자다웠다. 그녀는 그가 여자들과 데이트를 많이 했으나 오래 가지 않기로 유명하다는 말을 이전부터 듣고 있었다. 그는 그녀를 사랑하고 있다는 말은 좀처럼 하지 않았지만 여러 가지 형태로 그것을 표시했다. 캐시를 동급생들과 함께 실습 지도를 하게도 하고, 보기 드문 환자를 보이기 위해 수술실에 데리고 가기도 했다. 그리고 두 사람이 처음 맞는 크리스마스 때 그는 다이아몬드 팔찌를 그녀에게 선물하고, 섣달 그믐날에는 결혼을 신청했다.

캐시는 학생 신분으로 결혼할 생각은 조금도 없었다. 그러나 토마스는 그녀를 잠시도 가만히 내버려두지 않는 사나이였고, 그녀로서는 지금까지 그와 같은 남성은 만난 적이 없었다. 그리고 토마스도 의사이기 때문에 결혼을 해도 일을 하는 데는 아무런 지장이 없다는 것을 그녀는 확신했다. 캐시는 마침내 승낙했고 토마스는 기뻐서 어쩔 줄을 몰라 했다.

두 사람은 바다가 보이는 토마스의 집 잔디밭에서 결혼식을 올렸다. 병원의 스태프들도 대부분 참석했는데, 나중에 그 결혼식은 그 해의 훌륭한 사교계 행사가 되었다는 평을 받았다. 그 빛나던 봄의 하루를 캐시는 똑똑히 기억하고 있었다. 하늘은 마치 토마스의 눈처럼 파랗게 개어 있었고, 바다도 비교적 조용해서 서쪽에서 불어오는 미풍이 잔잔한 파도를 일으키고 있었다.

리셉션에는 갖가지 요리가 나왔다. 정원에는 중세풍의 텐트가 몇 개씩이나 쳐지고, 그 위에는 문장이 그려진 깃발이 바람에 펄럭이고 있었다. 캐시는 이런 행복감을 일찍이 느껴본 적이 없었다. 토마스도 자랑스러운 표정으로 여러 가지 신경을 쓰며 행복해했다.

손님들이 돌아간 다음, 토마스와 캐시는 밀려오는 파도가 발꿈치를 적시는 것도 아랑곳하지 않고 바닷가를 걸었다.

캐시는 지금까지 이렇게 행복하고 든든한 마음을 가져본 적이 없었다. 두 사람은 유럽으로 떠나가기 전에 보스턴의 리츠칼튼 호텔에서 하룻밤을 보냈다.

신혼여행에서 돌아오자 캐시는 다시 학생으로 돌아갔으나 강력한 후원자가 있다는 것을 한시도 잊지 않았다. 토마스도 모든 가능한 방법을 동원해 캐시를 도왔다. 그녀는 항상 좋은 학생이었고 자신이 바라던 것 이상으로 좋은 성적을 올렸다. 토마스는 신기한 환자가 있으면 그녀를 수술실에 불렀고, 외과에 배속되었을 때는 다른 학생들이 꿈도 꾸지 못할 새로운 경험을 시켜주기도 했다.

2년 후 마지막 졸업실습에 들어가자 토마스는 캐시를 병리학 교실로 데려갔다. 이것은 캐시 쪽에서 원한 것은 아니었지만……. 무엇보다도 캐시의 마음을 훈훈하게 해준 일은 의대를 졸업하는 그 주말에 일어났다. 토마스는 그날 아침 조심성 있는 행동으로 일관했는데, 캐시는 그것을 그날 해야 할 복잡한 환자의 수술 때문이라고 생각했다. 그는 전날, 저녁을 먹으며 다른 주에서 환자가 한 명 왔다고 말했었다. 그는 졸업식 후 축하 파티에는 참석하지 못하게 되었다고 미안한 표정으로 말했었다. 그녀는 그 말을 듣고 실망했으나 하는 수 없이 알았다고 토마스에게 말했다.

그런데 졸업식이 진행되는 동안 토마스는 연단까지 캐시를 쫓아와서는 자신의 펜탁스로 몇백 장이나 플래시를 터뜨리며 사진을 찍는 바보 같은 짓을 해서 캐시를 당혹하게 했다. 그 후 캐시는 토마스가 즉시 수술실로 가버릴 줄 알았는데, 그는 정작 대기시켜놓은 리무진으로 그녀를 데려갔다. 캐시는 어리둥절한 표정으로 크고 검은 캐딜락에 올라탔다. 차 안에는 다리가 긴 글라스 2개와 시원한 돔 페리뇽이 준비되어 있었다.

캐시는 마치 꿈을 꾸는 듯한 기분으로 로건 공항으로 실려가 즉시 낸터켓 섬으로 가는 로컬 편에 태워졌다. 그녀는 갈아입을 옷도 없어서 일단 집으로 돌아가지 않으면 안 된다고 항의했으나 토마스는 그런 것은 다 준비되어 있으니 조금도 걱정하지 말라고 말했다. 그러고는 화장도구와 약이 들어 있는 가방과 몇 벌이나 되는 새 옷을 꺼내 보였다. 그중에는 캐시가 아직 한 번도 본 적이 없을 정도로 섹시한 핑크색 실크 드레스도 있었다.

단 하룻밤을 묵었지만 정말 근사한 밤이었다. 그들이 묵은 곳은 옛날 선장의 저택을 개조한 꽤 멋진 전원식 호텔이었는데, 넓은 방에는 지붕이 쳐진 커다란 침대가 놓여 있었고 고풍스런 벽지를 발라서 초기 빅토리아조의 분위기를 풍기고 있었다. 게다가 텔레비전과 전화가 없는 것이 특징이었다. 그들은 주위의 세계와는 완전히 격리된 두 사람만의 황홀한 기분을 만끽할 수 있었다.

캐시는 그때까지 그토록 열정적으로 남을 사랑해본 적이 없었다. 또한 토마스가 그렇게 자상한 사람인 줄도 몰랐었다.

두 사람은 그날 오후 자전거를 타고 시골길을 달리기도 하고, 파도가 밀려오는 바닷가를 달리면서 시간을 보내기도 했다. 저녁식사는 근처의 프랑스 요리를 하는 음식점으로 갔다. 촛불을 켜놓은 테이블이 낸터켓 항구를 바라볼 수 있는 창가에 놓여 있었는데 정박하고 있는 범선의 불빛이 보석처럼 빛나고 있었다.

저녁식사의 하이라이트는 토마스가 주는 졸업선물이었다. 그녀가 조그만 벨벳상자를 쭈뼛거리며 열어보니 놀랍게도 거기에는 지금까지 한 번도 본 적이 없는 훌륭한 진주 목걸이가 들어 있었다. 목걸이의 가운데에는 다이아몬드에 둘러싸인 큼직한 에메랄드가 붙어 있었다. 토마스는 그것을 그녀의 목에 걸어주면서, 이 물림쇠는 옛날부터 내려오는 집안의 가보인데 증조모가 유럽에서 가지고 온 것이라고 말했다.

그날 밤 두 사람은 방안의 그 훌륭한 침대가 뜻밖에도 큰 결점이 있는 것을 발견했다. 그것은 두 사람이 몸을 움직일 때마다 인정사정없이 삐걱거리는 소리였다. 두 사람은 웃음을 터뜨렸지만, 그것이 두 사람의 즐거움을 방해하지는 않았다. 만약 그랬더라도 캐시에게는 그것도 그 주말의 근사한 추억이 되었을 것이다.

캐시는 토마스가 포르쉐를 차고 앞에 급정거시키는 바람에 추억에서 깨어났다. 그는 손을 뻗어 차의 글러브 박스 안에 있는 자동버튼을 눌렀다.

판자로 지붕을 씌운 이 차고는 집과는 완전히 떨어져 있었다. 그 2층에는 원래 고용인을 위해 준비해둔 방이 있었는데, 지금은 토마스의 어머니인 페트리셔 킹슬리 미망인이 살고 있었다. 그녀는 토마스가 캐시와 결혼을 하자 안채에서 옮겨왔다.

포르쉐는 굉음을 내면서 차고에 들어가더니 마지막 포효를 하고 나서 숨을 멈췄다. 캐시는 그 옆에 세워놓은 자기 차인 세비 노바에 문이 부딪히지 않도록 조심하면서 밖으로 나왔다. 토마스도 그의 차를 마치 자신의 오른팔처럼 소중히 여겼다.

그녀는 그를 따라 가만히 문을 닫았다. 낡은 포드 세단을 탈 때는 힘껏 문을 닫지 않으면 안 되기 때문에 그녀는 무의식중에 그 버릇이 나왔다. 포르쉐의 섬세한 엔진 설계에 대해 토마스는 여러 번 강의를 했으나 그녀는 이따금 그 짓을 해서 그를 매우 화나게 했다.

"늦었어요."

토마스와 캐시가 현관에 들어서자 가정부인 해리엣 섬머가 말했다. 그리고 자신의 불쾌한 감정을 강조라도 하듯이 일부러 손목시계를 보는 척했다. 해리엣 섬머는 토마스가 태어나기 전부터 이 킹슬리 집안에서 일해 온 사람이므로 그만한 대접을 해주지 않으면 안 될 존재였다. 캐시는 결혼하자마자 그것을 일찌감치 깨달았다.

"30분 안에 저녁식사가 준비될 거예요. 만약 그때 오시지 않으면 음식들이 식을 겁니다. 그리고 오늘밤에는 내가 좋아하는 텔레비전 프로가 있어서, 무슨 일이 있어도 8시 반이 되면 실례하겠어요."

"알았어, 곧 내려오지."

토마스가 코트를 벗으며 말했다.

"그리고 그 코트는 자기가 걸도록 해요. 내가 일일이 걸어줄 수는 없으니까."

해리엣이 말했다.

토마스는 그녀가 시키는 대로 했다.

"어머니는 어때?"

토마스가 물었다.

"여느 때와 다름없어요. 점심도 잘 드셨고, 저녁식사 때는 전화를 해달라고 하셨어요. 그러니 서둘러주세요."

2층으로 올라가면서 캐시는 남편의 달라진 모습에 놀라움을 금할 수가 없었다. 병원에서는 그토록 활동적이고 당당한 사람인데 집에서는 해리엣과 어머니가 무슨 일을 시키면 고분고분 잠자코 따르기만 했다.

계단을 다 올라가자 토마스는 캐시에게 곧 나오겠다고 말하고는 그녀의 대답을 기다리지도 않고 2층의 자기 서재로 들어가 버렸다. 캐시는 별로 놀라지도 않고 침실을 향해 복도를 걸어갔다. 그가 그 서재를 좋아하고 있다는 것은 그녀도 잘 알고 있었다. 그 방은 병원에 있는 그의 방과 똑같이 꾸며져 있었는데, 다만 다른 것은 여기에서는 그림 같은 차고와 멀리 염분을 품고 있는 습지를 바라볼 수 있다는 것이었다.

문제는 지난 2, 3개월 동안 토마스가 걸핏하면 자기 방에 틀어박히게 되었고, 때로는 서재의 소파에서 자는 일까지 있다는 것이었다. 그가 불면증이 있다는 것을 알고 있었기 때문에 캐시는 아무 말도 하지 않았으나 그녀와 떨어져 있는 밤이 점점 늘어가자 그것이 그녀를 괴롭히기 시작했다.

제일 큰 침실은 복도의 안쪽에 있었는데 집의 동북쪽이었다. 프랑스식 문으로 해서 발코니로 나가게 되어 있었는데, 거기에서는 바다를 향해 경사진 잔디밭을 한눈에 바라볼 수 있었다. 침실 옆에는 동쪽을 향하고 있는 '아침의 방'이 있어서 날씨가 좋은 날에는 아침 햇살이 창문을 통해 쏟아져 들어왔다. 이 2개의 방 사이에 제일 넓은 욕실이 있었다.

캐시가 새로 장식한 것은 이 침실의 일부뿐이었다. 그녀는 아깝게도 차고에 버려져 있는 흰 등나무로 만든 포치의 가구를 주워와 수리한 다음, 깃털 이불이나 커튼, 또는 의자의 쿠션과 어울릴 수 있는 밝은 빛깔의 무명천을 입혔다. 그리고 침실에는 빅토리아왕조풍의 가로무늬가 있는 벽지를 바르고, 아침의 방에는 연노랑색 페인트를 칠했다. 집의 다른 장소는 모두 어둡고 무거운 느낌인 데 비해 이 대조는 참으로 산뜻하고 기분이 좋았다.

토마스가 별로 사용하는 것 같지도 않았기 때문에 캐시는 이 아침의 방을 자신의 서재로 사용하기로 했다. 그리고 지하실에 시골티가 나는 책상이 있는 것을 발견한 그녀는 그것을 흰색으로 칠했다. 소나무로 만든 간소한 나무상자도 몇 개 구입해서 책상과 어울리는 빛깔로 칠했다.

캐시는 자신의 소변을 검사하고 냉장고에서 레귤러 인슐린과 렌테 인슐린(Lente Insulin : 지속시간이 긴 인슐린)을 꺼냈다. 그리고 레귤러 100단위를 2분의 1cc, 렌테 100단위의 10분의 1cc를 같은 주사기로 뽑은 다음, 아침에 왼쪽 넓적다리에 맞았기 때문에 이번에는 오른쪽 넓적다리에 맞았다. 전부 끝날 때까지 5분도 걸리지 않았다.

그녀는 재빨리 샤워를 끝내고 토마스의 서재를 노크했다. 방에 들어가 보니 토마스는 한결 기분이 좋아진 것 같았다. 마침 새 와이셔츠의 단추를 채우고 있었는데 맨 위로 올라가자 단추가 하나 남았다.

캐시는 그것을 보고 놀랐다.

"참 대단한 외과의사시군요. 난 어젯밤 당신에게 굉장히 감동을 받았다는 내과 레지던트를 만났어요. 그런데 만약 그 사람이 당신이 와이셔츠 단추를 잘못 끼우고 있는 것을 보았다면 뭐라고 할까요?"

캐시는 어떻게든 가벼운 얘기를 하려고 애를 썼다.

"그게 누구지?"

"소생술을 할 때 당신이 도와준 의사."

"그건 별로 감동적인 일도 아니었어. 그 환자는 죽었으니까."

"나도 알아요. 오늘 아침에 시체 부검을 보고 왔으니까."

토마스는 실내화를 신고 조립식 소파에 앉았다.

"도대체 무엇 때문에 부검 같은 걸 보러 갔지?"

"그것은 사망원인을 알 수 없는 심장수술의 증례였으니까."

토마스는 자리에서 일어나 젖은 머리를 문질렀다.

"정신과 의사가 그것을 보러 갔단 말이야?"

"그건 물론 아니에요. 로버트가 불러서……."

캐시는 말을 잇지 못했다. 로버트의 이름이 나오자 비로소 차 안에서 두 사람이 하던 얘기가 떠올랐기 때문이다. 그러나 다행히 토마스는 머리를 계속 문지르고 있었다.

"그는 일련의 수술 후 돌연사의 증례가 하나 더 늘었다고 했어요. 당신도 기억하고 있을 거예요. 전에 얘기한 적이 있으니까."

"수술 후 돌연사라."

토마스는 마치 학교의 과목을 암송하듯이 말했다.

"그리고 그의 말이 맞았어요. 분명한 사망원인이 발견되지 않았으니까. 그 환자는 발렌타인 선생님의 수술을 받았는데……."

"나는 분명히 확실한 원인이 있다고 말하고 싶어. 그 노인네는 틀림없이 방실 사이의 히스 번들(Bundle of His : 심장 박동의 전기적인 신호가 전도되는 통로)을 봉합하고 말았을 거야. 그래서 심장의 자극 전도계가 못 쓰게 된 거야. 전에도 있었던 일이야."

"당신이 소생술을 할 때 그런 느낌이 들었어요?"

캐시는 물었다.

"지금 떠오른 거야. 그때는 급격하게 일어난 부정맥의 일종이라고 생각했었지."

토마스가 말했다.

"간호사는 환자에게 치아노제가 있었다고 보고했던데요?"

토마스는 브러싱을 마치고 저녁식사에 갈 준비가 끝났다는 듯이 복도 쪽을 가리키면서 말했다.

"그런 얘기에는 신경 쓸 필요 없어. 환자는 틀림없이 무엇인가를 기관에 빨아들이고 있었을 거야."

캐시는 토마스보다 먼저 복도로 나왔다. 부검하는 것을 보았기 때문에 그녀는 이미 환자의 폐나 기관지가 깨끗했다는 것을 알고 있었다. 즉 아무것도 빨아들이지 않았다는 것을 알고 있었다. 그러나 토마스에게는 아무 말도 하지 않았다. 그의 말투가 그런 얘기는 그만 하자는 뜻을 나타내고 있었기 때문이다.

"새로운 레지던트 생활을 시작해서 당신도 꽤 바쁠 거라고 생각하고 있었는데, 아무리 정신과 레지던트라도 말이야. 그래, 일거리는 충분히 있는 거요?"

계단을 내려가면서 토마스가 물었다.

"너무 많을 정도예요. 난 내 자신이 이렇게 무능한 줄 몰랐어요. 하지만 로버트와 내가 1년 동안 이 수술 후 돌연사의 증례를 쫓아다니면서 얻어낸 연구결과가 출판할 단계까지 와 있었어요. 그 후 난 물론 병리를 그만두게 되었지만 로버트는 무엇인가를 틀림없이 발견했을 것 같은 느낌이 들어요. 아무튼 오늘 아침에 그가 전화를 걸어왔기 때문에 틈을 내어 부검을 보러 갔던 거예요."

캐시는 변명하듯이 말했다.

"수술이라는 것은 실수가 용납되지 않는 거야. 특히 심장외과 수술은 말이야."

"그건 나도 알아요. 하지만 로버트는 지금까지 17건이나 모았어요. 만약 이번 것도 조사를 마치게 되면 틀림없이 18번째가 될 거예요. 10년 전만 해도 수술 후 돌연사는 혼수상태에 빠진 환자밖에 없었어요. 하지만 요즘은 달라요. 수술은 완전히 성공했는데 특별한 원인도 없이 수술 후에 죽는단 말예요."

캐시가 말했다.

"메모리얼 병원에서 수술 받은 환자의 수를 생각하면 당신이 얘기하는 퍼센트는 전혀 의미가 없는 거야. 우리 병원의 사망률은 전국 평균을 훨씬 밑돌고 있을 뿐만 아니라 성공률이 최고 성적을 올리고 있다고."

"그것도 알고 있어요. 하지만 그것이 증가하고 있는 경향을 생각하면 무관심할 수가 없어요."

그러자 토마스는 갑자기 캐시의 팔을 잡고 말했다.

"잘 들어, 당신이 정신과를 전공하게 된 것만으로도 충분해. 우리의 실패를 캐내어 외과를 난처하게 만들어서는 안 돼. 우리는 자신들의 잘못을 잘 알고 있어. 사망자에 대한 콘퍼런스를 만들고 있는 것도 그 때문이야."

"난 당신을 난처하게 만들 생각은 조금도 없어요. 그리고 수술 후 돌연사를 연구하고 있는 것은 로버트예요. 난 오늘 로버트에게 그 일은 나를 빼고 해달라고 말해 뒀어요. 나는 다만 거기에 흥미가 있을 뿐이에요."

"의학은 앞서가려는 경쟁이 치열해서 걸핏하면 남의 실수에 흥미를 갖게 되는 거야. 그것이 설사 합법적인 실수든 신의 행위든 간에."

토마스는 캐시를 식당으로 들어가는 아치 길로 밀어 넣었다.

캐시는 토마스의 마지막 말은 진실이라고 생각하며 죄의식을 느꼈다. 지금까지 그런 식으로 생각한 적은 한 번도 없었지만 그의 말이 맞다고 생각되었다.

두 사람이 식당에 들어가자 해리엣은 너무 늦다고 나무라는 듯한 눈으로 두 사람을 바라보았다. 토마스의 어머니는 이미 자리에 앉아 있었다.

"이제 슬슬 나오실 시간이 된 건가. 나는 노인이어서 밥 먹기를 오래 기다릴 수가 없단 말이야."

그녀는 카랑카랑한 목소리로 나무라듯이 말했다.

"왜 먼저 드시지 않았어요?"

토마스가 의자에 앉으면서 말했다.

"나는 지난 이틀 동안 혼자 있었다. 때로는 나도 사람들과 어울리고 싶단 말이다."

페트리셔가 불평을 했다.

"그럼 사람이 아니란 말입니까, 저는? 기어코 본심이 드러나는 것 같군요."

이번에는 해리엣이 화가 난 듯이 말했다.

"내가 말하는 뜻을 알고 있잖아, 해리엣."

페트리셔가 손을 내저었다.

해리엣은 짐짓 눈을 굴리면서 캐세롤 냄비를 식탁에 올려놓았다.

"토마스, 이발소에는 언제 갈 거냐?"

페트리셔가 말했다.

"시간이 나는 대로 곧 가야죠."

토마스는 대답했다.

"그리고 냅킨을 무릎에 놓으라고 도대체 몇 번을 말해야 알아듣는 거냐?"

토마스는 은으로 만든 홀더에서 냅킨을 뽑아 무릎 위에 팽개치듯이 올려놓았다.

킹슬리 부인은 입에 음식을 조금 넣고 씹기 시작했다. 토마스의 눈과 똑같은 그녀의 파란 눈이 테이블을 둘러보면서 해리엣의 조그만 실수까지도 놓치지 않으려는 듯이 바쁘게 그녀의 움직임을 쫓았다.

페트리셔는 매우 인상이 좋은 백발의 노인이었지만 철의 의지를 지닌 사람이었다. 오랫동안 럭키 스트라이크를 피워온 그녀의 입가에는 수레바퀴살 같은 깊은 주름이 새겨져 있었다.

그녀가 항상 혼자 지내는 것을 보아온 캐시는 왜 이 노인은 또래의 친구라도 찾아가보지 않는 것일까 하고 생각했다. 물론 자신의 편리 때문에 그런 생각을 하는 것이었지만. 캐시는 3년 이상이나 거의 매일 저녁식사를 이 페트리셔와 같이 해오면서 하루의 끝이 좀 더 로맨틱했으면 좋겠다고 절실히 원하고 있었다. 이런 간절한 소망이 있는데도 불구하고 그녀는 그것을 한마디도 입 밖에 내지 않았다. 늘 이 노인이 무서웠기 때문에 그를 화나게 하고, 나아가서 토마스를 화나게 하는 일은 하고 싶지 않았다.

그래도 캐시는 적어도 자신 쪽에서 볼 때는 이 킹슬리 부인의 비위를 잘 맞춰왔다고 생각했다. 그리고 그녀는 아들의 차고 위에서 살고 있는 이 노부인을 가엾게 생각했다.

해리엣의 준비가 끝나자 그들은 말없이 저녁식사를 했다. 중간 중간에 접시에 부딪치는 은 포크, 나이프 소리와 더 먹으라고 강요하는 해리엣에게 가만히 거절하는 목소리가 들릴 뿐이었다.

식사가 거의 끝나서야 토마스가 간신히 그 침묵을 깨뜨렸다.

"오늘 수술은 모두 잘 됐어요."

"제발 죽는다느니 병이 어떻다느니 하는 말은 안 했으면 좋겠다."

킹슬리 부인은 그렇게 말하면서 캐시를 돌아보았다.

"토마스는 제 아버지를 닮았어. 그 양반도 항상 일에 대한 얘기를 하고 싶어 했지. 그보다 중요한 일도 있고 교양이 될 만한 얘기도 얼마든지 있건만, 거기에 대해서는 한마디도 하지 않았어. 그래서 나는 이따금 결혼을 잘못한 것이 아닐까 하고 생각했었다."

"그런 말씀 마세요. 결혼을 하시지 않았으면 이런 훌륭한 아드님을 어떻게 얻었겠어요."

"하!"

캐시의 말에 페트리셔는 갑자기 웃음을 터뜨렸다. 그 웃음소리는 온 방안에 메아리치면서 촛대를 흔들었다.

"토마스가 진짜로 훌륭한 것은 단 한 가지, 아버지를 쏙 빼닮았다는 거야. 만곡족(짧고 굵은 기형의 발. 선천성 기형임)까지 말이야."

캐시는 자기도 모르게 포크를 떨어뜨리고 말았다. 토마스는 지금까지 그런 얘기를 한 적이 없었다. 다리가 구부러진 갓난아기 때의 그의 이미지가 떠오르자 캐시는 불쌍하다는 생각이 들었다.

어머니가 자신의 신체적 결함을 폭로하자 토마스는 몹시 화가 난 표정이 되었다.

"이 아이는 갓난아기 때 굉장히 귀여웠다."

페트리셔는 아들이 간신히 화를 참고 있는 것을 모른 체하고 말을 계속했다.

"그리고 어릴 때도 매우 핸섬하고 근사했지. 적어도 사춘기 때까지는 말이야."

"어머니, 이제 그만해도 충분하다고 생각해요."

토마스는 억양이 없는 낮은 목소리로 말했다.

"싱겁긴! 너야말로 조용하거라. 난 지난 이틀 동안 해리엣을 빼고는 여기에 줄곧 혼자 있었다. 그러니까 나는 얘기를 해야겠다."

토마스는 짜증스럽다는 듯이 어머니를 힐끗 쳐다보았다.

잠시 침묵이 흐른 뒤에 페트리셔가 말했다.

"토마스, 테이블에 팔꿈치를 대지 말라고 했잖니."

토마스는 얼굴이 시뻘게지더니 의자를 뒤로 밀고 자리에서 일어났다. 그러고는 아무 말 없이 냅킨을 내동댕이치고 식당에서 나가버렸다. 쿵쾅거리며 계단을 오르는 소리와 서재의 문을 쾅 하고 닫는 소리가 들려왔다. 촛대가 또 조용히 흔들렸다.

캐시는 중간에 끼여 여느 때와 마찬가지로 이럴 때는 어떻게 해야 좋을지를 몰라 잠시 망설였다. 그러나 다음 순간 자기도 일어나서 토마스의 뒤를 따르기로 했다.

"카산드라!"

페트리셔가 날카롭게 그녀를 불렀다.

"넌 그대로 있거라. 어린애는 내버려두고 어서 먹어라. 당뇨병이 있는 사람은 먹어야 한다는 것 정도는 나도 알고 있으니까."

캐시는 당황한 채 다시 자리에 앉았다.

■ ■ ■

병원에서도 불쾌한 일이 있었는데 집에 돌아와서도 이런 창피를 당하게 된다면 어떻게 견딜 수가 있느냐고, 토마스는 서재를 서성거리면서 큰소리로 투덜거렸다. 캐시가 자기를 따라오지 않고 어머니와 같이 있는 것도 화가 났다. 그때 갑자기 캠벨 씨의 딸과 그녀가 진심으로 자신에게 경의를 표하는 것을 상상하며 다시 병원으로 돌아갈까 하는 생각이 들었다.

"전 선생님께 무엇이든 해드리고 싶어요." 하고 그녀는 말하지 않았던가.

그러나 창문을 두드리고 있는 찬비를 보자 다시 거리로 돌아간다는 것은 큰일이라는 생각이 들었다. 그는 산더미처럼 쌓여 있는 책 위에서 잡지를 집어 들고 난롯가에 있는 가죽 안락의자에 누웠다.

그는 그것을 읽으려고 했으나 정신이 집중되지 않았다. 왜 어머니는 이 나이가 됐는데도 쓸데없는 말로 자신을 짜증나게 하는 것일까. 그리고 캐시와, 그녀가 로버트를 도와주고 있는 일련의 SSD에 대해 생각해 보았다. 그런 연구가 일반에 공개되면 병원으로서는 큰 타격이었다. 로버트 녀석은 인쇄된 논문에 자기 이름을 싣고 싶은 생각뿐일 것이다. 그 녀석은 남에게 상처를 주는 것을 아무렇지도 않게 생각했다.

토마스는 읽지도 않는 잡지를 옆으로 던져버리고 욕실로 들어갔다. 그리고 거울에 자기 눈을 비춰보았다. 항상 나이에 비해서는 젊게 보인다고 생각했지만 지금은 그런 자신이 없었다. 눈 밑이 거무스름하고 눈꺼풀도 붉고 약간 부은 것 같았다.

그는 서재로 돌아가 책상 앞에 앉아서 오른쪽 두 번째 서랍을 열고 플라스틱 병을 꺼냈다. 그리고 노란 알약 한 알을 입에 던져 넣고 잠시 망설이다가 또 한 알을 던져 넣었다. 그리고 바에 가서 몰트 위스키를 싱글로 따른 다음 원래는 아버지의 것이었던 가죽 안락의자로 돌아갔다. 이미 긴장이 상당히 풀렸다는 것을 알고 토마스는 사이드 테이블 위에 있는 잡지를 다시 집어 들고 어떻게든 읽어보려고 했다. 그러나 역시 정신을 집중시킬 수가 없었다. 또 짜증이 나는 것 같았다.

그는 문득 자신이 심장외과의 수석 레지던트가 되었던 첫 주의 일을 떠올렸다. 그때 그는 중환자실에서 침대를 비우라고 요구하는 2명의 선배와 대치하고 있었다. 마침 빈 침대가 하나도 없어서 수술예정은 전면적으로 정지되고 있었다.

그때 토마스는 중환자실에 들어가서 어떤 환자를 내보낼 수 있는지 한 사람 한 사람을 신중히 살피며 돌아다녔다. 그리고 결국 도저히 회복할 수 없는 혼수상태에 빠져 있는 2명의 '식물인간'을 골라냈다. 솔직히 말하면 이런 환자에게는 24시간 연속적으로 특별한 치료가 필요하기 때문에 이 중환자실이 아니면 치료할 수가 없는 것이다. 토마스가 이 환자들의 퇴거를 지시하자 주치의는 노발대발했고 간호사들도 그의 명령을 거부했다. 그 결과 간호사들의 주장을 이길 수 없어서 그 뇌사 환자는 그대로 중환자실에 머물게 되었다. 그는 그때 경험했던 굴욕감을 지금도 똑똑히 기억하고 있었다. 이 문제는 아직도 해결되지 않았을 뿐만 아니라 토마스는 새로운 적만 만들게 되었다.

인명을 구하는 수술은 비용이 많이 드는 이 중환자실과 마찬가지로 회복이 가능한 환자를 위해 고려되고 있는 것이지, 식물인간을 위해 있는 것이 아닌데도 그것을 이해하고 있는 사람이 한 사람도 없는 것이다.

토마스는 다시 술을 더 따른 다음 얼음을 넣어 맛을 부드럽게 했다. 그리고 안락의자를 돌아보면서 실업가였던 아버지를 떠올렸다. 아버지가 아직 살아 있다면 자기를 어떻게 생각할까? 그러나 전혀 짐작조차 할 수가 없었다. 페트리셔와 마찬가지로 아버지도 토마스의 장점을 인정하거나 칭찬하기보다는 비방하는 일이 더 많았기 때문이다.

캐시는 인정해 주었을까? 틀림없이 당뇨병을 가지고 있는 아가씨에 대해서는 결코 좋은 평가를 하지 않았을 것이라고 토마스는 생각했다.

■ ■ ■

토마스가 식당에서 나가고 나서 캐시는 은근히 걱정이 되었다. 식사를 하러 오기 전부터 기분이 나빴는데 또 2층에 가서 마음이 몹시 상해 있지나 않을까 걱정이 되었다. 그녀는 필사적으로 화제를 찾으려고 했으나 페트리셔로부터는 '그래?'라든가 '아니야'라는 대답밖에는 듣지 못했다. 그녀가 토마스를 쫓아낸 것을 기뻐하고 있는 것은 아닐까 하고 생각될 정도였다.

"토마스의 다리가 그렇게 심했어요?"

침묵을 깨뜨리기 위해 캐시는 마침내 물어보았다.

"심했지. 아버지와 마찬가지로……. 아버지는 평생 불구였었다."

"전 전혀 몰랐어요. 그런 일은 생각지도 못했으니까요."

"그랬겠지. 아버지와는 달리 치료를 할 수 있었으니까."

"정말 다행이에요."

캐시는 진심으로 말했다. 다리를 저는 토마스를 상상해 보기도 했다. 그러나 갓난아기 때 불구였다는 사실은 떠올릴 수가 없었다.

"밤에는 저 아이의 발에 보조기를 채워두지 않으면 안 되었지. 그러면 저앤 마치 내게 고문이라도 당하는 것처럼 울부짖었어. 몹시 힘이 들었나 봐."

페트리셔는 냅킨으로 가볍게 입을 두드렸다.

캐시는 어린 토마스가 보조기에 묶인 모습을 상상해 보았다. 가엾게도 그것은 틀림없이 일종의 고문이었을 것이다.

"그런데,"

페트리셔가 갑자기 자리에서 일어났다.

"넌 왜 그 아이가 있는 2층에 올라가보지 않지? 틀림없이 누군가의 도움이 필요할 거야. 저 아이는 당장 싸울 듯이 저러고 있지만 네가 오는 것을 더 좋아할 것이다. 남자들이란 모두 똑같으니까. 여자들은 남자들에게 무엇이든지 다 주려고 하지만 남자들은 그렇지가 않거든. 잘 자거라, 카산드라."

페트리셔가 느닷없이 밖으로 나가자, 캐시는 깜짝 놀라 한동안 우두커니 앉아 있었다. 페트리셔가 해리엣과 무슨 얘기를 한 다음이어서 현관문이 쾅 하고 닫히는 소리가 들렸다. 그리고 바람에 포치가 흔들리는 소리가 들려올 뿐 집안은 물을 끼얹은 듯이 조용해졌다.

캐시는 자리에서 일어나 계단을 올라갔다. 그러고 보니 자기와 토마스는 자라는 동안 공통점이 있었다. 즉 둘 다 어릴 때 병고에 시달린 것이다. 그것을 생각하자 그녀는 갑자기 미소가 떠올랐다.

서재의 문을 노크하면서 그녀는 토마스가 지금 어떤 기분으로 있을까 하고 생각했다. 차 안에서도 그런 태도를 취하고 있었는데 어머니에게까지 시달렸으니 틀림없이 최악의 상태일 거라고 생각했다.

그러나 방에 들어간 그녀는 안도의 숨을 쉬었다. 토마스는 두 발을 의자의 팔걸이에 올려놓고 비스듬히 앉아서 한 손에는 글라스를, 한 손에는 의학 잡지를 들고 있었다. 굉장히 편안한 표정을 하고 있는 것이 미우 햄섬하게 보였는데, 더구나 놓칠 수 없는 것은 그가 미소를 짓고 있다는 사실이었다.

"당신과 어머니는 마음이 굉장히 잘 맞는 것 같아?"

어쩌면 그 반대일지도 모른다는 듯 그는 눈썹을 살짝 치켜 올렸다.

"혼자 불쑥 뛰쳐나와서 미안해. 하지만 그 노인네는 정말 화가 나게 한단 말이야. 그 심술은 도저히 참을 수가 없어."

그는 윙크를 하면서 말했다.

"당신은 정말 무슨 짓을 저지를지 모를 사람이에요."

캐시도 미소를 지으며 말했다.

"당신의 어머니와 난 굉장히 재미있는 얘기를 했어요. 있잖아요, 토마스. 난 당신의 다리가 구부러져 있었다는 것은 생각지도 못했어요. 왜 얘기해 주지 않았죠?"

그녀는 그의 몸을 똑바로 앉혀주고 의자의 팔걸이에 걸터앉았다. 그는 아무 말도 없이 그저 술잔만 바라봤다.

"얘기하지 않은 사실이 중요하다는 게 아녜요. 난 어릴 때의 고통에 대해서는 도가 튼 사람 아녜요? 우리 두 사람이 모두 같은 경험을 가졌다니 난 매우 기분이 좋아요. 이것으로 우리는 서로를 더욱 이해하게 되었으니까요."

"나는 다리의 고장에 대해서는 조금도 기억이 없어. 내가 알고 있는 한 그런 일은 없었던 것 같아. 모두 어머니가 만들어낸 망상이야. 나를 키우기 위해 얼마나 고생을 했는지, 당신에게 그것을 강조하고 싶었을 거야. 내 다리를 봐. 이게 구부러져 있는 거야?"

토마스가 두 다리를 들었다.

캐시는 그것을 보고 두 다리가 아무 이상도 없다는 것을 인정하지 않을 수 없었다. 토마스는 걷는 데 아무런 지장이 없을 뿐만 아니라 대학시절에는 무슨 스포츠를 하고 있었다는 것도 캐시는 알고 있었다. 그러나 누구 말이 진짜인지는 아직 알 수가 없었다.

"당신 어머니가 그런 말을 꾸며냈다고는 생각할 수가 없잖아요?"

그녀의 말투는 의견이라기보다 질문이었으나 토마스는 그것을 의견으로 받아들였다.

그는 의학잡지를 내동댕이치고 자리에서 벌떡 일어나더니 금방이라도 캐시를 후려칠 것처럼 살기등등한 표정으로 소리쳤다.

"이것 봐, 당신이 누구 말을 믿든지 그건 상관없어! 아무튼 내 다리는 멀쩡해. 지금까지 아무 일도 없었단 말이야. 다리가 구부러졌다는 얘기는 두 번 다시 하지도 마!"

"알았어, 알았어요."

캐시는 달래듯이 말했다.

그녀는 의사의 눈으로 남편을 바라봤다. 갑자기 일어났기 때문에 평형이 깨져서 그가 몸을 바로잡으려고 살짝 움직인 것을 알아챌 수 있었다. 뿐만 아니라 발음도 약간 분명하지 않았다. 카산드라는 몇 달 전에도 비슷한 일이 있었던 것을 무시했었다. 그리고 이따금 술을 마시는 것도 무리는 아니라고 생각했다. 그가 스카치를 좋아한다는 것도 알고 있었다. 하지만 식당에서 뛰쳐나온 지 얼마 되지도 않았는데 벌써 이렇게 취한 것은 놀라운 일이었다. 그는 틀림없이 한 잔 또 한 잔, 꽤 많이 마신 것이 틀림없었다.

캐시는 무엇보다도 우선 토마스의 마음을 진정시켜야 한다고 생각했다. 만약 다리가 구부러졌느니 어쩌느니 하는 아무런 증거도 없는 화제로 그가 마음이 상했다면, 앞으로 영원히 그 얘기는 안 해도 좋다고 생각했다.

그녀는 의자에서 내려와 그의 어깨에 손을 얹으려고 했다. 그러자 토마스는 그 손을 뿌리치면서 마치 도전이라도 하듯이 스카치를 또 한 번 마셨다. 이젠 완전히 시비조였다. 그때 캐시는 바로 앞에 있는 그의 눈동자가 새파란 홍채 속에서 조그만 흑점이 되어 수축하고 있는 것을 보았다. 캐시는 서운한 마음을 억제하고 상냥하게 말했다.

"토마스, 당신은 매우 지쳐 있는 것 같아요. 푹 자는 게 좋겠어요. 같이 침실로 가요."

그녀는 다시 한 번 손을 뻗었다. 이번에는 그도 거절하지 않고 그녀의 팔이 자기 목에 닿아도 가만히 있었다.

토마스는 한숨을 쉬었으나 아무 말도 하지 않았다. 그는 반쯤 마시다 남은 글라스를 놓고 캐시가 이끄는 대로 침실로 향했다.

그가 와이셔츠 단추를 풀려고 하는데 캐시가 그 손을 치우고 대신 단추를 풀고 나서 천천히 옷을 벗겨 그것을 바닥에 쌓아놓았다. 그가 이불 속으로 들어가자 그녀도 재빨리 옷을 벗고 그의 옆으로 들어갔다. 시트의 시원한 감촉과 담요의 쾌적한 중량감, 그리고 토마스의 따뜻한 몸의 촉감은 달콤했다. 밖에서는 11월의 바람이 불어서 발코니에 매달아놓은 일본 풍경을 흔들고 있었다.

캐시는 그의 목과 어깨를 주무르고 있다가 이윽고 몸의 아래쪽으로 서서히 손을 움직여갔다. 손끝에 그의 긴장이 풀려 있는 것이 느껴지고 그녀의 움직임에 반응하고 있는 것이 느껴졌다. 그는 흥분하여 그녀를 껴안았다. 그녀는 그에게 키스를 하면서 그의 다리 사이에 천천히 손을 집어넣었다. 그러나 그의 페니스는 완전히 축 늘어져 있었다. 캐시의 손이 닿는 순간, 그는 몸을 일으키면서 그녀를 밀어냈다.

"오늘 밤 당신을 즐겁게 해줄 줄 알았다면 잘못 생각했어."

"당신을 즐겁게 해주려고 했어요. 내가 아니라."

캐시는 조용히 말했다.

"제발, 그 정신과적인 얘기는 작작 하란 말이야."

토마스는 화가 난 목소리로 말했다.

"있잖아요, 토마스. 난 섹스를 하느냐 하지 않느냐 그걸 문제 삼는 게 아니에요."

그러자 토마스는 두 다리를 침대 옆으로 내리고 바닥에 벗어놓은 옷을 거친 동작으로 집어 들었다.

"믿기 어려운 말이야."

토마스는 복도로 나가더니 방풍창이 흔들릴 정도로 문을 쾅 닫았다. 캐시는 혼자 쓸쓸하게 어둠 속에 남겨졌다. 조금 전까지만 해도 안도감을 느끼게 해주던 바람소리가 지금은 그 반대로 불안감을 더하게 했다. 버림받을지도 모른다는 이전부터의 걱정이 다시 고개를 들었다. 따뜻한 담요에 감싸여 있으면서도 그녀는 몸을 떨었다.

'토마스에게 버림을 받으면 어떻게 하지?'

그런 일은 도저히 견딜 수가 없을 듯해서 그녀는 그 생각을 필사적으로 털어버리려고 했다.

'술에 취한 것이 틀림없어.'

그녀는 평형을 잃고 비틀거리던 그의 자세와 불분명했던 발음을 떠올렸다. 그녀가 페트리셔와 얘기하고 있던 그 짧은 시간에 그렇게 사람이 변할 정도로 많은 술을 마셨다고는 생각할 수가 없었다.

캐시는 상체를 일으켜서 천장을 올려다보았다. 거기에는 잎이 떨어진 나뭇가지 사이로 외등의 불빛이 거대한 거미줄 같은 무늬를 그리고 있었다. 그 그림자에 겁이 나서 옆을 바라보니 역시 창밖에서 들어온 빛이 벽에도 똑같은 그림자를 그려놓고 있었다.

토마스가 혹시 무슨 약을 상용하고 있는 것은 아닐까? 그 가능성을 인정하면서 그녀는 몇 달 동안이나 그 징후를 부정해 왔었다. 그것은 토마스가 그녀와 살면서 불행해졌고, 그래서 그도 완전히 변해 버렸다는 훌륭한 증거가 되기 때문이었다.

■ ■ ■

서재에서 욕실로 간 토마스는 자신의 나체를 거울에 비쳐보았다. 인정하기는 싫었지만 분명히 나이가 들어 보였다. 그러나 그보다 더 난처한 것은 완전히 시들어버린 성기였다.

자기가 만져 봐도 축 처져 있고, 감각이 없는 것이 불안해서 견딜 수가 없었다. 성기능에 무슨 이상이 생긴 것이 아닐까? 캐시가 애무할 때 분명히 분명 강렬한 충동은 느꼈었다. 그러나 성기가 전혀 말을 듣지 않는 것이다.

서재로 돌아가 옷을 입으면서 이것은 캐시에게 문제가 있는 것이라고 그는 자기 편리대로 핑계를 댔다. 그리고 다시 글라스를 집어 들고 책상에 앉아 오른쪽 두 번째 서랍을 열었다. 제일 안쪽의 문방구 그늘에 플라스틱 병이 몇 개나 들어 있었다. 자러 가려면 또 한 알이 필요했다. 딱 한 알만! 그는 익숙한 솜씨로 노란색 알약을 입 안에 던져 넣고 스카치로 삼켰다. 기분이 안정되는 효과는 놀라울 정도로 빨랐다.

중환자실의 사고

이튿날 아침 캐시는 인슐린을 주사하고 나서 토마스가 일어나는 기척이 없자 혼자서 아침식사를 마쳤다. 8시가 되자 그녀는 걱정이 되었다. 토요일은 보통 8시 15분에는 집을 나서야 토마스가 데스 콘퍼런스가 열리기 전에 환자들을 둘러볼 수 있었고, 자신도 자기 일을 시작할 수 있기 때문이었다.

그녀는 읽던 논문을 책상에 내려놓고 실내복 벨트를 맨 다음 아침의 방에서 복도로 나와 토마스의 방 앞에서 가만히 귀를 기울였다. 아무 소리도 들리지 않았다. 그녀는 가만히 노크를 하고는 잠시 기다렸다. 역시 아무런 기척도 없었다. 문에 손을 대보니 문은 잠기지 않았다.

토마스는 자명종을 손에 쥔 채 잠이 들어 있었다. 아마도 벨소리를 끄고 다시 잠이 든 것 같았다. 캐시는 그에게 다가가서 가만히 흔들어 보았다. 그래도 눈을 뜰 기색이 없었다. 이번에는 좀 더 세게 흔들어 깨웠다. 그는 간신히 눈을 떴으나 아직 그녀가 누구인지 알아보지 못하는 것 같았다.

"깨워서 미안해요. 하지만 8시가 지났어요. 데스 콘퍼런스에 나가야 하잖아요?"

"데스 콘퍼런스?"

토마스는 당황해서 반문했다. 그러고 나서 곧 알아차렸다.

"물론 나가야지. 곧바로 식당으로 내려갈게. 늦어도 20분 후에는 출발할 수 있을 거야."

캐시는 짐짓 밝은 목소리로 말했다.

"정신과에는 안 나가도 돼요. 읽어야 할 것이 너무 많아서 병원에서 복사물을 전부 넣어왔거든요."

"그럼 좋을 대로 해."

토마스는 몸을 일으켜 침대에 앉았다.

"나는 오늘밤 당직이라 언제쯤 돌아올지 모르겠어. 시간될 때 알려줄게."

캐시는 토마스가 차 안에서 먹을 것을 준비하기 위해 주방으로 내려갔다.

토마스는 침대 가장자리에 앉아 있었으나 방이 빙글빙글 도는 것 같았다. 맥박이 뛸 때마다 누군가가 머리를 망치질하는 것 같아서 그는 시야가 똑똑해질 때까지 가만히 앉아 있었다.

이윽고 그는 책상이 있는 곳까지 비틀거리면서 걸어가서 플라스틱 용기를 꺼낸 다음 욕실로 들어갔다.

그는 거울에 비친 자기 모습을 보지 않으려고 하면서 용기에서 조그만 오렌지색의 삼각형 정제를 꺼내려고 했다. 그러나 간단한 일이 아니었다. 몇 알을 바닥에 떨어뜨린 다음에야 간신히 한 알을 입안에 넣고 물로 삼켰다. 그리고 비로소 거울 속의 자기 얼굴을 큰마음 먹고 들여다보았다. 그러나 걱정하고 있었던 만큼 나쁘지는 않은 것 같았다. 이번에는 좀 더 능숙하게 또 한 알을 입에 넣고 샤워기 쪽으로 걸어가서 수도꼭지를 있는 대로 틀었다.

■ ■ ■

캐시는 거실의 창가에 서서 차고로 들어가는 토마스를 지켜보았다. 유리창 너머에서도 포르쉐가 나가는 굉음은 똑똑히 들려왔다. 그녀는 그 소리가 페트리셔의 방에서는 어떻게 들릴까 하는 생각이 들었다. 그러고 보니 페트리셔가 사는 곳에는 지난 3년 동안 한 번도 찾아가본 적이 없다는 사실을 새삼 깨달았다.

그녀는 토마스의 포르쉐가 스피드를 내면서 드라이브웨이를 내려가 염수의 습지에 끼어 있는 아침안개 속으로 사라져가는 것을 물끄러미 지켜보았다. 차가 사라진 후에도 토마스가 기어를 바꿀 때마다 나는 낮은 부르릉 소리는 여전히 들려오고 있었다. 마침내 그 소리마저 완전히 사라지자 인기척이 없는 저택의 정적이 그녀를 둘러쌌다.

그녀는 문득 자신의 손바닥이 축축하게 젖어 있음을 알았다. 처음에는 인슐린의 약한 부작용 때문이라고 생각했는데 그게 아니라 자신이 긴장하고 있기 때문임을 깨달았다. 토마스의 서재에 몰래 들어가 볼 계획이었던 것이다. 그녀는 아무리 친한 사이라도 신뢰와 프라이버시는 매우 중요한 것이라고 생각하고 있었다. 그래도 토마스가 트랭퀼라이저 같은 약을 먹고 있는지 어떤지는 꼭 알아봐야겠다 싶었다. 지난 몇 개월 동안 부부생활이 나아지기를 바라면서 모른 척하고 있었으나 더 이상 잠자코 기다릴 수만은 없는 노릇이었다.

서재의 문을 열었을 때 그녀는 자신이 마치 도둑이라도 된 느낌이 들었다. 그것도 아주 질이 나쁜 도둑 같았다. 집안에서 부스럭 소리만 나도 그녀는 펄쩍 뛰곤 했다.

"이런, 세상에! 정말 바보가 다 됐군!"

캐시는 큰소리로 외쳤다.

자신의 목소리를 듣자 마음이 약간 가라앉았다.

'그래, 나는 토마스의 아내니까 집 안의 어떤 방이라도 들어갈 권리가 있어.'

그러나 아무리 그렇게 생각하려고 해도 역시 자기는 방문객 같기만 했다.

서재는 어질러져 있었다. 소파 침대는 열려 있었고, 커버는 마룻바닥에 떨어져 쌓아놓은 것처럼 뭉쳐져 있었다. 캐시는 책상을 살펴보고 나서 열려 있는 욕실 문을 바라보았다. 약장을 꺼내보았으나 안에는 면도 도구와 낡은 칫솔, 그리고 오래된 테트라사이클린 등이 들어 있을 뿐이었다. 포장된 것이나 용기에 들어 있는 것도 모두 열어보았지만 이상한 것은 아무것도 없었다.

욕실에서 나오려고 하다가 캐시는 문득 흰 타일 바닥에 색깔이 있는 알갱이가 떨어져 있는 것을 발견했다. 몸을 구부리고 주워보니 SKF-E-19라는 표시가 있는 조그만 세모꼴의 정제였다. 본 적은 있는 것 같았으나 무엇인지 알 수가 없었다. 서재로 돌아가 책장 안에 '의사용 약품 편람'이 있는지 찾아보았으나 보이지 않았다. 그녀는 아침의 방으로 돌아가 자기 것을 꺼냈다. 그리고 재빨리 제품 색인 페이지를 뒤져보았다. 그것은 덱세드린이었다!

알약을 손에 든 채 캐시는 바다를 가만히 지켜보았다. 범선 한 척이 4,500미터쯤 떨어져 있는 바다 위를 천천히 움직이고 있었다. 그녀는 한동안 그것을 응시하다가 자신의 생각을 정리해 보았다. 안도감과 함께 불안감이 뒤섞인 이상한 기분이었다. 불안감은 토마스가 약을 상용하고 있지 않을까 하는 두려움이 입증되고 말았기 때문이었고, 안도감은 그녀가 발견한 약인 덱세드린의 성분 때문이었다.

토마스와 같이 성공한 사람이라면 거의 초인적인 작업을 계속하기 위해서 이따금 '각성제'를 먹으리라는 것은 캐시도 충분히 상상할 수 있었다. 그가 얼마나 많은 수술을 하고 있는가를 잘 알고 있기 때문에 몹시 지쳤을 때 집중력을 갖기 위해서 약에 대한 유혹을 뿌리치기 어렵다는 것도 이해할 수 있었다. 이것은 그의 성격에도 맞는 일이라고 캐시는 생각했다.

그러나 마음을 가라앉히려고 하면 할수록 그녀는 무서운 생각이 들었다. 덱세드린 남용에 의한 위험을 잘 알고 있기 때문이었다. 그리고 토마스가 약을 먹는 것을 어느 정도 책망해야 할지, 또 언제부터 그것을 먹기 시작했는지 그녀로서는 전혀 알 수가 없었다.

그녀는 알약을 자기 책상에 집어넣고 '의사용 약품 편람'을 책장에 도로 꽂았다. 그 순간 그녀는 토마스의 서재에 들어가서 정제를 찾아낸 것은 잘못한 일일지도 모른다는 생각이 들었다. 이런 일은 잊어버리는 것이 상책이었다. 결국 이것은 흔히 있을 수 있는 일시적인 문제이고, 뿐만 아니라 만약 토마스에게 이런 얘기를 했다가는 그의 화만 자초할 뿐이 아닌가.

'아무튼 어떻게든지 하지 않으면 안 돼.'

캐시는 스스로의 결심을 다지기 위해 자신에게 말했다. 토마스의 생활에 대해 어느 정도 간섭할 수 있는 사람은 페트리셔라고 생각했다. 그녀는 거기에 대한 이해관계를 잠시 생각하고 나서 역시 이 일은 시어머니와 의논해 봐야겠다고 생각했다. 만약 토마스가 오랫동안 덱세드린을 남용하고 있었다면 누군가가 그것을 말리지 않으면 안 되는 것이다.

이럴 때 먼저 해야 할 일은 자신을 보기 흉하게 하지 않는 일이라고 생각한 캐시는 테리천 실내복과 나이트가운을 벗어 버리고 샤워를 하기 시작했다.

■ ■ ■

토마스는 데스 콘퍼런스에서 증례를 발표하고 매우 기분이 좋았다. 레지던트에서 의대생들까지 포함해서 내과와 외과의 전원이 참석하고 있었다. 그날 맥퍼슨 계단 강당에는 연단이 있는 최하단에서 뒤의 최상단까지 청중들이 꽉 들어차는 바람에 통로에도 앉아야 할 정도로 성황을 이루었다. 토마스는 조지와 담당시간을 반씩 나누고 있었는데도 사람들의 인기를 독점하고 있었다.

토마스가 '관상동맥 바이패스 수술 환자의 장기 관찰 보고'에 대한 발표를 마치자 청중들은 강당이 떠나갈 듯이 박수를 보냈다. 토마스의 연구는 전체적으로 좋은 성적을 올리고 있을 뿐만 아니라 수술 회수도 초인적이었기 때문에 사람들에게 큰 감명을 주었다.

그가 청중들에게 자유롭게 질문할 수 있도록 허락하자 위쪽의 열에서, "토마스 씨가 그토록 정력적으로 일을 할 수 있는 것은 평소 특별한 음식을 먹어서인 듯한데 그게 무엇입니까!" 하고 외치는 소리가 들려왔다. 청중들은 웃음을 터뜨리면서 다소라도 유머가 있는 대답을 듣고 싶어했다. 웃음소리가 멎자 토마스는 이렇게 말하면서 이야기를 끝냈다.

"지금 보신 통계로 보더라도 관상동맥의 바이패스 수술의 효과에 대해서는 이제 한 조각의 의문도 있을 수 없다고 확신합니다."

그는 원고를 챙긴 뒤 연단의 뒤쪽에 있는 조지 서먼의 옆자리에 가서 앉았다.

그 다음으로, 조지가 제출한 연제는 '흥미 있는 교재용 증례'였다. 토마스는 속으로 신음소리를 내면서 자꾸 출구 쪽을 바라보았다. 머리가 터질 것 같은 두통이 병원에 도착한 다음부터 더욱 심해지고 있었다. 조지의 연제를 듣고는 무슨 시시한 소리냐고 토마스는 생각했다. 그리고 조지가 연단으로 나가 마이크를 시험하기 위해 입김을 불어넣는 것을 더욱 짜증스러운 표정으로 지켜보았다. 조지는 그것도 모자라는지 이번에는 반지로 마이크를 톡톡 두드려 보고서야 비로소 만족했는지 이야기를 시작했다.

그 증례는 제프리 워싱턴이라는 28세의 남자에 대한 것이었다. 10세 때 류머티즘열에 걸렸으나 그 무렵에는 병이 잦은 아이여서 오랫동안 입원을 하고 있었다. 그 급성 병이 계속되고 있는 동안 심장 전체가 수축할 때마다 심한 잡음이 들려오기 시작했다. 승모판에 심한 장애가 생겼다는 것을 알려주는 소리였다. 오랜 세월에 걸쳐 승모판 수복수술을 해야 할 필요가 있다고 생각될 정도로 차츰 악화되었던 것이다.

그 시점에서 제프리 워싱턴이 이동침대에 실려와 청중들에게 공개되었다. 바짝 마르고 어린아이같이 보이는 흑인이었는데 윤곽이 뚜렷한 얼굴에 빛나는 눈, 그리고 연한 갈색 피부를 하고 있었다. 그는 머리를 뒤로 젖히고 자기를 내려다보고 있는 많은 사람들의 얼굴을 물끄러미 바라보았다.

제프리가 다시 이동침대에 실려 돌아갈 때 우연히 토마스와 제프리의 눈이 마주쳤다. 제프리는 고개를 끄덕이면서 미소를 지었고 토마스도 같은 동작으로 응답했다. 토마스는 그 청년을 도와줄 수 없는 것에 대해 미안함을 느꼈다. 그의 이야기는 비극적이었으나 그것은 흔히 있는 일이었다. 토마스 자신만 해도 그와 같은 수백 명의 환자를 수술해온 것이다.

제프리가 나가고 나자 조지는 다시 연단으로 돌아갔다.

"워싱턴 씨는 승모판의 수복수술을 받게 되어 있었는데 검사를 하는 동안 흥미 있는 사실이 발견되었습니다. 그는 1년 전에 폐낭포염(肺囊胞炎)에 걸려 있었습니다."

흥분한 중얼거림이 청중들 사이에서 들려왔다.

"제 생각에는."

조지는 웅성거리는 청중들을 제지한 다음 큰소리로 말을 이었다.

"이 병이 에이즈, 즉 후천성 면역결핍증후군을 시사하고 있다는 것은 새삼스럽게 말씀드릴 필요도 없을 것입니다. 이 환자는 바로 그 병에 걸려 있는 것입니다. 이미 판명된 바에 따르면, 이 제프리 워싱턴 씨는 그 외 섹스에 대한 기호로 보아 동성애 그룹으로 분류됩니다. 즉 그의 생활양식은 분명히 면역 억제를 가져오기 쉽게 되어 있습니다."

그때 토마스는 어제 오후 외과 휴게실에서 조지가 하던 말의 의미를 깨닫고 치밀어 오르는 분노를 억제하기 위해 애썼다. 저들은 이 제프리 워싱턴의 증례 건으로 토마스의 환자들로부터 수술실과 외과의 침대를 빼앗으려는 술수를 부리는 것이 틀림없었다. 제프리의 수술에 대해 달갑지 않게 생각한 사람은 토마스 혼자만이 아니었다. 내과의사 한 사람이 손을 들자 조지가 그에게 발언권을 주었다.

"에이즈 환자에게도 심장수술을 할 수 있는지, 그 근거를 말씀해 주시기 바랍니다."

내과의가 물었다.

"아주 좋은 질문을 하셨습니다."

조지는 대답했다.

"워싱턴 씨의 면역성은 현재 극단적으로 이상이 있는 것은 아닙니다. 다음 주에 수술할 예정인데 그의 헬퍼 T-임파구와 세포 독성을 가지고 있는 T-임파구가 급격히 감소되고 있는지 어떤지, 지금 그 수의 변화를 조사하고 있습니다. 면역학과의 소렌슨 선생은 현재 시점에서 에이즈라고 해서 반드시 수술의 절대 금기라고는 생각하지 않고 있는 것 같습니다."

청중 속에서 다시 몇 명이 손을 들자 조지는 지명을 했다. 활달한 토론이 규정시간을 지나서까지 이루어지고, 공식행사가 끝난 뒤에도 한 무리의 사람들이 모여서 이야기를 계속 했다.

토마스는 회의가 끝나자 곧 강당에서 나가려고 했으나 발렌타인이 자리에서 일어나 앞을 가로막았다.

"좋은 집회였네."

그가 미소를 지으며 말했다.

토마스는 고개를 끄덕였으나 이젠 퇴장하고 싶은 마음뿐이었다. 머리를 바이스로 꽉 죄고 있는 것 같은 느낌이 들었다.

그때 조지 셔먼이 토마스의 뒤로 와서 그의 등을 두드렸다.

"오늘 아침에는 당신과 내가 사람들을 정말 즐겁게 해준 것 같소. 입장료라도 받았어야 하는 건데 말이야."

토마스는 만족한 듯이 미소를 짓고 있는 조지의 얼굴을 천천히 돌아보며 말했다.

"솔직히 말하면, 이 모임은 속이 빤히 들여다보이는 연극 같소."

두 사람 사이에 잠시 어색한 침묵이 흘렀다.

"좋아요. 당신에게도 뭐든 의견을 말할 자격은 있으니까."

조지가 말했다.

"한 가지 묻겠는데, 당신이 유별나게 여기까지 데리고 왔던 저 불쌍한 제프리 워싱턴은 지금 심장외과 침대를 차지하고 있소?"

"그야 물론이지. 그럼 어디에 있을 줄 알았소. 카페테리아에?"

조지도 화가 치민 듯했다.

"자, 자, 그만하게."

발렌타인이 끼어들었다.

"어디에 두면 되는지 가르쳐드리지."

토마스는 손가락으로 조지의 가슴을 찌르면서 날카롭게 말했다.

"내과에 두면 돼. 면역문제 때문에라도 여러 가지 도움을 받을 수 있으니까. 또 그 친구는 오래전부터 폐낭포염이 있다니까 치명적인 심장발작을 일으키기 전에 죽을 가능성도 많고."

조지는 토마스의 손을 옆으로 뿌리쳤다.

"방금도 말했듯이 당신이 무슨 소리를 해도 좋지만, 난 제프리 워싱턴이 아주 좋은 교육재료라고 생각하고 있어."

"좋은 교육재료라."

토마스는 조롱하듯이 계속해서 말했다.

"그는 내과적인 병이야. 그렇지 않아도 부족한 심장외과의 침대를 차지해서는 안 된단 말이야. 침대는 더 급한 환자를 위해 필요하니까. 당신은 그것을 모르겠나? 이런 어처구니없는 일 때문에 나는 내 환자를 기다리게 하지 않으면 안 되는 거야. 내과적인 병이 없는 환자, 회복하면 사회에 공헌할 수 있는 환자를 말이야."

조지는 또다시 토마스의 손을 뿌리쳤다.

"자꾸 건드리지 마!"

"자, 자, 선생님들."

발렌타인이 두 사람 사이에 끼어들었다.

"토마스는 지금 자기가 무슨 소리를 하고 있는지도 모르는 모양이에요."

"야, 이 자식 봐라!"

토마스는 발렌타인을 제치고 조지의 와이셔츠를 움켜잡으며 소리쳤다.

"넌 교육시간표인지 뭔지를 채우기 위해 이런 환자를 끌고 와서 이쪽의 스케줄을 엉망으로 만들고 있어."

"이 손 못 놓겠어?"

조지는 얼굴이 시뻘게져서 말했다.

"그만 하라니까."

발렌타인이 토마스의 손을 떼놓았다.

"우리가 하는 일은 인명을 구하는 거야. 인간의 가치를 정하는 것이 아니란 말이야. 그것을 결정하는 것은 신뿐이지."

조지는 씩씩거리면서 말했다.

"물론이지. 그런데 넌 네 자신이 누구를 살리겠다고 결정해 놓고도 그것을 못 깨닫는 바보란 말이야. 그리고 네 판단은 엉망이야. 네가 내 수술자리를 빼앗을 때마다 건강하게 살아갈 수 있는 다른 환자가 하나씩 죽어가게 된다는 걸 알아두라고."

토마스는 그렇게 말하고 바닥을 걷어차면서 성큼성큼 강당 밖으로 나갔다. 조지는 숨을 깊게 들이쉬고 나서 구겨진 와이셔츠를 폈다.

"빌어먹을! 킹슬리는 저렇게 잘난 체한다고요."

"그는 거만하지."

발렌타인이 맞장구를 쳤다.

"하지만 솜씨 좋은 외과의사야. 그런데 자네 지금 괜찮은가?"

"괜찮습니다. 하마터면 저 녀석을 때릴 뻔했습니다. 저 녀석은 틀림없이 문제를 일으킵니다. 무슨 눈치를 채면 안 되는데 말입니다."

조지가 말했다.

"저 친구는 오만하니까 그런 의미에선 오히려 잘됐는지도 모르지."

"지금까진 운이 좋았지요. 그런데 저 녀석의 손이 떨리고 있는 것을 보셨습니까?"

"아니."

발렌타인은 놀란 듯이 말했다.

"어떻게 떨리던가?"

"떨리다가 떨리지 않다가 하더군요. 저는 한 달쯤 전부터 눈치 채고 있었습니다. 지금까지는 그런 일이 한 번도 없었으니까요. 오늘도 저 녀석이 발표하고 있을 때 손이 떨리고 있는 것을 보았습니다."

"사람들 앞에 서면 대부분의 사람들은 신경질이 되는 모양이야."

"그건 그렇습니다만, 내가 윌킨슨이 죽었다는 얘기를 할 때도 마찬가지였습니다."

"나는 윌킨슨 얘기는 별로 하고 싶지 않네."

발렌타인은 차츰 사람들이 줄어들고 있는 강당을 둘러보면서 아는 사람들에게 미소를 지었다.

"토마스는 틀림없이 긴장하고 있었을 거야."

"그럴지도 모르죠. 하지만 저 녀석한테 틀림없이 무슨 문제가 있을 겁니다."

조지는 애매하게 말했다.

■ ■ ■

캐시는 마치 처음으로 페트리셔를 만나는 것처럼 그녀를 방문하기 위해 옷을 차려입었다. 그녀는 정성을 다해서 짙은 감색의 울 스커트와 하이넥의 흰 블라우스, 그리고 거기에 어울리는 재킷을 골랐다. 그녀는 방을 나서려고 하다가 손톱이 매우 지저분한 것을 깨닫고 방문이 늦춰지는 것을 오히려 반가워하면서 때가 낀 에나멜을 벗기고 새로 발랐다. 매니큐어가 다 마르자 이번에는 헤어스타일이 마음에 안 들어 머리를 풀고 다시 고쳤다.

마침내 더 이상 늦춰서는 안될 것 같아서 그녀는 집과 차고 사이에 있는 안뜰을 가로질렀다. 거기는 완전히 얼어붙어 있었다. 캐시는 현관 벨을 누르고 나서 몸이 죄는 듯한 찬 공기 속에서 자신의 흰 입김을 보고 있었다. 그러나 안에서는 아무런 대답이 없었다. 발끝으로 서서 문의 조그만 창문을 들여다보니 계단밖에는 보이지 않았다. 다시 벨을 누르자 시어머니가 천천히 계단을 내려와서 유리창 너머로 밖을 내다보았다.

"아니, 카산드라가 웬일이지?"

그녀는 말했다.

페트리셔가 문을 열어주지 않았기 때문에 당혹한 캐시는 한동안 말없이 서 있었다. 이런 상태에서는 도저히 자신이 방문한 이유를 큰소리로 말하고 싶지 않았지만 할 수 없이 이렇게 말했다.

"토마스 때문에 잠시 말씀드릴 것이 있어요."

그렇게 설명을 해도 문을 여는 데 한참이나 시간이 걸려서 캐시는 이쪽의 말이 들리지 않았을지도 모른다는 생각이 들었다.

이윽고 몇 번의 철걱거리는 소리가 나고 문이 열렸다. 두 사람은 한동안 서로 말없이 마주보았다.

"무슨 일로."

페트리셔가 마침내 입을 열었다.

"귀찮게 해드려서 죄송해요."

캐시는 말끝을 흐렸다.

"귀찮기는……."

페트리셔가 말했다.

"좀 들어가도 될까요?"

"들어오렴."

페트리셔가 계단을 올라가면서 말했다.

"문을 꼭 잠가라."

캐시는 차고 습기 찬 아침공기에서 벗어나는 것이 기뻤다.

그녀는 문을 닫고 나서 페트리셔의 뒤를 좇아 2층으로 올라갔다. 두 사람은 붉은색 벨벳과 흰 레이스로 호화롭게 장식된 빅토리아조풍의 좁은 방으로 들어갔다.

"이 방, 정말 아름다워요."

캐시가 말했다.

"고맙구나. 토마스가 제일 좋아하는 색깔이 빨간색이란다."

페트리셔는 그렇게 말했다.

"네?"

토마스가 좋아하는 색깔이 청색이라고만 생각하고 있었던 캐시에게는 뜻밖의 말이었다.

"나는 대개 이 방에서 지낸다. 편하고 따뜻하니까."

"네, 그러셔야죠."

흔들 목마니 모형 자동차니 하는 여러 가지 장난감을 처음으로 보면서 캐시는 맞장구를 쳤다.

캐시의 시선을 좇고 있던 페트리셔가 이렇게 설명했다.

"이것은 토마스가 가지고 놀던 장난감의 일부란다. 장식으로 놔둔

건데 너 보기엔 어떠냐?"

"좋아요."

장난감들이 재미는 있었지만 사치스러운 가구들과는 약간 어울리지 않는다고 캐시는 생각했다.

"차 마시겠니?"

페트리셔가 물었다.

캐시는 갑자기 페트리셔도 자기와 마찬가지로 불편을 느끼고 있는 것 같다는 생각이 들었다.

"네, 마시겠어요."

그녀는 가능한 한 편하게 마음을 먹으려 애쓰면서 말했다.

페트리셔의 주방은 매우 실용적으로 꾸며져 있었다. 흰 금속으로 만든 선반과 오래된 냉장고, 그리고 조그만 가스난로가 놓여 있었다. 페트리셔는 주전자를 불에 올리고서 도기로 만든 컵을 꺼내더니 냉장고 위에서 나무쟁반을 내렸다.

"밀크? 아니면 레몬?"

"밀크로 하겠어요."

캐시가 대답했다.

크림 통을 찾고 있는 시어머니를 보면서 캐시는 이 노인에게는 거의 찾아오는 손님이 없다는 것을 생각했다. 그리고 약간의 죄책감을 느끼면서 그동안 왜 서로 좋은 친구가 되지 못했을까 하는 생각도 들었다. 그녀는 토마스의 얘기를 꺼내려고 했으나 두 사람 사이에 가로놓여 있는 위화감 때문에 아무래도 말을 꺼내기가 어려웠다.

밀크가 가득 든 컵을 들고 거실에 가서 같이 앉았을 때에야 캐시는 용기를 내어 얘기를 시작했다.

"오늘 아침에 불쑥 찾아온 것은 토마스의 일로 말씀드리고 싶은 것이 있기 때문이에요."

"아까도 그렇게 말했잖니."

페트리셔가 상냥하게 말했다. 그녀는 마음이 내키는지 캐시가 찾아온 것을 좋아하는 것 같았다.

캐시는 가만히 한숨을 쉬고 나서 컵을 커피 테이블에 놓았다.

"전 토마스가 걱정이에요. 일에 너무 열중해서……."

"아장아장 걸을 때부터 그랬단다. 그 아이는 태어난 그날부터 얼마나 설치는지 하루 24시간을 꼼짝없이 붙어 있어야 했어. 미처 걷기도 전부터 얼마나 고집이 센지 그 아이를 가르치는 데는 정말 힘이 들었단다."

페트리셔의 얘기를 듣고 있는 동안에 캐시는 이 노파의 세계 속에는 아직도 토마스가 중심인물이 되어 있겠구나 하고 생각했다. 그리고 왜 페트리셔가 혼자 이 집에서 버티고 있는지 그 까닭을 차츰 알 것 같았다.

차를 마시기 위해 잠시 얘기를 중단하고 있는 시어머니를 뚫어질 듯이 지켜보면서 캐시는 토마스가 페트리셔를 쏙 빼닮았음을 깨달았다. 이 노인의 얼굴은 더 갸름하고 화사했으나 그 네모진 귀족적인 얼굴 모습은 똑같았다.

캐시는 그것을 발견하고 미소를 지었다. 그리고 시어머니가 차를 마시고 있는 사이에 말했다.

"그럼 토마스는 별로 달라지지 않았군요."

"나는 조금도 달라졌다고 생각하지 않는다."

페트리셔도 웃으면서 말을 이었다.

"그 아이는 지금도 아이란다. 아직도 돌봐주지 않으면 안 될 것이 많단 말이다."

"제가 드리고 싶은 말씀은… 어머님이 토마스를 좀 도와주셨으면 하는 거예요."

"뭐라고?"

페트리셔가 놀란 듯이 말했다.

캐시는 모처럼 이렇게 친근감이 생겼는데 자기가 꺼낸 말 때문에 페트리셔와 다시 원래의 서먹서먹한 관계로 돌아간 것 같은 느낌이 들었다. 그러나 그녀는 거기에 개의치 않고 말을 계속했다.

"토마스는 어머님의 말씀은 들을 거예요. 그리고……."

"그야 물론 듣겠지. 나는 그 아이의 어미니까. 그런데 너는 도대체 무슨 말을 하고 싶은 거냐, 카산드라?"

"토마스가 약을 먹고 있다고 의심하고 있어요. 그럴 만한 이유가 있어서…… 2, 3개월 전부터 의심하고 있었는데 곧 그만둘 거라고 생각했어요."

캐시는 마침내 그렇게 말하고 나자 한결 마음이 편해졌다. 하지만 페트리셔의 파란 눈이 갑자기 쌀쌀해졌다.

"토마스는 약 같은 것은 먹지 않는다."

"어머님, 믿어주세요. 저는 토마스의 흠을 잡으려는 게 아니에요. 걱정이 돼서 어머님의 도움을 청하려는 것뿐이에요. 그 사람은 어머님 말씀이라면 잘 따를 테니까요."

"내 도움이 필요하다면 토마스가 직접 와서 도와달라고 말할 거다. 결국 그앤 날 놔두고 널 선택한 거지."

페트리셔는 자리에서 일어났다. 그녀의 입장에서 본다면 이 조촐한 두 사람만의 밀담은 끝난 것이다.

결국 그것이었다. 페트리셔는 아직도 자기의 조그맣던 아들이 자라서 아내를 얻은 것을 질투하고 있었다.

"토마스는 어머님을 놔두고 저를 택한 것이 아니에요. 그는 저에게 다른 관계를 기대하고 있을 뿐이에요."

캐시는 조용히 말했다.

"다른 관계를 기대한다면 자식은 어떻게 되는 거냐?"

그 말을 듣자 캐시는 자신의 의지가 시들어버리는 것을 깨달았다. 자식이라는 말을 들으면 그녀는 할 말이 없었다. 소아당뇨병 환자는 임신을 경계할 필요가 있기 때문이었다. 그녀는 들고 있는 차를 내려다보면서 시어머니에게는 더 이상 얘기를 해봐야 아무 소용도 없다는 것을 알게 되었다.

"자식은 하나도 갖지 못하겠구나."

페트리셔는 자신이 질문하고 자신이 대답했다.

"왜 갖지 못하는지 안다. 너에게 병이 있기 때문이지. 자식이 없다는 것은 토마스에게 비극이라는 것을 너도 알고 있을 텐데 말이다. 그리고 그애한테서 들었다. 너는 요즘 침대를 따로 쓰고 있다더구나."

토마스가 그런 부부간의 얘기까지 털어놓는구나 하고 쇼크를 받은 캐시는 고개를 들었다.

"토마스와 저 사이에는 여러 가지 문제가 있어요. 하지만 지금 제가 드리는 말씀은 그것과는 상관없어요. 제가 걱정하고 있는 것은, 그 사람이 덱세드린이라는 약을 먹고 있고, 더구나 꽤 오래전부터 계속 먹고 있는 것 같다는 거예요. 물론 피곤해서 먹는지도 모르지만, 그것이 그 사람 자신에게나 환자에게나 위험한 것은 틀림없어요."

"너는 내 아들이 마약 중독이라고 비난하고 있는 거냐?"

페트리셔가 날카로운 어조로 말했다.

"아네요."

캐시는 더 이상 설명할 필요가 없다고 생각했다.

"그래, 그렇다면 괜찮지만. 물론 때로는 약을 먹는 사람도 많겠지. 그리고 나는 토마스의 기분을 이해할 수 있을 것 같다. 아무튼 그 아이는 자기 침대에서 쫓겨났으니까. 나는 그보다도 너희들 관계가 더 큰 문제인 것 같다."

페트리셔는 그렇게 말했다.

캐시는 더 이상 말다툼을 하고 싶은 생각이 없었다. 그녀는 페트리셔의 말이 옳은지 어떤지를 생각하면서 잠자코 앉아 있었다.

"그럼 이제 돌아가는 것이 좋겠구나."

페트리셔는 그렇게 말하면서 손을 뻗어 캐시가 들고 있는 컵을 빼앗았다. 캐시는 더 이상 아무 말도 하지 않고 계단을 내려와 밖으로 나왔다.

페트리셔는 컵을 모아 주방으로 가지고 갔다. 그녀는 토마스에게 저 여자와 결혼한 것이 실수라고 말하고 싶은 충동이 일었었다. 만약 들어만 준다면…….

거실로 돌아간 페트리셔는 전화기 앞에 앉아 토마스의 교환대를 불렀다. 그리고 가능한 한 빨리 어머니에게 전화를 해달라는 메시지를 남겼다.

■ ■ ■

토마스의 환자들은 모두 불편을 감수하면서 외과의 3개 층에 흩어져 차례를 기다리고 있었다. 데스 콘퍼런스가 끝난 뒤 토마스는 18층까지 엘리베이터로 올라갔다. 토요일은 항상 집회와 외래진찰을 하기 전에 병실을 회진하기로 하고 있었으나 오늘은 출근이 늦어져서 걱정하고 있는 환자 가족들을 위로할 시간이 그만큼 적어지고 말았다. 그들은 병실에서 토마스를 따라 나와 복도에 서서 여러 가지 질문을 퍼부었다. 그는 필사적으로 그들을 뿌리치고 다음 환자를 보려고 했지만 또다시 그 가족들에게 붙들려 시간을 빼앗기고 말았다.

외부인 출입을 통제하는 중환자실에 도착해서야 그는 안도의 숨을 쉬었다. 그는 문을 열고 들어가면서 조지 서먼과의 매우 유감스러운 실랑이를 떠올렸다. 그때 이쪽의 대응은 당연하다고 생각했지만 내심 자신에 대해 놀라기도 하고 실망도 하고 있었다.

중환자실에 들어간 토마스는 전날 수술한 3명의 환자를 진찰했다. 모두 순조로웠고, 이미 코에서 관을 빼고 입으로 음식을 섭취하고 있었다. 심전도, 혈압, 그 밖의 징후도 모두 안정되고 정상적이었다. 다만 캠벨 씨만 한때 약간의 부정맥을 나타냈었지만 한 레지던트가 재빨리 급성 위확장을 발견해서 조치를 끝낸 뒤였다. 토마스는 그의 이름을 물어 외워두고, 다음에 만나면 인사를 해야겠다고 생각했다.

토마스는 캠벨 씨의 침대로 다가갔다. 환자는 가냘픈 미소를 지으면서 무슨 말인가를 했다.

토마스는 몸을 구부렸다.

"뭐라고 하셨습니까, 캠벨 씨?"

"소변이 보고 싶어요."

그는 작은 소리로 말했다.

"당신 방광에는 카테터가 들어 있어요."

토마스가 말했다.

"그래도 하고 싶어요."

캠벨 씨가 사정했다.

토마스는 그와의 대화를 단념하고 간호사를 불러 잘 설명해주라고 말했다.

방을 나서려다 그는 캠벨 씨의 옆 침대에 누워 있는 불쌍한 환자를 돌아보았다. 그 역시 발렌타인이 실패한 환자 중 한 사람이었다. 수술 중에 뇌에 공기색전(Air Embolism : 혈액 속으로 들어간 공기가 기포를 이루어 순환 도중 동맥을 차단해서 피의 흐름을 막는 현상)을 일으켜 그 후부터 호흡기에만 의존하는 완전한 식물인간이 되어버렸던 것이다. 그러나 이 메모리얼 병원의 고도의 간호로 간신히 생명은 유지할 수 있었다.

토마스는 누군가가 자기의 어깨에 손을 얹는 것을 깨닫고 뒤를 돌아보았다. 놀랍게도 그것은 조지 서먼이었다.

"토마스, 우리가 언쟁을 한 것도 서로의 입장을 잘 생각해보기 위해서였으니 결코 불건전한 것은 아니었다고 생각하네. 물론 거기에 적의가 있었다면 매우 곤란하지만 말이야."

"나도 나 자신의 행동에 어이가 없었습니다."

토마스가 말했다. 그것이 그로서는 최대한의 사과의 말이었다.

"나도 약간 흥분했던 것 같아."

조지도 맞장구를 치고 나서 토마스가 보고 있던 환자의 침대 쪽으로 시선을 옮겼다.

"불쌍한 하위크 씨, 그렇잖아도 침대 부족 때문에 언쟁을 했는데……. 저걸 비울 수 있으면 좋을 텐데 말이지."

토마스는 지금까지 자기가 한 주장이 있음에도 불구하고 미소를 지었다.

"하지만 난처한 것은."

조지는 말을 이었다.

"하위크 씨가 여기에 눌러있어야 된다는 거야. 물론……."

"물론, 뭐죠?"

토마스가 물었다.

"물론 저 플러그를 뽑아버리면 얘기는 다르지만."

토마스는 잠자코 방을 나가려고 했으나 조지가 가만히 그를 잡았다. 이 사나이는 왜 이렇게 남의 몸을 건드려야만 하는 것일까, 하고 토마스는 의아하게 생각했다.

"한 가지 묻겠는데 말이야. 플러그를 뽑아버릴 용기가 당신에게 있을까?"

조지가 물었다.

"먼저 로드니 스토다드와 상의를 해봐야죠. 그러기 전에는 할 수 없어요."

토마스는 빈정거리듯이 말했다.

"당신은 어때요, 조지? 당신은 침대를 하나라도 더 비우기 위해서는 무슨 짓이라도 할 것 같은데 말예요."

조지는 웃으며 팔을 치웠다.

"우린 모두 비밀을 가지고 있어. 그렇잖은가? 당신이 로드니와 상의하겠다고 할 줄은 정말 몰랐어. 꽤 멋진 말이야."

조지는 또 한 번 토마스를 가볍게 치고는 간호사들에게 손을 흔들면서 밖으로 나갔다.

토마스는 그를 지켜보고 있다가 이윽고 그가 남기고 간 말을 생각하면서 환자 쪽을 돌아보았다. 뇌사환자는 이따금 그 생명유지 장치를 제거당하는 경우가 있다. 그러나 그럴 경우 의사와 간호사는 절대로 그것을 인정하려고 하지 않는다.

"킹슬리 선생님."

뒤를 돌아보자 이 방의 사무원이 말을 전했다.

"호출계에서 전화가 왔습니다."

토마스는 발렌타인의 환자를 다시 한 번 바라보며 이 성가신 증례를 발렌타인은 어떻게 설명할까 생각하고 중앙의 데스크로 걸어갔다. 이와 같이 '예기치 못한' 또는 '피할 수 없는' 비극은 자기가 수술을 하면 절대로 일어나게 하지 않을 자신이 있었다.

토마스는 짜증스러운 표정으로 전화를 받았다. 호출계가 자기를 찾을 때는 틀림없이 좋지 않은 소식인 것이다. 그러나 이번의 교환양은 가능한 한 빨리 어머니에게 전화를 하라는 말뿐이었다.

토마스는 당황한 채로 급히 전화를 걸었다. 상당히 중요한 일이 아니고서야 어머니가 낮에 전화를 걸 리가 없었다.

"방해해서 미안하다."

페트리셔가 말했다.

"무슨 일이세요?"

토마스는 물었다.

"네 아내에 관해서인데."

잠시 침묵이 흘렀다. 토마스는 더 이상 참을 수가 없었다.

"어머니, 난 지금 바쁘단 말에요."

"네 아내가 오늘 아침에 나를 찾아왔었는데 말이야."

순간, 토마스는 캐시가 자신의 섹스에 대한 무능력을 고자질한 것이 아닐까 생각했으나 곧 그럴 리는 없다고 생각했다. 그러나 어머니의 얘기는 더 놀라운 것이었다.

"네가 약에 중독되었다고 그 애가 말하더라. 덱세드린이라고 하는 것 같던데."

토마스는 그 말을 듣고 말을 못할 정도로 분개했다.

"그, 그리고 또 무슨 말을 했습니까?"

그는 더듬거리면서 물었다.

"그것만으로도 충분하지. 그 아이는 네가 약을 남용하고 있다고 하더라. 그 아이에 대해서는 이전부터 조심하라고 했잖니. 그런데 내 말은 들으려고도 하지 않았어. 오, 아니다. 네가 더 잘 알지……."

"오늘 밤 다시 얘기해요."

토마스는 그렇게 말하고 집게손가락으로 전화를 끊었다.

그리고 수화기를 여전히 손에 든 채 어떻게든 화를 가라앉히려고 노력했다. 물론 이따금 약을 먹고 있긴 했다. 그러나 이것은 다른 사람들도 마찬가지인 것이다. 그런데 캐시가 그 일을 어머니에게 과장되게 말해서 나를 배신하다니. 뭐, 약을 남용한다고? 빌어먹을! 이따금 먹는데 무슨 중독이란 말인가.

그는 충동적으로 비서인 도리스에게 전화를 걸었다. 그녀는 세 번째 벨이 울리자 숨을 헐떡이면서 전화를 받았다.

"좀 만날 수 있을까?"

토마스가 물었다.

"언제요?"

도리스가 감격한 듯이 물었다.

"2, 3분 후에. 지금 병원에 있어."

"기꺼이."

도리스가 말했다.

"불러줘서 고마워요. 막 2층으로 올라가는 길이었어요."

토마스는 전화를 끊었다. 그때 그는 약간의 불안을 느꼈다. 어젯밤 캐시를 상대로 할 때 일어났던 일이 도리스의 경우에도 일어나면 안 되기 때문이었다. 그러나 굳이 그런 일을 생각할 필요는 없다고 생각하고 그는 나머지 회진을 서둘러 마치기로 했다.

도리스는 병원에서 겨우 2, 3블록 떨어져 있는 베이 스테이트 로드에 살고 있었다. 그녀의 아파트로 걸어가면서도 토마스는 캐시의 행동에 대한 생각을 떨쳐버릴 수가 없었다. 그녀는 무엇 때문에 나에게 이토록 화를 내게 하는 것일까. 도저히 그 까닭을 알 수가 없었다. 그래도 나는 모를 것이라고 생각한 것일까, 아니면 무슨 복수를 하려고 하는 걸까. 토마스는 한숨을 쉬었다.

캐시와의 결혼은 그가 가지고 있던 꿈과는 너무나 달랐다. 그녀는 훌륭한 자산이 될 수 있다고 그는 생각했다. 너무나 많은 사람들이 그녀에게 열중하고 있었기 때문에 그녀는 뭔가 특별한 여성일 거라고 생각했었다. 조지 녀석마저 그녀에게 열을 올려서 두세 번 데이트를 하고는 곧바로 결혼을 신청하지 않았던가.

도리스의 집에 도착해서 벨을 누르자 인터폰의 잡음과 함께 도리스의 환영하는 목소리가 들렸다. 그가 계단을 오르려는 순간, 문이 활짝 열렸다.

"어머, 정말 오셨네요? 깜짝 놀랐어요."

그가 아직 첫 번째 층계참을 올라가고 있을 때 도리스가 말했다. 그녀는 겨우 배꼽을 가릴 정도의 짧은 조깅 팬츠와 티셔츠를 입고 있었는데, 그 풀어 내린 머리는 믿을 수 없으리만큼 숱이 많고 윤기가 돌았다.

그녀가 그를 안으로 맞아들이고 문을 닫자 토마스는 방안을 둘러보았다. 몇 달 동안 와보지 못했지만 별로 달라진 것은 없었다. 좁은 거실에는 소형 난로 앞에 소파가 하나 놓여 있었고, 방 안쪽으로 한길을 내려다볼 수 있는 퇴창이 달려 있었다. 커피 테이블 위에는 식탁용 술병과 글라스 2개가 놓여 있었다. 도리스는 토마스에게 다가와 몸을 기대고 그의 등을 쓰다듬으면서 놀리듯이 말했다.

"수술을 하시겠어요?"

그 말을 듣자 섹스의 능력에 대한 토마스의 불안은 갑자기 사라져 버렸다.

"즐기기에는 아직 좀 이를까? 하지만 무슨 상관이야."

도리스는 토마스에게 몸을 밀착시켰다. 토마스는 발기하는 것을 느꼈다.

"물론 상관없지."

토마스는 그녀를 소파에 쓰러뜨리고 옷을 벗겼다. 흥분이 절정에 달하자 그는 자신의 반응에 진심으로 안도감을 느꼈다. 그리고 그녀의 몸 안으로 밀고 들어가면서 어젯밤에 경험한 그 기분 나쁜 문제는 캐시 때문이지 자신이 나빴던 것은 아니라고 스스로를 위로했다. 퍼코댄을 먹어야 했던 일은 전혀 기억나지 않았다.

■ ■ ■

외과의 중환자실에서 근무하고 있는 간호사들은 문제가 생길 때, 특히 중대한 문제가 생길 때는 이상하게 예감을 느끼게 된다고 생각하고 있었다. 그날 밤은 11시 반에 11세짜리 소녀가 심장마비를 일으키는 소동이 있었다. 환자는 비장 파열로 그날 수술을 받았는데, 다행히 발작도 금방 수습되고 심장도 곧 움직이기 시작했다. 간호사들은 구급연락을 받고 많은 의사들이 응해준 데 대해 놀라고 있었다. 짧은 시간에 그들은 앞 다투어 달려와 주었던 것이다.

"이 병원에는 왜 이리도 의사들이 많이 있을까?"

야간 감독인 안드레아 브라이언트가 말했다.

"토요일 밤에 서먼 선생님을 여기서 만난 것은 정말 처음이야. 그분이 레지던트로 있을 때 말고는."

"틀림없이 수술실에 응급환자들이 많기 때문일 거야."

정간호사인 트루디 보다노위츠가 말했다.

"그게 아니야. 그 방의 수석과 얘기를 했는데, 환자는 두 사람뿐이래…… 응급 심장환자와 고관절 골절환자."

안드레아가 말했다.

"무슨 영문인지 모르겠군."

트루디는 손목시계를 보았다. 12시가 막 지나 있었다.

"오늘 밤 한 번도 쉬지 못했잖아, 좀 쉬어야 하지 않겠어?"

그들은 심장마비 소동 후의 서류정리를 끝내고 중앙의 데스크에 앉아 있었다. 그녀들은 특히 어떤 환자를 전담하고 있는 것이 아니기 때문에 중앙의 간호사실에 배치되어 필요한 관리업무만 하면 되었다.

"우리 두 사람이 한꺼번에 휴식을 취해도 되는지 모르겠어. 여기는 정말 대단한 곳이야. 교대를 하자마자 심장마비를 일으켜서 일과가 엉망진창이 되었으니 세상에 이런 곳이 또 어디에 있을까?"

안드레아는 U자 형의 큰 데스크를 둘러보면서 말했다. 중환자실의 간호사실에는 복잡한 전자기기가 놓여 있었기 때문에 마치 보잉 747의 조종실에 앉아 있는 것 같았다. 간호사들 앞에는 텔레비전 스크린이 즐비하게 늘어서 실내에 있는 모든 환자들의 정보를 언제든지 알 수 있게 되어 있었고, 대개는 데이터가 어느 일정한 범위에 머물고 있지만 만약 정상치에서 크게 벗어나게 되면 금방 경보가 울리게 되어 있었다.

간호사들이 잡담을 하고 있는 사이에 심전도 하나가 변화하고 있었다. 지금까지는 정상이었는데 차츰 이상한 선을 그리기 시작하더니 마침내 경보 벨이 울렸다.

"어머, 큰일 났네."

트루디는 소리를 내고 있는 오실로스코프의 스크린을 올려다보면서 이 경보가 기계 고장이기를 바라는 듯이 손으로 기계를 탁 때렸다. 그리고 심전도의 이상한 선을 발견하자 스위치를 껐다켰다 하기도 했다. 아직도 기계 고장으로 생각하고 싶었던 것이다.

"누구 거야?"

안드레아는 간호사들이 큰 소동이라도 부릴까 봐 눈치를 살피면서 물었다.

"하위크야."

트루디가 대답했다.

안드레아는 발렌타인 의사가 수술을 잘못한 환자를 힐끗 쳐다봤다. 평소와 마찬가지로 그를 돌보는 간호사의 모습은 보이지 않았다. 그러나 이상한 일은 아니었다. 하위크 씨는 한동안 의외일 정도로 증세가 안정되고 있었던 것이다.

"외과 레지던트를 불러요."

트루디가 말했다. 그녀가 보고 있는 동안에도 하위크 씨의 심전도는 계속 악화되고 있었다.

"이것 봐, 심장이 거의 멎으려 하고 있어."

그녀가 가리키는 심전도의 스크린에는 금방이라도 정지하거나, 아니면 심실이 세동(細動)을 일으키기 직전과 같은 전형적인 변화가 일어나고 있었다.

"비상호출을 할까?"

안드레아가 말했다.

두 간호사는 얼굴을 마주보았다.

"발렌타인 박사가 특별히 '호출금지'를 명했는데……."

트루디가 말했다.

"나도 알아."

안드레아도 수긍했다.

"저것을 보고 있으면 겁이 나 죽겠어. 이런 근무는 정말 질색이야. 불공평하단 말이야."

트루디가 심전도를 돌아보면서 말했다.

그녀가 지켜보고 있는 동안에 심전도가 그리는 점은 이따금 빛을 내다가 마침내 하나의 직선이 되고 말았다. 하위크 씨가 사망한 것이다.

"레지던트를 불러줘."

트루디는 화가 난 듯이 말하고 나서 데스크를 돌아 하위크 씨의 침대로 다가갔다. 호흡기가 아직도 환자의 폐를 신축시키고 있어서 그는 마치 살아 있는 것 같았다.

"수술을 받는다는 건 별로 좋은 일이 아닌가 봐."

안드레아는 수화기를 들면서 말했다.

"도대체 어떻게 된 일일까. 그렇게 안정되고 있었는데."

트루디가 말했다. 그녀는 손을 뻗어 호흡기의 스위치를 껐다.

쉭쉭 하는 소리가 멈추자 하위크 씨의 가슴은 푹 꺼지더니 움직이지 않았다.

안드레아는 링거를 멈추었다.

"차라리 잘됐는지도 몰라. 이젠 집안사람들도 완전히 단념하고 자신들의 생활에 전념할 수 있을 테니까."

어긋나기

캐시가 그의 어머니를 찾아간 것을 토마스가 알고부터 2주일이 지났다. 두 사람의 언쟁은 잠시 동안이었으나 긴장은 견디기 어려운 것이 되었다. 토마스는 자신이 퍼코댄에 더욱 의지하게 된 것을 느끼고는 있었지만 그래도 불안을 진정시키기 위해서는 무엇인가 약을 먹지 않으면 안 되게 되었다.

월례행사인 데스 콘퍼런스에 늦지 않으려고 복도를 달려갈 때 그는 맥박이 빨라지는 것을 느꼈다.

회의는 이미 시작되어 외과의 수석 레지던트가 첫 번째 증례를 보고하고 있었다. 응급실에 입원한 직후에 사망한 외상환자의 증례인데, 심막이 찢어져서 피가 고여 있는 것을 레지던트와 인턴이 미처 보지 못한 것이 사망의 원인이었다. 그들 이외에는 참석자 중에 이 사고에 관계된 사람이 없었기 때문에 의사들은 잘됐다는 듯이 그 레지던트들을 물고 늘어지기 시작했다.

만약 이 증례가 간부들과 관계가 있었다면 토론의 방향은 전혀 다른 쪽으로 흘러가게 된다. 같은 점을 문제 삼는다 하더라도 심막혈종을 진단하기는 매우 어렵고, 또 담당의사는 최선을 다했다는 말로 비호하기 십상인 것이다.

매월 실시되는 이 데스 콘퍼런스는 실패한 담당자가 레지던트가 아닌 한 그 실패를 추궁하기보다는 오히려 감싸주는 역할을 하고 있다는 것을 토마스는 예전부터 알고 있었다. 일반 사람들은 이 모임을 의사들의 업무를 감시하기 위한 기관이라고 생각하고 있었으나 유감스럽게도 그렇지 않았다. 다음과 같은 예가 바로 그것을 실증하는 것이었다.

발렌타인이 허버트 하위크 씨의 증례를 제시하기 위해 연단에 올라가 얘기를 마치자 뚱뚱한 병리의 레지던트가 나와서 부검 결과를 약간 남은 환자의 뇌 조직 슬라이드 표본과 함께 빠른 말투로 설명했다. 그리고 하위크 씨의 죽음에 대해 토론이 시작되었으나 발렌타인의 부적절한 수술 때문에 그런 일이 생겼으리라는 가능성에 대해서는 한마디도 언급되지 않았다.

참석자들 사이의 일반적인 생각은 '긁어 부스럼을 만들 필요는 없다'는 것이었다. 그러나 반년 전에도 발렌타인이 똑같은 증례를 제시했었다는 것을 아무도 깨닫지 못하고 있다고 토마스는 냉소적으로 생각했다. 공기색전은 어떤 경우에나 일어날 수 있는 가공할 합병증인데, 그 빈도 또한 특히 발렌타인의 경우에 증가하고 있다는 것을 사람들은 잊고 있었다.

중환자실에서 일어난 하위크 씨의 죽음에 대해 아무도 말을 꺼내지 않는 것은 토마스에게 있어서는 역시 놀라움이 아닐 수 없었다. 토마스가 알고 있는 한 환자는 급격한 심장지를 일으키기 전까지 상당히 오랫동안 증상이 안정되어 있었다. 그는 청중을 둘러보면서 왜 아무도 말을 하지 않는 것일까 의아한 생각이 들었다. 그리고 병원의 관료 제도와 관료적인 위원회가 문제를 은밀히 처리하는 방식은 조직을 올바르게 운영하는 방법이 될 수 없다는 또 하나의 증거라는 것을 토마스는 새삼스럽게 깨달았다.

"더 이상 말씀할 것이 없으면 다음의 증례로 옮기겠습니다. 이것도 역시 내게 책임이 있는 것이지만……."

발렌타인은 그렇게 말하고는 희미한 웃음을 지었다.

"환자의 이름은 브루스 윌킨슨, 42세의 백인남성인데 심장마비와 관상동맥에 국소성 병변이 있어서 3중 바이패스 수술을 하는 데는 매우 좋은 적응례라고 생각하고 있었습니다."

토마스는 의자에 앉은 채 등을 쭉 폈다. 윌킨슨에 대한 초현실적인 그 광경은 지금도 생생하게 떠올릴 수 있었다.

발렌타인은 단조로운 목소리로 그 증상에 대한 설명을 계속했다. 토마스의 옆자리에 앉아 있는 외과의사는 턱을 가슴에 묻고 규칙적으로 코를 골고 있었는데 그 소리가 연단에까지 들릴 정도였다. 이윽고 발렌타인이 간신히 말을 끝냈다.

"윌킨슨 씨는 수술 후 나흘째 밤까지만 해도 경과가 매우 좋았으나 그때 갑자기 사망했습니다."

그리고 발렌타인은 서류에서 얼굴을 들었다. 그 표정은 조금 전의 증례 토론 때와는 딴판으로 마치 '미스가 있으면 찾아내보라'고 하는 듯이 도전적인 빛을 띠고 있었다.

이어 옷을 단정히 입은 병리의 레지던트가 맨 앞줄에서 일어섰다. 그는 연단 뒤로 돌아가 소형 마이크를 신경질적으로 조절하더니 마치 말을 취입이라도 하듯이 몸을 앞으로 내밀었다. 다음 순간, 느닷없이 귀를 막고 싶을 정도로 날카로운 소리가 스피커에서 울려 퍼지자 그는 자기도 모르게 뒷걸음질을 치면서 사과했다.

토마스는 그제야 그가 누구인가를 알아보았다. 캐시의 친구 로버트 세이버트였다. 그가 병리학적인 소견을 말하기 시작하면서 로버트의 신경질적인 태도는 완전히 사라졌다. 그는 말솜씨가 매우 좋았다. 특히 바로 앞의 발렌타인과 비교하니 더욱 두드러졌다. 그리고 중요한 점만 강조할 수 있도록 자신의 자료를 준비하고 있었다. 그는 일련의 슬라이드를 보이면서 브루스 윌킨슨 씨는 죽을 때는 분명히 현저한 치아노제가 있었다고 기록되어 있지만 기도폐색은 없었다는 것을 지적했다. 그리고 다음에는 폐포에도 이상이 없었다는 것을 말해주는 현미경 사진을 보여주었다.

다른 일련의 슬라이드는 폐색전이 없었다는 것을 보여주고, 또 다른 현미경 사진은 죽기 전에 좌우의 동맥압에 항진이 없었다는 것을 증명하고 있었다. 또 마지막에 보여준 일련의 사진은 바이패스가 정확하게 봉합되어 있을 뿐만 아니라 최근에 심근경색이나 협심증을 일으킨 흔적도 전혀 없다는 것을 보여주고 있었다.

실내에 다시 불이 켜졌다.

"이 모든 것으로 미루어볼 때……."

로버트는 마치 효과를 노리듯이 여기서 잠시 호흡을 가다듬고 나서 말을 계속했다.

"이 증례에서는 사망원인을 전혀 찾아볼 수가 없습니다."

청중들은 웅성거리기 시작했다. 이와 같은 설명은 전혀 예상치도 못했기 때문이었다. 실제로 2, 3명의 사람들은 웃음을 터뜨렸고, 어떤 정형외과의는 '그럼 이 증례는 시체안치소에서 눈을 뜬 환자가 아니냐'고 묻기까지 해서 더욱 큰 웃음을 자아내게 했다. 로버트는 미소를 지었다.

"뇌졸중인 것이 틀림없어."

누군가가 토마스의 뒤에서 말했다.

"그것 참 좋은 의견입니다."

로버트가 대답했다.

"뇌졸중은 호흡을 멈추게 하고 심장은 산소가 첨가되지 않은 혈액을 계속 보내기 때문에 그 결과 강한 치아노제를 일으키게 됩니다. 하지만 그때는 뇌혈관에 손상이 있어야 합니다. 저희들은 뇌를 밀리 단위로 썰어 조사해 보았으나 아무것도 발견하지 못했습니다."

청중은 이제 물을 끼얹은 듯이 조용했다.

로버트는 다시 누가 발언하기를 기다리고 있었으나 아무도 입을 여는 사람이 없었다. 그러자 그는 몸을 앞으로 구부리고는 마이크에 대고 말을 하기 시작했다.

"허락해 주신다면 다른 슬라이드를 보여드리겠습니다."

현명하게도 그는 청중들의 마음을 교묘하게 사로잡고 있었다.

토마스는 지금부터 무슨 일이 일어날지를 알고 있었다.

로버트는 실내의 불을 끄고 영사기의 불을 켰다. 슬라이드는 나이와 성격, 성별, 기병력 등에서 매우 비슷한 17건의 증례로 편집되어 있었다.

"저는 근래 윌킨슨 씨와 같은 증례에 흥미를 느끼고 있었습니다. 이 슬라이드를 보면 그의 경우가 결코 보기 드문 증례가 아니라는 것을 알 수 있습니다. 저 자신도 지난 1년 반 동안 똑같은 환자를 4명이나 보았습니다. 차트를 조사해 봤더니 이밖에도 13건이나 발견되었습니다. 이 슬라이드를 보시면 알겠지만, 이들은 모두 심장수술을 받았습니다. 그리고 그 어떤 사람도 특별한 사망원인이 발견되지 않았습니다. 저는 이 증후군을 수술 후 돌연사인 SSD라고 명명했습니다."

불이 다시 켜졌다.

발렌타인의 얼굴이 시뻘게져 있었다.

"자넨 도대체 뭔 일을 하는 건가?"

그는 로버트에게 내뱉듯이 말했다.

상황이 달랐다면 토마스는 로버트를 동정했을 것이다. 그러나 전혀 생각지도 못했던 그의 발표는 이 데스 콘퍼런스라는 좁은 범위의 토론에서 꺼내기에는 너무나 부적절한 내용이었다.

실내를 둘러보니 많은 사람들이 화를 내고 있는 모습이 토마스의 눈에 들어왔다. 의사들은 모두 자기 전문분야에 대해 간섭하는 것을 싫어할 뿐만 아니라 자기에게 책임이 있다고 생각하는 것도 좋아하지 않았다.

"이것은 사망례를 다루는 모임이지 일반적인 데스 콘퍼런스가 아니야. 우린 강의를 듣자고 여기에 와 있는 것이 아니란 말이야."

발렌타인이 말을 계속했다.

"윌킨슨 씨의 얘기가 나왔기 때문에 저는 이것이 설명에 무슨 도움이 될까 해서……."

로버트도 가만있지 않았다.

"그것은 자네 생각이지."

발렌타인 박사가 빈정거리듯이 말했다.

"좋아, 자네는 전문가로서 자신의 의견을 개진하러 왔네. 그 이른바 SSD, 수술 후 돌연사라는 것의 자료를 보여줬는데, 거기에 대해서 특별히 할 말이 있는가?"

"없습니다."

로버트가 대답했다.

토마스는 이런 집회에서는 침묵을 지키는 편이었으나 한 가지 질문할 것이 있어서 로버트를 불렀다.

"잠깐 실례하겠네, 로버트. 자네의 17건 전부가 현저한 치아노제를 보였나?"

로버트는 이미 청중의 질문에 대답할 만한 기운이 없었다.

"아닙니다. 겨우 다섯 건이 있었을 뿐입니다."

그는 마이크에 대고 대답했다.

"그렇다면 생리학적으로 볼 때 사망원인이 모두 같은 것은 아니란 말이군."

"그렇습니다. 그중의 6건에는 사망 전에 경련이 있었습니다."

로버트가 대답했다.

"틀림없이 공기색전이군."

다른 외과의사가 말했다.

"저는 그렇게 생각하지 않습니다. 왜냐하면 경련은 수술 후 3일, 또는 그 이후에 일어나고 있습니다. 이렇게 큰 타격은 도저히 설명될 수가 없습니다. 또 뇌를 해부할 때도 공기는 발견되지 않았습니다."

로버트가 말했다.

"그럼 흡수된 것이 아닐까?"

다른 사람이 말했다.

"만약 돌연한 경련과 죽음을 일으킬 정도로 대량의 공기가 있었다면 발견되지 않았을 리가 없다고 생각합니다."

"담당의사는 누구였나? 특히 다른 사람들보다 건수가 많은 사람 말이야."

토마스의 뒤에 있는 남자가 물었다.

"그중의 8건이 조지 셔먼 선생님의 담당이었습니다."

웅성거리는 소리가 뒤쪽에서 들려왔다. 발렌타인은 로버트에게 빨리 연단에서 내려오라고 신호를 했다. 그때 조지가 화난 표정으로 일어섰다.

"더 이상 말씀하실 것이 없다면……."

발렌타인이 말을 시작하는데 조지가 입을 열었다.

"나는 킹슬리 선생님의 의견이 매우 정당하다고 생각합니다. 킹슬리 선생은 그 모든 증례에 제각기 다른 사망원인이 작용하고 있었다고 지적하시면서 이 증례들 사이에 서로 관계가 있다고는 생각할 수 없다고 말씀하신 것 같은데, 그렇지 않습니까?"

그러고 나서 조지는 토마스 쪽을 바라보았다.

"그렇소."

토마스는 말했다. 그는 조지가 제멋대로 헤엄을 치고 다니거나 가라앉아버리거나 하고 싶은 대로 하라고 내버려두고 싶었으나 굳이 대답을 해주기로 했다.

"로버트는 그 모든 증례에서 본 어떤 유사점 때문에 그것들을 서로 관련시켜 생각하려고 한 것 같지만, 그것은 좀 무리라고 나는 생각합니다."

"제가 그것을 관련시키게 된 것은 특히 지난 수년 동안 환자들이 모두 겉으로 보기에는 경과가 좋은데도 불구하고 사망했고, 더구나 해부학적으로나 생리학적으로 그럴 만한 원인을 찾아볼 수가 없었기 때문입니다."

로버트가 말했다.

"정정합시다. 병리학부에서 원인을 찾지 못했던 거요."

조지가 말했다.

"같은 말이죠."

로버트가 대답했다.

"그게 어떻게 같은 말인가. 다른 병원의 병리라면 틀림없이 원인을 찾아냈을 거야. 이것은 무엇보다도 자네나 자네 동료들의 불명예라고 생각해. 자기들이 원인을 못 찾아놓고 수술과 관련된 일련의 비극적인 일을 가지고 이상하다고 하는 것은 무책임하기 짝이 없는 얘기란 말이야."

"좋아, 좋았어!"

한 정형외과 의사가 갑자기 외치더니 박수를 치기 시작했다. 로버트는 재빨리 연단에서 내려왔다. 실내에는 긴장된 공기가 감돌았다.

"다음의 데스 콘퍼런스는 한 달 후인 1월 7일에 개최하겠습니다."

발렌타인은 마이크를 끄고 서류를 주섬주섬 챙기면서 말했다. 그리고 연단에서 내려와 토마스에게 다가왔다.

"당신은 저 친구를 알고 있는 것 같던데 대체 누군가?"

"이름은 로버트 세이버트, 병리과 레지던트 2년 차입니다."

토마스가 대답했다.

"녀석의 불알을 프로말린에 담가버리고 싶군. 저 애송이는 자신을 도대체 뭐라고 생각하고 있는 거야. 어슬렁어슬렁 나와서 마치 큰 학자라도 되는 것처럼 지껄이고 있으니."

토마스는 발렌타인의 어깨 너머로 이쪽으로 오고 있는 조지 서먼을 바라보았다. 그도 발렌타인과 마찬가지로 몹시 화를 내고 있었다.

"녀석의 이름을 알아냈어요."

조지는 큰 비밀이라도 터뜨리는 것처럼 험악한 기세로 말했다.

"우리도 알고 있네. 겨우 2년차더군."

발렌타인이 말했다.

"살다보니 별일을 다 보겠어요. 그 잘난 체하는 학자들뿐만 아니라 저따위 병리 레지던트까지 기어오르고 있으니……."

조지가 투덜거렸다.

"방사선과 카테터실에서도 이 달에 한 사람이 죽었다는 얘기를 들었는데 왜 화제에 오르지 않았을까?"

토마스가 말했다.

"아, 샘 스티븐슨 말이군."

조지는 방에서 나가는 로버트의 뒷모습을 기분이 나쁜 듯이 바라보면서 대답했다.

"그것은 카테터 검사 도중에 죽었기 때문에 그들은 저쪽 콘퍼런스에 제출할 모양이야."

몹시 기분이 상해 있는 발렌타인과 조지를 바라보면서 토마스는 그 SSD 연구에 캐시도 가담하고 있다는 것을 이 두 사람에게 얘기하면 이들이 어떤 표정을 지을까 생각했다. 그리고 누구를 위해서라도 그들의 연구가 성공하지 못하기를 토마스는 바랐다. 또 그는 캐시와 로버트가 더 이상 교제하지 않을 정도의 양식을 가져주기를 바라고 있었다. 그것은 자칫하면 모든 분쟁의 원인이 될 수 있기 때문이었다.

■ ■ ■

캄캄한 검사실에서 캐시는 반듯이 누워 있었다. 이보다 더 기분 나쁜 경험은 지금까지 한 번도 없었던 것 같았다. 안과 과장인 마틴 오버메이어 박사가 왼쪽 눈에 강렬한 광선을 비추고 있는 동안 그녀는 눈을 움직이지 않으려고 애를 썼다. 아프다고 할 정도는 아니었지만 의사가 무슨 소리를 할까 하는 걱정이 앞섰다. 그녀는 눈을 악화시킬 만한 일은 한 기억이 없었다.

검사를 마치고 나서 오버메이어 박사가 뭔가 안심할 수 있는 말을 해주기를 간절히 바라고 있었으나 그는 줄곧 기분 나쁜 침묵만 지키고 있었다.

과장은 아무 말도 하지 않고 천천히 그녀의 오른쪽 눈으로 빛을 옮겼다. 그 광선은 그의 머리에 붙어 있는 광부의 라이트같이 생긴 기계에서 나오고 있었는데 그보다는 훨씬 더 정교했다. 왼쪽 눈을 비출 때는 밝은 느낌뿐이었으나 오른쪽 눈에는 빛이 너무 부셔서 눈에 해가 되지 않을까 걱정이 될 정도였다.

"부탁이야, 캐시. 잠깐만 눈을 움직이지 말아요."

오버메이어 박사는 광선을 올리고 기계의 렌즈로 그녀를 들여다보면서 말했다. 그리고 조그만 금속제 바늘을 갖다 댔다.

그 자극에 눈물이 왈칵 쏟아져 나와 뺨에 흘러내렸다. 언제까지 참아야 하는 것일까. 그녀는 무의식중에 검진대의 시트를 잡았다. 더 이상은 도저히 참지 못하겠다고 생각한 순간 빛이 사라졌다. 그러나 오버메이어 박사가 머리 위의 실내등을 켠 후에도 그녀는 앞이 잘 보이지 않았다. 책상에 앉아 뭔가를 쓰고 있는 의사의 모습도 희미하게 보일 뿐이었다.

의사가 아무 말도 하지 않는 것이 그녀는 걱정이 되었다. 틀림없이 화를 내고 있는 것 같았다.

"일어나도 될까요?"

캐시는 쭈뼛거리며 물었다.

"왜 내 의견을 묻는지 모르겠군. 내가 제의하는 것은 따르지 않으면서."

오버메이어 박사가 쌀쌀하게 대꾸하면서 이쪽은 거들떠보지도 않았다. 캐시는 자리에서 일어나 다리를 검진대 옆으로 내렸다. 오른쪽 눈은 강렬한 광선의 자극에서 조금씩 회복되고 있었으나 동공을 산대시키는 점안 약 때문에 아직도 시력은 확실치 않았다. 그녀는 상대방의 말을 생각하면서 오버메이어 박사의 등을 한동안 지켜보고 있었다. 예약을 취소했기 때문에 선생이 화를 내고 있는 것이라고 생각하고 싶었으나 아무래도 그 때문만은 아닌 것 같았다.

기록을 끝내고 차트를 덮고서야 박사는 캐시 쪽으로 돌아앉았다. 바퀴가 달린 낮은 의자에 앉은 박사는 그녀의 얼굴을 찬찬히 뜯어보았다.

검진대에 앉아 있는 캐시의 시선은 오버메이어 박사보다 30센티미터나 높았기 때문에 그녀는 머리숱이 적어진 박사의 정수리를 볼 수 있었다.

얼굴을 찌푸리고 이마에 깊은 주름이 잡힌 그를 천하제일의 미남자라고 할 수는 없지만, 전체적인 분위기에는 결코 매력이 없는 것도 아니었다. 그 표정에는 지성과 성실성이 그대로 나타나 있었기 때문에 캐시는 호감을 느끼고 있었다.

"솔직히 말하는 것이 좋을 것 같은데, 자네 왼쪽 눈에서 피가 흡수되어가는 기색이 없어. 사실은 새로운 출혈이 있는 것 같아."

그가 입을 열었다.

캐시는 어떻게든지 걱정스런 얼굴을 보이지 않으려고 마치 남의 얘기를 듣는 것처럼 고개를 끄덕였다.

"아직도 망막이 보이지 않아. 그래서 어디서 출혈이 있는 건지 알 수 없고, 또 그것을 고칠 수 있을는지 어떤지도 알 수가 없어."

"하지만 초음파 테스트에서는……."

캐시가 말했다.

"초음파 테스트로 망막이 박리되지 않은 것만은 분명히 알 수 있었지. 적어도 지금은 말이야. 하지만 어디서 출혈이 있었는지, 그것까지는 알 수 없단 말이야."

"좀 더 기다려보면……."

"지금도 모르는 것을 기다린다고 해서 알 수는 없어. 그러는 동안에 치료할 수 있는 마지막 기회마저 잃을 수가 있단 말이야. 캐시, 나는 자네 눈 뒤를 살펴봐야겠어. 우린 초자체 절제 수술을 해야만 해."

캐시는 눈을 돌렸다.

"한 달 정도 기다릴 순 없나요?"

"안 돼. 캐시, 자넨 여태 내 계획 이상으로 연기해 왔어. 요전의 예약도 취소해 버렸잖나. 지금 상황이 어떤 것인지 자넨 그것을 이해하지 못하고 있는 것 같아."

오버메이어 박사가 말했다.

"그건 저도 알아요. 다만 시기가 좀 나빠서……."

캐시가 머뭇거리며 대답했다.

"수술에 좋은 시기가 어디 있어. 외과의사 같으면 모르지만. 내가 스케줄을 짤 테니 그대로 해요."

"토마스하고도 의논을 해야 돼요."

"뭐라고?"

오버메이어 박사는 깜짝 놀란 듯이 반문했다.

"토마스에게 아직 이 얘기를 안 했단 말인가?"

"아뇨, 했어요. 하지만 시기에 대해서는 아직."

캐시는 얼른 대답했다.

"그 시기 문제를 토마스와 언제 의논하겠단 말이야."

오버메이어 박사는 실망한 표정으로 말했다.

"곧 하겠어요. 오늘 밤에라도. 내일 또 찾아뵙겠어요. 약속할게요."

그녀는 검진대에서 내려와서 똑바로 섰다.

캐시는 도망쳐 나오듯이 안과 진찰실을 빠져나와 안도의 한숨을 쉬었다. 그녀도 의사가 말하는 것은 잘 알고 있었다. 초자체 절제수술을 받지 않으면 안 되는 것이다. 그러나 토마스에게 그 얘기를 하기가 거북했다. 캐시는 의사전용 빌딩의 복도 끝에서 걸음을 멈추었다. 이 건물 안에 토마스의 진찰실이 있는 것이다.

잎이 다 떨어진 가로수와 빽빽하게 들어차 있는 빌딩 숲, 스산한 12월 초의 거리 풍경을 그녀는 창가에서 내려다보고 서 있었다.

앰뷸런스 한 대가 라이트를 깜빡거리며 커먼웰스 가를 달려왔다. 캐시는 오른쪽 눈을 감아보았다. 경치는 순식간에 흐려져 겨우 명암만 분별할 수 있었다. 그녀는 흠칫하고 다시 눈을 떴다. 어떻게든지 해야 한다. 시어머니를 찾아간 후부터 서로 서먹서먹해지기는 했지만 어떻게든지 토마스와 의논하지 않으면 안 될 것이다.

2주일 전의 토요일, 그날이 없었으면 좋았을 텐데 하고 캐시는 생각했다. 페트리셔가 토마스에게 전화만 걸지 않았더라면 그런 일은 일어나지 않았을 것이다. 물론 그것은 바랄 수 없는 얘기겠지만.

그날 밤 토마스가 화를 내며 집으로 돌아올 줄 알았는데 전혀 돌아오지 않았던 것은 캐시에게 큰 충격이었다. 그녀는 10시 반에 큰마음을 먹고 토마스의 교환대를 불러봤으나 토마스는 응급수술을 하는 중이라고 했다. 수술이 끝나는 대로 전화를 해달라고 부탁해 놓고 2시 반까지 기다렸으나 결국 책을 손에 들고 불을 켜둔 채 잠이 들고 말았다. 토마스가 돌아온 것은 일요일 오후였는데, 그는 그녀를 나무라지도, 아무런 말도 하지 않고 일부러 새침한 표정을 지으면서 서재 옆의 객실로 자기 옷을 가져가고 말았다.

이런 '침묵'은 캐시에게는 견디기 어려운 부담이 되었다. 한두 마디씩 말을 하더라도 모두 쓸데없는 얘기뿐인데 식사 때는 더욱 나빴다.

그래서 캐시는 몇 번이나 두통을 핑계삼고 자기 방으로 식사를 들고 가기도 했다.

그 일주일 후에 토마스가 마침내 화를 터뜨렸다. 발단은 매우 사소한 일이었다. 캐시가 워터포드 글라스를 주방의 타일바닥에 떨어뜨린 일이 빌미가 되었다. 토마스는 그녀에게 달려와 고래고래 소리를 질렀다. 왜 나도 모르게 살금살금 돌아다니느냐, 왜 어머니한테 가서 마약을 복용하고 있다는 둥 고자질을 했느냐며 캐시를 추궁했다.

"물론 가끔 약을 먹긴 해. 잠을 자기 위해서거나, 아니면 철야를 할 때 잠을 쫓기 위해서지. 그런 약을 먹지 않는 의사가 한 사람이라도 있다면 어디 말해 보란 말이야!"

토마스는 마지막엔 목소리를 낮추고 말했다. 그리고 자기 말을 강조하기 위해서 손가락으로 캐시를 쿡 찔렀다.

캐시도 이따금 신경안정제인 바륨을 먹는 일이 있었기 때문에 토마스의 말에 이론을 제기할 생각은 없었고, 또 본능적으로 이럴 때는 가만히 있으면서 토마스의 노여움을 모두 발산시키는 것이 낫겠다고 생각했다.

이윽고 토마스는 약간 진정을 하면서 도대체 무엇 때문에 페트리셔를 찾아갔느냐고 그녀를 나무랐다. 당신이 어머니에게 그런 소리를 해서 놀라게 하지 않더라도 어머니는 항상 잔소리가 많은 사람이라는 것을 누구보다도 잘 알고 있지 않느냐는 것이었다.

토마스가 간신히 목소리를 낮추자 캐시는 일의 자초지종을 설명하기로 했다. 덱세드린을 발견하고 겁이 났기 때문에 만약 토마스에게 무슨 문제가 생긴다면 가장 도움이 되는 것이 페트리셔일 것이라고 잘못 생각했다고 말했다.

"하지만 당신이 마약 중독이라고는 하지 않았어요."

"어머니는 분명히 당신이 그랬다고 말했어. 도대체 누구 말을 믿으란 거야?"

그는 분개한 듯이 두 팔을 휘둘렀다. 캐시는, 페트리셔와 42년간이나 같이 살아오고도 그걸 모른다면 죽을 때까지 모를 것이라고 해주고 싶었으나 잠자코 있기로 했다. 그 대신 덱세드린을 발견하고 지레짐작을 한 것이 어머니를 찾아가서 사태를 악화시키는 결과가 되었다고 사과했다. 그리고 눈물을 글썽이면서 내가 얼마나 당신을 사랑하는지 모른다고 말했다. 내심으로는 토마스가 마약에 빠지는 것보다도 자신이 그에게 버림받게 되는 것이 더 무서웠던 것이다.

그녀는 두 사람의 관계가 원상태로 돌아갈 수 있기를 바라고 있었다. 원래 이 긴장상태는 자기가 지병인 당뇨병에 대해 얘기한 것이 발단되었기 때문에, 앞으로는 자신의 병에 대해서는 일체 토마스에게 얘기를 하지 않겠다고 결심했었다. 그러나 지금 그녀의 눈 문제는 긴급을 요하는 것이었다.

그때 또 한 대의 앰뷸런스가 요란한 소리를 내며 달려오는 바람에 캐시는 현실로 돌아왔다. 토마스의 마음을 산란하게 하고 싶지는 않았으나 이 문제는 결코 소홀히 할 수 없었다. 그녀에게 아무리 배짱이 있다 해도 토마스에게 말도 하지 않고 병원에 가서 수술을 받을 수는 없었다. 캐시는 몹시 두근거리는 가슴을 안고 엘리베이터의 버튼을 눌렀다. 지금 토마스를 만나야 한다, 이대로 밤에 집에서 얼굴을 마주칠 때까지 기다린다고 하더라도 도저히 얘기를 꺼내기는 어려울 것이다, 자신이 그것을 알고 있었다.

마음이 변하면 안 되기 때문에 캐시는 더 이상 아무것도 생각하지 않기로 하고 토마스의 진찰실로 걸어가 문을 열었다. 다행히 대기실에는 환자의 모습이 보이지 않았다. 도리스는 타이핑을 하고 있다가 얼굴을 들었으나 여느 때와 마찬가지로 캐시의 존재를 무시하고 다시 일을 시작했다.

"토마스 안에 있어요?"

캐시가 물었다.

"예, 지금 마지막 환자를 진찰중이에요."

도리스는 타이핑하는 손을 멈추지 않고 대답했다.

캐시는 장밋빛 의자에 앉았다. 눈에는 아직도 점안 약의 약효가 남아 있어서 책도 읽을 수가 없었다. 도리스가 이쪽을 거들떠보지도 않았기 때문에 캐시는 그녀를 보면서도 별로 불편한 기분이 들지 않았다. 그녀는 도리스의 헤어스타일이 바뀐 것을 깨닫고 여느 때의 그 촌스러운 트레머리보다 훨씬 보기가 좋다고 생각했다.

이윽고 환자가 진찰실에서 나왔다. 그는 매우 기분 좋은 표정으로 도리스에게 미소를 지으며, "정말 놀랐습니다. 난 이제 완전히 좋아졌다고 하시네요. 무엇이든 하고 싶은 대로 하라고 하십니다." 하고 말했다.

그는 코트를 걸치면서 캐시에게도 말을 걸었다.

"킹슬리 선생님은 정말 훌륭한 분이에요. 아무것도 걱정하실 것 없어요, 아가씨."

그는 도리스에게 인사를 하더니 손 키스를 던지고 밖으로 나갔다.

캐시는 자리에서 일어나며 한숨을 쉬었다. 토마스가 명의라는 것은 자기도 알고 있었다. 그가 환자에게 보내는 동정심을 자기에게도 베풀어주면 얼마나 좋을까 하고 생각했다.

캐시가 그의 방으로 들어갔을 때 토마스는 테이프에 녹음을 하고 있었다.

"마이클, 콤마, 이 흥미 있는 환자를 보내주신 데 대해 콤마, 거듭 감사의 말씀을 드리는 것과 동시에 콤마, 앞으로도 환자의 처치에 대해 도움이 될 일이 있으면 콤마, 기탄없이 전화해 주시기 바랍니다. 피리어드. 감사합니다. 구술 끝."

토마스는 녹음기의 스위치를 끄고 의자와 함께 몸을 돌렸다. 그리고 짐짓 냉담한 표정으로 캐시를 지켜보았다.

"어떻게 이렇게 귀하신 걸음을 하셨을까?"

"방금 안과에 갔다 오는 길이에요."

되도록 밝은 목소리를 내려고 하면서 캐시는 대답했다.

"그거 잘했군."

"당신한테 얘기할 것이 있어요."

"짧을수록 좋겠어. 심장마비를 일으킨 환자가 있어서 지금 보러 가야 돼."

토마스는 손목시계를 힐끗 보았다.

그 말을 듣자 캐시는 단단히 벼르고 왔던 마음이 갑자기 위축되었다. 또 병에 대한 얘기를 해서 토마스가 짜증을 내지 않았으면 하고, 그를 바라보았으나 그에게선 여전히 냉담한 표정밖에는 보이지 않았다. 마치 자기 마음대로 선을 그어놓고 어디 넘을 수 있으면 넘어보라고 하는 듯한 태도였다.

"그래서?"

토마스는 재촉을 했다.

"동공을 확대시켜 봐야만 했어요."

캐시는 살짝 돌려서 말했다.

"약간 악화되었다고 하더군요. 집에 좀 일찍 돌아갈 수 있는지 알고 싶어요."

"글쎄, 잘 안 될 것 같군, 지금 내가 보고 있는 환자가 응급수술을 해야 할지도 모르겠고."

토마스는 자리에서 일어나면서 말했다. 그러고는 가운을 벗어 검사실로 통하는 문의 못에 걸었다.

"실은 오늘 밤 병원에서 자야 될 것 같아."

토마스는 눈에 대한 얘기는 한마디도 하지 않았다. 캐시는 자기가 받아야 할 수술 얘기를 꼭 해야겠다고 생각했으나 도저히 말을 꺼낼 수가 없었다. 그래서 그녀는 이렇게 말했다.

"당신은 어젯밤에도 병원에서 잤잖아요. 토마스, 당신은 일을 너무 많이 해요. 이따금 휴식도 취해 가면서 해야죠."

"누군가는 하지 않으면 안 되는 일이야. 모두가 정신과 의사처럼 여유를 가질 수는 없어."

그는 윗도리를 입고 책상으로 돌아가더니 녹음기에서 테이프를 빼냈다.

"눈이 이렇게 흐린데 운전이나 제대로 할 수 있을지 모르겠어요."

정신과를 경멸하고 있는 것 같은 토마스의 말투에는 정면으로 대답하지 않는 것이 좋겠다고 생각하고 그녀는 말했다.

"마음대로 해요. 눈이 보일 때까지 어슬렁거리고 있든지, 아니면 병원에서 자든지 당신 좋을 대로 하란 말이야."

토마스가 문 쪽으로 걸어가면서 말했다.

"잠깐만요."

캐시는 그를 불러 세웠다. 입 안이 바짝 말랐다.

"잠깐 할 얘기가 있어요. 나는 아무래도 초자체 절제수술을 받아야 한다는데 당신은 어떻게 생각해요?"

마침내 말이 입 밖으로 나오고 말았다. 얼굴을 숙이고 보니 두 손을 단단히 움켜쥐고 있었다. 캐시는 그 주먹을 가만히 폈으나 그것을 또 어떻게 처리해야 할지 몰라서 쩔쩔맸다.

"아직도 내 의견을 듣고 싶어하다니 정말 놀랐는데."

토마스는 내뱉듯이 말했다. 입가에 떠돌고 있던 약간의 미소도 완전히 사라지고 없었다.

"하지만 유감스럽게도 나는 안과의사가 아니야. 그 초자체 절제수술을 받아야 하는지 안 받아야 하는지 알 수가 없단 말이야. 그래서 오버메이어에게 부탁했잖아."

캐시는 그가 화를 내고 있다는 것을 알았다. 두려워하고 있던 대로인 것이다. 이 자리에서 눈의 증세를 얘기해 봐야 사태를 더욱 악화시키게 될 뿐이었다.

"그리고."

토마스는 말을 계속했다.

"그런 얘기를 하려면 좀 더 좋은 시기를 택했어야지. 나는 지금 죽어가고 있는 환자를 위층에서 기다리게 하고 있단 말이야. 당신 눈은 벌써 몇 달 전부터 악화되고 있었던 것 아닌가? 그런데 이 긴급을 요하는 시각에 그것을 의논하자고? 도대체 왜 이러는 거야, 캐시. 남의 사정도 조금은 생각해 줘야 할 것 아닌가."

토마스는 문 쪽으로 걸어가더니 밖으로 나가버렸다.

대체로 토마스의 말이 맞는다고 캐시는 생각했다. 토마스의 진찰실에까지 자신의 눈 얘기를 하러 온 것은 자신의 실책이었다. 그녀는 '죽어가고 있는 환자를 위층에서 기다리게 하고 있다'고 한 토마스의 말이 사실이라는 것을 알고 있었다.

캐시는 이를 악물고 방에서 나왔다. 도리스는 보란 듯이 타이프를 치고 있었으나 틀림없이 엿듣고 있었을 것이다. 엘리베이터 쪽으로 걸음을 옮기면서 그는 클락슨 제2병동으로 돌아가야겠다고 생각했다. 거기에 가면 쓸데없는 생각을 하지 않아도 될 것이다.

병동에 돌아가 보니 오후의 회의가 아직도 계속되고 있었다. 캐시는 오늘은 조퇴를 하기로 했다. 회의에 들어갈 엄두도 나지 않았고, 친구들을 만나게 되면 지금까지 이를 악물고 참아왔던 설움이 복받쳐 금방 울음을 터뜨리고 말 것 같은 생각이 들었다.

다행히 아무에게도 들키지 않고 자기 방에 도착한 캐시는 안도의 한숨을 쉬면서 얼른 안으로 들어가서 문을 닫았다. 그리고 방안을 가득 채우고 있는 금속과 호마이카로 만든 책상을 지나 낡아빠진 회전의자에 앉았다. 전에 하버드의 소비조합 매점에서 산 밝은 인상파의 복제화를 몇 장이나 걸어놓고 상당히 분위기가 있는 방으로 꾸몄다고 생각하고 있었으나 그 노력도 별로 효과가 없었다. 눈부시게 빛나는 머리 위의 형광등 때문에 방은 여전히 경찰서의 취조실 같았다.

그녀는 두 손으로 머리를 감싸고 생각을 정리해 보려고 했으나 머리에 떠오르는 것은 토마스와의 말다툼뿐이었다. 간신히 마음을 진정시키고 있을 때 문을 세게 두드리는 소리가 들려왔다. 그리고 그녀가 미처 대답도 하기 전에 윌리엄 벤트워스가 들어왔다.

"여기에 좀 앉아도 되겠습니까, 선생님?"

그는 개성이 없는 정중한 목소리로 말했다.

"네, 앉으세요."

자기 멋대로 이 방에 쳐들어온 대령을 보고 캐시는 깜짝 놀랐다. 그는 갈색 바지를 단정하게 입고 다림질이 된 격자무늬 와이셔츠를 입고 있었다. 구두는 침을 발라 닦았는지 반들거리고 있었다.

그가 미소를 지었다.

"담배를 좀 피워도 되겠습니까?"

"네, 좋아요."

사실은 안 되지만 이럴 때는 좀 참아야 한다고 캐시는 생각했다. 상대방이 마음 놓고 지껄이게 하기 위해서는 계기를 만들어줘야 할 필요도 있는 것이다. 때로는 담뱃불을 붙여주는 것도 중요한 계기가 되었다. 벤트워스는 의자에 등을 기대고 미소를 지었다. 그때 비로소 그의 파란 눈에 따뜻한 빛이 떠오르기 시작했다. 그는 어깨가 떡 벌어지고 숱이 많은 검은 머리와 고상한 얼굴을 하고 있는 매우 핸섬한 사나이였다.

"선생님은 괜찮으십니까?"

벤트워스가 다시 몸을 앞으로 내밀고 캐시의 얼굴을 유심히 바라보았다.

"네, 전 괜찮아요. 왜 그런 말씀을 하시죠?"

"아무래도 무슨 걱정이 있는 것 같은 얼굴인데요."

캐시는 모네의 복제화를 쳐다보았다. 유채꽃이 피어 있는 들판에서 놀고 있는 소녀와 어머니를 그린 것이었다. 그녀는 환자에게 그런 통찰력이 있다는 사실에 무서운 생각이 들었다.

"아마도 선생님은 죄의식을 느끼고 있나 봅니다."

벤트워스는 매우 신중하게 담배연기가 캐시에게 가지 않도록 조심하면서 말했다.

"왜 내가 죄의식을 느껴야 되죠?"

"선생님이 일부러 나를 피해 왔기 때문이죠."

캐시는 그 말을 듣고 정신분열의 경계에 있는 사람에게서는 모순된 점을 볼 수 있다는 제이콥의 설을 떠올렸다. 그리고 전에는 얘기하는 것을 거부했었는데 지금은 또 이렇게 얘기를 걸어오는 벤트워스의 태도를 비교해 보았다.

"그리고 나는 선생님이 왜 나를 피하고 있는지도 알고 있습니다.

그것은 선생님이 나를 무서워하고 있기 때문이죠. 그것이 사실이라면 용서하십시오. 나는 워낙 군대에 오래 있으면서 명령을 내리는 것이 버릇이 되어 틀림없이 이따금 거만하게 보일 때가 있을 겁니다."

캐시는 정신과에 오래 있지는 못했지만 그동안에 읽었던 문헌에 나오는 일들이 처음으로 자신과 환자 사이에서 자연스럽게 일어나고 있다는 것을 깨달았다. 지금 벤트워스는 틀림없이 자신을 자기 마음대로 주무르려고 하는 것이다.

"벤트워스 씨……."

캐시가 입을 열었다.

"벤트워스 대령."

벤트워스는 빙긋 웃으면서 캐시의 말을 정정했다.

"내가 당신을 선생님이라고 부르면 당연히 그쪽에서도 나를 대령으로 불러줘야 합니다. 그것이 피차 예의 아닙니까?"

"옳은 말씀이에요. 하지만 솔직히 말해서 지금까지 우리가 얘기할 기회를 갖지 못했던 것은 대령님 때문이었어요. 기억하고 계신지 모르겠지만, 나는 지금까지 수십 번이나 대령님과 얘기할 계획을 세웠지만 그때마다 선약이 있다느니 뭐니 하면서 대령님이 피해 왔어요. 그래서 나는 깨달았어요. 대령님은 단둘이 얘기하는 단독면담보다는 집단면담을 원하는구나 하고. 그래서 억지로 요구하지 않았던 거예요. 하지만 꼭 만나고 싶다면 계획을 세우지요."

"나는 선생님과 얘기를 하고 싶어요. 지금은 어떻습니까? 나는 시간이 있는데요."

캐시는 벤트워스의 술수에 말려들고 싶지 않았다. 두 사람 사이의 정신적인 교류에 결국은 나쁜 영향을 줄 것만 같았다. 캐시는 지금 아무런 준비도 되어 있지 않았고, 그보다도 이 남자와 얘기하는 것이 왠지 무서웠다.

"내일 아침은 어떻겠어요? 회의가 끝난 후에."

캐시가 말했다.

벤트워스는 자리에서 일어나 캐시의 책상 위에 있는 재떨이에 담배 꽁초를 비벼 껐다.

"좋습니다. 기다리고 있겠습니다. 그리고 선생님의 고민이 무엇인지 모르지만 잘되기를 바랍니다."

그가 방에서 나가자 캐시는 담배연기가 밴 방안의 공기를 들이마시며 군복 차림의 벤트워스를 상상해 보았다. 그는 틀림없이 늠름하고 씩씩한 군인이었을 것이다. 하지만 정신적인 문제는 아무래도 꾸며낸 것 같은 느낌이 들었다. 그의 병의 정도를 잘 알고 있었기 때문에 그 불안한 태도도 어쩌면 속임수일 수도 있다는 데 생각이 미쳤다.

캐시가 자신의 기록을 아직 구술도 못하고 있는데 또 문이 열리더니 모린 카베노가 들어와 앉았다. 모린은 중증 우울증에 시달리고 있다가 한 달 전에 입원한 환자인데 남편이 찾아와 구타를 한 후 증상이 다시 악화되어 있었다. 그녀가 병실에서 나온 것을 본 캐시는 윌리엄 벤트워스가 자기 방을 찾아온 것만큼이나 놀랐다. 무슨 기적의 약을 환자들의 음식에 몰래 넣은 것은 아닐까 생각될 정도였다.

"대령님이 선생님의 방에 들어오는 것을 보고 들어와 봤어요. 오늘 오후엔 선생님이 안 계실 줄 알았는데."

모린이 말했다. 그녀의 목소리는 매우 단조로워서 아무런 감정도 들어 있지 않은 것 같았다.

"아니에요. 없긴 왜 없겠어요."

"그럼 선생님과 잠깐 얘기해도 될까요?"

모린이 쭈뼛거리며 물었다.

"좋아요."

캐시는 모린이 방에 들어와서 문을 닫고 의자에 앉을 때까지 그녀를 유심히 지켜보았다.

"어제 우리가 얘기를 했을 때……."

모린은 그렇게 말하더니 더 이상 말을 잇지 못하고 눈물을 글썽거렸다.

캐시는 화장지 상자를 모린에게 밀어주었다.

"선생님은…… 혹시 내가 언니를 만나고 싶어 하지 않느냐고 말씀하셨죠."

모린의 목소리는 너무 작아서 캐시도 겨우 알아들을 수 있을 정도였다. 이 사람은 도대체 무슨 생각을 하고 있는 것일까 생각하면서 캐시는 재빨리 고개를 끄덕였다. 병세가 다시 악화된 다음부터 캐시로부터 엘라빌의 치료를 받고 있었지만 환자는 아무것에도 흥미를 느끼지 못하고 있었다. 회의에서는 전기 쇼크를 사용해 보라는 사람도 몇 사람이나 있었지만 캐시는 엘라빌의 투여와 대화치료로도 충분하다고 생각하고 거기에는 반대했다. 캐시를 놀라게 한 것은 자신의 상태의 변화에 대한 모린의 통찰력이었다. 그러나 알고 있는 것만으로는 병을 좌우할 수 있는 힘을 낼 수는 없는 듯했다.

그녀는 겨우 걸음마를 하고 있을 무렵 자기와 언니를 버리고 간 어머니에게 적의를 품고 있었고, 또 그녀를 혼자 내버려두고 집을 나가서 제멋대로 결혼을 한 예쁜 언니에게 억압된 질투심을 품고 있다는 것을 잘 알고 있었다. 그래서 그녀는 절망한 나머지 자신과 전혀 어울리지 않는 남자와 결혼을 하고 말았던 것이다.

"선생님은 언니가 나를 만나고 싶어 한다고 생각하세요?"

모린은 눈물로 얼굴을 적시면서 간신히 말했다.

"물론 그렇다고 생각해요. 하지만 당신이 직접 물어보지 않는 한 알 수가 없죠."

모린은 코를 풀었다. 머리는 엉망으로 헝클어져 감아야 할 필요가 있었다. 얼굴은 홀쭉하게 여위고, 투약을 하는데도 불구하고 체중은 계속 감소되고 있었다.

"나는 물어보는 것이 겁이 나요. 언니가 온다고는 도저히 생각할 수 없으니까요. 언니가 무엇 때문에 오겠어요? 나한테는 그럴 만한 가치가 없단 말이에요. 도저히 가망이 없어요."

"언니와 얘기를 하고 싶어 하는 것만으로도 가망은 있어요."

캐시는 상냥하게 말했다.

모린은 긴 한숨을 쉬었다.

"아무래도 결심이 서지 않아요. 만약 언니한테 전화를 걸어서 부탁을 했다가 싫다고 한다면 전보다 더 나빠지고 만단 말예요. 누군가 다른 사람에게 부탁했으면 해요. 선생님이 전화를 좀 걸어주실 수 없을까요?"

캐시는 그 말을 듣고 자기도 모르게 얼굴이 붉어졌다. 토마스에 대해 우유부단했던 자신을 떠올렸기 때문이다. 남에게 의지만 할 뿐 스스로는 아무것도 하지 못하고 있는 모린의 마음을 누구보다도 잘 알고 있었다. 캐시는 어쩔 줄 모르고 자기 앞에 앉아 있는 그녀를 위해 어떻게든지 도움이 되어줘야겠다고 생각했다.

"나는 입장이 있어서 당신의 언니에게 연락하는 일은 할 수 없어요. 하지만 얼마든지 얘기할 수는 있지요. 언니를 만난다는 것은 참 좋은 생각이에요. 내일 또 얘기합시다. 2시에 만나기로 했잖아요."

모린은 고개를 끄덕이고는 화장지를 또 몇 장인가 빼더니 문을 열어놓은 채 밖으로 나갔다.

캐시는 한동안 자리에 앉아서 멍하니 벽을 지켜보았다. 환자와 자신을 동일시한다는 것은 자신이 아직 경험이 모자란다는 증거였다.

"어머! 왜 회의에 안 나왔지?"

조안 위디커가 그녀의 방 앞을 지나다 캐시의 모습을 힐끗 보고는 복도에서 다시 들여다보면서 말했다.

"도대체 무슨 일이야? 왠지 좀 여윈 것 같기도 하고."

조안은 캐시의 방으로 들어왔다. 그리고 코를 벌름거리면서 냄새를 맡았다.

"당신이 담배를 피우는 줄은 전혀 몰랐는데?"

"내가 아녜요. 벤트워스 대령이 피웠어요."

캐시가 대답했다.

"그가 당신을 만나러 왔던가요?"

조안이 눈썹을 치켜 올리며 물었다.

"그렇다면 당신이 생각한 것보다는 더 안정되어 있다는 증거네."

그녀는 거기서 말을 중단하고 자리에 앉았다.

"난 제리 도노반과 데이트했던 얘기를 들려주려고 했지. 도노반에게 얘기 들었어요?"

캐시는 고개를 저었다.

"그런데 잘되지 못했어. 그 사람이 바라는 것은……."

조안은 도중에서 말을 끊었다.

"캐시, 대체 무슨 일이야?"

캐시의 눈에서 눈물이 흘러나와 뺨을 적시고 있었다. 이미 걱정했던 것처럼 그녀의 우정 앞에 캐시는 마침내 자제력을 잃고 만 것이다. 그녀는 끝내 참지 못하고 두 손으로 얼굴을 가리고 흐느끼기 시작했다.

"제리 도노반은 그리 나쁜 사람은 아니었어."

조안은 농담으로 그 자리를 수습하려고 했다.

"게다가 손해 본 것도 없어요. 난 아직 남자경험이 없거든."

그러나 캐시는 온몸을 떨면서 흐느껴 울었다. 조안은 책상 가장자리를 돌아가 친구의 어깨를 껴안았다. 한동안은 아무 말도 하지 않았다. 그녀는 정신과 레지던트답게 아마추어와 같은 눈물에 대한 거부 반응은 가지고 있지 않았다. 캐시의 감정이 매우 격앙되어 있는 것으로 봐서 이 사람에게는 감정의 배출구가 필요하다고 생각했다.

"미안해요. 이럴 생각은 아니었는데."

캐시는 그렇게 말하면서 좀 전에 모린이 사용했던 화장지 상자에 손을 뻗었다.

"하지만 당신에게는 그것이 필요했던 것 같아. 무슨 일인지 나한테 얘기해 줄래요?"

캐시는 숨을 크게 들이마셨다.

"글쎄, 모르겠어요. 도저히 가망이 없는 것 같아서."

그 순간, 그녀는 모린도 같은 말을 했다는 것을 깨달았다.

"가망이 없다니, 뭐가 말예요?"

조안이 물었다.

"모든 것이 그래요."

캐시가 대답했다.

"예를 들면 어떤 것?"

조안은 다그치듯이 물었다.

캐시는 그제야 눈물로 얼룩진 얼굴에서 손을 뗐다.

"나, 오늘 안과에 갔었어요. 수술을 해야 한다는 말을 들었지만 해야 할지, 말아야 할지 알 수가 없어요."

"남편은 뭐라고 하죠?"

"거기에도 문제가 있어요."

캐시는 그렇게 말하는 순간 아차, 하고 생각했다. 조안은 민감하고 머리가 좋기 때문에 무슨 말인지 금방 깨닫고 말 것이다. 뿐만 아니라 자신의 병에 대한 얘기는 아무에게도 하지 말라던 토마스의 목소리가 귓전에서 들리는 것 같았다.

조안은 캐시의 어깨에 얹었던 손을 내렸다.

"그런 것은 누군가에게 털어놓는 것이 좋아요. 그럼 내가 공적인 상담원으로서 무슨 말이든지 들도록 하죠. 거기에 대한 보수는 누군가가 줄 테니까 말이야."

캐시는 그제야 간신히 미소를 지었다. 조안은 믿을 수 있는 사람이라는 것을 직감적으로 깨달은 것이다. 이럴 때는 누군가의 도움이 필요하고, 자기 혼자서는 아무것도 할 수 없다는 것은 하느님도 알고 있으니까.

"토마스의 업무 스케줄을 알고 있는지 모르지만."

캐시는 얘기하기 시작했다.

"그 사람은 내가 알고 있는 누구보다도 일을 많이 하고 있어요. 마치 인턴 같다고 생각하면 돼요. 어젯밤에도 병원에서 잤으니까. 오늘 밤에도 틀림없이 병원에서 잘 거예요. 그에게는 여분의 시간이 거의 없기 때문에……."

"캐시, 말을 방해하고 싶진 않지만 왜 그렇게 변명만 하고 있죠? 아무튼 그 수술에 대해 남편과 의논을 했어요?"

조안이 정중하게 말했다.

캐시는 한숨을 쉬었다.

"두세 시간 전에 이 얘기를 꺼내긴 했지만 시기도 장소도 잘못 택해서……."

"내 말 들어봐요, 캐시. 난 좀처럼 내 의견을 말하진 않아요. 하지만 남편에게 눈 수술에 대한 얘기를 하는데 시기와 장소가 무슨 상관이 있어요?"

조안이 말했다.

캐시는 상대방의 말을 되새겨보았다. 그러나 그 말에 찬성해야 할지 어떨지는 알 수가 없었다.

"그래, 남편이 뭐라고 했죠?"

조안이 물었다.

"자기는 안과의사가 아니라고 했어요."

"아니, 그렇다면 그것은 남에게 책임을 전가하려는 것이군요."

"아니에요. 내가 진찰을 받은 의사는 가장 훌륭한 안과의사라고 토마스가 말했어요."

캐시는 강조하듯이 말했다.

"하지만 그 말 역시 냉담한 반응인데요."

이 여자는 머리가 너무 좋다고 생각하면서 캐시는 자기의 두 손을 내려다보았다. 조안은 자기가 바라는 이상으로 대화를 잘 이해하고 있다는 것이 캐시가 받은 분명한 인상이었다.

"캐시, 이런 말을 물어서 뭣하지만, 당신과 토마스와의 관계는 잘 되어가고 있어요?"

조안이 물었다. 그러자 캐시의 눈에서 또다시 눈물이 흘렀다. 그녀는 눈물을 보이지 않으려고 했으나 마음대로 되지 않았다.

"눈물을 흘리는 것도 하나의 답이겠지. 그 얘기 좀 해줄래요?"

조안은 단호한 목소리로 말했다.

캐시는 떨리는 입술을 깨물면서 간신히 입을 열었다.

"만약 토마스와의 사이에 무슨 일이 생긴다면 난 어떻게 해야 좋죠? 내 삶이 완전히 엉망이 되고 말 것 같아요. 난 무슨 일이 있어도 그가 필요한데."

"당신의 마음은 충분히 이해할 수 있어요. 그리고 당신은 어떤 얘기도 하고 싶지 않을 거예요. 내 말이 맞죠?"

캐시는 고개를 끄덕였다. 그녀는 토마스를 두려워하는 마음과 조안의 우정 어린 제의를 거절해야 하는 죄의식으로 가슴이 찢어질 것만 같았다.

"좋아요. 하지만 나가기 전에 한마디 충고를 해두는 것이 좋을 것 같군요. 내가 이런 말을 하게 되면 주제 넘는다고 생각할지도 모르겠고, 또 경험자의 얘기도 아니지만, 역시 당신은 토마스에 대한 의뢰심을 더 줄여야 한다고 생각해요. 더 받아야 할 크레딧을 당신은 아무래도 받지 못하고 있는 것 같은 느낌이 들어요. 그리고 이런 식으로 상대방에게 의지만 하고 있으면 긴 안목으로 볼 때 결국은 서로의 관계를 악화시키게 될 뿐이에요. 물론 이것은 쓸데없는 참견일지도 모르지만……."

조안은 이 말을 한 뒤 문을 열고 나가려다가 걸음을 멈추었다.

"토마스가 오늘 밤에도 병원에서 잘지 모른다고 했나요?"

"응급수술이 있는 것 같았어요. 그럴 때는 왕복 40분씩의 통근시간을 절약할 수 있기 때문에 모자라는 잠을 잘 수 있다고 하더군요."

캐시는 의뢰심을 줄여야 한다는 그녀의 말을 떠올리면서 말했다.

"잘됐네! 그럼 오늘 밤 우리 집에 오지 않을래요? 거실에 소파베드가 있고 냉장고에도 먹을 것이 잔뜩 있으니까."

조안이 말했다.

"그럼 자정도 되기 전에 내 비밀이 모두 들통 나고 말 것 아녜요."

캐시는 농담 반 진담 반으로 말했다.

"난 맹세코 그런 일에는 눈을 감기로 하겠습니다요."

조안이 대답했다.

"아무튼 난 갈 수 없을 것 같아요. 초대는 고맙지만 만약 토마스가 수술을 안 하게 되면 집에 돌아올 텐데, 그럴 때는 나도 집에 있고 싶어요. 그렇게 되면 서로 얘기도 할 수 있을 것이고."

캐시가 말하자 조안은 동정 어린 미소를 지었다.

"당신은 그것이 나빠. 아무튼 마음이 변하면 전화해요. 앞으로 한 시간쯤은 병원에 있을 테니까."

그녀는 다시 문을 열더니 이번에는 밖으로 나갔다.

캐시는 자기가 안전하게 운전을 할 수 있을까 생각하면서 모네의 그림을 바라보았다. 이윽고 점안 약의 효력이 없어졌는지 시력이 한결 회복된 것을 확인하고 그녀는 비로소 마음을 놓았다.

■ ■ ■

토마스는 사무실 문을 열고 불을 켤 때 손이 떨리는 것을 깨달았다. 도리스의 책상 위에 있는 탁상시계가 6시 반을 가리키고 있었다. 문밖은 이미 어두워 있었다. 9시 반까지 밝던 여름밤은 기억조차 나지 않을 정도였다.

그는 문을 닫고 두 팔을 뻗어보았다. 여느 때는 미동도 하지 않던 손이 심하게 떨리고 있는 것을 보자 그는 무서운 생각이 들었다. 이렇게 긴장하고 있는 시기에 캐시는 왜 성가신 얘기를 끄집어내는 것일까.

그는 책상으로 다가가서 두 번째 서랍을 열고 플라스틱 병을 하나 꺼냈다. 뚜껑이 아이들은 열지 못하게 만들어져 있는 데다 그 자신의 마음의 동요 때문에 좀처럼 열리지 않았다. 그는 그것을 바닥에 내동댕이치고 발로 짓밟아버리고 싶은 충동을 간신히 참으며 안에 있는 노란색 알약 한 알을 꺼냈다. 그리고 그 쓴 약을 혀에 올려놓고 아직도 도리스의 향수냄새가 풍기고 있는 화장실로 들어갔다.

거기에 있는 컵은 거들떠보지도 않고 토마스는 수도꼭지에 직접 입을 대고 물을 마셨다. 그리고 방으로 돌아와서 책상 앞에 앉았다. 불안감은 오히려 더해가는 것만 같았다. 그는 두 번째 서랍을 다시 열고 조금 전의 그 플라스틱 병을 꺼냈다. 그러나 이번에는 아무리 애를 써도 뚜껑이 열리지 않았다. 그는 병을 책상 위에 내동댕이쳤으나 나무의 표면만 움푹 패게 하고 자신의 엄지손가락을 다쳤을 뿐이었다.

토마스는 눈을 감고 마음을 진정시키지 않으면 안 된다고 자신을 타일렀다. 그리고 다시 눈을 떴을 때 병을 열려면 아래위의 화살표시를 맞추기만 하면 된다는 것을 깨달았다. 그러나 약은 더 먹지 않고 로라 캠벨의 모습을 떠올렸다. 지금 이 시각에 아무 일도 하지 않고 혼자 있을 필요가 없었다.

'저는 선생님에게 무엇이든지 해드리고 싶어요.'

그녀는 그렇게 말했었다.

'해달라고 해야지!'

그는 위급한 경우에 연락을 한다는 형식적인 절차에 의해 그녀의 전화번호가 캠벨 씨의 차트에 적혀 있는 것을 기억했다. 그러나 지금이 위급한 때인가! 토마스는 회심의 미소를 지었다. 그리고 만약 그녀의 사인을 잘못 판단했다고 하더라도 자신의 의도를 얼버무릴 방법은 얼마든지 있는 것이다.

토마스는 캠벨 씨의 서류를 찾아내어 상대방이 집에 있었으면 좋겠다고 생각하면서 재빨리 로라의 전화번호를 눌렀다. 두 번째 벨이 울리자 그녀가 나왔다.

"킹슬리 의사입니다. 전화로 미안합니다."

"무슨 나쁜 소식이라도?"

로라가 걱정스러운 듯이 물었다.

"아, 아닙니다, 아버님은 매우 좋습니다. 황달은 매우 유감스러운 일이지만, 이것도 어쩔 수 없는 합병증의 하나일 뿐입니다. 예측하지 못했던 일도 아니기 때문에 곧 회복될 겁니다. 그런데 갑자기 전화를 드린 것은 아버님이 머지 않아 퇴원할 수 있을 것 같은데 그 일로 의논을 좀 드릴까 하고."

"네, 좋아요. 그럼 언제?"

토마스는 전화기의 코드를 만지작거렸다.

"예, 실은 그 때문에 전화를 드린 겁니다. 저의 스케줄은 잘 아시겠지만, 수술을 기다리고 있기 때문에 지금은 제 방에 혼자 있습니다. 어떻게 할까요., 지금 이리로 오시면 좋겠습니다만."

"30분쯤 기다려주시겠어요?"

"좋습니다."

토마스가 대답했다. 시간은 얼마든지 있는 것이다.

"그럼 그리로 찾아뵙겠어요."

로라가 말했다.

"아참 한 가지, 이 시간에 의사전용 빌딩으로 들어오시려면 병원을 통해서 들어오셔야 할 겁니다. 이쪽 현관은 6시에 닫으니까요."

토마스는 수화기를 내려놓았다. 기분이 한결 좋아졌다. 불안이 흥분으로 바뀐 것이다. 그는 책상 서랍을 열고 약병을 넣은 다음 심장카테터 실험실에 전화를 걸어 심장쇼크 환자의 용태를 물었다. 예상한 대로 환자는 아직도 카테터 도착을 기다리고 있었다. 현재의 상태가 어떻든 앞으로 몇 시간의 여유는 있다고 토마스는 생각했다.

진찰실로 통하는 문에서 로라를 만난 토마스는 그녀를 안으로 안내했다. 그녀가 여전히 얇은 실크 드레스를 입은 것을 보자 그는 매우 기분이 좋았다. 밝은 베이지색 드레스였는데 그녀의 피부빛깔과 똑같았다. 팬티의 가장자리까지 희미하게 보였다.

그는 상대방의 사인을 오해하고 있었다 하더라도 입장이 곤란해지지 않도록 신중을 기하기 위해 잠시 침묵을 지키고 있다가 이윽고 아버님은 곧 퇴원할 수 있을 거라는 얘기로 입을 열었다. 그리고 캠벨 씨의 장기간에 걸친 양생법에 대해 설명하면서 이런저런 운동은 제한해야 한다고 얘기하던 끝에 섹스에 관한 문제를 꺼냈다.

"수술을 받기 전에 아버님께서 이 문제에 대해 질문하시더군요. 어머님이 몇 년 전에 돌아가셨다는 것은 알고 있어요. 아, 이런 얘기가 당신에게 불쾌하다면……."

그는 로라의 얼굴을 지켜보면서 말했다.

"아녜요, 절대로. 저도 성인이에요."

로라가 미소를 지으며 말했다.

"그것은 분명하죠."

토마스는 상대방의 드레스를 핥듯이 훑어보면서 말했다.

로라는 계속 미소를 지으면서 뒤에서 묶어 늘어뜨린 머리를 쓰다듬었다.

"당신 아버님 같은 남자는 아직 성관계를 필요로 하지요."

"선생님은 의사시기 때문에 그런 일에 대해서는 무엇이든지 잘 알고 계시겠죠."

로라는 꼬고 있던 다리를 풀려고 몸을 앞으로 숙였다. 실크 드레스

속에 브래지어를 착용하지 않은 것이 분명했다.

토마스는 의자에서 일어나 책상 앞으로 돌아왔다. 로라가 이제 더 이상 아버지의 얘기를 하고 싶어 하지 않는 것은 분명했다.

"나도 그런 욕구를 뼈저리게 느끼고 있습니다. 집사람이 만성병을 앓고 있기 때문에."

토마스가 말하자 로라는 만면에 웃음을 지었다.

"전에도 말씀드렸지만 전 선생님에게 무엇이든 해드리고 싶어요."

그리고 그녀는 자리에서 일어나 토마스에게 몸을 기댔다.

토마스는 희미하게 불이 켜져 있는 검사실로 그녀를 데리고 가서 천천히 그녀의 옷을 벗긴 다음 자기도 옷을 벗어 의자 위에 단정히 올려놓았다. 그리고 그녀를 돌아보았을 때 자신의 성기가 이미 충분히 발기되어 있다는 것을 깨닫고 매우 기분이 좋았다.

"무슨 생각을 하고 있지?"

토마스는 두 팔을 활짝 벌리고 물었다.

"나도 좋아한다고 말하는 것."

로라는 잠긴 목소리로 말하고 그에게 손을 내밀었다.

■ ■ ■

운전을 걱정하고 있었는데 무사히 집에 도착하자 캐시는 매우 기뻤다. 그러나 무엇보다도 차고에서 집까지 걸어가는 길이 위험했다. 지금은 12월이고 그만큼 빨리 해가 진다는 것을 깜빡 잊고 있었던 것이다.

집은 뭔가 불길한 어둠에 싸여 있었다. 게다가 창문들은 모두 광택이 있는 마노처럼 빛나고 있었다.

집안에 들어가니 저녁식사를 데우는 방법을 적어놓은 해리엣의 메모가 눈에 띄었다. 토마스가 집에 돌아오지 않는다는 연락을 받으면 해리엣은 항상 일찍 돌아가버렸다. 그녀는 혼자 있어도 아무렇지도 않은데 캐시는 혼자 있는 것이 견딜 수가 없었다.

조금이라도 마음을 안정시키려고 캐시는 온 집안의 불을 켜면서 돌아다녔다. 주위가 허술한 낡은 집인 데다 집 안이 텅 비어 있어서 특별히 더 춥게 느껴지는 것 같았다. 텅 빈 복도에 그녀의 발소리가 울려 퍼졌다. 실내온도를 20도 가까이로 조절해 놓았지만 자신이 토해내는 입김이 보였다. 그러나 2층 아침의 방은 비교적 따뜻하고 기분이 좋았다. 그녀는 큰 욕실에 있는 보조 히터도 켰다. 그리고 혈당을 측정하고 나서 여느 때처럼 인슐린을 주사하고 샤워를 했다.

그녀는 너무 생각하지 않기로 했다. 감정을 폭발시킨다고 해서 해결될 것은 아무것도 없었다. 그녀는 자신의 의뢰심을 지적한 조안의 말이 옳다고 생각하면서 자신의 상태가 모린 카베노와 똑같았음을 상기했다. 그 환자처럼 자신도 희망을 잃고 어쩔 줄 몰라하지 않았던가. 캐시는 자신이 어떤 처지에 놓여 있는가를 알면서도 자신의 생활을 적극적으로 개척해 나갈 능력이 자신에게는 없는 것이 아닐까 생각해 보았다.

그때 그녀는 갑자기 무서운 공포와 함께 자신에게는 싫어하는 것을 거부하는 능력이 있다는 것을 알았다. 토마스가 약을 상용하고 있을지도 모른다고 생각한 것은 그의 동공 때문이었다. 그의 동공이 요즘은 종종 바늘 끝처럼 축소되고 있었던 것이다. 그러나 덱세드린은 동공을 산대시키는 작용을 하는 것이 아닌가! 동공을 축소시키는 약은 따로 있었다. 그것은 캐시가 생각하고 싶지도 않은 종류의 약이었다.

캐시의 손바닥에 땀이 배었다. 갑작스러운 공포 때문인지 인슐린 때문인지 알 수가 없었다. 그녀는 그 공포가 쓸데없는 생각이기를 빌면서 토마스의 서재로 갔다. 방에 불을 켜고 거기에 서서 방안을 유심히 둘러보았다. 그녀는 요전에 이 방에 들어왔을 때 어떤 결과가 되었던가를 떠올리고는 금방이라도 달아나고 싶은 마음과 필사적으로 싸웠다.

욕실의 약품이 들어 있는 선반은 2주 전 그대로 난잡하게 흐트러져 있었다. 의심스러운 것은 그 무엇도 보이지 않았다. 그녀는 엎드려서 세면대 밑까지 살펴보았다. 그러나 아무것도 없었다. 다음에는 수건 선반, 역시 아무것도 없었다.

캐시는 그제야 약간 마음을 놓고 서재로 돌아왔다. 책상과 부르고뉴 산 독서용 의자 옆에는 소파베드, 스탠드가 얹혀 있는 2개의 사이드테이블, 쿠션, 벽 전체를 차지하고 있는 책장, 술병이 얹혀 있는 선반, 갈고리 발톱 모양의 다리가 붙어 있는 키가 큰 장롱 등이 가지런히 늘어서 있었고 바닥에는 거대한 타브리즈 카펫이 깔려 있었다.

캐시는 책상 쪽으로 걸어갔다. 그것은 일찍이 토마스의 할아버지가 쓰던 것이었다. 손을 뻗어 그 차가운 표면을 만지자 어릴 때 부모님의 침실에 숨어들어갔을 때 느꼈던 그 장난스러운 생각이 되살아났다. 그녀는 어깨를 움츠리고 가운데 서랍을 열어보았다. 플라스틱으로 된 서류철 안에는 고무밴드와 클립, 그 밖의 잡다한 물건들이 가득 들어 있었다. 그녀는 서랍을 완전히 열고 그 서류철을 들고는 안을 들여다보았다. 다른 것은 아무것도 보이지 않았다.

그제야 마음을 놓고 서랍을 닫으려고 하는데 갑자기 쾅 하고 문이 닫히는 소리가 나는 것 같았다. 그녀는 창문을 통해 차고 2층에 있는 페트리셔의 방을 내다보았다. 불이 켜져 있었다. 자동차 소리는 들리지 않았지만 그것은 조금도 이상할 것이 없었다. 방풍창을 닫았기 때문에 집 밖의 소리가 집 안에까지 쉽게 들려오지 않는 것이다. 차고의 문이 닫혀 있는 것이 보였다. 아까 내가 닫은 것일까? 도저히 알 수가 없었다.

그때 복도에서 발소리가 들려왔다. 캐시는 순간 자신도 모르게 몸이 움츠러들었다. 틀림없이 토마스가 돌아온 것이다. 페트리셔와의 사건도 있었기 때문에 자기가 서재에 있는 것을 발견하면 그는 틀림없이 노발대발할 것이다. 어딘가 옆방으로 빠져나갈 곳은 없을까, 그녀는 필사적으로 주위를 둘러보았다. 그러나 그녀가 움직이기도 전에 문이 열렸다.

페트리셔였다. 캐시와 마찬가지로 그녀도 몹시 놀랐다. 두 여자는 모두 의아한 눈으로 서로를 쳐다보았다.

"여기서 뭘 하고 있니?"

페트리셔가 먼저 물었다.

"오히려 제가 묻고 싶은 말이었어요."

책상 앞에 서서 캐시도 같은 말을 했다.

"이 방에 불이 켜져 있길래 당연히 토마스가 돌아온 줄로 알았다. 나는 그 애 어미니까 그 애를 만나러 와도 상관이 없잖아. 안 그러냐?"

캐시는 알았다는 듯이 고개를 끄덕였다. 그러나 사실은 페트리셔가 이 집의 열쇠를 가지고 있기 때문에 언제든지 마음만 내키면 이 집에 들어올 수 있다는 것이 불쾌해서 견딜 수가 없었다.

"이것이 내가 여기에 온 이유다. 그런데 너는 왜 왔니?"

페트리셔가 말했다.

캐시는 이 집은 내 집이기 때문에 어떤 방이든 내 마음대로 들어갈 수 있는 권리가 있다고 간단히 말해 버리면 된다고 생각했다. 그러나 양심의 가책을 받고 있었기 때문에 그런 말이 얼른 입 밖으로 나오지 않았다.

"나는 네가 왜 들어왔는지 안다."

페트리셔는 경멸하는 듯이 그렇게 말했다.

"정말 어이가 없구나. 그 앤 병원에서 남의 목숨을 살리려고 일을 하고 있는데 그 사이에 너는 이런 식으로 그 애의 소지품이나 뒤지고 있으니! 대체 넌 어떤 종류의 아내냐?"

페트리셔의 말은 마치 정전기처럼 공중을 떠돌고 있었다. 캐시는 굳이 대답을 하려고 하지 않았다. 그리고 자신이 정말 어떤 아내인지 알고 싶다고 생각했다.

"당장 이 방에서 나가주었으면 좋겠다."

페트리셔가 거친 목소리로 말했다.

캐시는 잠자코 인사를 한 다음 시어머니의 앞을 걸어 나왔다. 페트리셔가 그녀의 뒤를 따라 나오면서 문을 닫았다. 캐시는 뒤를 돌아보지 않고 그대로 계단을 내려와 부엌으로 향했다. 바깥문이 닫히는 소리가 들려왔다. 틀림없이 페트리셔가 나가는 소리일 것이다. 저 노인은 분명 캐시가 서재에 들어간 일을 아들에게 고자질할 것이다. 그것은 도저히 피할 수 없는 일이었다.

그녀는 해리엣이 난로 위에 놓고 간 식사를 불쾌한 표정으로 바라보았다. 그러나 일정량의 인슐린을 주사한 다음에는 어느 정도의 칼로리가 필요했다. 식사를 데워 그럭저럭 저녁을 때운 캐시는 다시 한 번 서재에 가서 탐험을 마쳐야겠다고 결심했다. 어차피 현장을 들켰기 때문에 이제 무엇을 찾아낼 수 있는지 그것이 문제이지 두려워할 것은 아무것도 없었다.

물론 아직도 토마스가 돌아올 염려는 있었으나 캐시는 포르쉐의 차

소리를 놓치지 않고 있었다. 그리고 이번에는 페트리셔에게 들키지 않도록 창문에 두꺼운 커튼을 치고 진짜도둑처럼 회중전등을 사용하기로 했다.

그녀는 곧바로 책상으로 다가가 서랍을 위에서부터 하나씩 열어보았다. 시간은 별로 걸리지 않았다. 두 번째 서랍의 안쪽에 있는 문구상자 속에서 캐시는 플라스틱 용기를 몇 개나 발견했다. 비어 있는 것도 있었으나 대부분은 알약이 가득 들어 있었다. 그리고 그 모든 병에는 하나같이 의학박사 알란 박스터라는 똑같은 이름이 붙어 있었는데 날짜는 모두 지난 3개월 이내의 것이었다.

덱세드린 외에도 종류가 다른 알약이 두 가지 더 있었다. 캐시는 조심스럽게 그것을 한 알씩 꺼낸 다음 용기를 다시 문구상자 속에 집어넣고 서랍을 닫았다. 그리고 회중전등을 끄고는 다시 커튼을 열어놓고 재빨리 자기 방으로 돌아왔다. 그녀는 자신이 쓰는 '의사용 약품편람'을 꺼내어 사진과 알약을 대조해 보고 자신의 의혹이 옳았다는 것을 알았다.

"세상에!"

그녀는 큰소리로 외쳤다.

"피로할 때 덱세드린을 쓴다는 것 정도는 나도 이해할 수 있어. 하지만 퍼코댄이나 탈윈은 얘기가 다르단 말이야!"

캐시는 그날 두 번째로 울음을 터뜨렸다. 이번에는 울음을 참으려고도 하지 않고 침대에 엎드려 하염없이 흐느껴 울었다.

■ ■ ■

로라와의 막간극이 있었는데도 불구하고 토마스는 도리스와의 밀회계획을 실행하기로 마음먹었다. 심장 카테터실의 환자가 다시 심장쇼크를 일으키는 바람에 수술 계획을 잡을 수가 없었던 것이다. 그러나 집으로 돌아가는 긴 드라이브로 모처럼의 밤을 허비하고 싶지는 않았다.

그가 벨을 누르는 순간 도리스가 현관문을 열었다. 2층으로 올라가자 문틈으로 내다보고 있는 그녀의 모습이 보였다. 그리고 그녀가 문을 열었을 때 왜 밖으로 나오지 않았는지를 알게 되었다. 그녀는 앞에 레이스가 달리고 속이 훤히 비치는 짧고 검은 캐미솔밖에 입고 있지 않았다. 그것은 마치 원피스 수영복처럼 극히 제한된 부분만 몸을 가렸다는 것을 의미했다.

"미네랄 워터를 탄 글렌리벳이에요."

도리스는 토마스에게 텀블러를 건네주고는 그가 코트도 벗기 전에 그에게 몸을 밀착시켰다.

토마스는 한 손으로 위스키를 마시면서 한 손으로는 도리스의 등을 쓰다듬었다. 방안의 조명은 단 하나, 스칸디나비아 풍의 석유램프가 따뜻한 금빛으로 방안을 장식하고 있었다. 커피 테이블 위에는 저녁식사가 준비되어 있었고, 그 옆에는 뚜껑을 따지 않은 와인 병이 놓여 있었다.

도리스가 주방으로 들어간 사이, 토마스는 병원의 교환대를 불러서 도리스의 전화번호를 알려주었다. 흉부외과의 당직 레지던트가 찾을 때만 사용하기 위해서였다. 그는 교환원에게 자기가 여기에 있는 것을 아무에게도 말하지 말라고 부탁하고는, 문제가 있을 때만 전화를 걸어달라고 당부했다.

살인의 그림자

"가야겠어. 그녀가 늦지 말라고 했거든."

클라크 리어든이 말했다. 그러고는 등받이가 곧은 철제 의자를 제프리 워싱턴의 침대 곁으로 끌고 왔다.

"좋아. 만나서 반가웠어, 친구."

제프리가 말했다.

"와줘서 고마워. 정말 고맙다."

"고맙긴 뭘."

클라크는 의자에서 일어나더니 제프리가 내미는 손을 잡고 다정하게 툭 쳤다.

"그런데 자넨 언제 나갈 수 있는 거야?"

클라크가 물었다.

"곧 나가게 될 거야. 아마도 2, 3일 내에는. 하지만 잘 모르겠어. 아직도 이런 링거를 맞고 있으니까."

제프리는 왼쪽 팔을 들어 거기에 감겨 있는 플라스틱 튜브를 보여주었다.

"수술을 받고 나서 곧바로 다리에 염증이 생겨서 항생물질을 맞고 있는 중이야. 2, 3일은 좀 괴로웠지만 지금은 많이 좋아졌어. 이제 심장감시 장치만 제거되면 되는데 말이야. 이 기계가 내고 있는 소리를 들으면 신경질이 나."

"입원한 지 얼마나 됐지?"

"6일."

"별로 오래되지도 않았구먼."

"지금 생각하면 아무것도 아니지만 처음에는 상당히 겁이 나더군. 하지만 다른 방법이 없었어. 만약 수술을 받지 않으면 끝장이라고 의사가 말하더라고. 그러니 무슨 방법이 있겠어?"

"방법이 없지! 내일 밤에 또 올게. 그때 자네가 읽고 싶어 하던 책을 가져오겠네. 또 필요한 것이 있나?"

"한 잔 했으면 좋겠군."

"어이, 무슨 소릴 하는 거야?"

"아냐, 농담이야."

클라크는 몸을 돌려 문 쪽으로 가더니 손을 흔들면서 복도로 사라졌다.

제프리는 병실 안을 둘러보았다. 곧 퇴원할 수 있다는 것이 매우 기뻤다. 2인실의 한쪽 침대는 비어 있었다. 오늘 그 환자가 퇴원하고 아직 새로운 환자가 들어오지 않았기 때문이었다. 그는 혼자 있는 것이 싫었다. 더구나 클라크까지 가버리고 나자 더욱 따분했다.

제프리가 생각할 때 병원은 혼자 있을 곳이 못 되었다. 무시무시한 기계들이 주는 두려움은 차치하고라도 아무런 도움도 받지 못하고 혼자서 부딪혀야 하는 까다로운 절차가 너무 많았다.

제프리는 침대 머리맡에 고정시켜둔 작은 텔레비전을 켜보았다. 2류 급의 연속 코미디가 끝날 무렵 활발한 준 간호사인 미스 드브리스가 들어왔다. 그녀는 굉장히 좋은 일을 해줄 테니 눈을 감고 입을 벌리라고 말했다. 제프리는 시키는 대로 입을 벌리고는 틀림없이 좋은 일이 있을 것이라고 생각하고 기다렸다. 그리고 그대로 되었다. 체온계였다.

10분 후 간호사가 다시 오더니 이번에는 입 안의 체온계를 수면제로 바꾸어서 넣어주었다. 제프리는 간호사가 체온계를 확인하는 동안, 탁자 위에 놓여 있던 물로 수면제를 삼켰다.

"체온이 있나요?"

제프리가 물었다.

"누구든지 체온은 있죠."

미스 드브리스가 대답했다.

"난 아무래도 건망증이 있는 모양이야."

제프리는 말했다. 이런 대화는 전에도 한 번 한 적이 있었다.

"다시 말하죠. 열이 있나요?"

"그건 비밀이에요."

미스 드브리스가 말했다. 간호사들은 왜 체온이 있는지, 아니 열이 있는지 어떤지를 가르쳐주지 않는 것일까. 제프리는 도저히 이해할 수가 없었다. 그녀들은 걸핏하면 그것은 선생님의 담당사항이라고 말했다.

'빌어먹을! 이것은 내 몸에 관한 문제란 말이야.'

"이 링거는 언제까지 달고 있어야 합니까? 언제 이놈을 떼느냐고요. 그래야 진짜 샤워를 할 수 있을 텐데."

미스 드브리스가 막 돌아가려고 할 때 제프리가 물었다.

"난 그런 거 몰라요."

그녀는 손을 흔들면서 말하고는 밖으로 나갔다.

제프리는 고개를 비틀어 링거 병을 쳐다보면서 볼록한 부분에 링거액이 규칙적으로 떨어지고 있는 것을 한동안 지켜보았다. 그는 곧바로 텔레비전으로 눈을 돌려서 저녁 뉴스를 보았다. 그러고 나자 한숨이 나왔다. 이 손이 자유스러워진다면 얼마나 좋을까.

그는 내일 아침 서먼 선생에게 링거를 언제 끝내는지 꼭 물어봐야겠다고 생각했다.

■ ■ ■

처음 전화벨이 울렸을 때 토마스는 자기가 있는 곳이 어디인지를 몰라서 우물쭈물하면서 일어나 앉았다. 두 번째 벨이 울리자 도리스가 몸을 뒤척이는 바람에 그와 얼굴을 마주보게 되었다. 그녀의 아파트 안은 어두컴컴했다.

"받으시겠어요? 아니면 내가 받을까요."

도리스의 목소리는 잠에 취해 분명하지가 않았다. 그녀는 한쪽 팔꿈치를 짚고 몸을 일으켰다.

토마스는 어두컴컴한 속에서 그녀를 바라보았다. 숱이 많은 머리카락을 사방으로 흩뜨리고 있는 것이 마치 수천 볼트의 전기가 온몸을 흐르고 있는 것처럼 그로테스크한 모습이었다. 눈은 보이지 않고 눈 있는 자리가 까만 구멍처럼 보였다. 그는 이 여자가 누구인지를 떠올리는 데 약간의 시간이 걸렸다.

"내가 받지."

토마스는 비틀거리며 일어났다. 머리가 무거웠다.

"창문 옆 구석에 있어요."

그러고 나서 도리스는 다시 베개로 쓰러져버렸다.

토마스는 벽을 손으로 더듬으면서 열려 있는 침실 문으로 갔다. 거실에 들어가니 퇴창으로 빛이 들어와서 약간 밝았다.

"킹슬리 선생님이십니까? 저는 피터 피그맨입니다."

토마스가 전화를 받자 흉부외과 당직 레지던트가 자기소개를 했다.

"밤중에 전화를 드려 죄송합니다만, 수술이 필요한 환자가 있으면 연락해 달라는 말씀이 있어서 전화 드렸습니다. 흉부에 자상을 입은 환자가 한 시간 내에 들어오게 되어 있습니다."

토마스는 조그만 전화대에 몸을 기댔다. 방안의 냉기가 마음을 긴장시켰다.

"지금 몇 시인가?"

"새벽 한 시가 약간 지났습니다."

"고맙네. 곧 가지."

도리스의 아파트 현관에서 도로로 나오자 얼음 같은 12월의 찬바람이 그의 몸을 부들부들 떨리게 했다. 코트 깃을 목 주위에 단단히 감으면서 그는 병원을 향해 걷기 시작했다. 돌풍이 끊임없이 거리에 소용돌이치면서 휴지와 먼지를 일으켜서 토마스는 할 수 없이 등을 돌리고 몇 걸음씩 뒤로 걷기도 했다.

이윽고 모퉁이를 돌자 보스턴 메모리얼 병원의 빌딩들이 보이기 시작했다. 그는 자기도 모르게 안도의 숨을 쉬었다.

그는 왼쪽의 주차장을 바라보면서 현관으로 다가갔다. 주차장은 시멘트를 바른 것인데 입구가 열려 있었다. 낮에는 몹시 붐비지만 지금은 거의 차가 보이지 않았다. 그는 자신의 포르쉐를 감탄하면서 바라보다가 또 한 대의 낯익은 차를 발견했다. 그것은 칙칙한 녹색으로 도색을 한 메르세데스 300터보디젤이었는데, 그런 악취미를 가지고 있는 사람은 병원에 한 사람밖에 없었다. 조지 서먼이었다.

저런 고급차에 저 따위 천한 색깔을 칠하는 바보 같은 놈이 어디 있어, 하고 생각하면서 현관에 도착한 토마스는 왜 이 시간에 서먼이 와 있을까 하는 이상한 생각이 들었다. 다시 한 번 뒤를 돌아보았지만 틀림없이 그의 차였다. 다른 차를 잘못 볼 리도 없었다. 토마스는 시계를 보았다. 새벽 1시 15분이었다.

그는 곧바로 수술실로 향하려다가 마음을 바꾸어 외과 휴게실 앞으로 지나갔다. 수술실의 간호사 한 사람이 뜨개질을 하고 있었다. 그는 그녀에게 조지 서먼의 환자가 있느냐고 물었다.

"제가 알기로는 없는데요. 흉부외과에는 선생님이 보실 자상환자뿐이에요."

18호 수술실 앞에서 토마스는 손을 씻고 피터 피그맨을 만났다. 그는 아직 한 번도 면도를 한 일이 없는 것처럼 보이는, 어린애 같은 얼굴을 하고 있는 비쩍 마른 사나이였다. 토마스는 그를 자주 만나기는 했지만 아직 한 번도 일을 같이 한 적은 없었다. 그러나 머리가 좋고 열성적이고, 게다가 일을 매우 잘한다는 평판을 듣고 있었다.

토마스를 보자 피터는 즉시 환자의 증상을 자세히 설명하기 시작했다. 환자는 보스턴 가든에서 하키 시합을 하다가 칼에 찔렸는데, 응급실에 들어올 때는 혈압에 약간 문제가 있었지만 지금은 안정되어 있었다. 8단위의 수혈을 하기 위해 혈액형을 조사하고 교차시험은 했지만 그 밖에는 아무 처치도 하지 않았다고 했다. 처음에는 굵은 혈관을 다치지 않았을까 생각했다는 얘기였다.

토마스는 그의 설명을 들으면서 세면대 위의 선반에 있는 상자에서 수술용 마스크를 꺼냈다. 그는 머리 뒤에 한 가닥의 고무줄을 댄 플라스틱 마스크보다 목과 머리에 느슨하게 끈을 묶을 수 있는 구식 마스크를 좋아했다. 그런데 그날 밤은 끈을 하나씩 가르고 있을 때 마스크가 손에서 미끄러져 세면대 위로 떨어졌다. 토마스는 욕설을 내뱉으면서 다른 것을 골랐다. 피터는 상자에 집어넣고 있는 선배의 손이 약간 떨리고 있는 것을 보았다.

피터는 이야기를 중단했다.

"괜찮습니까, 킹슬리 선생님?"

토마스는 상자에 손을 넣은 채 천천히 고개를 돌려 피터를 똑바로 쳐다보았다.

"괜찮냐니, 무슨 뜻인가?"

"기분이 나쁘시지 않나 하고 생각돼서……."

피터는 쭈뼛거리며 말했다.

토마스는 세면대에 떨어진 것과 같은 마스크를 또 하나 상자에서 꺼냈다.

"그런데 내가 기분이 좋지 않다는 것은 어떻게 알았는가?"

"모르겠습니다. 그저 그런 생각이 들어서……."

피터는 말끝을 흐리면서 공연히 쓸데없는 말을 한 것을 사과했다.

"모처럼의 충고지만 나는 매우 건강하네. 그런데 레지던트의 신분으로 용서하지 못할 것이 하나 있어. 그것은 무례한 행동이야. 똑똑히 기억해두게."

토마스는 노여움을 숨기려고도 하지 않고 쌀쌀하게 말했다.

"죄송합니다."

어떻게든지 그 얘기를 끝내려고 피터는 대답했다.

손을 다 씻은 레지던트를 그 자리에 남겨놓고 토마스는 수술실 문을 열고 들어갔다.

"빌어먹을. 저 녀석은 내가 자다가 일어났다는 것을 생각지 못한 모양이군. 잠에서 확실히 깨어날 때까지는 누구든 손이 조금씩 떨리게 마련이지."

■ ■ ■

수술실은 부산하게 움직이고 있었다. 환자는 이미 완전히 마취가 되어 젊은 레지던트들이 가슴 부분의 수술 전 처치를 시작하고 있었다. 토마스는 엑스레이 사진을 보러 가면서 방 쪽으로 등을 돌리고 두 손을 들어보았다. 손은 약간 떨리고 있을 뿐이었다. 더 심할 때도 있었던 것이다.

'저 건방진 애송이가 심장외과에 정식으로 배치될 때까지 기다리고 있을까.'

토마스는 약간의 만족감을 느끼면서 그렇게 생각했다.

수술실 안쪽에 앉아 토마스는 수술이 시작되는 것을 가만히 지켜보고 있었다. 필요할 때는 언제든지 끼어들려고 준비를 하고 있었으나 다행히 피터는 상당히 솜씨가 좋은 외과의였다. 토마스는 심막혈종이 일어날 가능성에 대해 레지던트들에게 물어보았다. 그러나 요전의 데스 콘퍼런스에서 화제가 되었는데도 불구하고 피터를 포함한 어느 누구도 그런 진단은 생각해 보지도 않았다고 대답했다. 토마스는 수술이 예정대로 순조롭게 진행되는 것을 확인하고는 자리에서 일어나 몸을 폈다. 그리고 천천히 문 쪽으로 향하면서 말했다.

"조금이라도 이상이 있으면 언제든지 연락해 주게. 모두 잘하고 있으니까 말이야."

■ ■ ■

토마스의 등 뒤로 수술실 문이 닫히자 피터 피그맨은 힐끗 문을 쳐다보고는 중얼거렸다.

"킹슬리 선생님이 오늘 밤은 재미를 톡톡히 보신 모양이군."

"그런 것 같아요."

레지던트 1년차가 맞장구를 쳤다.

■ ■ ■

토마스는 수술실에서 갑자기 몰려오는 졸음을 견딜 수가 없었다. 그는 꾸벅꾸벅 졸게 될지도 모른다는 두려움에 밖으로 나간 그는 외과 휴게실로 향하면서 몇 번이나 심호흡을 했다. 도리스와 함께 스카치를 얼마나 마셨는지 기억이 없었다. 앞으로는 좀 더 조심해야겠다고 생각했다.

그는 휴게실 소파에서 좀 쉬려고 가보았다. 불행하게도 휴게실은 커피 타임인 2명의 간호사에게 점령당해 있었다. 토마스는 라커룸의 간이침대를 사용해야겠다고 생각했다. 그는 창가를 지나면서 길 건너편에 있는 쉐링턴 병동의 방 하나에 불이 켜져 있는 것을 발견했다. 끝에서 창문의 수를 세어보니 그것은 발렌타인의 방이었다. 커피 메이커 위의 시계를 보니 새벽 2시가 되어가고 있었다. 관리인이 소등하는 것을 잊어버린 것일까?

"잠깐 실례. 수술실에서 나를 찾으면 라커룸으로 연락해요. 만약 내가 잠이 들었으면, 미안하지만 두 사람 중 누가 와서 좀 깨워줘요."

토마스는 두 간호사에게 말했다.

라커룸의 회전문을 지나면서 토마스는 발렌타인의 방에 불이 켜져 있는 것과 조지 셔먼의 차가 주차장에 있는 것과는 틀림없이 무슨 관계가 있다고 생각했다. 이 두 가지는 아무래도 심상치 않은 일이었다.

2개의 간이침대가 놓여 있는 창문이 없는 라커룸은 그리 깜깜하지 않았다. 짧은 복도 건너편에 있는 휴게실의 불빛이 이 라커룸으로 비쳐들고 있었다.

침대는 여느 때처럼 비어 있었다. 이 침대를 이용하는 사람은 자기뿐일 거라고 토마스는 생각했다. 수술복 호주머니에 무심코 손을 집어넣자 전에 넣어두었던 노란색 작은 정제가 만져졌다. 그는 익숙한 솜씨로 그것을 반으로 쪼갠 다음 한 조각은 입에 넣어 혀 위에서 녹이고 나머지 반은 나중에 사용할 수 있도록 다시 호주머니에 넣었다. 그는 눈을 감기 전에 다시 불려 나갈 때까지 얼마나 잘 수 있을까 생각했다.

■ ■ ■

새벽 2시 45분, 탁 트인 계단은 병원이라기보다 거대한 무덤 속 같았다. 수직으로 된 긴 계단은 마치 굴뚝같은 역할을 하는지 어딘가의 건물 안쪽에서 낮은 바람소리가 들려오고 있었다.

계단에서 한 그림자가 18층의 문을 열었다. 마치 보온병의 뚜껑을 열었을 때처럼 쉬 하고 공기가 새어 나왔다.

그는 병원의 일반 직원과 같은 옷차림을 하고 있었기 때문에 남의 눈에 띄는 것은 신경을 쓰지 않았지만 그래도 되도록 조심하고 있었다. 사나이는 문을 다시 닫기 전에 복도의 구석구석까지 살피며 인기척이 없다는 것을 확인했다. 문이 닫힐 때는 마치 공기를 빨아들이듯이 큰소리가 났다.

한 손을 가운의 호주머니에 넣은 채 사나이는 제프리 워싱턴의 병실을 향해 살금살금 복도를 걸어가더니 방 앞에서 걸음을 멈추고 잠시 동정을 살폈다. 간호사실에서는 아무런 소리도 들리지 않았다. 들리는 것은 다만 멀리 있는 감시 장치와 호흡기가 작동하는 낮은 소리뿐이었다.

사나이는 재빨리 병실로 들어가서 복도 사이에 있는 문을 살그머니 닫았다. 욕실의 문틈으로 한 줄기 빛이 새어나오고 있었다. 희미한 어둠에 눈이 익숙해지자 사나이는 곧 호주머니에서 주사액이 가득 들어 있는 주사기를 꺼냈다. 그리고 주사바늘의 캡을 반대쪽 호주머니에 넣고 얼른 침대 곁으로 다가갔다. 그러나 그는 깜짝 놀랐다.

침대는 비어 있었다!

■ ■ ■

제프리 워싱턴은 턱이 떨어져라 입을 크게 벌리고 눈물이 나올 정도로 늘어지게 하품을 했다. 그리고 머리를 흔들고는 3주일이나 지난 〈타임〉지를 낮은 테이블 위에 내동댕이쳤다. 그는 지금 치료실 맞은편에 있는 환자 휴게실에 앉아 있었다. 이윽고 그는 자리에서 일어나더니 링거의 폴을 밀면서 휴게실을 나와 어두컴컴한 간호사실로 향했다. 이렇게 복도를 걷다 보면 자신의 불면증도 어떻게 되겠지 하고 기대했으나 역시 마찬가지였다. 침대에 누워 있을 때보다 정신이 더 말똥말똥해지고 있었다.

파멜라 브레켄리지는 문이 없는 차트 실에서 그가 밤 산책을 하는 모습을 가만히 지켜보고 있었다. 이미 이틀 밤이나 계속되고 있는 그의 모습은 이제 눈에 익었다. 그녀는 돈을 절약하기 위해 카페테리아를 이용하지 않고 도시락을 가져오고 있었는데, 마침 그것을 먹으려고 할 때 제프리가 나타났다.

"수면제를 좀 더 얻을 수 없을까요?"

제프리가 말을 걸어왔다. 그때 먹을 것을 입에 넣고 있던 파멜라는 제프리에게 탈메인을 하나 더 주라고 준 간호사에게 지시했다. 서먼 의사는 처음의 처치 지시에 '1회 반복 사용 가능'이라고 더 써넣는 친절을 베풀었다.

그는 마치 바의 스탠드에 앉아 있는 것 같은 모습으로 간호사실의 카운터 너머로 준 간호사가 건네주는 정제와 조그만 종이컵을 받아들더니 약을 입 안에 던져 넣고 물을 단숨에 마셨다. 젠장, 마리화나만 조금 있다면 뭔 짓이든 다 할 텐데. 이윽고 그는 복도를 따라 천천히 병실로 돌아갔다.

간호사들이 있는 곳에서 멀어짐에 따라 복도는 차츰 어두워지고, 비닐 바닥에 비치고 있는 자신의 그림자는 더욱 길어지고 있었다. 링거의 폴더 때문에 자신이 마치 지팡이를 들고 있는 예언자처럼 보였다.

그는 병실 문을 열었다. 그리고 안으로 들어가서는 발로 문을 닫았다. 만약 잠을 자려면 복도에서 들려오는 소리와 빛을 차단하지 않으면 안 된다.

링거의 폴더를 침대 옆에 세워놓고 그는 침대에 앉아 막 드러누우려다가 무심코 뒤를 돌아보고는 비명을 지를 뻔했다. 마치 유령처럼 흰 옷을 입은 사람이 욕실에서 나왔기 때문이었다.

"세상에! 정말 놀랐어요."

제프리는 안도의 한숨을 내쉬었다.

"눕게."

제프리는 즉시 그의 지시대로 따랐다.

"이런 시각에 당신이 찾아오리라고는 생각지도 못했는데."

상대방 남자가 주사기를 꺼내어 제프리의 링거 병에 그 내용물을 넣기 시작하는 것을 제프리는 잠자코 지켜보고 있었다. 어둠 속에서 하는 작업이 힘이 드는지 이따금 병이 폴더에 부딪치는 소리가 들려왔다.

"지금 넣고 있는 것은 무슨 약입니까?"

여기서 말을 하는 것이 좋은지 어떤지를 몰라서 제프리는 단지 그렇게만 물었다.

"비타민."

비타민을 주기에는 이상한 시간이라고 제프리는 생각했으나 아무튼 병원이라는 곳은 별난 곳이 아니던가.

이윽고 제프리의 방문자는 링거 병의 병마개에 주사기를 꽂는 것을 단념하고 제프리의 팔에 가까운 플라스틱 튜브의 주입구를 찾았다. 이번에는 훨씬 수월한지 바늘이 곧바로 들어갔다. 주사기의 피스톤을 누르자 튜브 속의 액이 역류해서 볼록한 부분의 수면이 높아지고 있는 것을 제프리는 가만히 지켜보았다. 그때 그는 약간의 통증을 느꼈으나 그것은 링거의 수압이 높아졌기 때문이라고 생각했다. 그러나 통증은 멈추지 않았고, 점점 심해질 뿐이었다.

"맙소사!"

제프리가 외쳤다.

"내 팔! 나를 죽이려는 거지!"

그는 링거바늘이 꽂힌 자리에서 팔 쪽으로 올라가는 뜨거움을 느꼈다. 방문자는 제프리의 손을 잡고 누르면서 링거액이 좀 더 빠르게 흐르도록 꼭지를 완전히 열었다.

제프리가 느끼는 통증은 차츰 더 악화되어 마치 불에 녹은 용암이 밀려오듯이 걷잡을 수가 없었다. 그는 자유로운 몸을 마구 휘둘러 상대방을 붙잡았다.

"날 건드리지 마, 이 호모 자식."

격심한 통증에도 불구하고 제프리는 상대방을 놓을 수밖에 없었다. 당혹감과 공포감이 겹쳐지자 이것은 뭔가 무서운 일이 일어나고 있다는 불안감으로 바뀌었다. 제프리는 필사적으로 침입자의 손아귀에서 링거가 꽂힌 팔을 빼내려고 허우적거렸다.

"무, 무슨 짓을 하는 거야?"

제프리는 숨을 헐떡거렸다. 그리고 소리를 지르려고 했으나 상대방이 거칠게 그의 입을 막았다.

바로 그 순간 제프리는 경련을 일으켰다. 그의 몸이 침대 위에서 활처럼 휘어지고 눈이 치켜 올라가 하얗게 되었다. 이윽고 그 경련은 간질의 대발작으로 바뀌며 침대를 앞뒤로 격렬하게 진동시켰다. 침입자는 그제야 제프리의 팔을 놓고 소리를 작게 하기 위해 침대를 벽에서 떼어놓았다. 그리고 재빨리 복도를 살펴본 다음 계단 쪽으로 사라졌다.

제프리는 불규칙적으로 고동치기 시작한 심장이 세동으로 바뀌어 점차 멈출 때까지 조용히 경련을 계속하고 있었다. 이윽고 제프리의 뇌도 기능을 정지했다. 그러나 경련만은 그의 근육에 저장된 산소를 다 쓸 때까지 한동안 계속되었다.

■ ■ ■

간호사가 몸을 구부리고 토마스를 흔들어 깨웠다. 토마스는 다만 눈을 감고 있었던 것 같은 느낌이 들었다. 그는 멍한 표정으로 몸을 뒤척이다가 미소를 짓고 있는 여자의 얼굴을 보았다.

"수술실에서 찾고 있습니다. 킹슬리 선생님."

"곧 가지."

그는 탁한 목소리로 말했다.

간호사가 빠른 걸음으로 돌아가는 것을 확인한 토마스는 발을 바닥에 내리고 현기증이 가라앉을 때까지 한동안 가만히 앉아 있었다. 짧은 잠을 자는 것은 아예 잠을 자지 않는 것보다 더 나쁘다고 토마스는 이따금 생각할 때가 있었다. 아무튼 그는 입구에서 정신을 가다듬고는 비틀거리며 자신의 라커로 걸어갔다. 그리고 덱세드린을 꺼내어 주전자의 물로 단숨에 삼켰다. 그리고 새 수술복으로 갈아입었는데, 그전에 그는 벗어놓은 수술복 가슴주머니에서 반쪽짜리 정제를 꺼냈다.

18호 수술실에 도착할 즈음엔 덱세드린을 먹은 덕분에 머리가 맑아져 있었다. 그는 곧바로 손을 씻으려고 하다가 우선 무슨 일이 일어나고 있는지 사정을 물어보는 것이 좋겠다고 생각했다.

레지던트들은 환자를 둘러싸고 장갑을 낀 손을 무균장소에 넣은 채로 서 있었다. 상황은 결코 좋은 것 같지 않았다.

"문제가……."

토마스의 목소리는 잠겨 있었다. 잠에서 깨어나 간호사에게 겨우 몇 마디를 했을 뿐 아직 제대로 말을 하지 않고 있었다. 그는 헛기침을 했다.

"문제가 뭐야?"

"선생님 말씀대로 심막혈종이었습니다."

피터가 경의를 표하듯이 말했다.

"칼이 심막을 관통해서 심장 표면에 상처를 냈습니다. 출혈은 없었지만 저희들은 그 찢어진 부분을 봉합해야 할지 어떨지를 생각하고 있는 중이었습니다."

토마스는 바깥일을 하는 간호사에게 의자를 가져오게 해서 피터의 뒤에 놓게 한 다음 환자의 상처를 들여다보았다. 피터가 찢어진 자리를 가리키면서 몸을 옆으로 비켰다.

토마스는 마음을 놓았다. 상처는 별로 대단한 것이 아니어서 중요한 관상동맥은 다치지 않았던 것이다.

"그대로 두게. 봉합을 해서 일어날지도 모르는 고장을 생각하면 오히려 봉합을 하지 않는 것이 좋을지도 모르니까."

토마스가 말했다.

"네, 알겠습니다."

피터가 대답했다.

"심낭도 그대로 열어놓게. 수술 후의 처치인 탐폰으로 문제를 일으킬 수 있는 가능성을 억제할 수 있지. 만약 출혈이 일어나면 배혈점(피가 흘러나가는 구멍)이 될 테고."

토마스는 피터에게 주의를 시켰다.

■ ■ ■

한 시간 후 토마스는 병원 구내를 빠져나와 의사전용 빌딩으로 갔다. 자기 방에 들어서자 덱세드린 때문인지 술에 취한 것 같은 불쾌감이 느껴졌다. 그는 오늘 밤 발렌타인과 조지 셔먼이 병원에 함께 있다는 것이 아무래도 마음에 걸렸다. 그 두 사람이 비밀회합을 하고 있는 것은 분명한데 무슨 일을 획책하고 있을까 생각하니 불안감이 더욱 커졌다. 생각이 여기에 미치자 무슨 약이든 먹지 않으면 도저히 잠을 잘 수 없을 것만 같았다.

덱세드린을 한 알 먹었을 뿐인데 이렇게 머리가 빙빙 도는 일은 좀처럼 없었던 일이었다. 이것은 틀림없이 누적된 피로 때문일 것이라고 그는 생각했다. 그는 책상으로 가서 퍼코댄을 한 알 더 먹었다. 그리고 아침에 일어나지 못하면 곤란하다고 생각하고 도리스에게 전화를 걸었다. 오랫동안 벨을 계속 울리지 않으면 안 되었다.

그는 마음속으로 그녀의 침대에서 퇴창 옆에 있는 전화기까지 가는 복잡한 과정을 따라가고 있었다. 그리고 그녀가 왜 긴 코드를 사용하지 않는지 의아하게 생각했다.

"이봐, 6시 반까지 사무실에 나와 줘."

그녀가 전화를 받자마자 토마스는 말했다.

"그럼 앞으로 겨우 두 시간 후잖아요."

도리스가 불평을 했다.

"빌어먹을!"

토마스는 화를 내며 큰소리로 말했다.

"지금 몇 시인지는 안 가르쳐줘도 돼! 그 정도는 나도 아니까. 7시 반부터 바이패스수술을 세 개나 하게 되어 있어. 여기에 와서 나를 깨우란 말이야."

토마스는 수화기를 내동댕이치듯 내려놓고, "건방진 년!" 하고 큰소리로 말하고는 기진맥진해서 베개에 쓰러졌다.

파티에서 일어난 일

캐시는 눈을 깜빡거리다가 떴다. 새벽 5시를 약간 지난 무렵이어서 밖은 아직 어두웠다. 자명종이 울릴 때까지는 아직도 2시간은 더 있어야 했다.

그녀는 드러누운 채로 잠시 귀를 기울였다. 무슨 소리가 나서 눈이 떠진 줄 알았는데 시간이 지남에 따라 그것은 자기 머리 속에서 일어나고 있음을 알았다. 옛날부터 있어 온 우울증의 증상이었다.

캐시는 몸을 뒤척이면서 이불을 머리에 뒤집어쓰려고 했으나 곧 그런 짓을 해봐야 아무런 소용도 없다는 것을 깨달았다. 한 번 깬 이상 도저히 다시 잠을 이룰 수는 없을 것이다. 오늘 밤 발렌타인의 초대를 받아 그의 집에 가야 한다는 토마스의 말을 들었기 때문에 오늘은 더욱 피곤하겠다고 생각하면서 그녀는 침대에서 내려왔다.

집 안이 너무 추워서 목욕가운을 입기 전에 몸이 부르르 떨렸다. 그녀는 욕실에 들어가서 히터를 켜놓고 샤워를 하기 시작했다.

샤워를 하면서 그녀는 자신이 우울한 원인을 생각해 보았다. 그것은 토마스의 책상에서 퍼코댄과 탈윈을 발견했기 때문이었다. 그리고 그의 서재에 숨어들어갔다는 것을 페트리셔가 아들에게 고자질하지 않았을 리가 없기 때문이었다. 토마스는 틀림없이 그녀가 약을 찾고 있었다고 생각할 것이다.

샤워를 하고 나온 캐시는 앞으로 어떻게 할까를 생각했다. 약을 발견했다는 것을 정직하게 인정하고 그와 대결해야 할 것인가? 약이 있었다고 해서 그것이 바로 심각한 문제라고 단정할 수 있을까? 토마스의 책상 안에 약이 들어 있는 다른 이유는 생각해볼 수 없을까? 그러나 토마스의 눈동자가 바늘 끝만큼 축소되고 있었던 것을 생각하면 그것은 매우 의심스러운 일이었다. 그런 일을 믿고 싶지는 않았지만 토마스가 퍼코댄이나 탈윈을 상용하고 있을 가능성도 그만큼 많은 것이다. 도대체 그가 어느 정도의 분량을 먹고 있는 것인지 캐시로서는 전혀 알 수 없으므로 어느 정도 비난을 해야 될 것인지도 헤아릴 수 없었다.

누군가 도와줄 사람을 찾아봐야겠다는 생각도 해봤다. 그러나 막상 누가 좋을까 하는 점에서는 아무도 떠오르지 않았다. 페트리셔는 전혀 도움이 되지 않았다. 그렇다고 경찰에 달려가면 토마스의 장래는 끝장이 나고 말 것이다.

캐시는 우울한 나머지 울고 싶은 심정뿐이었다. 아무리 생각해도 승산이 없는 싸움이었다. 그녀가 무슨 짓을 하든 안 하든 어차피 실랑이는 벌어지게 된다. 그것도 굉장히 큰 실랑이가 될 것이다. 토마스와의 관계가 위기를 맞고 있다는 것을 캐시는 깨닫고 있었다.

출근 준비와 집에서 병원까지의 긴 드라이브에 그녀는 젖 먹던 힘까지 다 써버리고 말았다.

기진맥진한 그녀가 천으로 만든 백을 책상에 내려놓기가 바쁘게 조안이 문틈으로 얼굴을 들이밀었다.

"기분이 좀 좋아졌어?"

그녀는 쾌활하게 물었다.

"아니."

캐시는 지친 목소리로 대답했다.

조안은 친구가 매우 우울해하고 있는 것을 알았다. 전문가의 눈으로 보더라도 어제 오후보다 더 나빠져 있다는 것을 쉽게 알 수 있었다. 조안은 캐시의 방으로 들어가 문을 닫았다. 캐시는 그녀의 방문을 거절할 기운도 없었다.

"병든 의사에 대해 이런 경구가 있는 걸 알아? '자기 일에만 신경을 쓰고 있는 의사는 환자가 되었을 때 바보가 된다.' 아무리 봐도 당신 상태가 썩 좋은 것 같지 않아. 어제 당신에게 그런 말을 한 것을 사과하러 왔는데, 지금 당신의 얼굴을 보니 내가 잘못한 게 아니라는 생각이 들어. 캐시, 대체 무슨 일이 일어나고 있는지 말해 봐요."

조안이 말했다.

그때 문을 두드리는 소리가 났다. 조안이 문을 열자 눈물을 글썽거리는 모린 카베노의 얼굴이 보였다.

"미안하지만 캐시디 선생님은 지금 바빠요."

조안은 모린이 무슨 말을 하기도 전에 그의 면전에서 문을 닫았다.

"좀 앉아요, 캐시."

조안은 단호하게 말했다.

캐시는 의자에 앉았다. 조안의 강압적인 명령이 효력이 있었던 것 같았다.

"좋아요, 무엇이 어떻게 되었는지 얘기를 해봐요. 당신은 눈병 때문에 다른 일에 신경 쓸 겨를이 없다는 것은 잘 알고 있어요. 하지만 그것만은 아닌 것 같아."

조안이 말했다.

정신과에서 환자와 대화할 때 쓰는 그 유도적인 압력을 캐시는 또 느꼈다. 조안은 그녀에게 자신감을 부추겨주었다. 그것은 틀림없는 사실이었다. 물론 상대방에게 모든 것을 털어놓을 수 있는 태세는 갖추어져 있었다. 그리고 최종적인 분석을 받은 다음 자신의 이 무거운 짐을 누군가와 나누어가지고 싶다는 생각이 들었다. 비록 힘이 되지는 않더라도 누군가의 통찰력은 필요했다.

"토마스가 아무래도 약을 상용하고 있는 것 같아요."

캐시는 조안이 간신히 알아들을 수 있을 정도의 작은 소리로 말했다. 그리고 충격을 받지 않았을까 하고 조안의 얼굴을 유심히 지켜보았으나 전혀 그런 기색을 보이지 않았다. 조안은 표정 하나 변하지 않았다.

"무슨 약?"

조안이 물었다.

"덱세드린과 퍼코댄, 탈윈. 내가 알고 있는 건 그 정도예요."

"탈윈은 의사들이 흔히 먹는 약이잖아. 그런데 그걸 얼마나 먹고 있지?"

"모르겠어요. 하지만 수술에는 조금도 지장이 없는 것 같아요. 무지막지하게 일을 하고 있는 것을 보면."

"흠."

조안이 고개를 끄덕이면서 말했다.

"그런데 당신이 그걸 눈치 채고 있다는 것을 토마스가 알고 있어?"

"내가 덱세드린을 의심하고 있다는 것은 알고 있어요. 하지만 다른 것은 모를 거예요. 적어도 현재로서는."

하지만 페트리셔가 지금이라도 토마스에게 전화를 걸어서 자기가 그의 서재에 있었다는 것을 일러바치고 있을지 모른다고 캐시는 생각했다.

"이런 경우를 일컫는 완곡한 표현이 있죠."

조안이 말했다.

"'병든 의사'라고 해요. 불행하게도 그렇게 드문 일은 아니지만. 당신도 공부 좀 해야겠어요. 의사들은 스스로 이런 문제와 대결하는 것을 싫어하지만, 이런 예는 의학 문헌에 얼마든지 나와 있어요. 프린트를 몇 개 줄 테니 읽어봐요. 그런데 내가 묻고 싶은 것은, 토마스가 이것과 결부될 수 있는 행동의 변화, 즉 사회적으로 곤란한 행동을 한다든가 갑자기 약속을 깨뜨린다든가 하는 일은 없었나요?"

"그런 일은 없었어요. 아까도 말했지만 토마스는 옛날보다 더 열심히 일을 하고 있어요. 물론 일이 점점 재미없어진다는 얘기는 했지만. 그리고 요즘은 관용성이 없어진 것 같아요."

캐시는 말했다.

"무엇에 대한 관용성 말인가요?"

"무엇에 대해서나 다 그래요. 남한테나 저에 대해서나. 우리와 같이 살고 있는 어머니에 대해서도 마찬가지예요."

조안은 눈동자를 굴렸다. 그것은 자신이 도와줄 수 없는 일이었다.

"하지만 그렇게 나쁘지만은 않아요."

캐시의 말에 조안이 냉소적으로 대꾸했다.

"장담할 수 있을까."

두 여자는 한동안 서로 얼굴을 마주보고 있었다.

이윽고 조안이 불쑥 물었다.

"부부생활은 어때요?"

"그건 무슨 뜻이죠?"

캐시는 일부러 모른 척하고 반문했다.

조안은 멋쩍은 듯이 헛기침을 하고 나서 말했다.

"약을 남용하고 있는 의사들 중에는 이따금 임포텐츠를 호소하는 사람도 있고, 적극적으로 불륜관계를 시도해 보는 경우가 있거든요."

"토마스는 그런 관계를 가질 만한 시간적 여유가 없어요."

캐시는 망설이지 않고 대답했다.

조안은 고개를 끄덕이면서 그렇다면 토마스는 크게 병이 든 상태는 아닐 것이라고 생각했다.

"내 말 좀 들어봐요. 토마스가 요즘 약간의 욕구불만 상태에 있다는 당신의 얘기와, 그가 요즘 일이 재미없어졌다고 한다는 사실은 매우 시사적인 얘기예요. 의사란 대개 조금씩 자기도취에 빠지는 경향이 있어서 아무래도 심신의 컨디션이 좋지 못한 부작용은 있기 마련이죠."

조안이 말했다.

캐시는 아무 말도 하지 않았으나 그녀의 생각은 이해할 수 있을 것 같았다.

"그럼 여기에서 생각을 더 진행시켜 봐요. 토마스가 성공했다는 자체에 문제가 생겼다는 것은 매우 재미있는 일이잖아요. 자기도취형 사람들은 그 경쟁이 치열한 레지던트 시절에 경험했듯이 반드시 일정한 기구에 편입되어 있어야 하고, 또 항상 사람들로부터 감사를 받아야 할 필요가 있어요."

"토마스는 이제 자신에게 필적할 만한 사람은 아무도 없다고 말했어요."

캐시는 잇따라 튀어나오는 조안의 생각을 하나씩 받아내면서 그렇게 말했다.

마침 그때 전화벨이 울렸다. 수화기를 드는 친구의 모습을 보고 조안은 매우 기분이 좋았다. 캐시는 이제 별로 우울한 표정도 없이 움직이고 있었다. 뿐만 아니라 그녀는 전화를 건 상대방이 로버트 세이버트라는 것을 알자 미소까지 지었다.

캐시는 통화를 간단히 끝내고 수화기를 내려놓더니, 또 한 건의 SSD 증례가 손에 들어와서 로버트의 기분이 최고인 것 같다고 조안에게 말했다.

"그거 잘됐네. 하지만 만약 나를 부검하는 데 초대할 생각이라면 고맙지만 사양하겠어."

조안이 빈정거리는 어투로 말했다.

캐시는 웃었다.

"아니야, 사실은 나도 사양했어요. 아침 내내 환자들과 스케줄이 있거든요. 하지만 결과를 듣기 위해 점심식사 때 가보겠다고 했어요."

시간 얘기가 나오자 캐시는 손목시계를 보았다.

"어머, 큰일 났네! 회의에 늦었어."

회의는 순조롭게 진행되었다. 밤새도록 한 건의 사고도 없고 새로 들어온 환자도 없었다. 실제로 당직 레지던트가 9시간 동안이나 깨지 않고 잘 수 있었다고 보고를 했기 때문에 참석자들로부터 심한 질투를 샀을 정도였다. 캐시는 기회를 봐서 모린의 언니에 대한 얘기를 꺼냈으나 그것은 모린이 직접 언니에게 연락하도록 권하는 것이 좋겠다는 것이 대부분의 의견이었다. 그리고 그 언니도 치료계획에 포함시켜 볼만한 가치가 있다는 것이 중론이었다.

캐시는 또 벤트워스 대령이 눈에 띄게 좋아지고 있다는 것과 그가 자신을 놀리려 했다는 얘기를 했다. 제이콥 레빈은 이 얘기에 특히 흥미를 나타냈으나, 그래도 결코 결론을 서둘러서는 안 된다고 충고해 주었다.

"알겠소? 정신분열의 경계라는 건 단정하기가 매우 어려운 거야."

제이콥은 안경을 벗어 마치 강조라도 하듯이 그것을 캐시 쪽으로 내밀었다. 새로운 입원환자도, 새로운 문제도 없었기 때문에 모임은 빨리 끝났다. 캐시는 벤트워스 대령과의 약속에 늦고 싶지 않았기 때문에 커피를 마시자는 것을 거절했다.

사무실에 돌아오니 벤트워스가 이미 문 밖에 서서 그녀를 기다리고 있었다.

"굿모닝."

캐시는 되도록 밝은 목소리로 말하면서 자신의 방문을 열고 안으로 들어갔다.

대령은 캐시를 따라 들어와 의자에 앉을 때까지 아무 말도 하지 않았다. 그녀는 상대방에게 신경을 쓰면서 책상 뒤에 있는 자기 의자에 가서 앉았다. 대령은 그 푸른 눈으로 꿰뚫어보듯이 그녀를 지켜봐서 캐시의 직업의식에서 오는 불안감을 더하게 했다. 처음에는 그 불안감이 무엇 때문인지 몰랐지만 이윽고 그것은 토마스의 눈을 떠올렸기 때문이라는 것을 그녀는 깨달았다. 그 둘은 모두 근사한 터키석을 연상하게 했다.

벤트워스는 이번에도 전혀 환자같이 보이지 않았다. 옷을 완벽하게 차려입어서 당당한 지휘관의 모습을 되찾고 있었다. 수주일 전 캐시가 입원시켰던 인물이라는 것을 말해주는 단 하나의 증거는 그의 팔뚝에 남아 있는 화상자국뿐이었다.

"무슨 말부터 해야 할지 모르겠습니다만……."

벤트워스가 입을 열었다.

"그럼 왜 마음이 바뀌어 나와 만날 생각을 하게 되었는지 그것부터 말씀하시면 되잖아요. 지금까지 대령님은 나와 단둘이 얘기하는 것을 거절해 왔었으니까요."

"솔직히 말해도 되겠습니까?"

"언제든지, 그것이 가장 좋은 거죠."

"그럼, 솔직히 말해서 주말의 외출 허가가 필요합니다."

"그런 일은 나 혼자선 결정할 수가 없어요. 그룹에서 결정하는 일이니까요."

그룹이란 그 시점에서 주로 벤트워스의 치료를 담당하고 있는 사람들이었다.

"물론 그렇겠죠. 하지만 그 벽창호 같은 사람들은 나를 내보내주지 않습니다. 선생님이라면 그들을 설득할 수 있을 겁니다. 나는 그것을 알고 있습니다."

"왜 내가 대령님을 잘 알고 있는 그 사람들을 설득해야 할 필요가 있을까요?"

"그 녀석들은 나를 이해하지 못한단 말이오!"

벤트워스는 책상을 두드리면서 큰소리로 말했다.

갑자기 돌변한 그의 행동에 캐시는 무서운 생각이 들었으나 조용하게 말했다.

"그런 태도는 절대로 대령님에게 도움이 되지 못해요."

"빌어먹을!"

벤트워스는 자리에서 벌떡 일어나더니 좁은 방을 서성거리기 시작했다. 캐시가 모른 체하고 있자 그는 다시 의자에 털썩 앉았다. 관자놀이에 파란 정맥이 꿈틀거리고 있는 것이 캐시의 눈에 보였다.

"단념하는 것은 간단합니다. 이따금 그렇게 생각할 때가 있지만 말입니다."

벤트워스는 그렇게 말했다.

"그 사람들이 왜 대령님의 주말 외출을 허락하지 않을까요?"

캐시가 물었다. 그녀가 벤트워스를 상대로 대비해야 하는 것은 그의 그 농락하는 듯한 태도였다. 절대 거기에 말려들지 않으려고 캐시는 단단히 마음의 준비를 했다.

"모릅니다."

대령이 대답했다.

"대령님은 분명 무슨 생각이 있잖아요."

"그 녀석들은 나를 싫어한단 말입니다. 그것으로 대답은 충분하지 않습니까? 그놈들은 모두 바보 같은 놈들입니다. 블루칼라의 노동자들이란 말예요. 망할 놈의 새끼들."

"그렇게 말하면 꼭 악의가 있는 것처럼 들리는데요."

"맞습니다. 난 그들을 증오해요."

"그럼 그들도 당신처럼 문제가 있는 사람들이겠죠."

벤트워스는 금방 대답을 하지 않았다. 캐시는 정신분열의 경계에 있는 인격이상자의 치료에 대해 읽은 것을 필사적으로 떠올리려고 했다. 정신의학의 현실은 그것을 개념화하는 것보다 천 배나 더 어려운 것 같았다. 자기는 지금 건설적인 역할을 하고 있다고 생각하고 있으나 지금 대화를 나누고 있는 것이 무슨 의미가 있는지 알 수가 없었다.

"그놈들이 미워서 견딜 수가 없지만, 그래도 역시 내게는 그들이 필요합니다."

자신의 얘기로 머리가 혼란해졌는지 벤트워스는 머리를 흔들었다.

"이상하게 들릴지 모르지만, 나는 혼자 있기가 싫어요. 내게는 혼자 있는 것이 가장 나쁘단 말입니다. 그래서 술을 마십니다. 그런데 알코올은 나를 미치광이로 만듭니다. 나로서도 어쩔 수가 없단 말입니다."

"무슨 일이 일어나나요?"

캐시가 물었다.

"난 언제나 음탕한 수작을 받게 됩니다. 반드시라고 해도 좋을 정도로 말이죠. 호모 녀석들이 나를 보면 좋은 상대라고 생각하는 것 같아요. 슬슬 다가와서 나를 설득하려고 하죠. 결국 나는 그런 놈들을 흠씬 두들겨 패고 맙니다. 이것도 군대에서 배운 기술의 하나죠. 맨손으로 싸우는 것 말입니다."

경계선에 있는 이상성격자나 자기애의 경향이 있는 사람은 모두 동성애에 대한 충동에서 자신을 지키려고 한다는 얘기를 캐시는 읽은 적이 있었다. 동성애의 문제는 앞으로의 대화에서는 좋은 화젯거리가 될지 모르지만, 지금은 그런 얘기까지 하고 싶지 않은 것이 캐시의 솔직한 심정이었다.

"당신의 군대생활은 어떤가요?"

캐시는 화제를 돌렸다.

"진심으로 말씀드리자면, 나는 이제 군대생활에 진저리가 납니다. 나는 일찍부터 남과의 경쟁을 매우 좋아했지만 이제 대령까지 되었으니 더 이상 바랄 것도 없어요. 나를 질주하고 있는 놈들이 많기 때문에 도저히 장군은 될 수 없을 겁니다. 더 이상 도전할 만한 일도 없고. 그래서 사무실에 갈 때마다 허무한 생각이 들어요. 이따위 것들이 다 무슨 소용이냐, 그런 느낌 말입니다."

"허무한 생각이 든다고요?"

캐시는 그의 말을 그대로 되풀이했다.

"예, 허무한 생각이죠. 그것은 지날 몇 달 동안 어떤 여자와 동거생활을 해봐도 마찬가지였어요. 처음에는 열중해서 흥분도 하지만 그 뒤에는 항상 따분하고 허무한 생각이 들어요. 이런 기분을 무슨 말로 설명해야 할지 모르겠어요."

캐시는 지그시 입술을 깨물었다. 벤트워스는 얘기를 계속했다.

"여자와의 이상적인 관계라는 것은 기껏해야 한 달 정도밖에 유지되지 못하는 것 같아요. 그러면 그녀가 사라지고 새로운 여자가 생기지요. 그게 아마 가장 좋은 방법이겠죠."

"하지만 당신은 결혼을 했잖아요."

"예, 결혼했었죠. 겨우 1년 동안이었지만. 난 그 매춘부를 하마터면 죽일 뻔했어요. 하는 짓이라고는 불평불만뿐이었거든요."

"그래서 지금은 다른 사람과 살고 있나요?"

"아뇨. 그게 내가 지금 여기에 들어오게 된 이유죠. 내가 여기에 들어오기 전날 여자가 집을 나갔습니다. 그녀와는 몇 주일 동안 사귀었을 뿐인데, 그녀가 다른 남자와 눈이 맞아서 집을 나갔죠. 내가 주말에 외출하려는 것도 그것 때문입니다. 그녀가 아직도 내 아파트 열쇠를 갖고 있기 때문에 내 물건을 송두리째 가져가버리면 곤란하단 말입니다."

"그럼 왜 친구에게라도 전화를 해서 자물쇠를 바꾸지 않는 거죠?"

"믿을 만한 놈이 하나도 없으니까요."

벤트워스는 자리에서 일어서면서 말했다.

"자, 내게 주말 외출 허가를 해줄 거요, 아니면 이런 쓸데없는 얘기만 계속할 거요?"

"그 문제는 다음 회의 때 제의해 보지요. 꼭 의논해 보겠어요."

캐시가 말했다.

벤트워스는 책상 위로 몸을 구부렸다.

"병원생활을 해보고 딱 한 가지 배운 것은, 정신과 의사들이 싫다는 거예요. 자신들은 영리하다고 생각하고 있을지 모르지만, 그들은 모두 나보다 더 미친놈들이오."

캐시는 상대방의 강렬한 시선을 마주보면서 이 사람의 눈은 왜 이렇게 차갑게 느껴질까 하고 생각했다. 그리고 그를 아무래도 구금해두지 않으면 안 되겠다고 생각하다가 문득 그가 이미 구금상태에 있다는 것을 떠올렸다.

■ ■ ■

캐시는 로버트의 좁은 방 문을 노크했다. 그는 쌍안 현미경을 들여다보고 있다가 얼굴 가득히 붙임성 있는 웃음을 떠올리며 그녀를 맞이했다. 그는 바퀴가 달린 의자를 벽까지 걷어차면서 벌떡 일어나더니 캐시를 껴안았다.

"기운이 없어 보이는군. 무슨 일이야?"

로버트는 그녀의 얼굴을 찬찬히 들여다보면서 말했다.

캐시는 얼굴을 돌렸다. 지난 두세 시간 동안 계속 지껄이고만 있었던 것이다.

"좀 지쳤을 뿐이야. 정신과는 좀 편한 줄 알았는데 그게 아니더군."

"그럼 병리로 돌아오면 되잖아."

로버트가 캐시를 위해 의자를 꺼내왔다. 그리고 몸을 앞으로 구부리고 그녀의 무릎에 두 손을 얹었다. 만약 다른 사람이 그런 짓을 한다면 싫은 생각이 들었겠지만, 그녀는 로버트의 그런 행동에 오히려 위안을 느꼈다.

"뭘 줄까? 커피? 오렌지 주스?"

캐시는 고개를 저었다.

"다만 밤에 잠을 좀 잘 수 있도록 해주면 좋겠어. 나, 이제 완전히 지쳤어. 게다가 오늘 밤엔 맨체스터에 있는 발렌타인 박사님 댁 파티에 가야만 돼."

"근사하군. 그런데 뭘 입고 갈 거지?"

로버트가 달콤하게 속삭이듯이 말했다.

캐시의 옷에 대해 잘 알고 있기 때문에 로버트는 여러 가지 충고를 해주는 경우가 많았다. 그러나 그런 것은 조금도 생각하지 않았기 때문에 캐시는 눈이 휘둥그레졌다. 그녀는 상대방의 말을 가로막고, 오늘은 부검 결과를 들으러 온 것이지, 패션에 대한 의견을 듣기 위해 온 것이 아니라고 말했다.

로버트는 짐짓 기분이 상했다는 듯이 퉁명스럽게 말했다.

"넌 언제나 일 때문에만 오는구나. 우리는 흉허물 없는 친구였는데 말이야."

캐시는 그 말을 듣고 우정의 악수를 하려고 손을 뻗었으나 그가 의자를 뒤로 밀며 그녀를 피했다. 그 바람에 의자가 엉뚱한 곳으로 미끄러져갔다. 두 사람은 웃음을 터뜨렸다. 그때 캐시는 가만히 한숨을 쉬면서, 지금이 오늘 중 가장 기분이 좋다고 생각했다. 로버트는 그녀에게 마치 각성제와 같은 존재였다.

"네 남편이 혹시 지난번 데스 콘퍼런스에서 나를 도와줬다는 얘기를 하던?"

"아니."

캐시는 놀란 표정으로 대답했다. 그녀는 로버트에게 토마스가 그를 싫어하고 있다는 얘기를 한 적은 한 번도 없었다. 그러나 두 사람이 두

세 번 얼굴을 마주쳤을 때 충분히 드러난 것으로 생각하고 있었다.

"내가 큰 실수를 했었지. SSD에 대한 얘기를 하면 심장외과 친구들이 매우 좋아할 것으로 생각하고 어제 콘퍼런스에서 우선 예고편으로 몇 가지를 발표하자고 마음먹었어. 그런데 그것이 전대미문의 최악의 사태가 되고 만 거야. 그들의 이기주의가 이 연구를 일종의 비판으로 받아들일지도 모른다는 것을 생각했어야 했는데, 그것을 소홀히 한 것이 잘못이었어. 아무튼 내가 얘기를 끝내자마자 발렌타인이 덤벼들더군. 그런데 토마스가 재치 있는 질문을 해서 그 작자를 막아줬지 뭐야. 그리고 잇따라 질문이 나오는 바람에 큰 소동이 벌어지는 것만은 그럭저럭 면했어. 그 바람에 오늘 아침엔 병리과장한테도 야단을 맞았지. 틀림없이 조지 셔먼이 과장에게 앞으론 절대로 내게 그런 발표를 시키지 말라고 지시했을 거야."

남편이 그를 도와줬다는 얘기를 듣고 캐시는 감동도 하고 고맙다고도 생각했다. 왜 자기에게 그 얘기를 해주지 않았을까 이상한 생각이 들었으나, 곧 자기가 토마스에게 그 말을 할 기회를 주지 않았다는 것을 알았다. 그때 자기는 토마스를 만나기가 바쁘게 눈 수술 얘기부터 시작했던 것이다.

"내가 토마스에 대해 한 무례한 말들은 모두 취소해야 될 것 같아."

로버트가 말했다.

잠시 어색한 침묵이 흘렀다. 캐시는 남편에 대한 자신의 마음을 화제로 삼고 싶지 않았다.

"그건 그렇고, 일을 해야지 일을! 아까 전화에서도 말했지만 아무래도 새로운 SSD의 증례를 또 하나 발견한 것 같은 느낌이 들어."

로버트는 열심히 두 손을 비비면서 어색한 분위기를 털어버리려는 듯이 말했다.

"요전처럼 치아노제가 있었던 거야?"

캐시도 화제를 바꾸려고 얼른 대꾸했다.

"아냐, 없었어. 아무튼 와봐. 보여줄 테니까."

로버트가 대답했다.

그는 자리에서 벌떡 일어나더니 캐시를 방에서 데리고 나와 한 부검실로 안내했다. 피부색이 거무스름한 젊은 흑인이 스테인리스 부검대 위에 눕혀져 있었는데, 격식대로 Y자형으로 절개한 상처가 일부분의 조직을 떼어낸 채 조잡하게 봉합되어 있었다.

"너한테 보여주려고 시체를 놔두라고 부탁했어."

로버트의 목소리가 타일을 바른 실내에 메아리쳤다.

그는 캐시에게 눈짓을 하고는, 제프리 위싱턴의 입 속에 엄지손가락을 집어넣더니 아래턱을 밀어 내렸다.

"여길 봐."

캐시는 뒷짐을 지고 몸을 구부려 그 입속을 들여다보았다. 혀는 엉망으로 짓이긴 고기토막 같았다.

"자기가 깨물었어. 이건 아마 틀림없이 큰 발작을 일으켰기 때문일 거야."

로버트가 말했다.

캐시는 몸을 일으켰다. 그 광경을 보자 약간 기분이 나빴다. 만약 이 흑인도 SSD의 증례가 된다면 지금까지의 증례 가운데 가장 나이가 젊은 사람이 되는 것이다.

"내가 보기엔 부정맥으로 죽은 것 같아. 물론 뇌의 고정표본을 만들 때까지는 확실한 말을 할 수 없지만 말이야. 이런 증례를 자꾸 접하다 보니까 내가 받아야 할 수술에 대한 걱정이 조금도 줄어들지 않는 거야."

로버트는 캐시를 힐끗 보며 말했다.

"수술을 언제 받는데?"

그녀는 물었다. 로버트가 얘기하는 것을 보니 이미 결정된 것 같은 느낌이 들어서였다.

로버트는 히죽 웃었다.

"내가 곧 받게 되었다고 지난번에 얘기했는데 영 믿으려 하지 않았잖아. 내일 입원해. 너는 언제 하니?"

캐시는 고개를 저었다.

"아직 결정하지 못했어."

"겁쟁이로군. 왜, 모레 수술할 수 있도록 예정을 짜달라고 하지 그래. 그럼 회복실에 같이 있을 수 있는데."

로버트는 자신이 캐시보다 어른스러운 체하며 그녀를 나무랐다.

캐시는 토마스와 얘기했을 때의 자신의 심정을 로버트에게 말하고 싶지 않았다. 그녀는 마지못해 시체 쪽으로 시선을 돌렸다.

"이 사람, 몇 살이지?"

캐시는 제프리 워싱턴을 가리키면서 물었다.

"스물여덟."

"세상에, 그렇게 젊은 나이에! 그리고 요전의 증례가 발생한 지 2주도 지나지 않았잖아."

"맞아."

"있잖아, 생각하면 할수록 왠지 으스스한 느낌이 들어."

"내가 왜 끝까지 밝히려고 고집하는지 이제 알겠어?"

로버트가 말했다.

"네가 수집한 수와 그것이 계속 증가하고 있다는 점에서 그 사인이 우연이라고 생각하기에는 더욱 어렵게 됐어."

"나도 동감이야. 난 요전 증례부터 그렇게 생각했지만, 그들의 사인 사이에는 우리가 의심하고 있는 것 이상의 뭔가 밀접한 관계가 있다고 생각해. 하지만 특별한 원인이 있다고 생각하기에는 한 가지 무리한 점이 있단 말이야. 네 남편이 말하는 것처럼 죽는 방법이 생리학적으로 모두 다른 점이야. 사실이 이론과 부합되지 않는단 말이야."

캐시는 부검대를 돌아 제프리의 오른쪽으로 갔다.

"이 사람, 좀 부었다고 생각하지 않니?"

그녀는 손을 뻗어 시체의 팔을 쓰다듬었다.

로버트는 몸을 구부리고 시체를 들여다보았다.

"모르겠는데, 어디 말이야?"

캐시는 손가락으로 가리켰다.

"이 환자, 링거를 맞고 있지 않았을까?"

"그랬을 거야. 내 생각엔 정맥염에 대한 항생물질을 투여하고 있었던 것 같아."

캐시는 제프리의 왼쪽 팔을 치켜들고 링거를 맞은 바늘자국을 살펴보았다. 그곳은 빨갛게 부어올라 있었다.

"호기심에서 하는 말인데, 이 링거를 맞은 정맥부분의 조직표본을 만들어보면 어떨까?"

"내가 방문하게 만드는 일은 무엇이든 할 수 있어."

캐시는 그의 팔을 아직도 감각이 있는 것처럼 가만히 내려놓았다.

"혹시 이 SSD의 모든 증례가 링거를 맞고 있었던 것은 아닐까?"

"그건 모르겠어. 하지만 조사해 보면 알겠지. 네가 뭘 생각하고 있는지 대충 짐작하겠다. 하지만 별로 기분 좋은 생각 같진 않은걸."

로버트가 대답했다.

"그리고 또 한 가지 제안이 있어. 그것은 생리학적 견지에서 생각할 수 있는 죽음을 하나하나 비교해 보고 거기에 혹시 무엇인가 비슷한 점이 발견되지 않는지를 조사해 보는 거야. 무슨 말인지 알겠지?"

캐시가 말했다.

"응, 알아. 그건 오늘이라도 할 수 있지. 정맥의 조직표본도 만들어 볼게. 하지만 또 와준다는 약속을 해주지 않으면 안 돼. 오케이?"

"오케이!"

캐시가 대답했다.

■ ■ ■

병리과를 나와 복도의 엘리베이터 버튼을 눌렀을 때 캐시는 지금부터 시작될 모린 카베노와의 대화가 무서운 생각이 들었다. 분명히 모린의 억울한 상태가 캐시 자신에게까지 큰 영향을 미치고 있었던 것이다. 조안이 지적했던 것처럼 캐시에게는 우울할 만한 정당한 이유가 있었지만, 그렇다고 해서 그런 마음을 가지고 살아간다는 것이 결코 편하지는 않았다.

모린을 만나는 것이 무섭다는 것은 캐시에게는 큰 고민거리였다. 왜냐하면 정신과 의사로서는 당연히 자신의 가치판단을 기초로 해서 일을 추진해 나가지 않으면 안 되기 때문이었다. 다른 과 의사라면 싫은 환자와 접촉해야 할 필요가 있을 때라도 병 자체만을 가만히 지켜보고 있으면 된다. 즉 상대방과의 접촉을 최소한도로 줄이면 되는 것이다. 그러나 정신과에서는 그렇게 할 수가 없었다.

캐시가 방으로 들어갔을 때 다행히 모린의 모습은 아무 곳에도 보이지 않았다. 로버트가 수술을 받기로 결심했다는 얘기에 완전히 마음을 빼앗기고 있었기 때문에 모린의 얘기에 마음을 집중시키기가 어려울 것 같았다. 그녀는 로버트의 결심이 옳은 것이라고 생각했다. 잠시 망설이다가 그녀는 토마스에게 전화를 걸었다.

불행하게도 그는 아직도 수술 중이었다.

"언제 끝날지 모르겠습니다."

도리스가 말했다.

"하지만 좀 늦을 거예요. 선생님이 오후의 외래환자는 거절하라고 전화하셨으니까요."

캐시는 도리스에게 인사를 하고 전화를 끊고는 멍하니 모네의 복제화를 지켜보고 있었다. '상처 입은 의사'는 갑자기 진료 스케줄을 마음대로 만들어버린다는 조안의 말이 머리를 스쳐갔다. 그러나 곧 그런 생각은 하지 않기로 했다. 토마스는 수술 때문에 외래환자를 거절하고 있을 뿐인 것이다.

노크소리가 나는 바람에 그녀는 생각에서 깨어났다. 출입구에서 모린의 표정 없는 얼굴이 들여다보고 있었다.

"어서 와요."

캐시는 되도록 밝게 말했다. 지금부터 50분 동안은 틀림없이 장님의 손을 끌어주는 장님처럼 될 것이라고 캐시는 생각했다.

■ ■ ■

오후 3시쯤 캐시에게 전화를 한 것은 토마스가 아니라 도리스였다.

"킹슬리 선생님이 오후 6시 정각에 병원 현관에서 부인과 만나겠다고 하셨습니다."라고 그녀는 말했다. 그리고 파티에 가야 하기 때문에 절대로 늦어서는 안 된다고 신신당부를 했다.

캐시는 좀 일찍 로비로 갔다. 그러나 안내계 위에 걸려 있는 시계가

6시 20분을 가리키게 되자 그녀는 자기가 도리스의 말을 잘못 들은 것은 아닐까 걱정이 되었다.

병원의 현관은 드나드는 사람들로 붐비고 있었다. 나가는 사람들은 주로 병원의 종업원들이었는데 웃고 떠들며 하루 일과가 끝난 것을 즐거워하고 있었다. 그러나 들어오는 사람들은 대부분 손님들로 녹색 제복을 입은 자원봉사자들에게 방향을 묻기 위해 접수계 앞에 줄을 지어 서 있었다. 그들은 왠지 병원의 분위기에 압도되어 겁을 먹고 있는 것 같았다.

그 군중을 바라보고 있는 사이에 시간이 흘러 시계를 돌아보았을 때는 벌써 6시 반이 되어가고 있었다. 마침내 전화기 쪽으로 걸음을 옮겼을 때 사람들의 머리 위로 그의 머리가 보였다. 그는 캐시 자신과 마찬가지로 몹시 지쳐 있는 것 같았다. 어두운 표정을 짓고 있었는데, 그것은 꼭 오늘 아침 면도를 하지 않은 것처럼 보이는 다박수염 때문이라는 것을 깨달았다. 차츰 다가옴에 따라 눈의 가장자리도 빨갛게 충혈되어 있는 것이 보였다.

어떻게 말을 붙여야 할지 알 수가 없어서 캐시는 입을 다물고 있었다. 그러나 그가 얘기할 생각도, 걸음을 멈출 생각도 없다는 것을 깨닫고 그녀는 그의 팔을 잡고 기세 좋게 회전하고 있는 문 쪽으로 걸어갔다.

문 밖으로 나오자 진눈깨비가 내리고 있었다. 눈은 지면에 닿자마자 금방 녹아버리고 말았다. 가방으로 얼굴을 가리면서 그녀는 주차장을 향해 뒤뚝거리며 토마스의 뒤를 쫓아갔다.

주차장에 들어서서야 토마스는 걸음을 멈추고 캐시를 돌아보면서, "끔찍한 날씨야." 하고 말했다.

"너무나 좋았던 가을에 대한 대가예요."

캐시는 토마스의 기분이 나쁘지 않은 것을 보자 용기가 났다. 틀림없이 자기가 서재에 몰래 들어갔다는 얘기를 페트리셔가 아직 고자질하지 않은 것 같았다.

포르쉐의 엔진소리가 주차장 안에서 천둥소리처럼 울려 퍼졌다. 토마스가 다이얼과 계기판을 살펴보고 있는 사이에 캐시는 조용히 안전벨트를 맸다. 날씨가 사나운지라 그에게도 안전벨트를 매라고 권하고 싶었으나 전에도 그런 말을 했다가 그를 화나게 한 기억이 있어서 아무 말도 하지 않았다.

눈이 내릴 때마다 보스턴의 교통은 정체되어 혼란이 일어났다. 토마스와 캐시가 스토로우 드라이브를 동쪽으로 향하고 있을 때 도로는 거의 마비상태가 되어 있었다. 캐시는 그에게 말을 걸고 싶었으나 침묵을 깨뜨리는 것이 두려웠다.

"오늘 로버트 세이버트로부터 얘기 들었어?"

이윽고 토마스가 입을 열었다.

캐시는 얼른 토마스를 돌아보았다. 차는 완전히 빨간 테일라이트의 바다 속에 서 있었으나 그는 뚫어질 듯이 전방의 도로를 지켜보고 있었다. 와이퍼의 리드미컬한 소리에 마치 최면을 당하고 있는 것만 같았다.

"오늘 로버트와 얘기했어요. 그걸 어떻게 알았죠?"

그의 질문에 놀라며 캐시가 대답했다.

"조지 셔먼의 환자가 한 사람 죽었다는 얘기를 들었어. 아무래도 뜻밖의 죽음이었던 것 같아. 그래서 당신 친구인 로버트가 아직도 SSD에 흥미를 느끼고 있나 하고 물어본 거야."

"물론이에요. 난 부검이 끝난 뒤에 가봤어요. 그때 로버트가 데스 콘퍼런스에서 당신의 도움을 받았다고 하더군요. 참 좋은 일을 했어요, 토마스."

캐시가 말했다.

"좋은 일을 하려고 했던 건 아니야. 그가 말하는 것에 흥미를 느꼈을 뿐이니까. 하지만 그는 바보 같은 짓을 한 거야. 난 아직도 그 친구 엉덩이를 걷어차고 싶어."

"그 사람은 이미 엉덩이를 걷어차였다고 생각할 거예요."

캐시는 말했다.

토마스는 엷은 웃음을 짓더니 도로의 틈을 누비면서 고속도로로 올라가는 길로 차를 몰았다.

"이번 죽음도 역시 의심스러운가?"

차가 110킬로미터를 넘었을 때 그가 물었다. 그는 핸들에 두 손을 올려놓고 차를 몰면서 가끔씩 천천히 길을 가로질러 가는 보행자의 뒤에서 연방 헤드라이트를 깜빡거렸다.

"로버트는 그렇게 생각하고 있는 것 같아요."

무의식중에 두 손을 움켜쥐면서 캐시는 대답했다. 토마스가 운전하는 것을 보면 그녀는 항상 무서운 생각이 들었다.

"하지만 뇌는 아직 조사해 보지 않았어요. 그는 환자가 죽기 전에 경련을 일으켰다고 생각하는 것 같았어요."

"그럼 지난번과는 비슷한 데가 없잖아?"

"그래요. 하지만 그 상황에는 서로 관련이 있다고 생각하는 것 같아요."

그녀는 일부러 자신이 맡고 있는 역할에 대해선 말하지 않았다.

"대부분의 사망자들은, 특히 지난 수년 동안은 수술 후의 경과가 일단 안정된 다음에 죽었잖아요. 오늘 로버트가 깨달은 또 한 가지 사실은, 그 환자들 모두가 죽을 때 링거를 맞고 있었던 것 같다는 거예요. 그는 지금 그것을 조사하고 있어요. 아마 매우 중요한 단서가 될지도 몰라요."

"어째서? 로버트는 그것이 이상하다는 거야?"

토마스가 놀란 듯이 반문했다.

"아무튼 그렇게 생각하고 있는 것 같았어요. 나한테는 그런 생각이 들었어요."

"뉴저지에서는 실제로 환자들이 잇따라 쿠라레(curare : 남미 원주민들이 화살촉에 발라 사용하는 독)인지 뭔지 하는 독주사를 맞고 죽은 사건이 일어나기도 했었으니까요."

"그건 그래. 하지만 그것은 모두 같은 증상으로 죽은 거야."

"그래요. 하지만 여러 가지 가능성을 생각해 보지 않으면 안 된다는 것이 로버트의 생각인 것 같았어요. 얼마나 무서운 얘기예요. 그래서 자신이 받아야 할 수술에 대해서 더 불안해하는 것 같았어요."

캐시는 여기서 자신의 수술에 대해 말해야겠다고 생각했다.

"그는 대체 무슨 수술을 받는 거야?"

"지금까지 그대로 두고 있던 사랑니 매복치를 뽑는 수술이래요. 어릴 때 류머티즘열을 앓았기 때문에 예방적으로 항생물질의 치료가 필요하다고 하더군요."

"그것을 지금까지 수술하지 않고 있다는 것은 바보짓이야. 아무리 그에게 자살 경향이 있더라도 말이야. 이제 그 콘퍼런스에서의 그의 태도를 납득할 수 있겠군. 캐시, 그 SSD인가 하는 연구에는 절대로 관여하지 않도록 해. 더구나 이상한 소리도 들려오고 있으니까. 그렇지 않아도 귀찮은 일들이 많은데 그런 일에까지 신경 쓰고 싶진 않단 말이야, 난."

포르쉐가 거침없이 추월해 가는 차를 캐시는 가만히 지켜보고 있었다. 용기를 내어 자신의 수술 얘기를 꺼내야겠다고 생각하면서도 와이퍼의 단조로운 움직임에 그녀는 졸음이 오는 것을 느꼈다. 저 노란 차와 나란히 달리게 되면 얘기를 시작해야지, 하고 생각했으나 그 노란 차는 금방 뒤처지고 말았다.

캐시는 아직도 잠자코 있었다. 그리고 마침내는 단념하고 토마스 쪽에서 먼저 얘기를 꺼내주었으면 하고 바랐다.

너무 긴장을 한 탓인지 그녀는 완전히 지치고 말았다. 발렌타인의 파티에 간다는 것도 점점 매력이 없어졌다. 토마스가 왜 하필이면 거기에 가고 싶어 하는지 그녀는 이해할 수가 없었다. 그는 병원의 속된 일들을 매우 싫어하고 있지 않은가. 어쩌면 자신을 생각해서 그러는지도 모른다는 생각이 들었다. 그러나 만약 그렇다면 어리석은 짓이었다. 지금은 깨끗한 시트와 기분 좋은 침대밖에는 머리에 떠오르지 않았다. 다음 고가도로가 나오면 어떻게든지 얘기를 꺼내야겠다고 그녀는 마음먹었다.

"여보, 오늘 밤 파티에는 꼭 가야 되는 거예요?"

차가 고가도로 아래를 휙 지나가는 순간, 캐시는 쭈뼛거리면서 물었다.

"그건 왜 묻지?"

토마스는 갑자기 오른쪽으로 핸들을 꺾어 엔진을 고속으로 회전시키면서 헤드라이트를 깜빡거려도 비켜주지 않는 차를 순식간에 추월했다.

"만약 나 때문에 일부러 가는 것이라면, 난 지금 몹시 지쳐 있거든요. 집에 가서 쉬는 것이 더 좋을 것 같아요."

"무슨 소리를 하는 거야, 바보같이!"

토마스는 핸들을 두드리며 소리쳤다.

"언제든지 자기밖에는 생각하지 않는단 말이야! 오늘 그 자리에는 이사회 사람들과 의과대 학장들이 다 모인다고 몇 주 전부터 얘기했잖아. 그들 모두 나한테는 말하지 않고 있지만, 뭔가 이상한 일이 병원에서 일어나고 있단 말이야. 당신은 그것이 중대한 문제라고 생각되지 않아?"

토마스가 얼굴을 시뻘겋게 붉히며 화를 내자 캐시는 좌석에 몸을 움츠렸다. 이럴 때는 무슨 말을 해도 사태를 악화시킬 뿐이었다.

토마스는 불쾌한 표정으로 입을 다물었다. 운전도 더욱 난폭해졌다. 그 염수 늪지대를 가로지를 때는 140킬로미터가 넘는 속도를 내고 있었다. 안전벨트를 장착하고 있었는데도 불구하고 급커브를 돌 때마다 캐시의 몸이 좌우로 마구 흔들렸다.

이윽고 그들 집의 드라이브웨이로 들어가기 위해 속도를 늦추었을 때에야 그녀는 안도의 숨을 내쉬었다.

현관을 향해 걸어가면서 캐시는 파티에 나가기로 결정했다. 그래서 여러 가지 사정이 있는 것을 모르고 있었다고 사과하고는, 조용한 음성으로 말했다.

"당신도 몹시 지쳐 있는 것 같아요."

"고맙군! 당신의 신임을 얻게 되어 감사하고 감격했어."

토마스는 빈정거리며 계단 쪽으로 향했다.

"토마스!"

캐시는 필사적으로 그를 불렀다. 그가 자신의 걱정을 모욕으로 받아들이고 있다는 생각이 들어서였다.

"왜 그런 식으로 말하죠?"

"당신이 원하는 바라고 생각하는데?"

캐시는 그 말을 듣고 반박하려고 했다.

"제발 추태를 보이지 마!"

토마스는 소리를 버럭 질렀으나 이내 자제된 목소리로 말했다.

"한 시간 후에 출발하겠어. 당신은 지금 몰골이 말이 아니야. 머리도 엉망이고. 좀 어떻게 해봐."

"할게요. 토마스, 난 우리가 싸우는 걸 원치 않아요. 난 그런 것이 두려워요."

"지금은 싸우고 있는 것이 아니잖아. 아무튼 한 시간 후에 떠날 수 있도록 준비해요."

그는 서재로 가서 곧바로 욕실로 들어갔다. 그의 입에서는 연신 캐시의 이기주의에 대한 불만이 터져 나오고 있었다. 파티가 얼마나 중요한 것인가를 입이 닳도록 얘기해 줬는데 그녀는 피곤하다는 핑계로 완전히 잊고 있는 것이다!

"왜 이런 일을 참지 않으면 안 된단 말인가."

그는 손으로 수염을 쓰다듬으면서 혼잣말로 중얼거렸다.

그는 면도용품을 꺼내어 세수를 하고 비누거품을 발랐다. 캐시는 이제 짜증의 대상이 되고 있을 뿐만 아니라 무거운 짐이 되고 있었다. 처음에는 눈병, 다음에는 내가 이따금 약을 먹고 있다는 편견, 그리고 이번에는 세이버트의 도발적인 논문 작성에 가담하고 있는 것이다.

토마스는 짧고 신경질적인 손놀림으로 수염을 깎기 시작했다. 집에서도 병원에서도 모든 사람이 자신을 거역하고 있다는 생각이 들었다. 가장 화가 나는 것은 조지 셔먼이었다. 그 녀석은 항상 병원의 교육부문을 맡으라고 몰아세우고 있었다. 그것을 생각하니 화가 치밀었다. 그는 면도기를 힘껏 샤워장에 내동댕이쳤다. 면도기는 대그락거리며 구르다가 배수구 옆에서 멈추었다.

그것을 그대로 내버려두고 토마스는 샤워장으로 들어갔다. 뜨거운 물에 샤워를 하면 항상 마음이 안정되었다. 2, 3분 동안 그 안에 서 있으니 기분이 상쾌했다.

몸을 닦고 있을 때 서재의 문이 열리는 소리가 들렸다. 캐시라고 생각하고 내다보지도 않았지만 옷을 입고 문을 열어보니 안락의자에 페트리셔가 앉아 있었다.

"내가 들어오는 걸 몰랐니?"

그녀가 물었다.

"몰랐는데요."

이럴 때는 가볍게 거짓말을 해두는 것이 좋았다. 그는 옷을 넣어두는 책장 밑의 장롱 쪽으로 걸어갔다.

"네가 병원에 파티가 있을 때마다 나를 데리고 갔던 때의 일이 생생히 기억나는구나."

페트리셔가 처량한 목소리로 말했다.

"좋으시다면 같이 가시죠."

토마스가 말했다.

"아니다. 진심으로 내가 가기를 원한다면 내가 말하기 전에 네가 먼저 초대하지 않았겠니?"

토마스는 아무 말도 하지 않는 것이 좋다고 생각했다. 페트리셔가 울적한 기분일 때는 잠자코 있는 것이 가장 안전하기 때문이었다.

"어젯밤 이 서재에 불이 켜져 있는 걸 보고 네가 돌아온 줄 알았더니 뜻밖에도 카산드라가 들어와 있더구나."

"제 서재에요?"

"그래, 바로 거기, 책상 뒤에 서 있더구나."

페트리셔는 손가락으로 가리키면서 말했다.

"그녀가 뭘 하던가요?"

"몰라. 물어보지도 않았다."

페트리셔는 만족스러운 표정으로 자리에서 일어섰다.

"그 애는 틀림없이 말썽을 일으킬 거라고 내가 말했잖니. 그런데 넌…. 오, 아니다. 네가 더 잘 알 테지."

그리고 그녀는 천천히 방에서 나가더니 손을 뒤로 해서 가만히 문을 닫았다.

토마스는 갈아입을 옷을 소파 위에 내동댕이치고는 책상으로 다가가 약을 넣어둔 서랍을 열었다. 문구상자 뒤에 숨겨둔 약병이 그대로 있는 것을 보자 그는 마음이 놓였다. 그러나 캐시에 대해서는 화가 났다.

내 물건에는 손대지 말라고 그렇게 일러두지 않았던가. 그때 자신의 몸이 떨리기 시작했다. 그는 자기도 모르는 사이에 약병에 손을 뻗어 2알을 꺼냈다. 퍼코댄은 눈 속에서 느껴지는 두통 때문에, 덱세드린은 마음을 긴장시키기 위해서였다. 오늘 밤의 파티가 꼭 가야만 할 가치가 있는 것이라면 적어도 정신을 똑바로 차리고 있어야만 하는 것이다.

■ ■ ■

캐시는 맨체스터로 가는 차 안에서 토마스의 기분이 몹시 나빠져 있다는 것을 알았다. 페트리셔가 집에 들어오는 소리가 났었으니 틀림없이 토마스를 만났을 것이다. 그리고 무슨 말을 했는지도 쉽게 추측할 수 있었다. 하필이면 이럴 때 그런 일까지 생기다니.

캐시는 어떻게든 자신이 가장 좋게 보일 수 있도록 최선의 노력을 다했다. 오줌 속에 당이 섞여 나왔기 때문에 평소보다 많은 양의 인슐린 주사를 맞은 후 목욕을 하고 머리를 감았다. 그리고 로버트가 조언해준 대로 옷을 골랐다. 그것은 짙은 갈색의 벨벳에 허리를 바짝 졸라매고 너풀거리는 소매를 단 옷이었는데, 그녀를 매우 매력적인 중세풍의 여성으로 보이게 했다.

토마스는 그녀의 옷에 대해 단 한마디도 하지 않았다. 단지 병원에서 돌아온 길을 다시 무서운 속도로 달리기 시작했다.

캐시는 그에게 얘기를 나눌 수 있는 친한 친구, 진정으로 그를 걱정해 주는 친구가 한 사람이라도 있으면 얼마나 좋을까 하고 생각했다.

실제로 그는 친하게 지내는 사람이 굉장히 적었다. 그녀는 잠시 벤트워스 대령과 나누었던 대화를 떠올리다가 흠칫 놀랐다. 자신을 모린 카베노와 같이 생각하는 것은 좋으나 인격이 파탄되어 있는 남자와 남편을 비교하는 것은 어리석은 짓이라는 생각이 들었다. 그녀는 생각을 멈추고 흐린 유리창 너머로 밖을 내다보았다. 어둡고 험악한 밤의 세계였다.

발렌타인의 집은 토마스와 캐시가 사는 집과 마찬가지로 바다를 바라보고 세워져 있었으나 닮은 것은 그것뿐, 100년 동안이나 그의 가족이 살아온 거대한 석조건물이었다. 발렌타인은 그 집을 유지하기 위해서 토지의 일부를 개발업자에게 팔았으나, 그래도 원래의 토지가 워낙 넓기 때문에 그의 저택에서 다른 집은 전혀 보이지 않았다. 그야말로 이 지방에도 이런 저택이 있는가 하는 인상을 풍기고 있었다.

차에서 내릴 때 캐시는 토마스의 손이 약간 떨리고 있는 것을 보았다. 현관의 계단을 올라갈 때는 전신의 근육운동이 어딘가 자연스럽지 못하다는 것도 알 수 있었다. 이 사람은 도대체 어떤 약을 먹고 있는 것일까. 캐시는 불안한 마음을 가눌 길이 없었다.

하지만 파티에 참석하자 토마스의 태도는 완전히 달라졌다. 그가 불같이 화를 내고 있다가도 금방 싱싱하고 매력적인 얼굴이 될 수 있는 남자라는 것은 알고 있었지만 그래도 그녀는 놀라운 눈으로 그를 지켜보았다. 그 매력을 조금이라도 자기에게 나눠주면 좋을 텐데……. 캐시는 그와 떨어져 있는 것이 무난하다고 생각하고 먹을 것을 찾기로 했다. 식당은 오른쪽에 있었다. 그녀는 아치형의 문을 통해 안으로 들어갔다.

■ ■ ■

토마스는 매우 기분이 좋았다. 예상한 대로 병원의 경영진들과 의과대학 학장들 대부분이 파티에 참석하고 있었다. 그는 파티장에 도착하자 곧바로 끼어든 소수 그룹의 어깨 너머로 그들을 발견했다. 그는 특히 이사장을 찾기 위해 두리번거렸다. 그가 글라스를 손에 들고 사람들을 헤치며 그들 쪽으로 걸어가기 시작했을 때 발렌타인이 이쪽으로 왔다.

"오, 왔구먼, 토마스. 와줘서 고맙네."

발렌타인은 이미 몹시 취해 있었다.

눈 밑의 기미가 유난히 눈에 띄어 여느 때보다도 더욱 바셋견을 닮은 얼굴이 되어 있었다.

"근사한 파티입니다."

토마스가 말했다.

"보시다시피."

발렌타인은 과장되게 윙크해 보이면서 말했다.

"역사를 지니고 있는 보스턴 메모리얼 병원이 지금 새로운 전기를 맞이하려고 하네. 이 얼마나 유쾌한 얘기인가."

"무슨 얘깁니까?"

토마스는 몇 걸음 물러서며 물었다. 발렌타인은 술이 들어가면 '트' 발음을 할 때 침을 튕기는 버릇이 있었다.

발렌타인은 바짝 다가오더니 작은 소리로 말했다.

"얘기하고 싶지만 지금은 그럴 수가 없네. 하지만 언젠가는 얘기하겠네. 그리고 자네도 우리 그룹에 들어오는 것이 좋아. 전임근무를 하라는 내 제안을 생각해 봤는가?"

토마스는 그 말을 듣자 비위가 확 상했다. 정식 간부직원으로 들어오라는 얘기는 듣고 싶지도 않았다. 지금 발렌타인이 '새로운 전기를 맞이하려고 한다' 고 했을 때 그는 그 의미를 알 수 없었다. 그리고 그 말도 마음에 들지 않았다. 적어도 자신에게 있어서 변화를 가져온다는 것은 매우 곤란한 얘기인 것이다. 그때 문득 새벽 2시에 발렌타인의 방에 불이 켜져 있던 사실이 떠올랐다.

"어젯밤 그 늦은 시각까지 사무실에서 무얼 하셨습니까?"

발렌타인의 즐거워하던 얼굴빛이 순식간에 달라졌다.

"그건 왜 묻는가?"

"단순한 호기심 때문이죠."

토마스가 말했다.

"느닷없이 이상한 것을 묻는군."

"어젯밤에 수술이 있었습니다. 선생님 방에 불이 켜져 있는 것을 휴게실에서 봤습니다."

"청소부들이었을 거야."

발렌타인은 글라스를 치켜들고 그것을 가만히 지켜보고 있다가 혼잣말로 중얼거렸다.

"잔을 채워야겠군."

"그리고 조지 서먼의 차가 주차장에 있는 것도 봤습니다. 이것도 우연의 일일까요?"

"아, 그것 말인가."

발렌타인은 손을 내저으며 말했다.

"조지의 차는 이미 한 달 전부터 고장이야. 전기계통이 어떻게 된 모양이라더군. 어때, 한잔 더 갖다 줄까? 자네도 나와 마찬가지로 아직 부족한 것 같으니까."

"물론 해야죠."

토마스는 그렇게 대답했다. 그는 발렌타인이 거짓말을 하고 있다고 확신했다. 과장이 바 쪽으로 비틀거리며 가자 토마스는 이내 다시 이사장의 모습을 찾기 시작했다. 메모리얼 병원에서 무슨 일이 일어나고 있는지를 알아내는 것이 선결문제였다.

■ ■ ■

캐시는 잠시 뷔페 테이블 옆에서 음식을 먹으며 몇몇 여자들과 얘기를 나눴다. 그리고 자신의 인슐린에 알맞은 칼로리를 섭취했다는 생각이 들자 토마스를 찾아 나섰다. 그가 무슨 약을 먹었는지 알 수 없었기 때문에 걱정이 되어 견딜 수가 없었다. 그녀가 거실 쪽으로 걸어가고 있을 때 조지 서먼이 그녀를 불러 세웠다.

"당신은 여전히 아름답군요."

따뜻한 미소를 지으면서 그가 말했다.

"당신이야말로 근사해요, 조지. 평상시의 코듀로이 윗도리보다 턱시도가 훨씬 잘 어울리는 것 같아요."

캐시의 말에 조지는 쑥스러운 듯이 웃었다.

"난 어째서 당신이 정신과를 선택했는지 꼭 물어보고 싶었어요. 처음 당신이 전과했다는 얘기를 듣고 깜짝 놀랐죠. 하지만 여러 가지 점에서 당신이 부럽습니다."

"정신과가 좋은 곳이라고는 하지 마세요. 외과 선생님들은 아무도 그렇게 생각하지 않으니까요."

"우리 어머니는 동생을 낳은 후에 심한 우울증에 걸려서 큰 고생을 했었죠. 그때 정신과 의사의 도움으로 어머니의 병이 나았다고 난 생각해요. 성공할 거라는 확신만 있었다면 나도 정신과로 갔을지 모릅니다. 하지만 거기에 필요한 감수성이 내겐 부족하죠."

"무슨 말씀이세요. 선생님은 감수성이 풍부해요. 선생님이 정신과에서 문제될 것이 있다면 그것은 수동성이에요. 정신과에서 실제로 노력해야 하는 사람은 의사보다 오히려 환자들이거든요."

조지는 한동안 잠자코 있었다. 캐시는 상대방의 얼굴을 지켜보고 있다가 갑자기 그와 조안을 맺어줬으면 좋겠다는 생각이 들었다. 두 사람 모두 좋은 사람들이었다.

"선생님은 요즘 혹시 매력적인 여성과 사귀고 싶은 생각이 없으신가요?"

"매력적인 여성이라면 언제든지 사귀고 싶죠. 물론 당신만한 여성은 별로 없겠지만 말이오."

"조안 위디커라는 정신과 레지던트 3년차가 있어요."

"자, 잠깐만."

조지가 그녀의 말을 막았다.

"난 정신과 의사를 다룰 자신이 없어요. 이쪽에서 아무리 채찍이나 쇠사슬 같은 것을 이용해서 속박하려고 해도 그녀 쪽에서는 이러니저러니 하고 까다로운 심문을 해올 것 아닙니까. 난 굉장히 부끄럼을 많이 타는데 당신과 사귀고 있던 무렵보다 더 나빠지고 있어요. 우리가 처음 데이트할 때의 일을 기억하고 있습니까?"

캐시는 웃었다. 잊었을 리가 없었다.

조지는 저녁식사를 하면서도 내내 그녀의 손을 토닥거리고 있었는데, 그 바람에 이탈리아 요리인 링구이니 알프레도를 무릎에 엎지르고 말았다.

"물론 매우 기쁩니다. 당신이 나를 생각해서 조안이라는 여성과 만나게 해주려는 그 마음이 고맙고 기뻐요. 하지만 캐시, 난 당신과 더 중요한 얘기를 하고 싶어요."

캐시는 무슨 일인지는 모르지만, 갑자기 긴장이 되어 자기도 모르게 자세를 가다듬었다.

"난 동료로서 토마스의 건강을 매우 걱정하고 있어요."

"네?"

캐시는 되도록 아무렇지도 않은 듯이 말했다.

"그는 너무 무모하게 일을 하고 있어요. 헌신적이라는 것과 일에 미치는 것과는 전혀 다르거든요. 난 그런 예를 지금까지 많이 봐왔어요. 물론 의사도 마차를 끄는 말처럼 몇 년씩 연속적으로 일할 수도 있겠지만, 갑자기 사그라지고 마는 수가 있어요. 내가 이런 말을 하는 것은, 당신의 힘으로 토마스가 일하는 속도를 좀 늦추게 하고 될 수 있으면 휴가를 얻어 좀 쉬게 했으면 좋겠다고 생각하기 때문입니다. 그는 마치 단단하게 감아놓은 스프링 같아요. 몇 번인가 레지던트와 간호사들과 격돌했다는 소문이 나돌고 있을 정도예요."

조지의 말을 듣자 캐시는 지금까지 억눌러왔던 눈물이 쏟아졌다. 그녀는 입술을 깨문 채 한동안 아무 말도 하지 못했다.

"만일 당신이 그에게 휴가를 얻도록 설득할 수만 있다면 그가 없는 동안의 일은 내가 기꺼이 대리근무를 하겠어요."

조지는 눈물을 글썽거리는 캐시를 보며 당황스러워했다. 그녀는 몸을 홱 돌려 얼굴을 감췄다.

"당신을 놀라게 하려고 이런 말을 한 것은 아닌데……."

조지는 손을 뻗어 그녀의 어깨에 손을 얹었다.

"괜찮아요. 염려 마세요."

캐시는 어떻게든 마음을 진정시키려고 애썼다. 그녀는 얼굴을 들고 미소까지 지어 보였다.

"난 발렌타인 선생님과도 토마스에 대해 의논을 했어요. 우리는 그를 도와주고 싶어요. 누구든지 토마스처럼 일에 열중하게 되면 틀림없이 정신적으로 큰 구멍이 뚫리게 됩니다. 그것이 우리 두 사람의 의견입니다."

조지가 말했다.

캐시는 알았다는 듯이 고개를 끄덕이고는 어깨에 얹혀 있는 조지의 손을 잡았다.

"만약 당신이 나와 얘기하는 것이 거북하다면 발렌타인 선생님을 만나보세요. 그는 당신의 남편을 매우 높게 평가하고 있어요. 과장님의 병원 내선번호를 가르쳐 드릴까요?"

캐시는 조지의 따뜻한 눈길을 피해 얼른 백을 열고 작은 수첩과 연필을 꺼내어 조지가 불러주는 전화번호를 적었다. 그러나 다시 얼굴을 들었을 때 그녀는 심장이 멎는 줄 알았다. 눈도 깜빡거리지 않고 이쪽을 노려보고 있는 토마스의 시선과 정면으로 부딪힌 것이다. 그 순간 그녀는 토마스가 격노하고 있다는 것을 깨달았다. 그것은 부부이기 때문에 알 수 있는 감정이었다. 그와 동시에 어깨에 얹혀 있는 조지의 손이 갑자기 무겁게 느껴졌다.

그녀는 서먼에게 사과하며 즉시 그 자리를 떠나 문 쪽으로 갔다. 그러나 토마스의 모습은 이미 사라지고 없었다.

■ ■ ■

토마스는 대학시절, 같은 방의 동료가 자신의 여자 친구와 데이트했을 때를 제외하고는 이렇게 화가 난 적이 없었다. 조지가 이상한 행동을 하고 있었던 것은 틀림없었다. 그 녀석은 캐시와의 관계를 회복하려고 하는 것이다.

캐시도 마찬가지였다. 자신의 동료들이 다 모여 있는 자리에서 그들의 호기심을 자극하는 행동을 하다니, 어떻게 그럴 수가 있단 말인가. 갑자기 걷잡을 수 없는 불안이 싸늘한 응어리가 되어 명치 근처에 치밀어 올랐다. 손도 심하게 떨리기 시작해서 하마터면 글라스를 떨어뜨릴 뻔했다. 그는 황급히 그것을 내려놓고 베란다로 통하는 프랑스식 도어를 빠져나갔다. 살을 에는 듯한 바닷바람이 오히려 상쾌했다.

그는 미친 듯이 호주머니에 들어 있는 알약을 찾았다. 오늘 밤은 시작부터 불쾌한 일의 연속이었다. 이미 몇 번이나 바에 가서 술을 마시고 온 것이 틀림없는 이상한 사람이 토마스 앞에 와서 걸음을 멈추고 병원의 새로운 교육계획에 대해 축하한다는 말을 늘어놓다가 토마스가 영문을 몰라 멍하니 바라보고 있다는 것을 깨닫고는 황급히 실례했다는 말을 남기고 방 쪽으로 돌아가 버렸다. 그래서 발렌타인을 찾아내어 새로운 교육계획이란 것이 무엇인지 따져보려고 두리번거리다가 캐시를 발견한 것이다.

아, 나는 얼마나 바보였던가. 그동안의 일을 생각해보니 조지와 캐시가 친밀해져 있는 것이 틀림없었다. 내가 계속 병원에서 잠을 잤는데도 그녀는 한마디도 잔소리를 하지 않았다. 두 사람이 집에서 만나고 있었겠지 하고 생각하니 가슴이 찢어질 것만 같았다. 침실에서의 조지의 모습을 생각하자 피가 거꾸로 솟는 것 같았다.

그때 뒤를 돌아보니 낯선 사람들이 출입구 쪽에 서 있었다. 저들도 이 정사를 알고 있을까, 거기에 생각이 미치자 토마스는 갑자기 불안해졌다. 틀림없이 저들도 내 애기를 하고 있었을 것이다. 그는 다시 알약 하나를 꺼내어 입에 털어 넣고 다시 술을 마시기 위해서 안으로 들어갔다.

■ ■ ■

캐시는 토마스를 찾기 위해 손님들에게 연거푸 사과를 하면서 그들 사이를 누비고 다녔다. 그리고 막 바에 들어가 보려고 할 때 우연히 오버메이어 박사와 마주쳤다.

"여어, 나의 가장 성가신 환자님! 이거야말로 우연한 만남이구먼!"

그는 호들갑스럽게 말했다.

캐시는 쭈뼛거리면서 미소를 지었다. 오늘 찾아가겠다고 약속했었는데 그것을 지키지 못한 일이 떠올랐던 것이다.

"내 기억이 틀림없다면 자네는 오늘 수술을 할 예정이었지. 토마스와 그 애기를 했는가?"

"내일 아침엔 틀림없이 가겠습니다."

캐시는 변명하듯이 말했다.

"자네 남편에게는 내가 애기를 해야겠군. 그 사람 지금 여기에 와 있나?"

오버메이어 박사가 물었다.

"아, 아니에요. 저, 네, 와 있어요. 하지만 지금은 그런 얘기를 할 때가……."

그때 갑자기 누군가가 외치는 소리가 온 방안을 뒤흔들면서 사람들의 대화를 중지시켰다. 캐시도 말을 중단했다. 사람들은 어리둥절한 표정을 하고 있었다. 캐시를 제외한 모든 사람들이……. 그녀만은 그 소리의 주인이 누구인지를 알았다. 토마스였다! 그녀가 식당 쪽으로 부리나케 뛰어가고 있을 때 또 한 번 외치는 소리가 들리더니 이어서 유리잔이 깨지는 요란한 소리가 들렸다.

캐시는 손님들을 헤치고 안으로 들어갔다. 뷔페 테이블 앞에 우뚝 서서 얼굴을 시뻘겋게 물들이고 있는 토마스의 모습과 그의 발밑에 흩어져 있는 유리조각들이 눈에 들어왔다. 한 손에는 글라스, 다른 한 손에는 당근 조각을 든 채 놀란 표정으로 그를 지켜보고 있는 사람은 조지 셔먼이었다.

캐시는 너무 놀라 잠시 멍하니 그들을 바라보았다. 그때 조지가 들고 있던 당근으로 토마스의 어깨를 가볍게 치면서 "토마스, 자네가 뭔가를 오해한 걸세." 하고 말했다.

토마스는 조지의 팔을 뿌리쳤다.

"나한테 손대지 마! 내 아내에게도 손대지 말라고. 알겠나?"

그는 위협하듯이 조지의 얼굴을 손가락으로 쿡쿡 찔렀다.

"토마스……."

조지가 어처구니없다는 듯이 중얼거렸다.

캐시는 두 사람 사이로 뛰어 들어갔다. 그녀는 그의 윗도리를 붙잡고 애원하듯이 말했다.

"도대체 왜 이러는 거예요, 토마스. 제발 정신 좀 차려요!"

"흥, 정신을 차리라고? 그건 나보다도 그쪽에게 더 어울리는 말 같은데?"

그는 코웃음을 치면서 캐시의 손을 뿌리치고 현관 쪽으로 걸어갔다. 지금까지 주방에 있던 발렌타인이 토마스를 부르면서 그 뒤를 좇아갔다.

캐시는 황급히 조지에게 사과하고는 주위의 눈을 피하듯이 머리를 숙이고 문 쪽으로 걸음을 옮겼다.

한편 토마스는 코트를 찾아들고 화가 난 표정으로 발렌타인에게 말했다.

"이런 소동을 일으켜서 정말 죄송합니다. 하지만 박사님도 동료 중 한 사람이 박사님의 아내와 친하게 지내고 있는 것을 알면 가만히 있을 수 없지 않겠습니까."

"나는, 난 도저히 그 말을 믿을 수가 없네. 확실한가?"

"물론 확실합니다."

토마스는 그렇게 말하고 몸을 돌려 문을 열려고 했다. 그때 캐시가 달려와서 그의 팔을 잡았다.

"토마스, 도대체 왜 이래요?"

그녀는 울먹이며 말했다.

토마스는 아무 대답도 하지 않고 코트의 단추를 채우고는 밖으로 나가려고 했다.

"토마스, 얘기 좀 해줘요. 도대체 무슨 일이에요?"

그러나 토마스는 캐시를 그 자리에 넘어뜨릴 정도로 세게 뿌리쳤다. 그러고는 문을 열고 밖으로 나갔다.

캐시는 잠시 망설이다가 돌계단 아래에서 다시 그를 붙들었다.

"토마스, 당신이 가면 나도 가겠어요. 코트를 갖고 올 때까지 잠시

만 기다려줘요."

그러자 토마스는 잠시 걸음을 멈추고, "당신 같은 여자와 같이 가고 싶지 않아. 여기서 실컷 밀회를 즐기는 것이 더 좋을 텐데 뭘 그래!" 하고 말했다.

캐시는 어리둥절한 채로 성큼성큼 걸어가는 그의 뒷모습을 바라보았다.

"밀회라고요? 오늘 밤 여기에 오자고 한 것은 당신이었어요. 난 오고 싶지 않았는데!"

토마스는 아무런 대꾸도 하지 않았다.

캐시는 롱드레스의 치맛자락을 걷어 올리고 그의 뒤를 좇았다. 주차장까지 걸어가는 동안 그녀의 몸이 부들부들 떨렸다. 공포 때문인지 추위 때문인지 알 수가 없었다.

"도대체 왜 이러는 거예요?"

그녀는 흐느껴 울면서 말했다.

"난 약간 괴짜인지는 모르지만 바보는 아니야!"

토마스는 소리를 버럭 지르면서 그녀의 얼굴 앞에서 차 문을 탕 닫았다. 엔진이 요란한 소리를 내기 시작했다.

"토마스, 토마스!"

캐시는 미친 듯이 외치면서 한 손으로는 창문을 두드리고 한 손으로는 문을 열려고 했다. 토마스는 그것을 무시하고 갑자기 차를 후진시켰다. 만약 캐시가 얼른 비키지 않았더라면 틀림없이 차에 치였을 것이다. 그녀는 입을 꾹 다문 채 긴 드라이브웨이를 소리를 내며 사라져가는 포르쉐를 넋이 나간 듯이 지켜보았다.

그녀는 굴욕감을 느끼면서 파티장으로 돌아갔다. 택시가 올 때까지 2층의 어느 방에 숨어 있으면 되겠다고 생각했다. 손님들은 여전히 웃고 마시면서 떠드는 일에 열중해 있었다. 다행스럽게 여기며 현관을 들어서는 그녀 앞에 조지와 발렌타인 과장이 기다리고 있었다.

"죄송합니다."

캐시는 불안한 표정으로 말했다.

"사과할 것 없어요."

발렌타인이 말했다.

"조지가 당신한테 약간 얘기를 했을 거요. 우리는 토마스를 매우 걱정하고 있소. 그가 일을 너무 많이 한다고 생각해요. 부담을 덜어줄 수 있는 계획을 세우고는 있는데, 요즘 토마스가 워낙 마음의 평정을 잃고 있어서 좀처럼 대화를 할 기회가 없단 말이야."

그러면서 발렌타인은 조지를 바라보았다.

"맞습니다. 오늘 밤의 불행한 소동을 보더라도 박사님과 제가 평소 얘기하고 있는 일이 얼마나 중대한 일인가를 알 수 있을 겁니다."

조지도 맞장구를 쳤다.

캐시는 너무 놀라고 당황스러워서 아무 말도 할 수가 없었다.

"조지가 당신에게 병원의 내 전화번호를 가르쳐줬다고 하더군. 당신이 원한다면 언제든지 기꺼이 만나겠소. 참, 그렇군. 내일이라도 내 방에 들르는 게 어떻겠소?"

발렌타인이 말했다.

"그건 그렇고, 다시 파티에 참석하겠소? 아니면 내 아들을 시켜 댁까지 바래다드릴까?"

"전 지금 집으로 가고 싶어요."

캐시는 손등으로 눈을 닦으면서 말했다.

"좋아요. 잠깐만 기다려요."

발렌타인은 그 말을 남기고 계단을 통해 2층으로 올라갔다.

"미안해요."

두 사람만 남게 되자 캐시는 조지에게 사과했다.

"토마스가 왜 저러는지 난 도무지 알 수가 없어요."

조지는 머리를 흔들었다.

"캐시, 내가 당신을 어떻게 생각하고 있는지, 만약 그가 안다면 질투를 하는 것은 당연합니다. 자, 웃어요. 난 지금 당신에게 경의를 표하고 있으니까."

발렌타인의 아들이 차를 몰고 올 때까지 조지는 그 자리에 서서 그녀를 따뜻한 눈길로 지켜보았다.

■ ■ ■

현관문을 열면서 도대체 어떤 일이 벌어질는지 캐시는 짐작조차 할 수 없었다. 그런데 거실에 불이 켜져 있는 것을 보고 그녀는 깜짝 놀랐다. 토마스가 병원으로 가지 않고 집에 왔다면 틀림없이 서재의 문을 걸어 잠그고 틀어박혀 있을 것이다. 그녀는 머리를 매만지고 나서 조심조심 복도를 빠져나갔다.

그러나 그녀를 기다리고 있는 것은 토마스가 아니라 시어머니인 페트리셔였다.

페트리셔는 등받이가 날개 형으로 되어 있는 의자에 앉아 있었다. 단 하나만 켜져 있는 거실의 스탠드 불빛으로는 그녀의 얼굴이 전혀 보이지 않았다. 2층의 화장실에서 물소리가 들려왔다.

오랫동안 두 여자는 아무 말도 하지 않았다. 이윽고 페트리셔가 마치 큰 짐이라도 지고 있는 것처럼 어깨를 웅크린 채 의자에서 천천히 일어났다. 오늘은 입가의 주름이 유난히 더 깊게 패여 보였다. 그녀는 캐시에게 똑바로 걸어오더니 캐시의 눈을 쏘아보았다.

캐시는 그 자리에 선 채 꼼짝도 하지 않았다.

"난 큰 충격을 받았다."

페트리셔가 마침내 입을 열었다.

"어떻게 네가 그런 짓을 할 수 있단 말이냐? 저 아이가 외동아들만 아니었어도 이렇게 큰 충격을 받지는 않았을 거다."

"도대체 무슨 말씀을 하시는 거예요?"

캐시는 따지듯이 물었다.

"토마스의 동료를 끌어들인 일 말이다."

페트리셔는 상대방을 완전히 무시하고 말을 이었다.

"더구나 하필이면 저 아이의 자리를 서서히 무너뜨리려고 하는 사내를? 새로운 상대가 필요하면 모르는 사내를 사귀지 않고……."

"저는 상대 같은 거 없어요!"

캐시는 절망적으로 소리쳤다.

"터무니없는 거짓말이에요. 하나님 맙소사! 토마스는 지금 제 정신이 아니에요."

그녀는 시어머니라도 자기 심정을 이해해 주지 않을까 가만히 상대방의 표정을 살폈다. 그러나 페트리셔는 여전히 그 자리에 선 채 슬픔과 노여움이 뒤섞인 표정으로 그녀를 쏘아보고 있었다.

캐시는 시어머니에게 두 팔을 내밀면서, "부탁이에요, 어머니. 토마스는 지금 병들어 있어요. 제발 좀 도와주세요." 하고 애원했다.

페트리셔는 여전히 입을 다물고 있었다.

캐시는 팔을 내려뜨렸다. 페트리셔는 비틀거리면서 문 쪽으로 걸어가기 시작했는데, 그녀의 모습은 요전번에 만났을 때보다 10년은 더 늙어 보였다. 내 얘기를 좀 들어주기만 해도 좋을 텐데. 하지만 저 노인은 토마스가 약물 중독이라는 무서운 사실에 대처하기보다는 그의 거짓말에 상심하고 있다, 페트리셔는 토마스를 비판하기는 하지만 아들이 중대한 잘못을 저지를지도 모른다는 가능성은 전혀 인정하지 않고 있었다.

캐시는 현관문이 닫히는 소리를 들은 다음에도 오랫동안 어두컴컴한 거실에 앉아 있었다. 그리고 그녀가 28년 동안 살면서 흘린 것보다도 더 많은 눈물을 지난 48시간 동안에 흘렸다는 것을 떠올렸다.

'내가 바람을 피우다니! 토마스는 어떻게 그런 생각을 할 수 있을까?'

정말 어처구니없는 일이었다.

이윽고 그녀는 무거운 발걸음으로 토마스를 찾기 위해 2층으로 올라갔다. 그러나 곧바로 침대로 가볼 수는 없었다. 그녀는 서재의 문밖에서 잠시 망설이다가 이윽고 가만히 문을 두드렸다.

대답이 없었다.

그녀는 다시 좀 더 강하게 두드렸다. 역시 응답이 없었다. 손잡이를 돌려보았다. 문은 잠겨 있었다. 그녀는 어떻게든지 토마스와 얘기를 해야겠다고 생각하고 객실에서 욕실을 통해 서재로 들어갔다.

토마스는 안락의자에 파묻혀 멍하니 앞을 바라보고 있었다. 분명 캐시가 들어오는 소리를 들었을 텐데도 표정은 조금도 달라지지 않았다. 입가에 희미한 웃음을 지으면서, 캐시가 무릎을 꿇고 그의 손에 뺨을 갖다 대도 조금도 움직이는 기색을 보이지 않았다.

"토마스."

그녀는 가만히 불렀다.

토마스는 그제야 그녀를 내려다보았다.

"난 절대로 조지 같은 사람과는 바람을 피우지 않아요. 우리가 결혼한 이후로 난 어느 누구에게도 관심을 가져본 적이 없어요. 당신을 사랑하고 있어요. 제발 내가 도울 수 있게 해주세요."

"당신을 믿을 수가 없어."

토마스는 입속으로 중얼거렸다. 그리고 눈을 한번 희번덕거리더니 캐시에게 손을 잡힌 채 그대로 고꾸라지고 말았다. 그녀는 소파베드를 펴고 그를 옮기려고 했으나 토마스는 전혀 움직이지 않았다.

그녀는 자기 방으로 돌아와 잠을 청하기 전까지 잠시 그의 곁에 앉아 있었다.

닥터 킹슬리의 실수

다음날 아침 서재에서 자명종 소리가 들려왔을 때 캐시는 이미 일어나 옷을 입고 있었다. 벨은 좀처럼 멈추지 않았다. 그녀는 걱정이 되어 복도를 달려가 서재의 문을 열었다. 토마스는 어젯밤 모습 그대로 의자에서 자고 있었다.

"토마스."

그녀는 그를 흔들어 깨웠다.

"뭐, 뭐야?"

토마스는 잠이 덜 깬 목소리로 대답했다.

"6시 15분 전이에요. 오늘 아침엔 수술이 없나요?"

"발렌타인의 파티에 가려던 참이 아니었나?"

"토마스, 그건 어젯밤의 일이에요. 원, 세상에! 병원에 나가지 마세요. 수술을 연기할 수 있는지 도리스에게 전화로 알아볼 테니까요."

토마스는 간신히 일어났으나 비틀거리다가 의자의 팔걸이에 몸을 기댔다.

“아니야, 난 괜찮아.”

그의 목소리는 아직도 분명하지 않았다.

“그리고 수술을 한번 쉬게 되면 앞으로 몇 주일 동안이나 예정이 어긋난단 말이야. 이 달에는 이미 오랫동안 기다리고 있는 환자도 많은데.”

“그럼 누군가 다른 사람한테…….”

그때 토마스가 손을 번쩍 들었다. 캐시는 자신이 얻어맞는 줄로 알았다. 그러나 토마스는 욕실로 뛰어가더니 문을 닫아버렸다. 그리고 얼마 후 샤워소리가 들려왔다. 그가 아래층으로 내려왔을 때는 이미 상당히 회복되어 있었다. 틀림없이 덱세드린을 두세 알 먹었을 거라고 캐시는 생각했다.

그는 급히 주스와 커피를 한잔씩 마시고 차고 쪽으로 갔다.

“오늘 밤은 집에 돌아오더라도 굉장히 늦을 거야. 그러니까 당신도 당신 차로 가는 것이 좋아.”

그는 뒤를 돌아보면서 말했다.

캐시는 병원으로 가는 먼 길을 떠나기 전에 오랫동안 주방의 테이블에 앉아 있었다.

‘내가 걱정하는 것은 이제 토마스가 아니야. 그의 환자들이야. 이런 생각을 하는 것은 처음이지만. 앞으로 저 사람이 무사히 수술을 해낼 수 있을는지 모르겠어.’

보스턴 메모리얼 병원으로 가는 동안 캐시는 회의가 끝나면 즉시 세 가지 일을 해야겠다고 마음먹었다. 첫째는 자신의 눈 수술 일정을 예약하고, 필요한 기간의 휴가를 얻는다. 그리고 발렌타인 선생을 만나서 토마스에 대한 걱정을 털어놓는다. 결국 이 문제는 자신의 결혼생활뿐만 아니라 병원에도 폐를 끼치기 때문이었다.

회의가 진행되는 동안 조안은 캐시가 다른 일에 정신을 빼앗기고 있는 것을 주시했으나 캐시는 얘기를 걸어볼 사이도 없이 회의가 끝나자마자 안과의 주치의를 만나러 간다면서 허둥지둥 밖으로 나가버렸다.

오버메이어 박사는 캐시가 왔다는 전갈을 받자 이미 예정되어 있던 일도 중단하고 탄광부같이 머리 위에 불을 달고 진찰실에서 나왔다.

"이제 올바른 결정을 내렸다고 믿어도 되나?"

박사가 묻자 캐시는 고개를 끄덕였다.

"가능한 한 빠른 날짜를 잡아주세요. 빠를수록 좋아요. 제 마음이 변하기 전에 말예요."

"그렇게 말하기를 기다리고 있었네. 실은 준응급환자로 해서 모레는 내 마음대로 수술을 할 예정이었어. 그래도 상관이 없겠나?"

오버메이어 박사가 말했다.

캐시는 갑자기 입 안이 타는 듯했으나 순순히 고개를 끄덕였다.

"됐어."

오버메이어 박사는 만면에 웃음을 지었다.

"수술은 조금도 걱정 말게. 만반의 준비를 해놓을 테니까. 내일 입원해야 될 거야."

오버메이어 박사는 벨을 눌러 비서를 불렀다.

"얼마나 쉬어야 할까요? 정신과 과장님의 허락을 받아야 해서 말이에요."

캐시는 부드럽게 물어보았다.

"무엇을 발견하느냐에 달렸지만 아마도 일주일이나 열흘쯤은 걸릴걸?"

"그렇게 오래요?"

캐시는 그동안 자기 환자들은 어떻게 될까 하고 생각했다.

의사전용 빌딩에서 천천히 걸어오면서 캐시는 용기를 잃기 전에 발렌타인 선생에게 전화를 해야겠다고 마음먹었다. 발렌타인은 직접 전화를 받고는 지금은 수술이 없으니 30분 후에 만나자고 말했다.

입원을 하기 위해 휴가 수속을 밟은 캐시는 발렌타인과 만날 때까지 병리과에 가서 시간을 보내야겠다고 생각했다. 로버트와 자신의 수술에 대해 얘기하고도 싶었고, 또 그를 만나게 되면 항상 자신감이 생기기 때문이었다. 그러나 그의 방에는 아무도 없었고 한 기사가 당분간은 로버트를 보지 못할 것이라고 말했다. 그는 그날 일찍부터 구강외과에 입원할 수속을 밟고 있었으며, 오후엔 일주일 동안 못 먹을 생각을 하고 마지막으로 식사다운 식사를 하기 위해 밖으로 나갔을 것이라고 했다.

엘리베이터까지 돌아왔을 때 캐시는 제프리 워싱턴의 일을 떠올렸다. 그녀는 다시 실험실로 돌아가 기사에게 조직 슬라이드는 완성되었느냐고 물었다. 그 여기사는 곧 제프리 워싱턴의 표본상자를 찾아다주면서 말했다.

"슬라이드는 아직 반밖에 완성되지 않았어요. 완성될 때까지는 이틀이 걸리는데 내일 오면 모두 볼 수 있을 거예요."

"알았어요. 하지만 내가 보고 싶은 것은 정맥 헤마톡실린 에오신(Hematoxylin & Eosin : 가장 흔히 쓰이는 조직표본 염색법) 염색표본뿐이에요. 그것은 되어 있을 테니 좀 보여주시겠어요?" 하고 캐시는 말했다.

캐시가 보고 싶어하는 슬라이드는 그 상자에 들어 있는 첫 번째 슬라이드였다. 전부 6장으로 되어 있었는데 라벨에는 '왼쪽 바실릭 정맥(Basilic Vein : 팔의 안쪽에 있는 굵은 정맥으로 링거주사를 놓을 때

흔히 쓰임) H&E염색'이라고 쓰여 있고, 그 뒤에 제프리 워싱턴의 부검번호가 적혀 있었다.

캐시는 로버트의 현미경 앞에 앉아 접안렌즈를 조절해서 그 첫 번째 슬라이드에 초점을 맞췄다. 얼룩처럼 보이는 핑크색 조직 속에 찌부러진 조그만 고리처럼 생긴 것이 보이는데 작은 배율에서도 뭔가 이상하다는 생각이 들었다. 자세히 살펴보니 그것은 정맥의 내벽을 둥글게 감싸고 있는 희고 작은 수많은 침전물이었다. 내벽 그 자체를 살펴보았으나 그것은 완전히 정상적이었고 염증이 세포에 침윤한 흔적도 전혀 없었다. 그럼 이 흰 점과 같은 것은 슬라이드를 고정시킬 때 생긴 것일까 하고 캐시는 생각했다. 그러나 그것은 알 수가 없었다. 캐시는 나머지 슬라이드를 모두 조사해 보았는데 한 장을 제외하고는 모두 그런 침전물이 발견되었다.

그녀는 그것들을 실험실로 가져가서 기사에게 봐달라고 했으나 그녀도 역시 그것을 보더니 당혹한 표정이었다. 캐시는 로버트의 병실 번호를 알아내어 그에게 직접 물어보기로 했다. 손목시계를 보니 발렌타인과 약속한 시각이었다.

발렌타인은 책상 앞에 앉아서 샌드위치를 먹고 있다가 캐시가 들어오자 비서를 시켜 카페테리아에서 먹을 것을 사다줄까 하고 물었다. 캐시는 고개를 저었다. 도저히 식욕이 생길 것 같지 않았다.

그녀는 먼저 토마스가 일으킨 소동에 대해 사과를 했다. 발렌타인은 그녀의 말을 가로막고 어젯밤의 파티는 대성공이었기 때문에 그 일에 대해서는 아무도 기억하는 사람이 없을 것이라고 말했다. 캐시도 그렇게 생각하고 싶었다. 그러나 어젯밤에 벌어진 소동과 같은 광경은 일종의 추문이 되어 좀처럼 사람들의 머리에서 사라지지 않게 된다는 사실을 알고 있었다.

"오늘 아침 토마스와 몇 마디 얘기했어요. 수술을 하기 전에 만났기 때문에……."

발렌타인 의사가 말했다.

"그러세요. 어땠어요?"

캐시는 물었다.

그녀는 토마스가 가죽의자에서 잠을 자고 있다가 자기가 깨우자 비틀거리면서 욕실로 들어가던 모습을 떠올렸다.

"완전히 원기 왕성한 모습이었소. 기분도 매우 좋은 것 같았고 모든 것이 원상회복이 되어 나는 매우 기분이 좋아요."

그 말을 들은 캐시의 눈에서는 놀랍게도 눈물이 흐르기 시작했다. 절대로 울지 않겠다고 자신에게 다짐을 했었는데…….

"자, 자."

발렌타인 의사가 그녀를 달랬다.

"누구라도 스트레스가 쌓이면 폭발하기 마련이니까 어젯밤 일은 너무 신경 쓸 필요 없어요. 그 사람도 지금까지 너무 일에만 열중해 왔기 때문에 때로는 망나니짓을 하는 것도 이해해 줘야 돼요. 용서할 수는 없지만 그 정도는 이해해 줄 수 있는 아량이 있어야지. 그런데 그 사람은 이상할 정도로 병원에서 자는 일이 많다고 병원사람들이 말하더군. 토마스가 집에서는 정상적으로 행동하고 있는지 말해줄 수 있겠소?"

"그렇지 않아요."

캐시는 잠시 무릎 위에 올려놓은 손을 내려다보았다. 그러나 일단 얘기를 시작하자 말이 술술 나오기 시작했다. 그녀는 먼저 자기가 눈 수술 얘기를 꺼냈을 때의 토마스의 반응을 얘기했다. 그리고 요즘 얼마 동안 부부관계가 악화되고 있으나 자신의 병 때문이라고는 생각되지 않는다고 말했다.

토마스는 결혼 전부터 자신의 당뇨병에 대해서는 알고 있었고, 눈에 고장이 생긴 것 이외에는 병이 악화되지도 않았다. 그러므로 자신의 건강문제가 토마스를 저렇게 만들었다고는 도저히 생각할 수가 없었다.

불안감 때문에 땀이 나기 시작하자 그녀는 잠시 말을 중단했다.

"정말 걱정이 되는 것은, 토마스가 함부로 여러 가지 약을 먹고 있다는 거예요. 물론 덱세드린이나 수면제를 이따금 먹는 사람은 많겠지만, 문제는 토마스가 그것을 남용하고 있다는 거예요."

그녀는 다시 말을 끊고 발렌타인을 쳐다보았다.

"나도 몇 가지 얘기는 듣고 있소."

발렌타인은 뭔가를 생각하듯이 말했다.

"어떤 레지던트는 그의 손이 떨리고 있는 것을 봤다고 하더군요. 복도에서는 내가 뒤에 있는데도 그가 깨닫지 못했소. 정확하게 말해서 토마스가 어떤 약을 먹고 있는 거요?"

"각성제로는 덱세드린을, 진정제로는 퍼코댄과 탈윈을 먹고 있는 것 같아요."

그러자 발렌타인은 창가로 걸어가더니 바로 맞은편에 있는 외과 휴게실 쪽을 바라보았다. 그리고 캐시를 돌아보면서 헛기침을 했다. 그의 목소리는 여전히 따뜻했다.

"약을 쉽게 구할 수 있다는 것이 의사들에게는 참을 수 없는 유혹이 되는 거요. 특히 토마스처럼 일에 지나치게 몰두하고 있는 사람에게는 말이오."

발렌타인은 책상으로 돌아와 의자에 앉았다.

"그러나 구하기 쉽다는 것은 구실이고, 대개의 의사들이 자신에게는 그만한 권리가 있다고 생각하고 있는 것이 탈이오. 그들은 온종일 남을 돌봐주고 있기 때문에 때로는 자신도 좀 돌봐야겠다는 생각을 하는 것이죠. 그래서 약이나 알코올에 손을 대는 거요. 이것은 흔히 있는 일이오. 그리고 그들은 자신의 일은 자신이 처리하는 훈련을 받았기 때문에 다른 의사와 상의를 하지 않고 직접 치료를 즐겨 한단 말이오."

발렌타인 의사가 태연한 표정으로 토마스의 얘기를 들어주자 캐시는 비로소 안도의 한숨을 쉬었다. 그녀는 며칠 만에 처음으로 낙관적인 생각을 하게 되었다.

"가장 중요한 것은, 이런 얘기는 우리만 알고 있어야 한다는 거요. 소문이 나게 되면 당신 남편에게나 병원에게나 좋을 것이 없으니까. 내가 토마스와 얘기를 해보고 도저히 감당할 수 없게 되기 전에 우리 손으로 처리할 수 있을지 없을지 상태를 한번 살펴보겠소. 나는 전에도 이런 일을 경험한 적이 있기 때문에 토마스의 경우는 대수로운 문제가 아니라고 보증할 수 있어요, 캐시. 그 사나이는 외과의의 길을 똑바로 걸어온 사람이오."

발렌타인 의사가 말했다.

"그 사람이 담당하고 있는 환자는 걱정 안 해도 될까요? 선생님은 요즘 그가 수술하는 모습을 보신 적이 있으세요?"

캐시가 물었다.

"아니. 하지만 만약 무슨 실수가 있다면 맨 먼저 내 귀에 들어오게 되어 있으니……."

캐시는 과연 그럴까 하고 의아한 생각이 들었다.

"나는 토마스를 17년 동안이나 알고, 만약 그가 무슨 중대한 실수를 했다면 내가 모를 리가 없소."

발렌타인은 격려하듯이 말했다.

"선생님은 어떻게 이 얘기를 꺼내실 작정이세요?"

캐시가 묻자 발렌타인은 어깨를 움츠렸다.

"임기응변으로 해봐야겠지요."

"저와 얘기했다는 말씀은 하시지 않겠죠?"

"물론이오."

발렌타인은 대답했다.

■ ■ ■

병원의 꽃집에서 산 한 다발의 붓꽃을 들고 캐시는 1847호를 향해 18층 복도를 걸어갔다.

문이 반쯤 열려 있어서 그녀는 노크를 하고 안을 들여다보았다. 싱글 베드에 종잇조각을 눈에 갖다 댄 채 누워 있는 사람의 모습이 보였다. 왠지 겁에 질려서 떨고 있는 것처럼 보였다.

"로버트! 왜 이런……."

캐시는 웃으며 말했다.

로버트가 파자마 차림으로 침대에서 벌떡 일어났다.

"우연히 네가 오는 것을 봤거든."

그는 말하더니 꽃을 보고 "그거, 나 줄 거야?" 하고 물었다.

캐시는 작은 꽃다발을 그에게 건네주었다. 로버트는 정성스레 그것을 물병에 꽂아 나이트 테이블에 올려놓았다.

캐시는 방안을 둘러보고 자기가 첫 문병객이 아님을 알았다. 사방에 많은 꽃다발이 장식되어 있었던 것이다.

"꼭 장례식을 하는 것 같지?" 하고 로버트가 말했다.

"그런 농담은 듣고 싶지 않아."

캐시는 그를 포옹하면서 말했다.

"이렇게 많은 꽃이 있으리라고는 생각지도 못했어. 말하자면 이렇게 친구가 많다는 뜻이잖아."

캐시는 침대 아래쪽에 앉으면서 말했다.

"난 지금까지 병원에 입원한 적이 한 번도 없었어. 이런 건 싫어. 영 죽을 맛이야."

로버트는 자기가 마치 캐시를 찾아온 문병객인 것처럼 의자를 끌어다 앉았다.

"곧 괜찮아질 거야. 입원에 대해서는 내가 프로니까 내 말을 믿어도 돼."

"가장 문제가 되는 것은 내가 너무 많이 알고 있다는 거야. 솔직히 말하면 난 겁이 나. 그래서 마취의한테 수면제를 두 배로 해달라고 부탁해 놨어. 그렇지 않으면 난 밤새도록 잠을 이룰 수가 없을 것 같아."

로버트가 말했다.

"2, 3일만 지나면 넌 자신이 왜 그렇게 안절부절못했는지 이해가 잘 안 될 거야."

"그런 옷을 입고 거리를 활보할 수 있는 넌 무슨 소리라도 할 수 있지. 난 지금 통계자료가 되어 있단 말이야."

로버트는 캐시에게 플라스틱 명찰을 붙여놓은 자기 손목을 들어 보였다.

"네가 용기를 낸 것을 보고 나까지 용기가 나서 행동으로 옮긴 것을 알게 되면 틀림없이 기분이 좋아질 거야. 나도 내일 입원하기로 했어."

그러자 로버트의 눈에 동정의 빛이 떠올랐다.

"나도 바보 같군. 넌 눈 수술을 앞두고 있는데 난 겨우 이 두 개 뽑는 것을 걱정하고 있으니."

"마취를 당하는 건 마찬가지지 뭐."

캐시가 말했다.

"넌 결심을 참 잘한 거야. 네 수술은 꼭 100퍼센트 성공할 거야."

"넌 몇 퍼센트나 되는데?"

캐시는 놀리듯이 말했다.

"음…… 반반쯤 되겠지."

로버트도 웃으며 말했다.

"참, 너한테 보여줄 것이 있어."

로버트는 의자에서 일어나 나이트 테이블로 가서 서류철을 꺼내더니 캐시와 나란히 침대 끝에 앉았다.

"컴퓨터를 사용해서 지금까지 우리가 수집한 SSD의 데이터를 대조해 보았더니 재미있는 사실이 발견됐어. 첫째, 네가 말했듯이 환자들은 모두 링거를 맞고 있었어. 그리고 지난 2년 동안에는 전신의 증상이 안정되고 있는 환자들에게 이것이 증가되고 있다는 사실이야. 다시 말하면 죽음을 점점 예상할 수 없게 된 거야."

"어머나! 그리고 그 밖에는?"

"난 우리의 연구를 위해 외과를 제외하고 모든 매개변수를 컴퓨터에 집어넣고 데이터를 조사해 봤어. 컴퓨터는 여러 가지 증례를 보여줬는데, 그 중에는 샘 스티븐스라는 이름의 환자도 있었어. 그는 심장 카테터 검사를 하다가 죽었어. 지능이 약간 떨어지긴 했지만 신체적으로는 아주 건강한 사람이었어."

"그 사람, 링거는?"

캐시가 물었다.

"맞고 있었어."

두 사람은 한동안 서로의 얼굴을 마주보았다.

"마지막으로, 컴퓨터는 남자가 더 많다는 것을 지적하고 있었어. 그리고 이 정보에 의하면, 참으로 이상한 일이지만 호모가 많다는 것을 지적했어."

로버트가 말했다.

캐시는 서류에서 얼굴을 들고 로버트의 친밀감이 느껴지는 얼굴을 바라보았다. 호모에 대한 얘기는 두 사람 사이에서는 한 번도 거론된 적이 없었다. 캐시가 그런 얘기 하는 것을 좋아하지 않았다.

"오늘 아침 너를 만나려고 병리과에 갔었어. 네가 없는데도 제프리 워싱턴의 슬라이드를 몇 장 찾아냈지. 그래서 링거 부위에서 떼낸 정맥표본을 들여다봤더니 혈관 내벽에 하얀 침전물이 보이더군. 처음에는 인공적인 것인 줄 알았는데 한 장을 제외한 모든 슬라이드에서 그것이 발견됐어. 중요하다고 생각되지 않아?"

그녀는 화제를 돌렸다.

로버트는 잠시 입을 다물고 있다가 이윽고 입을 열었다.

"그건 나도 잘 모르겠어. 다만 한 가지 생각할 수 있는 것은, 중탄산염 용액에 잘못해서 칼슘이 섞이게 되었는지도 모른다는 거야. 그렇게 되면 당연히 침전물이 생기게 되니까. 하지만 침전물이 생긴다면 링거병에 생기지 정맥에 생기지는 않을 거야. 물론 침전물은 정맥에도 흘러들겠지만 누가 봐도 병이 더 눈에 띄니까 말이야. 내가 직접 슬라이드를 보면 뭔가 떠오를지도 모르지. 아무튼 병에 대한 얘기는 이 정도로 하고, 어젯밤의 파티는 어땠어? 뭘 입고 갔지?"

캐시는 무난한 얘기만 했다. 로버트에게는 어젯밤 소동에 대해 병원에 떠돌 소문을 들을 기회가 얼마든지 있는 것이다. 그녀는 그 얘기를 꺼내고 싶지 않았다.

로버트가 캐시의 눈이 붉은 것을 깨닫지 못하고 있는 것은 여러 가지 의미에서 놀라운 일이었다. 여느 때 같으면 금방 알아차릴 수 있는 사람이기 때문이었다. 역시 자기가 입원하고 있다는 사실에 더 정신을 빼앗기고 있는 것 같았다. 그녀는 자신의 고민을 털어놓아 그를 번거롭게 하는 것도 도리가 아니라고 생각했다. 내일 또 오겠다고 약속하고 그녀는 로버트의 병실에서 나왔다.

■ ■ ■

래리 오웬은 조금만 더 힘을 주면 금방이라도 끊어져버릴 것처럼 팽팽하게 당겨진 피아노줄 같은 심정이 되어 있었다. 그는 오늘 아침 토마스 킹슬리가 늦게 출근해서 잔뜩 화가 나 있는 모습을 보았었다. 그래서 선불리 행동을 못하다가 수술실에 그의 모습이 나타난 뒤에야 첫 번째 환자의 가슴을 절개하기 시작했다.

토마스는 래리가 빈둥거리며 기다리고만 있었다고 화를 냈다. 그러나 설령 래리가 기록적인 속도로 준비를 갖추고 있었다고 하더라도 토마스의 불쾌감은 달라지지 않았을 것이다. 그를 기쁘게 할 만한 것은 아무것도 없었다. 래리만 실수를 한 것이 아니었다. 보조하는 간호사는 기구를 차례대로 건네주지 않았고, 레지던트들은 적절한 진열을 하지 못했으며, 마취의는 마취의대로 전혀 도움이 되지 못하고 있었다. 그래서 토마스는 엉뚱한 니들홀더를 건네받게 되자 그것을 벽에 내동댕이쳐서 부러뜨리며 화를 폭발시키고 말았다.

그러나 래리는 이전에도 그의 이런 포학한 행동을 재치 있게 피해나간 적이 있었다. 그것은 괜찮다. 무엇보다도 그를 화나게 한 것은 토마스의 수술태도였다. 첫 환자를 수술할 때부터 그는 분명히 몹시 지쳐 있는 것 같았다. 여느 때의 그의 완벽한 수술솜씨는 찾아볼 수도 없고 판단 또한 어긋나기가 일쑤였다. 그러나 무엇보다도 끔찍한 것은 토마스의 손이 끊임없이 떨리고 있는 것이었다. 그가 날카로운 바늘을 들고 환자의 심장 위로 몸을 구부린 다음 가느다란 관상동맥을 꿰매기 위해 섬세한 복재정맥(saphenous vein)을 만지고 있을 때, 그것을 보고 있던 래리는 심장이 멎는 것 같았다.

그의 손 떨림이 시간과 함께 덜해지기를 래리는 빌고 있었으나 그것은 오히려 더해지기만 했다.

"제가 꿰맬까요? 이쪽에서는 더 잘 보이니까요."

래리는 몇 번이나 그렇게 말했다.

그러나 토마스는, "도움이 필요하면 내가 부탁하지."라는 말만 되풀이할 뿐이었다.

그들은 가까스로 무사히 바이패스를 꿰매고 인공 심폐장치를 제거하는 두 사람의 수술을 마칠 수 있었다. 그러나 래리는 세 번째 수술을 여느 때처럼 즐거운 마음으로 기대하고 있을 수가 없었다.

환자는 두 아이를 거느린 38세의 기혼 남자였다. 래리는 환자의 가슴을 절개해 놓고 휴게실에서 돌아오는 토마스를 기다리고 있었다. 그의 맥박은 차츰 빨라지고 땀이 폭포수처럼 흐르기 시작했다. 토마스가 마침내 수술실 문을 열고 들어왔을 때는 불안감 때문에 금방이라도 숨이 멎을 것만 같았다.

토마스의 손 떨림은 조금도 좋아지지 않았고 그의 지쳐 보이는 모습도 여전한 것 같았으나 아무튼 처음에는 순조롭게 수술이 시작되었다. 그러나 이미 두 사람을 수술하는 과정에서 토마스의 불안한 수술을 본 개흉팀은 절대로 그에게 거역하지 않도록 조심했다. 래리에게는 가장 힘든 작업이 떨어졌다. 그는 토마스의 잘못된 손놀림을 예측하여 미리 손을 쓰는 일뿐만 아니라 토마스가 허락한 만큼의 실제적인 일을 맡아 처리하기도 해야 했다. 그는 자신이 처리해야 할 일은 최대한으로 처리해 나갔다. 그런데 바이패스를 꿰매기 시작할 때 진짜 소동이 벌어졌다. 토마스의 니들홀더가 환자의 심장으로 다가가고 있을 때 래리는 도저히 그것을 지켜볼 수가 없어서 자기도 모르게 얼굴을 돌렸다. 그 순간, "빌어먹을!" 하고 토마스가 외쳤다.

토마스가 바늘을 자신의 집게손가락에 깊이 찌른 채 수술 부위에서 손을 떼고 있는 것을 보았을 때 래리는 숨이 콱 막히는 것만 같았다. 토마스는 그때 조심스럽지 못하게도 환자의 심폐장치에 혈액을 보내고 있는 큰 카테터 하나를 같이 잡아당기고 말았다. 순간, 마치 수도꼭지를 튼 것처럼 수술부위에 피가 넘쳐흐르고, 피는 순식간에 살균포를 적시더니 이내 바닥으로 뚝뚝 떨어지기 시작했다.

래리는 필사적으로 수술부위에 손을 집어넣어 대정맥의 봉합부를 누르고 있는 감자를 더듬어 찾기 시작했다. 다행히 그것은 금방 손에 닿았다. 그는 그것을 교묘하게 차단용 테이프가 있는 곳까지 끌어올렸다. 실혈량(失血量)은 눈에 띄게 줄기 시작했다.

"내가 직접 절개했으면 절대로 이런 일은 일어나지 않았을 거야!"

토마스는 소리를 지르면서 손가락에서 바늘을 빼내어 바닥에 던지더니 손을 치료하기 위해 수술대에서 물러났다.

래리는 간신히 절개부에서 쏟아져 나온 피를 흡입해낼 수 있었다. 그리고 심폐장치에서 빠져나온 카테터를 다시 끼워 넣고 지금부터 어떻게 할까 하고 생각했다. 토마스는 더 이상 수술을 하지 못할 상태였으나, 이럴 때 무슨 말을 한다는 것은 외과의로서 자살하는 것이나 마찬가지였다. 그러나 래리는 더 이상 긴장상태를 견딜 수가 없었다. 그는 수술부위를 봉합한 다음 수술대를 떠나 토마스가 있는 곳으로 갔다. 토마스는 치료를 끝내고 다시 미스 골드버그가 끼워주는 장갑을 끼고 있었다.

"죄송합니다만 킹슬리 선생님."

래리는 되도록 위엄 있게 말했다.

"선생님에게는 오늘이 매우 불행한 날이었습니다. 저희들도 잘하지 못해 죄송합니다. 하지만 가장 나쁜 것은 선생님이 몹시 지쳐 있다는 사실입니다. 뒷일은 제가 하겠습니다. 이제 장갑을 끼실 필요는 없습니다."

그 순간 래리는 토마스가 때리러 올지도 모른다고 생각했다. 그러나 그는 필사적으로 말을 계속했다.

"선생님은 지금까지 수천 번이나 수술을 하셨기 때문에 선생님이 지쳐서 마지막까지 수술하지 못했다고 해서 그것을 나쁘게 말할 사람은 아무도 없습니다."

토마스는 몸을 떨기 시작했다. 그러나 이윽고 래리가 놀라기도 하고 안도의 한숨을 쉬게 된 것은 그가 갑자기 장갑을 벗어던지고 밖으로 나가버렸다는 사실이었다.

래리는 한숨을 내쉬면서 미스 골드버그와 얼굴을 마주보았다. 이윽고 래리는, "잠깐 나갔다 올게." 하고 사람들에게 말하고는 장갑도 수술복도 그대로 입은 채 수술실을 나왔다.

심장외과의 간부 중에 손이 빈 사람이 있어서 도와주면 좋겠다고 생각하고 있었는데 마침 6호실에서 나오는 조지 서먼을 발견했다. 그는 그를 복도 끝으로 불러 지금까지의 자초지종을 얘기했다.

"그럼 해보세. 하지만 이런 얘기가 수술실 밖으로 나가면 곤란해. 알겠지? 이런 일은 우리들 누구에게나 일어날 수 있는 일이야. 이런 소문이 퍼지게 되면 닥터 킹슬리뿐만 아니라 우리 병원도 치명적인 피해를 입게 된다는 것을 명심하게." 하고 조지는 말했다.

"저도 알고 있습니다."

래리가 대답했다.

■ ■ ■

토마스는 화가 나서 미칠 것만 같았다. 래리 녀석은 내가 너무 지쳐서 마지막까지 수술을 하지 못할 것이라는 말을 거리낌 없이 내뱉었다. 그 광경은 정말 악몽 같았다. 자신이 잠을 자기 위해 알약을 먹는 것은 항상 이런 사고를 일으키지나 않을까 하는 걱정이 머리에서 떠나지 않기 때문이었다.

'나는 완벽하게 수술을 끝낼 자신이 있었다. 그리고 캐시의 부정한 행동에 그렇게 화만 나 있지 않았어도 결코 도중에서 그만두지는 않았을 것이다.'

토마스는 맹렬한 기세로 휴게실로 뛰어가서 커피 메이커 옆에 있는 전화로 도리스를 불러 다른 응급환자가 없다는 것을 확인했다. 그리고 오후의 환자를 다른 날로 바꾸어 예정표를 새로 작성해 달라고 부탁했다. 이미 시간도 늦었을 뿐만 아니라 더 이상 환자를 볼 기력도 없었다.

도리스는 수화기를 내려놓으려다 말고 발렌타인에게서 전화가 왔었던 것을 떠올렸다. 그녀는 토마스에게, "발렌타인 선생님한테서 전화가 왔었는데 잠깐 만나자고 하셨어요." 하고 말했다.

"무슨 일이지?"

"아무 말씀도 없었어요. 선생님 환자들의 차트가 필요한가 싶어서 무슨 일이냐고 물었지만, 발렌타인 선생님은 그냥 만나고 싶다고만 말씀하셨어요."

도리스가 말했다.

토마스는 책상에 앉아 있는 간호사에게 호출이 있으면 발렌타인 선생의 방으로 연락해 달라고 말했다. 그는 마음을 긴장시키고 두통을 없애기 위해 라커에서 다시 퍼코댄을 꺼내 먹고 가운을 입고는 무슨 일일까 생각하면서 휴게실을 나갔다.

자신이 파티에서 조지 셔먼에게 시비를 걸었던 얘기를 하기 위해 부르는 것은 아닐 테고, 래리 오웬과의 문제와 관계가 있는 일도 아닐 것이다. 틀림없이 심장외과에 대한 일반적인 얘기일 것이다. 참, 그러고 보니 어젯밤 어떤 경연진 이사가 이상한 말을 하지 않았던가. 발렌타인은 틀림없이 그들의 계획에 나를 끌어들일 작정인 것이다. 어쩌면 발렌타인은 은퇴할 생각으로 이 심장외과의 뒷일을 나에게 맡길 생각을 하고 있는지도 모른다.

"일부러 찾아와줘서 고맙네."

토마스가 미처 의자에 앉기도 전에 발렌타인이 말했다. 그가 왠지 마음의 안정을 잃고 있는 것 같아서 토마스는 자세를 고쳐 앉았다.

이윽고 발렌타인이 입을 열었다.

"토마스, 우리 한번 솔직히 얘기해 보세. 자네가 무슨 얘기를 하든 그 얘기는 절대 입 밖에 내지 않겠네. 이것은 약속해도 좋아."

토마스는 다리를 꼬며 무릎을 두 손으로 깍지 껴서 잡았다. 그러고는 바닥에 있는 발을 리드미컬하게 상하로 움직이기 시작했다.

"자네가 약을 남용하고 있는 것을 알고 있네."

그러자 토마스의 발이 그 신경질적인 움직임을 멈췄다. 대단치 않던 두통이 갑자기 물결치듯이 심해졌다. 그는 화가 치밀어 올랐으나 조금도 표정을 바꾸지 않았다.

"물론 이런 일은 별로 드문 일도 아닐세. 자네도 알겠지만."

발렌타인이 말했다.

"도대체 내가 무슨 약을 먹고 있다는 겁니까?"

토마스는 감정을 억누르면서 말했다.

"덱세드린, 퍼코댄, 탈윈이지. 모두 이 근처에서는 얼마든지 구할 수 있는 약이지만……."

발렌타인이 말했다.

토마스는 이마를 찌푸리고 발렌타인을 뚫어질 듯이 지켜보았다. 그는 자기 앞에 앉아 있는 선배가 마치 은혜라도 베풀 듯이 말하는 그 표정이 마음에 들지 않았다. 그 어릿광대 같은 인간에게 충고를 듣고 있다고 생각하니 토마스는 금방이라도 폭발할 것만 같았다. 그러나 다행히 방금 휴게실에서 먹고 온 퍼코댄이 그를 진정시켰다.

"도대체 누가 그런 터무니없는 거짓말을 선생님에게 고자질했습니까?"

그는 애써 냉정을 가장하며 말했다.

"그것은 중요한 것이 아닐세. 문제는……."

"나한테는 중요합니다. 그런 악의에 찬 소문을 퍼뜨리는 놈은 당연히 거기에 대한 책임을 져야 합니다. 그 녀석이 누군지 알아맞힐까요? 조지 셔먼이죠?"

"절대로 아닐세. 참, 이제 생각이 나는군. 나는 어젯밤의 그 유감스러운 소동 때문에 조지에게 물어봤네. 그런데 그는 자네에게 비난을 받을 만한 일이 전혀 없다고 하더군."

발렌타인이 말했다.

"천만의 말씀입니다. 내가 캐시를 만나기 전에 조지가 그녀와 결혼하려다가 실패한 것은 모르는 사람이 없습니다. 그래서 내가 자주 병원에서 자게 되자 그 녀석이 그것을 기화로……."

발렌타인은 토마스의 말을 가로막았다.

"확실한 증거도 없이 그런 말을 하면 되나. 토마스, 자네는 좀 과민해졌다고 생각되지 않는가?"

"아뇨, 그렇지 않습니다."

토마스는 꼬고 있던 다리를 풀어 발을 탕 하고 바닥에 내려놓았다.

"선생님도 파티에서 그 둘이 같이 있는 것을 보시지 않았습니까."

"내가 본 것은 오직 남편에게만 관심을 갖고 있는 아름다운 부인이었을 뿐이었다네. 자네는 행복한 사나이야, 토마스. 캐시는 특별한 여성이란 말일세."

토마스는 금방이라도 일어서서 방을 나가고 싶었으나 발렌타인의 얘기는 계속되고 있었다.

"자네는 아무래도 자신을 너무 혹사하고 있는 것 같네, 토마스. 일에 대한 욕심이 너무 많단 말일세. 그렇게 해서 도대체 무엇을 증명하겠다는 건가? 자네가 지난번에 언제 휴가를 얻었는지 도저히 기억도 못할 정도가 됐어."

토마스는 상대방의 얘기에 끼어들려고 했으나 발렌타인이 그것을 가로막았다.

"누구라도 잠시 일을 쉬어야 할 필요가 있어. 그리고 자네는 부인에 대해서도 책임이 있다는 것을 잊지 말게. 나는 캐시가 눈 수술을 받아야 한다는 얘기를 들었네. 어떤가, 자네의 시간을 부인에게 좀 할애해줄 수는 없겠는가?"

토마스는 그 말을 듣고 발렌타인이 캐시를 만난 것이 틀림없다고 생각했다. 그녀가 내가 약에 중독됐다는 터무니없는 얘기를 조작해서 발렌타인을 만나러 온 것이 틀림없었다. 어머니한테 간 것만으로 만족하지 못하고 과장한테까지 고자질을 했다고 생각하니 토마스는 화가 나서 미칠 것 같았다.

그때 갑자기 떠오르는 생각이 있었다. 그녀가 자신을 망칠 수도 있다는 생각이었다. 그가 악착같이 노력해서 이루어놓은 모든 것을 망치게 할 수도 있는 것이다.

토마스에게 다행이었던 것은 노여움보다도 자위에 대한 감각이 앞서고 있다는 사실이었다. 그는 발렌타인이 얘기를 끝내자 매우 냉정하고 견고한 논리로 이 문제에 대처해야겠다고 생각했다.

"나는 자네가 지금까지 미루고 있는 휴가를 얻도록 권하고 싶네."

토마스는 그 말을 듣고 깨달았다. 이 과장은 자기를 병원에서 떠나게 해놓고 그 사이에 교직에 있는 간부들로 하여금 자신의 수술시간을 빼앗으려고 한다는 것을.

그는 억지로 미소를 지으면서 말했다.

"아시겠습니까, 그 얘기는 이미 끝났습니다. 제가 일을 너무 많이 하고 있는지는 모르지만, 그것은 할 일이 그만큼 많기 때문입니다. 카산드라의 눈에 대한 문제도, 물론 그녀가 쉬게 되면 저도 시간을 내어 그녀를 돌볼 생각입니다. 그러나 그녀의 망막을 어떻게 하는 것이 가장 좋은가 하는 문제는 전부 오버메이어 박사에게 맡겨놓고 있습니다."

발렌타인이 무슨 말을 하려고 했으나 토마스가 얼른 가로막았다.

"선생님의 말씀을 들었으니 이번에는 제 얘기를 들어주십시오. 그 약을 남용하고 있다는 문제인데, 제가 커피를 별로 좋아하지 않는다는 것은 선생님도 아시지 않습니까. 아무래도 커피는 체질에 맞지를 않습니다. 그래서 이따금 덱세드린을 먹고 있는데 효과는 커피와 마찬가집니다. 다만 밀크나 크림으로 연하게 할 수 없다는 것뿐입니다. 물론 사회적인 영향이라는 점에서 차이가 있다는 것은 저도 인정합니다. 예를 들면 그것을 자살에 사용한다든가 하는 경우 말입니다. 하지만 저는 그것이 꼭 필요할 때만 사용하고 있습니다. 퍼코댄이나 탈윈도 마찬가집니다. 이따금 먹고 있습니다. 저는 어릴 때부터 편두통이 있어서 그럴 때면 퍼코댄이나 탈윈에 의지하지 않을 수가 없습니다. 경우에 따라 그중의 한 가지를 사용합니다. 그리고 또 한 가지 말씀드리고 싶은 것은, 제가 낸 처방전을 선생님이든지 누구든지 조사해 보십시오. 그렇게 하면 제가 청구한 약의 분량과 그것을 누구에게 줬는지를 아시게 될 테니까요."

토마스는 의자에 등을 기대고 팔짱을 꼈다. 그는 아직도 떨고 있었으나 그것을 발렌타인에게 눈치 채이고 싶지 않았다.

"알았네. 이치에 맞는 말이야."

발렌타인의 얼굴에는 분명히 안도의 빛이 떠올랐다.

"선생님도 저와 마찬가지로 잘 아시지 않습니까. 누구라도 이따금은 약을 먹고 있다는 것을."

토마스가 말했다.

"물론이지. 다만 난처한 것은 의사가 그 분량에 브레이크를 걸지 못한다는 거야."

"하지만 그렇게 되면 중독이 되지 않습니까. 저는 24시간 동안 두 알밖에는 먹지 않습니다. 그것도 편두통이 날 때만 말입니다."

"그 말을 들으니 마음이 놓이네. 솔직히 말하면 나는 은근히 걱정을 하고 있었어. 그나저나 자네는 일을 너무 하고 있어. 아까도 말했지만 이번에는 꼭 휴가를 얻도록 하게."

토마스는 발렌타인이 당연히 그렇게 말할 것이라고 생각했다. 발렌타인은 말을 계속했다.

"그리고 또 한 가지 일러두고 싶은 것이 있네. 자네도 알겠지만 우리 과에서는 자네가 전력을 다해 주기만을 바라고 있네. 무엇인가 전면적으로 개혁하는 사태가 오더라도 자네는 항상 우리 과의 중심이니까 말이야."

"그 말을 들으니 저도 안심이 됩니다."

토마스가 말했다. 그리고 그는 억양이 없는 목소리로 말을 이었다.

"그 약 얘기를 선생님에게 한 것은 카산드라 아닙니까?"

"누가 했건 그것은 문제가 아닐세."

발렌타인 의사는 자리에서 일어났다.

"더구나 자네가 내 걱정을 완전히 해소해준 이상 그것이 무슨 상관인가."

그 말을 듣고 토마스는 그것이 캐시의 소행이라는 것을 분명히 깨달았다. 책상 서랍을 열어보고 약을 찾아낸 것이 틀림없었다. 그는 또다시 분노가 치밀어 올랐다.

그는 주먹을 가볍게 쥐고 자리에서 일어났다. 한동안 혼자 있고 싶었다. 작별인사와 함께 걱정을 끼쳐 미안하다는 뜻의 마음에도 없는 인사를 하고 나서 그는 황급히 발렌타인의 방을 나왔다.

발렌타인은 한동안 그의 뒷모습을 지켜보았다.

토마스의 말을 듣고 약간 마음을 놓기는 했으나 완전히 놓은 것은 아니었다. 파티에서 있었던 그 일이 아직도 머리에서 떠나지 않았고, 또 최근 레지던트들 사이에서 퍼지고 있는 그에 대한 소문도 무시할 수 없었다. 그러나 그는 토마스와 분쟁을 일으키고 싶지 않았다. 더구나 지금은 그래서는 안 되었다. 그렇게 되면 모든 것이 끝장나고 마는 것이다.

■ ■ ■

대기실 문이 열리는 순간, 도리스는 여느 때처럼 익숙한 동작으로 읽고 있던 소설을 재빨리 서랍에 집어넣었다. 그녀는 토마스가 들어오는 것을 보고는 전화 메모를 집어 들고 책상 뒤에서 나왔다. 오후 내내 사무실에 혼자 있었기 때문에 오랜만에 사람 얼굴을 보는 것이 기뻤다.

그러나 토마스는 그녀를 마치 가구의 일부로밖에는 생각하지 않는 것 같았다. 그녀 쪽은 거들떠보지도 않고 옆을 지나가는 것을 보고 그녀는 깜짝 놀랐다. 황급히 손을 뻗어 그의 팔을 잡으려고 했으나 토마스는 마치 몽유병자처럼 자기 방 쪽으로 걸음을 옮겼다. 도리스는 그의 뒤를 좇았다.

"토마스, 오버메이어 박사님에게서 전화가 왔었는데……."

"지금은 아무 소리도 듣고 싶지 않아!"

그는 소리를 지르면서 문을 닫으려고 했다.

솜씨 좋은 세일즈 우먼처럼 도리스는 얼른 문턱에 한 발을 들여놓았다. 무슨 일이 있어도 메시지를 전해야만 하겠다는 기세였다.

"썩 나가지 못해!"

토마스는 째지는 소리를 했다. 도리스가 흠칫하고 뒷걸음을 치자 문은 요란한 소리와 함께 그녀의 얼굴 앞에서 닫혔다.

발렌타인과의 괴로운 미팅 동안 억지로 참고 있던 분노가 걷잡을 수 없이 치밀어 올랐다. 그는 무엇인가 그 노여움을 발산시킬 것이 없을까 하고 주위를 둘러보다가 약혼할 때 캐시가 준 조그만 꽃병을 발견하고는 그것을 바닥에 내동댕이쳤다. 산산이 부서진 조각들을 보자 마음이 약간 가라앉았다. 그는 책상으로 다가가 두 번째 서랍을 열고 퍼코댄 병을 꺼냈다. 그리고 몇 알을 책상 위에 쏟아 한 알을 집어 들고, 나머지는 다시 병에 넣고 물을 마시기 위해 화장실로 갔다.

이윽고 그는 책상으로 돌아와 약병을 집어넣고 서랍을 닫았다. 다소 마음이 안정되기 시작했다. 그러나 캐시의 배신행위에 대한 분노만은 도저히 삭일 수가 없었다.

'나의 모든 관심은 수술에만 쏠려 있다는 것을 그녀는 왜 모른단 말인가. 내 인생을 파멸시킬 수 있는 일까지 저지르다니, 그렇게 무자비한 여자란 말인가. 그녀는 맨 먼저 어머니에게 갔었다. 어머니는 충분히 나를 두렵게 할 수 있는 힘을 가지고 있는 사람이다. 다음에는 조지, 그리고 이번에는 발렌타인 과장을 찾아갔다. 이것은 도저히 참을 수가 없다. 처음 결혼했을 때 나는 진심으로 그녀를 사랑했다. 그녀는 귀엽고 아름답고 헌신적이었다. 그런데 왜 나를 파멸시키려고 하는가? 내가 그렇게 만든 것은 아니다. 나는…….'

그때 토마스는 갑자기 깨달았다.

'발렌타인이 이 일을 오히려 기뻐하고 있는 것이 아닐까. 발렌타인과 셔먼의 관계는 아무래도 수상쩍다. 어쩌면 이것은 나를 함정에 빠뜨리기 위한 교묘한 책략인지도 모른다.'

토마스는 몸이 부들부들 떨릴 만큼 불안해졌다. 무슨 방법을 강구하지 않으면 안 되었다…… 그러나 도대체 어떻게 해야 한단 말인가.

처음에는 서서히, 그리고 차츰 빠른 속도로 생각이 정리되기 시작했다. 자신이 무엇을 할 수 있는지를 깨달은 것이다. 그리고 무엇을 하지 않으면 안 되는가 하는 것도 그는 알게 되었다.

■ ■ ■

토마스를 만났는데도 그에 대한 문제가 여전히 개운치 않았던 발렌타인은 수술실에 가서 조지를 찾아보기로 했다. 조지는 토마스처럼 뛰어난 재능은 없을지 모르지만 일관성을 잃지 않는 훌륭한 외과의였고 관리자로서도 매우 유능한 인물이었다. 레지던트들도 그를 진심으로 존경하고 있었고, 발렌타인 자신도 자기가 은퇴하게 되면 조지를 과장으로 추천할 생각을 하고 있었다.

병원의 이사진들은 이전부터 토마스를 전임직으로 바꾸어 발렌타인의 후계자로 삼으라고 요청하고 있었는데, 그렇게 되면 그가 과장으로는 가장 적합하다고 생각하고 있었다. 그러나 이제는 설사 그가 승낙한다고 하더라도 적임자인지 어떤지 다시 생각해 봐야겠다고 발렌타인은 생각했다.

유감스럽게도 조지는 아직 수술 중이었다. 발렌타인은 그 말을 듣고 내심 놀라며 제발 사고가 아니기를 바랐다. 아무튼 조지는 오늘 아침 7시 반부터 한 사람의 환자에게 매달려 있었는데 오후 늦게까지 아직도 수술실에 있다는 것은 결코 좋은 일이 아니었다.

발렌타인은 클락슨 제2병동으로 캐시를 찾아가 시간을 보내야겠다고 생각했다. 그녀의 남편의 장래에 대해 전적으로 낙관할 수는 없다고 하더라도, 될 수 있는 한 그녀에게 용기를 불어넣어줘야겠다고 생각했다.

그는 오랫동안 보스턴 메모리얼 병원의 간부로 있었지만 클락슨 제2병동에는 한 번도 발을 들여놓은 일이 없었다. 그래서 육중한 방화문을 밀고 들어섰을 때 그는 마치 별세계에 들어온 것 같은 느낌이 들었다.

여러 가지 점에서 그곳은 전혀 병원 같지 않았고 마치 2류 호텔 같은 느낌이 들었다. 그가 중앙의 휴게실을 지날 때 텔레비전의 시시한 게임 쇼와 함께 누군가가 엉망으로 피아노를 치고 있는 소리가 들려왔다. 이런 소리는 병원에서 으레 들을 수 있는 호흡기 소리라든가 링거병이 부딪히는 소리와는 전혀 다른 이질적인 음색이었다. 그러나 그가 가장 기분 나쁘게 생각한 것은 누구나 평복을 입고 있다는 사실이었다. 발렌타인으로서는 누가 환자이고 누가 직원인지 분간할 수가 없었다. 캐시를 찾으려다가 엉뚱하게 미친 사람에게 다가갈 우려가 있었다.

사람을 구별할 수 있는 유일한 장소는 간호사실이었다. 발렌타인은 카운터로 다가갔다.

"무슨 일로 오셨습니까?"

'록세인'이라는 명찰을 달고 있는 키가 크고 우아한 흑인여성이 말을 걸었다.

"카산드라 선생을 찾고 있는 중이오."

발렌타인 의사는 주위를 둘러보면서 말했다.

그때 록세인이 미처 대답도 하기 전에 차트실 문이 열리며 캐시의 얼굴이 나타났다.

"어머 발렌타인 선생님, 여기는 웬일이세요!"

캐시는 반색을 하면서 자리에서 발딱 일어났다.

발렌타인은 새삼스럽게 캐시의 아름다운 모습에 감탄하면서 그녀에게 다가갔다. 토마스 녀석, 이런 미인을 팽개쳐두고 며칠씩이나 병원에서 자다니, 그는 도저히 이해할 수가 없었다.

"잠깐 얘기할 수 있겠소?"

발렌타인은 말했다.

"물론이죠. 그럼 제 방으로 가실까요?"

"여기가 좋아요."

발렌타인은 차트 옆의 빈방을 가리키면서 말했다.

캐시는 몇 장의 차트를 정리했다.

"제가 눈 수술을 받는 동안 다른 선생님이 보실 수 있도록 지금 담당하고 있는 환자들의 기록을 정리하고 있었어요."

발렌타인은 고개를 끄덕였다.

"내가 찾아온 것은 토마스와 얘기한 것을 당신에게 직접 전하고 싶었기 때문이에요. 상당히 좋은 회담이었소. 그는 약간 흥분하고 있는 것 같았지만 결국은 졸음을 쫓느라 덱세드린을 조금씩 먹고 있다는 것을 자백했소. 하지만 진정제는 편두통이 날 때만 먹는다고 하기 때문에 나도 그 정도는 이해할 수 있다고 했지요."

캐시는 아무 말도 하지 않았다. 토마스는 10대 이후부터 편두통 같은 것은 일어난 적이 없었다.

"그건 그렇고."

발렌타인은 일부러 쾌활한 목소리로 말했다.

"당신은 당신 눈 걱정이나 해요. 토마스는 조금도 걱정할 것이 없으니까. 그는 자기가 낸 처방전의 장부를 조사해 봐도 좋다고까지 했어요."

그는 자리에서 일어나며 캐시의 어깨를 가볍게 두드렸다.

캐시는 발렌타인처럼 자기도 낙천주의자가 됐으면 좋겠다고 생각했다. 그러나 이 선생님은 토마스의 수축된 동공이나 비틀거리는 걸음걸이를 모르고 있고, 언제 어떻게 변할지 모르는 그의 불안정한 정신상태를 한 번도 눈으로 본 적이 없는 것이다.

"그렇다면 좋겠지만……."

그녀는 한숨을 쉬면서 말했다.

"물론이오. 내 말을 믿으라니까."

발렌타인 박사는 캐시에게 자신의 격려의 말들이 별다른 효과를 주지 못한 데 대해 당황하는 것 같았다. 그는 밖으로 나가려고 했다.

"그리고 제가 선생님을 만났다는 말씀은 하시지 않았겠죠?"

캐시는 발렌타인이 조바심치고 있는 모습을 보면서 덧붙였다.

"물론 말하지 않았죠. 아무튼 토마스가 질투한다는 것은 그만큼 당신에게 홀딱 빠져 있다는 증거요. 무리도 아니지만 말이야."

발렌타인은 히죽 웃으며 말했다.

"일부러 이렇게 와주셔서 감사합니다."

캐시는 인사를 했다.

"감사는 무슨……."

발렌타인은 손을 내젓고는 클락슨 제2병동에서 떠난다는 사실만으로도 몹시 기쁘다는 듯 방화문 쪽으로 걸음을 옮겼다. 그는 정신과 같은 것을 선택하는 사람들을 도저히 이해할 수가 없었다.

엘리베이터 앞까지 왔을 때 발렌타인은 머리를 흔들었다. 그는 남의 가정 일에 끼어드는 것을 싫어했었는데 어쩔 수 없이 킹슬리 부부를 도와줘야 할 처지가 되었다. 그래서 캐시를 기쁘게 해주려고 일부러 찾아갔는데 그녀는 조금도 기뻐하는 기색을 보이지 않았다. 발렌타인은 그때서야 비로소 캐시가 정말 객관적인 눈으로 남편을 관찰하고 있는지 어떤지 의문을 가지기 시작했다.

엘리베이터에서 내린 발렌타인은 조지가 수술실에서 나왔는지 가봐야겠다고 생각했다.

그는 회복실에서 레지던트들에게 둘러싸여 있는 조지의 모습을 발견했다. 조지는 과장의 시선을 느끼자 기다리게 한 데 대한 사과를 하고 발렌타인의 뒤를 따라 복도로 나왔다.

"오늘 아침 킹슬리 부인과 골치 아픈 얘기를 하고 왔네."

발렌타인은 즉시 본론으로 들어갔다.

"나는 그녀가 어젯밤의 소동에 대해 사과하러 온 줄 알았더니 그게 아니었어. 토마스가 약을 남용하고 있다고 걱정하더군."

조지는 대답을 하려고 입을 벌렸다가 잠시 망설였다. 그는 오늘 아침 자기가 대신 메스를 들 때까지 수술실에서 있었던 킹슬리의 행동을 레지던트들로부터 들었던 것이다. 그것을 과장에게 얘기하게 되면 킹슬리는 매우 곤란한 입장에 빠지게 된다, 그는 어젯밤 자기와 다툰 후에 화가 나서 술을 많이 마셨는지도 모른다, 그것은 충분히 생각할 수 있는 일이었다. 조지는 이 얘기는 당분간 자기 혼자만 간직하고 있어야겠다고 생각했다.

"선생님은 캐시의 얘기를 믿을 수 있다고 생각하십니까?"

조지가 물었다.

"나도 모르겠어. 토마스와 대화를 해보니 굉장히 그럴듯한 대답을 하더군. 하지만 아무래도 그 기질은 불안정하고 이상한 것 같았어."

발렌타인은 한숨을 쉬면서 말을 이었다.

"자네는 항상 과장이 된다는 것은 생각지도 않고 있다고 하지만, 이 과를 개편할 때는 설사 킹슬리가 정식직원이 되더라도 그는 이 과의 도움이 되지 못할지도 모르네. 우리가 교육용으로 선택한 새로운 환자를 그는 틀림없이 거절할 테니까."

"옳은 말씀입니다. 혈관외과의 신인들을 교육하기 위해 지능이 떨어지는 환자들까지 수술하는 걸 그 친구가 승낙하진 않을 테니까요."

조지도 맞장구를 쳤다.

"물론 그의 생각이 반드시 잘못되어 있다고는 할 수 없지. 비용이 많이 드는 이번 계획은 우선 무엇보다도 오랫동안 생존할 가능성이 있는 환자들을 우선적으로 다루지 않으면 안 되지만, 그렇게 되면 레지던트들은 실습할 기회가 좀처럼 손에 들어오지 않게 된단 말이야. 그리고 병원으로서는 사회적으로 중요한 인물을 환자로 선택하고 싶다는 거야. 그렇다면 도대체 누가 그것을 결정할 수 있겠는가. 자네도 말했듯이 우리는 의사일 뿐 신은 아니니까 말일세, 조지."

"틀림없이 토마스도 언젠가는 누그러지겠죠. 만약 우리 계획이 본궤도에 오른다면 아무래도 교직을 맡을 그 친구가 필요하지 않겠습니까."

조지가 말했다.

"그랬으면 얼마나 좋겠나. 나는 그에게 부인과 함께 휴가를 얻으라고 권유했네. 그런데 토마스가 자네에게 트집을 잡는 것은 완전히 망상이라고 생각해도 되겠지?"

"물론입니다. 하지만 그녀만 기회를 만들어준다면 저는 아직도 그녀를 위해 싸울 용기가 있습니다. 그 뛰어난 용모도 용모지만, 그녀는 제가 지금까지 만난 여성들 중에서 가장 좋아하는 여성입니다."

"아무튼 자네도 절도를 지켜서 서로 아까운 재능을 못 쓰게 만들지 않도록 하게."

발렌타인이 웃으며 말했다.

"그건 그렇고, 자네는 토마스의 처방전을 조사해 보는 것이 좋겠다고 생각하는가?"

"그럴 필요는 없을 겁니다. 의사가 약을 구하는 방법은 얼마든지 있으니까요."

수술실에서 있었던 토마스의 실수를 떠올리면서 조지가 말했다.

"아무튼 그 사나이가 빨리 휴가를 얻어서 예전의 그 자신을 되찾을 수 있도록 바랄 수밖에 없군."

발렌타인이 말했다.

조지는 아무 일도 없었던 옛날에도 토마스라는 사나이를 개인적으로 별로 좋아하지 않았었다. 그러나 "그럼요." 하고 맞장구를 쳤다.

이상한 침전물

캐시는 거의 쇼크 상태였다. 토마스가 왜 갑자기 그렇게 변했는지 도저히 믿을 수가 없었다. 그는 5시쯤 전화를 걸어, 오늘 밤 수술 스케줄이 중지되었기 때문에 자기는 자유로운 몸이라며 자기 차로 집에 같이 돌아가자고 했다. 캐시의 차는 병원에 두고 가자는 것이었다.

몇 달 만에 처음으로 즐거운 저녁식사를 할 수 있었다. 토마스는 갑자기 옛날 캐시의 결혼상대, 그 매력적인 인물로 되돌아갔다. 그는 페트리셔가 늘어놓는 불평도 유쾌한 유머로 빠져나가고, 캐시에게도 공공연하게 따뜻한 애정을 표시했다.

캐시는 영문을 몰라서 어리둥절하면서도 몹시 기뻤다. 토마스가 어젯밤의 그 불미스러운 사건을 완전히 잊어버렸다고는 도저히 생각할 수 없었으나, 그가 어머니를 일찍 돌려보낸 다음 캐시에게 매혹적인 모습으로 칼루아 술을 따라줄 때는 경이로움으로 그를 지켜볼 정도였다. 그는 자신의 술잔에는 코냑을 따랐다. 두 사람은 난로 앞에 있는 타원형 소파에 앉았다.

"오버메이어 박사가 전화를 걸어왔다길래 전화를 했더니 이미 퇴근하고 없더군. 당신 눈은 어떻게 됐소?"

그는 술을 홀짝거리며 말했다.

"오늘 박사님을 만났어요. 시력이 좋아지지 않으니까 수술을 해야만 한대요."

"언제 해야 하지?"

토마스의 목소리는 부드러웠다. 그는 술잔을 빙글빙글 돌렸다.

"될 수 있는 한 빨리요."

캐시는 쭈뼛거리며 말했다. 토마스는 겉으로 보기에는 매우 태연한 표정으로 얘기를 듣고 있었다. 그래서 캐시는 말을 계속했다.

"오버메이어 박사님은 모레쯤 수술할 계획을 세웠기 때문에 당신에게 전화를 했을 거예요. 물론 당신이 반대하지 않아야만 수술을 하게 되겠지만요."

"반대하다니? 내가 왜 반대를 하겠소? 당신의 시력은 요행을 믿어서는 안 될 정도로 중대한 일이란 말이야."

캐시는 그 말을 듣고 안도의 한숨을 쉬었다. 토마스가 어떤 반응을 보일지 걱정이 되어 견딜 수가 없었기 때문에 자기가 숨을 죽이고 있었다는 사실조차 모르고 있었다.

"작은 수술이라는 건 알고 있지만 그래도 겁이 나요."

토마스는 몸을 구부리고 그녀의 몸에 팔을 둘렀다.

"물론 겁이 나겠지. 그건 당연한 거야. 하지만 마틴 오버메이어는 수술의 명수야. 그보다 더 좋은 의사는 찾을 수 없을걸."

"그건 나도 알아요."

캐시는 희미하게 미소를 지었다.

"그리고 난 오늘 오후에 한 가지 결심한 것이 있어."

토마스는 그녀를 더욱 힘껏 껴안고 말했다.

"박사의 허락이 떨어지면 우리는 즉시 휴가를 얻는 거야. 카리브해 근처가 좋을 것 같아. 발렌타인도 내게는 휴가가 필요하다고 하더군. 당신이 수술을 한 뒤의 회복기만큼 좋은 기회는 없는데, 어떻게 생각해?"

"근사해요."

그녀가 얼굴을 돌려 그에게 키스를 하려고 할 때 전화벨이 울렸다. 토마스는 전화를 받기 위해 자리에서 일어났다. 제발 병원에서 그를 부르는 전화가 아니기를 그녀는 빌었다.

"오, 세이버트. 목소리를 들으니 반갑소."

토마스가 전화에 대고 말했다. 캐시는 몸을 앞으로 구부려 커피테이블에 글라스를 놓았다. 로버트가 집으로 전화를 걸어온 일은 한 번도 없었다. 뜻밖의 방해자가 생긴 것이다. 그의 전화 때문에 토마스가 또 노발대발할지도 몰랐다. 그러나 그는 점잖게 전화를 받았다.

"그녀는 여기 있소. 아니, 아직은 조금도 늦은 시각이 아니오."

그는 미소를 지으면서 수화기를 캐시에게 건네주었다.

"내가 집에까지 전화를 걸어 실례가 되지 않았을까? 하지만 난 지금 간신히 병리 연구실에 숨어들어가 제프리 워싱턴의 정맥표본을 들여다보고 오는 길이야. 그리고 병실에 돌아와 가만히 생각해 보니, 틀림없이 전에도 똑같은 침전물을 본 기억이 떠올랐어. 전에 공장에서 사고로 죽은 남자의 시체를 부검했을 때였어. 그는 농축 불화나트륨을 무릎에 엎질렀는데 금방 씻었지만 상당량이 흡수되어 죽게 된 거야. 그 남자의 정맥에도 똑같은 침전물이 있었단 말이야."

로버트가 말하자 캐시는 토마스에게 등을 돌리고 목소리를 낮췄다. 아직도 SSD 연구를 계속하고 있다는 것을 그에게 알리고 싶지 않았다.

"그런데 불화나트륨은 의료용으로는 사용되지 않잖아."

"치과에서 사용하고 있어."

"하지만 그걸 먹을 수는 없잖아. 링거에 넣을 수도 없는 것이고."

캐시는 속삭이듯이 말했다.

"그건 그래. 하지만 이 희생자가 어떻게 죽었는지 너도 꼭 알아야 할 필요가 있어. 그는 경련의 대발작을 일으켰고, 마지막엔 부정맥이 일어났어. 어때, 이건 너도 들은 적이 있잖아."

일련의 SSD 증례 가운데 7명의 환자가 같은 증상을 나타냈다는 것은 캐시도 알고 있었다. 그러나 그녀는 아무 말도 하지 않았다. 그런 증상을 일으키는 것은 꼭 불화나트륨이 아닐 수도 있는 것이다. 그리고 로버트의 말이 꼭 정확한 결론이라고도 할 수 없었다.

"내가 연구실로 돌아가게 되면 이 침전물이 무엇인지 분석할 수 있을 거야. 그것이 불화나트륨이라면 결과는 분명히 드러난 거야. 만약 그렇다면 그것이 무슨 의미인지 너도 알겠지?"

"응, 알아."

로버트의 말에 캐시는 마지못해 대답했다.

"그것은 살인이야."

로버트가 단정하듯이 말했다.

"도대체 무슨 얘기야?"

캐시가 소파에 앉아 있는 토마스의 옆으로 돌아가자 그가 물었다.

"그 SSD 연구에서 또 무슨 새로운 묘안이라도 떠오른 모양이지?"

토마스는 그렇게 말하면서도 별로 동요하는 기색도 없고 다만 얘기를 듣고 싶어하는 것 같은 말투였다. 그렇다면 로버트의 연구 성과를 어느 정도까지는 토마스에게 얘기해도 괜찮겠다 싶었다.

"그 사람은 아직도 그 일을 계속하고 있어요. 입원하기 직전에 데이터를 조사해 봤는데 컴퓨터 데이터에서 재미있는 결과가 발견됐다네요."

"무슨?"

토마스가 물었다.

"몇 가지 가능성이겠죠."

캐시는 애매하게 대답했다.

"예외는 발견되지 않았어요. 즉 그 모두가 병원 안에서 일어났다는 거예요. 뉴저지에서 쿠라레를 주사 맞고 죽은 불쌍한 환자들의 얘기는 당신도 알잖아요."

캐시는 약간 어색한 미소를 지었다.

"설마 살인이라고 의심하는 건 아니겠지?"

"아, 아니에요."

캐시는 말이 많았던 것을 후회하면서 황급히 말했다.

"로버트는 데이터를 추적하다가 마지막에 한 부검의 정맥표본에서 이상한 침전물을 발견했어요."

토마스는 고개를 끄덕이면서 무언가를 생각하는 것 같았다. 캐시는 그의 유쾌한 기분을 다시 되돌려놓아야겠다고 생각하고 이렇게 덧붙였다.

"로버트는 당신이 중간에서 도와준 것을 매우 감사하고 있어요."

"그건 나도 알아."

토마스는 활짝 미소를 지으며 말했다.

"그 사람을 도와주기 위해 한 것은 아니었어. 하지만 그쪽에서 그렇게 생각하고 있다면 나로서도 고마운 일이지. 자, 슬슬 자야 할 시간이 된 것 같군."

캐시는 토마스의 손에 잡혀 2층으로 올라가면서 토마스의 새파란 눈에서 읽은 것이 무엇인지 확신할 수가 없었다. 그녀는 몸을 떨었다. 즐거운 기대 때문인지 무엇 때문인지 잘 알 수 없는 전율이었다.

SSD자료는 어디에?

캐시는 대학시절 이후로 병원에 입원한 일은 한 번도 없었다. 이제 의과대학을 졸업하고 인턴생활도 거친 상태에서 입원환자가 된다는 것은 로버트의 말처럼 전혀 다른 체험이었다. 병원의 일은 무엇이든지 알고 있기 때문에 입원수속은 단순히 무섭다는 것과는 차원이 달랐다.

토마스와 함께 차를 타고 병원에 왔기 때문에 입원을 하기에는 시간이 너무 일렀다. 실제로 접수계 사무원은 업무가 시작되는 10시까지 기다려달라고 했다. 캐시는 누구라도 응급실을 통하면 밤중 언제라도 입원을 시키지 않느냐고 항의를 했으나 계원은 다만 10시에 한 번 더 오라는 말만 되풀이할 뿐이었다.

캐시는 도서실로 가서 3시간이나 시간을 허비했다. 〈현대 심리학〉이라는 좋은 잡지를 펼치긴 했으나 신경을 집중시키지 못한 채 10시가 되기만을 기다렸다. 그리고 시간이 되어 다시 입원계를 찾아갔다. 접수하는 사람은 바뀌어 있었으나 그 태도는 여전히 무뚝뚝해서 입원

수속이 순조롭게 진행되지 않았다. 그들은 마치 일부러 환자들을 괴롭히려고 작정한 듯이 굴었다. 이번에는 병원카드가 없기 때문에 입원할 수 없다는 통고를 받았다. 그 냉담한 사무원은 마지막에 가서야 3층의 신분증명계에 가보라고 말해 주었다.

꼭 신용카드처럼 보이는 신분증명서를 가지고 캐시는 30분 후에 다시 입원계 창구로 갔다. 그러나 거기서 또 한 번 극복하기 어려운 난관에 봉착하게 되었다. 그녀는 대학 졸업장에 캐시디라는 옛날 성을 썼기 때문에 병원에서도 그 이름으로 통하고 있었는데, 토마스는 킹슬리라는 이름으로 그녀의 의료보험증을 만들었기 때문에 사무원은 캐시디와 킹슬리 부인이 동일인이라는 것을 증명하기 위해서는 그녀의 결혼증명서가 필요하다는 것이었다.

캐시는 병원에 입원하는데 무엇 때문에 그런 것이 필요하냐, 토마스의 방에 전화를 걸어보면 금방 알 수 있지 않느냐고 주장했다. 그러나 사무원도 컴퓨터에 입력시키려면 증명서가 필요하다, 우리는 다만 기계를 지키고 있을 뿐이라면서 한 걸음도 물러서지 않았다. 이 실랑이는 결국 컴퓨터 데이터를 가지러 온 입원계 수석에 의해 해결되었다. 그는 캐시의 구술내용을 컴퓨터에 입력시키고 그녀를 입원시켜 주었다.

그렇게 해서 캐시는 마침내 17층에 있는 병실을 배당받고 녹색 윗도리에 '메모리얼 병원 자원봉사자'라는 명찰을 달고 있는 쾌활한 여성의 안내를 받으며 위층으로 올라갔다.

그러나 그녀가 데리고 간 곳은 17층이 아니었다. 우선 흉부 엑스레이 사진을 찍기 위해 2층으로 갔다. 캐시는 6주 전에 정기 건강진단을 받을 때 찍었기 때문에 다시 찍을 필요가 없다고 했으나, 엑스레이 기사는 사진을 찍지 않으면 마취를 하지 못하게 되어 있다고 주장했다. 결국 마취과 과장이 오버메이어에게 전화를 걸고, 그는 다시 방사선과 과장인 잭슨에게 전화를 걸었으며, 잭슨은 캐시의 지난번 필름을 조사해 보고 다시 오버메이어에게 연락했다. 그리고 오버메이어는 마취과 과장에게, 과장은 다시 엑스레이 기사에게 전화를 걸어 캐시의 흉부 사진은 필요 없다고 연락했다. 그러는 동안 다시 한 시간을 허비하게 되었다.

그런 후에야 캐시는 검사실에서 혈액검사와 소변검사를 하고 나서 담청색으로 단장된 2인용 병실에 입원하게 되었다. 같은 방의 환자는 61세였는데 왼쪽 눈에 붕대를 감고 있었다.

"난 메리 설리반이우."

상대 여성은 캐시가 자기소개를 하자 자신도 이름을 댔다. 의치를 빼놓고 있었기 때문인지 61세의 나이보다 훨씬 늙어 보였다. 이 사람은 무슨 수술을 받았는지 캐시는 궁금했다.

"나는 망막이 벗겨졌다우. 눈을 한 번 빼내어 레이저 광선을 쬔 다음 다시 제자리에 넣었수."

캐시의 관심을 알았는지 메리가 말했다.

캐시는 그 말을 듣고 웃었다.

"눈을 한 번 빼내다니, 도저히 믿을 수가 없어요."

"정말이우. 솔직히 말해 붕대를 처음 풀었을 때는 물건이 이중으로 보이더구먼. 그래서 눈을 비틀게 넣지 않았나 걱정했었다니까."

캐시는 그런 대화를 계속하고 있을 생각은 없었다. 그녀는 자기 짐을 풀어 인슐린과 주사기들을 나이트 테이블의 서랍에 조심스럽게 넣었다. 오늘 밤은 여느 때처럼 주사를 할 생각이지만 내일부터는 내과의 주치의인 닥터 맥키네리가 해줄지도 모르기 때문에 그것이 분명해질 때까지는 주사를 하지 말아야겠다고 생각했다.

그녀는 환자복으로 갈아입었다. 이런 대낮에 환자복을 입는다는 것이 우스꽝스럽게 느껴졌지만 그것이 병원의 규칙이라는 것을 그녀는 알고 있었다. 환자에게 그것을 강요함으로써 심리적으로 그들을 병원의 일과에 따르게 하려는 것이다. 그리고 그녀도 지금은 단지 한 사람의 환자에 지나지 않았다.

그렇게 오랫동안 병원생활을 하면서도 하얀 의사 가운을 입지 않으면 병원이라는 곳이 그렇게 불쾌한 곳이라는 것을 그녀는 처음 알았다. 그리고 자기 병실 밖으로 나오기만 해도 마치 무슨 잘못이라도 저지른 것처럼 불안한 생각이 들었다.

뿐만 아니라 로버트를 만나기 위해 18층으로 갔을 때는 마치 자기가 침입자가 된 것 같은 느낌마저 들었다.

1847호실을 노크해도 대답이 없자 그녀는 가만히 문을 열었다. 로버트는 숨소리를 고르게 내면서 반듯하게 누워 잠들어 있었다. 입가에는 다 말라가는 피가 한 방울 묻어 있었다.

캐시는 침대로 다가가 잠시 그의 얼굴을 들여다보았다. 틀림없이 마취약 때문에 잠이 든 것 같았다. 그녀는 마치 주치의가 된 듯이 링거를 살펴보았다. 순조롭게 떨어지고 있었다.

캐시는 자기 손가락에 키스를 한 다음 그의 이마에 갖다 댔다. 그리고 문 쪽으로 돌아가려고 하다가 문득 한 무더기의 컴퓨터 출력물을 발견하고 그쪽으로 다가가 첫장을 들여다보았다. 아니나 다를까, 그것은 SSD에 대한 연구 자료였다. 순간, 그녀는 그것을 가지고 갈까 하다가 자기 방에 뒀다가 토마스에게 발견되면 곤란하다고 생각하고 나중에 로버트와 같이 보기로 했다. 그리고 친구의 새로운 이론을 진지하게 받아들인다면 그 중요한 증거서류를, 더구나 수술 전날 밤에 자기 병실로 가지고 갈 수는 없었다.

■ ■ ■

토마스는 대기실의 문을 열고 진찰실로 들어가면서 환자들에게 약간 머리를 숙여 인사했다. 그러나 속으로는 다른 출입구를 만들어두지 않은 건축업자에게 욕을 퍼붓고 있었다. 아무에게도 들키지 않고 자기 방에 들어가고 싶었던 것이다.

도리스는 그가 다가오는 것을 보고 미소를 지었으나 자리에서 일어서려고는 하지 않았다. 바로 전날 그런 일이 있었기 때문에 그녀는 마치 총소리를 들은 개처럼 겁을 먹고 그에게 메모를 전해 주기만 했다.

진찰실로 들어간 토마스는 환자를 진찰할 때 입는 가운으로 갈아입었다. 그래야만 환자들의 존경을 받는다는 것은 아니지만 적어도 그들의 복종심을 조장할 수는 있었다. 그는 책상 앞에 앉아 많은 전화메모지를 한 장씩 넘기며 훑어보다가 마지막에 캐시의 메모를 보자 갑자기 손을 멈추고 그 핑크색 메모지를 뚫어져라 보았다. 1740호실, 토마스는 얼굴을 찌푸렸다. 그것은 간호사실 바로 맞은편에 있는 2인용 병실이 아닌가.

그는 수화기를 들고 입원계의 수석인 그레이스 피보디를 불렀다.

"미스 피보디, 내 아내가 2인실에 입원을 했다는데 왜 1인실로 해 주지 않았나?"

토마스는 화난 목소리로 말했다.

"저도 알고 있습니다만, 요즘 환자들이 많아서 병실이 모자랄 뿐만 아니라 그분은 준응급 환자로 지정되어 있어서 어쩔 수가 없었어요."

"글쎄, 내게는 매우 중요한 일이니까 1인실을 좀 찾아봐요. 안 된다면 원장에게 부탁해볼 테니까."

"네, 최선을 다해 보겠습니다, 킹슬리 선생님."

미스 피보디도 짜증스러운 목소리로 대답했다.

"부탁하겠소."

토마스는 수화기를 쾅 내려놓았다.

"빌어먹을!"

그는 요즘 이 병원에서 날뛰고 있는 관료주의자들이 제일 싫었다. 그들은 최대한으로 남에게 고통을 주려고만 작정하고 있는 것 같았다. 왜 아무도 이 메모리얼 병원에서 가장 유명한 외과의사의 아내를 1인실에 넣어주려 하지 않는 것일까. 도저히 있을 수 없는 일이라고 생각했다.

도리스가 책상 위에 놓고 간 예정표를 힐끗 보면서 토마스는 관자놀이를 문질렀다. 또 두통이 나기 시작했다.

그는 잠깐 망설이다가 책상의 두 번째 서랍을 열었다. 바이패스 수술을 세 번이나 했고, 메모에 적혀있는 12명의 외래환자를 진찰해야 하기 때문에 이 정도의 도움은 필요하다고 생각했다. 그는 핑크색 알약을 하나 꺼내 먹고는 인터폰으로 첫 번째 예약환자를 들여보내라고 도리스에게 말했다.

외래 환자에 대한 진료는 생각보다 순조롭게 진행되었다. 12명의 환자 중에서 이미 수술을 받은 환자 2명은 각각 10분 정도밖에 걸리지 않았다. 그리고 5명에게는 관상동맥의 바이패스수술을, 또 한 사람에게는 판막의 수복수술을 하도록 처방을 내렸다. 그리고 나머지 4명은 수술할 필요가 없기 때문에 처음부터 토마스에게 올 필요가 없는 환자들이었다. 토마스는 서둘러 그 4명을 돌려보냈다.

이윽고 그는 몇 장의 편지에 서명을 한 다음 다시 미스 피보디에게 전화를 걸었다.

"1752호실은 어떻습니까?"

미스 피보디가 다소 뻣뻣한 목소리로 말했다.

1752호실은 복도 끝에 있는 1인실인데 창문이 찰스 강의 아름다운 풍경을 내려다볼 수 있도록 서쪽과 북쪽으로 나 있었다. 더 이상 바랄 것이 없었다. 토마스는 좋다고 했다. 미스 피보디는 인사도 하지 않고 전화를 끊었다.

토마스는 다시 정장으로 갈아입은 뒤 도리스에게 곧 돌아오겠다고 말하고 쉐링턴 병동으로 향했다. 그러나 그는 캐시의 병실에 가기 전에 방사선과에 잠깐 들러 엑스레이 사진 몇 장을 들여다보았다.

17층에 가보니 놀랍게도 캐시는 아직 1740호실에 그대로 있었다. 그는 노크도 하지 않고 문을 열었다.

"왜 방을 바꾸지 않았소?"

"바꾸다니요?"

캐시는 무슨 말인지 알 수가 없었다. 그녀는 메리 설리반과 아이를 갖는 문제에 대해서 얘기를 하고 있는 중이었다.

"1인실로 옮겨달라고 내가 부탁을 했단 말이야."

토마스는 짜증을 내면서 말했다.

"1인실은 필요 없어요, 토마스. 여기 메리와 함께 있게 되어서 즐거우니까요."

캐시가 메리를 소개하려고 하는데 토마스는 이미 초인종을 누르고 있었다.

"내 아내는 제대로 치료를 받아야 한단 말이야."

간호사들은 도대체 어디로 갔을까 생각하며 토마스는 복도를 내다보면서 말을 이었다.

"병원의 중요한 간부들의 가족이 입원할 때는 항상 1인실을 이용할 수 있도록 되어 있다고."

토마스가 간호사들을 찾느라 소동을 일으키자 캐시는 매우 난처해 했다. 그녀는 간호사들에게 폐를 끼치고 싶지 않았으나 그녀들은 30분이나 걸려 캐시의 방을 옮겨주었다.

"어때, 이쪽이 훨씬 낫잖아."

방을 옮기고 나자 토마스가 말했다.

캐시도 이 방이 더욱 쾌적하다는 것을 인정하지 않을 수 없었다. 침대에 누워 있어도 지평선으로 넘어가는 겨울의 태양이 보였다. 이런 소동은 싫었지만 이렇게까지 마음을 써주는 토마스가 그녀는 눈물이 나도록 고마웠다.

"그리고 또 하나 좋은 소식이 있어."

토마스는 침대 가장자리에 걸터앉아 말했다.

"마틴 오버메이어와 얘기를 해봤는데, 그 사람은 당신이 일주일만 있으면 틀림없이 좋아진다고 하더군. 그래서 난 계획을 서둘러서 마르티니크 해안의 조그만 호텔에 방을 하나 예약해 놓았어. 어때?"

"어머, 근사해요."

단둘이 휴가를 지낼 수 있다고 생각하면 설사 무슨 사정으로 그것이 실현되지 못한다고 하더라도 매우 즐거운 것이다.

그때 반쯤 열려 있는 문을 노크하면서 조안 위디커가 나타났다.

"어서 와요."

캐시는 반색을 하면서 그녀를 토마스에게 소개했다.

"뵙게 되어 반갑습니다. 캐시로부터 말씀은 많이 듣고 있었어요."

조안이 말했다.

"조안은 정신과 레지던트 3년차인데 나를 많이 도와주고 있어요. 특히 내가 자신감을 가질 수 있도록 많은 격려를 해주고 있죠."

캐시가 설명을 했다.

"만나서 반갑습니다."

토마스는 조안이 별로 마음에 들지 않았다. 그녀는 여자다움을 무슨 특권처럼 내세우고 다니는 타이프의 여자 같다는 느낌이 들었다.

"갑자기 뛰어들어 죄송해요. 캐시가 담당하고 있는 환자들은 모두 잘 지내고 있다는 것을 알려주기 위해 잠깐 들렀을 뿐이에요. 캐시, 환자들은 모두 당신이 빨리 낫기를 바라고 있어요. 벤트워스 대령까지 말이야! 정말 우스운 얘기지만."

조안이 웃으며 말했다.

캐시는 남편이 옷깃을 가다듬고 있는 것을 보면서 덩달아 웃었다.

"그럼 또 오겠소. 진찰이 있어서……."

토마스는 캐시에게 키스를 했다.

"내일 아침 수술 전에 올게. 다 잘될 테니까 아무 걱정 말고 푹 자두도록 해요."

"나도 이러고 있을 시간이 없어. 내과에서 한 사람 진찰을 해야 하니까. 내가 꼭 당신 남편을 쫓아낸 꼴이 되어서 미안해."

토마스가 나가고 난 뒤 조안이 말했다.

"토마스는 매우 근사해요."

캐시는 방금 그 얘기를 하고 싶어서 견딜 수가 없었다.

"이해심도 많고 믿음직스럽고. 우린 휴가를 얻어 놀러 가기로 했어요. 그 사람이 약을 먹고 있는 걸 난 아무래도 오해하고 있었나 봐."

조안은 캐시의 토마스에 대한 의존도를 알고 있었기 때문에 그 말의 객관성이 의심스러웠다. 그러나 자기 생각을 입 밖에 내지 않고 모든 일이 잘돼서 기쁘다고 말하고 밖으로 나왔다.

캐시는 얼마 동안 침대에 드러누워 담황색에서 차츰 보라색으로 변해 가는 하늘을 지켜보았다. 토마스가 무엇 때문에 갑자기 태도를 바꾸어 자기에게 친절을 베푸는지 알 수가 없었다. 그러나 이유야 어찌됐든 그녀는 진심으로 그가 고마웠다.

마침내 하늘이 캄캄해졌을 때 캐시는 로버트가 궁금해졌다. 그러나 아직도 자고 있으면 안 되므로 전화를 걸 수는 없었다. 그 대신 잠깐 가서 보고 와야겠다고 생각했다.

마침 계단이 자기 방의 맞은편에 있었기 때문에 캐시는 재빨리 18층으로 올라갔다. 로버트의 병실 문이 닫혀 있었으므로 그녀는 가만히 노크를 했다. 로버트의 졸린 목소리가 들어오라고 응답했다.

로버트는 눈을 뜨고는 있었으나 아직도 정신이 완전히 맑은 상태는 아닌 것 같았다.

"기분이 어때?"

캐시가 물었다.

"아무래도 안 좋아. 꼭 입안에서 하키 시합을 하고 있는 것처럼 얼얼하단 말이야."

그는 말했다.

"뭘 좀 먹었어?"

캐시가 물었다. 나이트 테이블 위에 놓여 있는 컴퓨터 출력물이 눈에 들어왔다.

"놀리는 거야?"

로버트는 링거를 맞고 있는 팔을 들어 올렸다.

"이 몸은 지금 액체 페니실린을 먹고 있는 중이야."

"내 수술은 내일 아침이야."

캐시가 말했다.

"틀림없이 잘 될 거야."

그는 무거운 눈꺼풀을 뜨려고 안간힘을 쓰면서 말했다.

캐시는 미소를 지으며 그의 손을 잡아주고는 방을 나왔다.

■ ■ ■

통증이 너무 심해서 토마스는 하마터면 비명을 지를 뻔했다. 도리스가 침대 밑에 놓아둔 낡은 트렁크에 발이 걸려 고꾸라진 것이다. 그는 어두컴컴한 가운데 속옷을 찾고 있었다. 도저히 찾아지지 않자 그는 도리스가 깨도 할 수 없다고 생각하고 불을 켰다. 팬티를 찾을 수 없었던 것이 당연했다. 도리스가 그것을 방 저쪽으로 집어 던지는 바람에 장롱의 손잡이에 걸려 있었다.

옷을 모두 찾게 되자 그는 불을 끄고 살금살금 거실로 나와 옷을 입었다. 그리고 되도록 소리 없이 아파트를 빠져나와 거리에 나서서 손목시계를 보았다. 새벽 1시가 다 되어가고 있었다.

그는 그 길로 외과의 라커룸으로 가서 방금 입고 온 옷을 다시 벗고 수술복으로 갈아입고는 복도를 걸어 수술이 진행되고 있는 수술실로 갔다. 그리고 잠시 문밖에서 걸음을 멈춰 마스크를 한 뒤 문을 열고 들어갔다. 마취의사의 얘기를 들으니 이 환자는 오늘 오후 카테터 검사를 마치고 동맥류를 절제하고 있는 중이라고 했다.

복부외과의 간부 한 사람이 수술을 하고 있었다. 토마스는 그의 뒤로 다가갔다.

"상태가 좀 어떤가?"

수술하는 부위를 들여다보면서 토마스가 물었다.

의사는 뒤를 돌아보면서 토마스에게 말했다.

"아주 나빠. 동맥류가 어디까지 계속되고 있는지 현재로서는 확인할 수가 없다네. 가슴까지 가 있는지도 모르지. 만약 그렇다면 자네는 하늘이 보내주신 인물이지. 좀 도와주겠는가?"

"좋지. 라커룸에서 잠깐 눈을 붙이고 있을 테니까 도움이 필요하면 전화를 해주게."

토마스는 그렇게 말하고 수술실을 나와서 어슬렁어슬렁 외과 휴게실 쪽으로 걸어갔다. 막 수술을 마친 간호사 세 사람이 거기서 휴식을 취하고 있었다. 토마스는 그녀들에게 손을 흔들고는 라커룸으로 들어갔다.

■ ■ ■

캐시에게 그 밤은 무난하게 지나가고 있었다. 그녀는 인슐린을 주사한 다음 맛없는 식사를 마치고, 샤워를 끝낸 뒤 소형 텔레비전을 보았다. 그리고 정신과학에 관한 잡지라도 읽을까 했으나 도저히 정신을 집중시킬 수가 없었다. 그녀는 마침내 독서를 단념하고 10시가 되자 수면제를 먹었다. 그러나 로버트가 발견한 결과를 머릿속에서 분석하고 있자니 한 시간이 지나도 잠이 오지 않았다.

만약 제프리 워싱턴의 정맥에 정말 불화나트륨 침전물이 있었다면 그것은 병원에 있는 누군가가 살인자라는 결론이 나온다. 내일 수술을 받고 의식을 잃은 채 밖으로 실려 나올 자신을 생각하면 잠이 오지 않는 것도 이상한 일은 아니었다.

캄캄한 어둠 속에서 잠을 이루지 못하고 이리저리 몸을 뒤척이고 있던 그녀는 문득 무슨 소리를 들었다. 분명하지는 않았으나 아무래도 문 쪽에서 나는 것 같았다.

캐시는 옆으로 돌아누워 숨을 죽였다. 더 이상 소리는 나지 않았으나 방안에 누군가 사람이 들어와 있는 것 같은 기척이 느껴졌다. 그녀는 몸을 돌려 누구인지 확인해 볼까 하는 생각이 들었으나 겁이 나서 도저히 그럴 수가 없었다. 그런데 다음 순간 분명한 소리가 들려왔다. 등 뒤에 있는 나이트 테이블에 유리 같은 것이 닿는 소리였다. 누군가가 그녀의 바로 뒤에 서 있었다.

그녀는 무서움으로 마비된 것 같은 몸을 움직이기 위해 모든 정신력을 동원하지 않으면 안 되었다. 간신히 문 쪽으로 돌아누웠다. 그리고 흰 가운을 입은 사람의 모습을 발견했을 때 그녀는 입속으로 겁에 질린 비명을 질렀다. 그녀는 가까스로 손을 뻗어 침대 옆의 독서 등을 켰다.

"아이쿠, 깜짝이야!"

소리를 지른 것은 조지 서먼이었다. 그는 가슴에 손을 대고 정말 깜짝 놀랐다는 시늉을 하면서 말했다.

"캐시, 당신 때문에 난 10년 감수했어요."

캐시는 나이트 테이블 위에 굉장히 크고 새빨간 장미꽃 다발이 놓여 있는 것을 발견했다. 그 옆에는 '캐시에게'라고 쓰인 흰 봉투가 놓여 있었다.

"미안해요. 그러고 보니 우린 서로를 놀라게 하고 말았군요. 잠이 오지 않아서 뒤척이고 있는데 누군가 들어오는 소리가 들려서……."

캐시가 말했다.

"아, 그랬군요. 나도 무슨 말을 하고 들어왔어야 했는데 실수였어요. 난 당신이 자고 있는 줄 알고 깨우고 싶지 않아서……."

"이 아름다운 장미를 갖다 주려고 오셨나요?"

"그래요. 좀 더 일찍 오게 될 줄 알았는데 조금 전까지 회의가 있어서 빠져나올 수가 없었어요. 꽃은 아까 오후에 주문해 놨던 거라 꼭 오늘 안으로 당신에게 전달하고 싶었어요."

캐시는 미소를 지었다.

"정말 친절하시군요."

"내일 아침에 수술을 받는다고? 모든 게 잘 되었으면 좋겠군요."

그는 그때 갑자기 그녀가 잠옷 차림으로 있는 것을 알아차렸는지 얼굴을 붉히면서 작은 소리로 잘 자라고 하고는 황급히 방을 나갔다.

캐시는 자신도 모르게 미소를 지었다. 와인을 무릎에 엎질렀을 때의 그의 모습이 떠올랐기 때문이었다. 그녀는 꽃다발 옆의 흰 봉투를 집어 들고 안의 카드를 꺼냈다. '한 숭배자로부터, 진심을 담아'라는 글씨가 쓰여 있었다. 캐시는 그것을 보고 소리를 내어 웃었다. 조지가 뜻밖에도 감상적이라는 것이 깨달아졌다. 그리고 동시에 발렌타인의 저택에서 토마스가 큰 소동을 일으킨 뒤여서 그가 자신의 이름을 쓰는 것을 꺼렸다는 것을 알 수 있었다.

그로부터 2시간이 지났는데도 캐시는 잠을 이루지 못했다. 그녀는 잠들기를 포기하고 벌떡 일어나서 이불을 밀어젖히고 침대에서 내려왔다. 그리고 의자에 걸쳐둔 실내복을 걸치고 어쩌면 로버트가 깨어 있지 않을까 생각했다. 그와 얘기를 하고 나면 틀림없이 마음이 가라앉아 잠이 올지도 모를 일이었다.

대낮에 환자복을 입고 병원 안을 걸어 다니고 있을 때는 어색한 느낌이 들더니 이 한밤중에 복도를 걸으니 이번엔 꼭 범죄자가 된 것 같은 느낌이 들었다. 복도에는 사람의 모습이라곤 찾아볼 수도 없고, 계단 쪽에서도 아무런 소리도 들리지 않았다. 담당자에게 들켜 17층으로 쫓겨 가지 않도록 해달라고 마음속으로 빌면서 캐시는 로버트의 병실로 종종걸음을 쳤다.

이윽고 그녀는 어두운 방으로 들어갔다. 욕실 문이 조금 열려 있었는데 거기에서 불빛이 새어 나오고 있을 뿐이었다. 로버트의 모습은 보이지 않았으나 규칙적인 숨소리가 들려오고 있었다. 가만히 침대 옆으로 다가가보니 그의 얼굴이 어렴풋이 보였다. 완전히 잠에 곯아 떨어져 있는 것 같았다.

그녀는 방을 나오려고 하다가 나이트 테이블 위에 컴퓨터 출력물이 놓여 있었던 것을 상기했다. 그녀는 가만히 그것을 집어 들고 다시 테이블 위를 손으로 더듬으면서 아까 오후에 봤던 연필을 찾으려고 했다. 맨 먼저 컵에 손이 닿고, 그 다음에는 손목시계, 그리고 가까스로 연필이 잡혔다.

그녀는 연필을 들고 욕실로 들어가 출력물의 글자가 없는 부분을 찢어 세면대에 올려놓고 '잠이 오지 않아. SSD 자료를 빌려간다. 통계는 언제나 날 녹아웃 시켜. 그럼 잘 자, 캐시'라고 썼다. 밝은 욕실에서 나와 나이트 테이블로 돌아가자 방안이 아까보다 더 어두워진 것 같았다. 다시 손으로 더듬어 메모를 컵에 기대 세워놓고 막 방을 나서려는데 천천히 병실 문이 열렸다.

안으로 들어오던 사람과 하마터면 부딪칠 뻔하자 소스라치게 놀라며 소리를 지르려던 캐시는 간신히 비명을 삼키고 작은 목소리로, "세상에, 여긴 웬일이세요?" 하고 말했다. 들고 있던 컴퓨터 출력물이 몇 장인가 손에서 흘러 떨어졌다.

그때까지도 문을 열고 서 있던 토마스는 캐시에게 조용히 하라는 몸짓을 했다. 복도에서 들어오고 있는 불빛이 로버트의 얼굴을 비쳤으나 그는 꼼짝도 하지 않았다. 토마스는 그가 여전히 잠들어 있다는 것을 확인하자 캐시와 함께 바닥에 떨어진 종잇조각을 주워 모았다. 다 줍고 나자 캐시는 또 작은 소리로 속삭였다.

"여긴 웬일이에요?"

토마스는 조용히 그녀를 복도로 데리고 나오더니 뒤로 손을 뻗어 문을 닫았다.

"당신은 왜 아직도 자지 않고 있는 거야?"

그는 매우 불쾌한 표정으로 말했다.

"내일 아침에는 수술을 받아야 하잖아! 준비가 제대로 되어 있는지 확인해 보려고 당신 방에 갔더니 빈 침대만 놓여 있더군. 그래서 여기에 와 있을 줄 알고 이리로 온 거야."

"만나러 와줘서 고마워요."

캐시는 미소를 지으며 속삭였다.

"웃을 일이 아니야. 당신은 지금 자고 있어야 할 시간이란 말이야. 그런데 이 새벽 2시에 여기서 도대체 뭘 하고 있는 거야?"

토마스는 엄격한 목소리로 말했다. 캐시는 자신의 손에 들고 있는 컴퓨터 출력물을 보였다.

"도저히 잠이 오지 않아서 부지런이나 좀 떨까 하고……."

"어이가 없군. 당신은 이미 몇 시간 전부터 잠을 자고 있어야 했단 말이야!"

토마스는 캐시의 팔을 잡고 층계참으로 데려갔다.

"수면제가 조금도 듣지 않았어요."

이윽고 계단을 내려오면서 캐시가 말했다.

"그럴 때는 하나 더 달라고 해야지. 이건 명령이야, 캐시. 그런 것도 모르면 곤란하잖아."

캐시는 자기 병실 앞에서 걸음을 멈추고 토마스의 얼굴을 올려다보았다.

"미안해요. 당신 말이 옳아요. 내가 생각이 모자랐어요."

"지나간 일은 하는 수 없고, 어서 침대로 돌아가. 약을 하나 더 얻어다 줄 테니까."

캐시는 토마스가 결연한 모습으로 간호사실 쪽으로 걸어가는 것을 잠시 지켜보고 있다가 병실로 들어갔다. 그리고 SSD의 자료를 나이트 테이블 위에 올려놓고 실내복을 벗어 의자에 걸친 다음 슬리퍼를 차올렸다. 토마스가 보살펴주고 있다고 생각하자 한결 마음이 놓이는 것 같았다.

이윽고 토마스는 알약을 가지고 오더니 침대 옆에 서서 그녀가 약을 먹는 것을 지켜보았다. 그리고 장난을 치듯이 그녀의 입을 벌리게 하고 정말 약을 넘겼는지 어떤지를 조사해 보는 척했다.

"이런 짓을 하는 건 프라이버시 침해예요."

캐시는 그렇게 말하면서 얼굴을 돌렸다.

"어린이는 어린이처럼 다뤄야 하니까 말이야."

토마스는 소리를 내며 웃었다. 그리고 컴퓨터 출력물을 집어 들더니 장롱 서랍 속에 집어넣었다.

"오늘 밤은 이런 것도 필요 없어. 어서 자기나 해요."

토마스는 침대 옆으로 의자를 당겨놓고 독서 등을 끈 뒤 캐시의 손을 잡았다.

"자, 마음을 가라앉히라고. 곧 떠나게 될 휴가에 대한 생각이나 해." 하고 말했다. 그러고는 아직 사람의 발길이 닿지 않은 모래사장과 맑은 물, 그리고 뜨거운 열대의 태양 얘기를 조용히 들려주기 시작했다.

캐시도 그 광경을 즐거운 마음으로 떠올리면서 귀를 기울였다. 토마스와 같이 있으면 항상 마음이 편안해졌다.

그녀는 수면제가 효력을 발휘하기 시작했다는 걸 깨닫는 순간, 잠속으로 빠져들고 있는 것을 느꼈다.

■ ■ ■

로버트는 잠과 의식 사이의 지옥을 헤매고 있었다. 그는 무서운 꿈을 꾸고 있었다. 두 벽 사이에 갇혀 있었는데 양쪽의 벽이 그를 가운데로 두고 사정없이 좁혀지고 있었다. 그가 서 있는 공간은 차츰 좁아져서 이젠 숨을 쉴 수도 없게 되었다.

그는 허우적거리다가 눈을 떴다. 다가오고 있던 벽은 사라지고 꿈은 끝났으나 질식할지도 모른다는 무서운 느낌은 아직도 남아 있었다. 마치 온 방안의 공기가 다 빠져나가고 있는 것 같았다.

그는 몸을 일으키려고 했으나 두려움 때문인지 몸이 말을 듣지 않았다. 그는 팔을 휘두르면서 필사적으로 초인종을 찾았다. 그때 어둠 속에 잠자코 서 있는 누군가에게 손이 닿았다. 도움을 받을 수 있는 것이다!

"하나님 감사합니다."

그는 방문객을 발견하고는 헐떡거리면서 말했다.

"아무래도 이상해요. 도와주시오. 공기가 필요해요! 도와줘요, 숨이 막힐 것만 같아요!"

로버트의 방문객은 로버트를 세차게 침대로 밀어버렸다. 그 바람에 그는 손에 들고 있던 주사기를 하마터면 바닥에 떨어뜨릴 뻔했다. 로버트는 다시 손을 뻗어 남자의 웃옷을 거머쥐고 발로 침대의 틀을 걷어차면서 대그락거리는 금속성 소리를 냈다. 그는 소리를 지르려고 했으나 말이 나오지 않았다. 사나이는 누군가에게 들키기 전에 로버트의 숨통을 막으려고 그를 깔고 앉아 로버트의 입을 막았다. 로버트는 무릎으로 상대방의 턱을 걷어차서 혀끝을 깨물게 했다.

사나이는 화가 나서 로버트의 얼굴을 온 힘을 다해 손으로 짓눌렀다. 그 바람에 로버트의 머리는 베개에 푹 파묻히고 말았다. 로버트는 그래도 한동안 발을 버둥거리고 있다가 이윽고 조용해졌다. 사나이는 로버트의 몸 위에서 일어나더니 로버트가 다시 달려들 것에 대비하는 듯 천천히 손을 떼었다. 그러나 로버트는 이미 숨이 끊어져 있었다. 희미한 불빛 아래에 있는 그의 얼굴은 거의 새카맣게 보였다.

사나이는 갈증을 느꼈다. 그는 생각하고 자시고 할 것도 없이 욕실로 들어가 입가의 피를 씻었다. 지금까지 그는 환자를 처치할 때마다 항상 옳은 일을 했다는 자부심을 느꼈었다. 자기 마음대로 생명을 주고 빼앗기도 하는 것이다. 그러나 죽음이 더 큰 선(善)으로 공헌하는 것 같았다.

그는 처음으로 환자를 죽였을 때의 일을 떠올렸다. 당시 그는 끝까지 좋은 일을 했다는 것을 믿어 의심치 않았다. 그것은 오래전, 그가 아직 흉부외과의 레지던트 1년 차로 있을 때의 일이었는데 중환자실에 위기가 찾아온 일이 있었다.

모든 환자가 합병증을 일으키고 있어서 아무도 퇴원시킬 수가 없어 병원의 심장수술은 완전히 정지상태에 놓여 있었다. 매일 회진을 할 때마다 수석 레지던트인 바니 카우프만은 방을 옮겨도 괜찮은 환자가 없는지 침대 사이를 확인하며 돌아다녔으나 아무도 없었다. 의사들은 매일같이 바니가 프랭크 고크라는 이름표를 붙여놓은 환자 옆에서 걸음을 멈췄다. 본명이 프랭크 시글맨인 이 환자는 뇌사상태에 빠져 이미 한 달 이상이나 이 중환자실에 들어와 있었다.

심장은 아직도 고동을 치고 있고 신장도 계속 소변을 만들어내고 있다는 의미에서 이 환자는 아직도 살아 있었기 때문에 간호사들에게도 큰 부담이 되고 있었다.

어느 날 오후 카우프만은 프랭크를 내려다보면서 이렇게 말했다.

"고크 씨, 우린 모두 당신을 좋아하고 있지만 슬슬 이 호텔의 체크아웃을 생각해 보는 것이 어떻겠소? 당신이 여기에 버티고 있는 것이 음식 때문이 아니라는 것은 우리도 알고 있으니까 말이오."

레지던트들은 쿡쿡거리며 웃었으나 단 한 사람 이 사나이만은 넋이 빠진 것 같은 프랭크의 얼굴을 뚫어질 듯이 바라보고 있었다. 그날 밤 늦은 시각, 이 사나이는 염화칼륨이 들어 있는 주사기를 들고 눈 코 뜰 새 없이 바쁜 중환자실에 들어가 프랭크 고크에게 다가갔다. 순식간에 프랭크의 규칙적이던 심장박동이 정지되었다. 사나이는 자신이 직접 응급을 불렀고, 달려온 의사들도 형식적인 소생술을 시도했을 뿐이었다.

이 사건은 간호사를 비롯해서 담당 외과의에 이르기까지 모든 사람을 기쁘게 했다. 사나이는 자기가 했다는 것을 자랑하고 싶은 마음을 간신히 억제했다. 이것은 매우 간단하고, 명료하고, 확실하고, 더구나 매우 유익한 일이었다.

그러나 지금 로버트 세이버트를 죽인 것은 그것과는 다르다는 것을 사나이는 인정하지 않으면 안 되었다. 꼭 죽여야만 할 필요가 있고, 또 자신이 그것을 실행할 수 있는 용기를 가지고 있는 소수의 한 사람이라는 것을 스스로 인정하고 있었던 예전의 그 자랑스러운 기분과는 달랐다. 그러나 로버트 세이버트는 역시 죽어주지 않으면 안 되었다. 이른바 일련의 SSD에 대해 연구하고 있었던 것이 문제였다.

욕실에서 나온 사나이는 로버트의 연구에 관계되는 서류가 없을까 하고 재빨리 방안을 살펴보았다. 그러나 결국 아무것도 찾지 못하게 되자 사나이는 조심스럽게 문을 조금 열었다.

야근하는 간호사 한 사람이 조그만 금속제 접시를 들고 걸어오고 있는 것이 보였다. 사나이는 흠칫 놀라며 그녀가 이 병실로 오는 것은 아닌가 긴장했다. 그러나 그녀는 다른 방으로 들어가고 복도는 다시 조용해졌다.

사나이는 가슴을 두근거리며 복도로 빠져 나왔다. 이 18층에서 발견되면 큰일이었다. 레지던트 시절에는 복도건 병실이건 중환자실이건, 대낮이건 한밤중이건 언제 어느 곳에서 그를 봐도 이상하게 생각할 사람은 아무도 없었다. 그러나 지금은 달랐다. 될 수 있는 한 조심할 필요가 있는 것이다.

사나이는 위아래로 계단만 놓인 층계참에 이르자 오히려 더 무서운 생각이 들었다. 그래서 갑자기 3개 층을 쉬지 않고 뛰어내린 뒤, 다시 12층까지 필사적으로 뛰어 내려가기 시작했다. 이윽고 5층에 도착하자 비로소 사나이는 걸음을 멈추고 콘크리트 벽에 몸을 기댔다. 심한 운동을 했기 때문에 몹시 숨이 찼다. 그는 여기서 다시 마음을 가다듬지 않으면 안 되었다. 사나이는 심호흡을 하고 나서 비상구 문을 살그머니 열었다.

이윽고 몇 분 뒤, 그는 안도감을 느끼고 있었지만 생각은 줄곧 달리기를 멈추지 않고 있었다. SSD의 데이터에 대한 생각이 머리에서 떠나지 않았다. 로버트는 틀림없이 그것을 자기 사무실에 두었을 것이다. 그렇다면 그것은 분명 컴퓨터의 플로피 디스크에 저장되어 있을 것이다.

사나이는 한숨을 쉬고 나서 로버트의 죽음이 알려지기 전에 바로 병리과로 가보는 것이 좋겠다고 생각했다. 이제 남은 것은 캐시뿐이었다. 로버트는 그녀에게 어느 정도나 지껄이고 있었을까.

죽음의 신

카산드라는 깜짝 놀라 눈을 떴다. 실험실 기자가 미소를 짓고 있었다. 기사는 이미 세 번이나 '캐시디 선생님'을 부르고 있었다.

"곤히 주무시더군요."

캐시가 완전히 잠에서 깨어난 것을 보고 기사는 말했다.

캐시는 머리를 흔들면서 왜 이렇게 잠이 쏟아질까 생각하다가 곧바로 수면제를 두 번이나 먹었던 일을 떠올렸다.

"피를 좀 뽑겠습니다. 식사 전에 혈당량을 측정하라는 지시가 내려서……."

기사는 변명하듯이 말했다.

"좋아요."

캐시는 침착한 어조로 말했다. 그리고 왼쪽 팔을 기사에게 맡겨놓고 앞으로 며칠 동안은 자신이 직접 인슐린을 주사할 필요가 없겠구나 생각했다.

몇 분 후에는 간호사가 들어와서 캐시의 왼쪽 팔에 능숙하게 링거

주사를 꽂고 나서 D5W 10단위의 정규 인슐린을 섞어 넣은 병을 받침대에 매달았다. 그리고 수술 전에 맞는 약을 주사했다.

"곧 약기운이 돌 테니 마음을 편안하게 가지세요. 곧 여러 분이 오실 거예요."

캐시는 이윽고 이동침대에 실려 엘리베이터 쪽으로 향할 무렵이 되자 수술을 받는다는 것이 왠지 남의 일 같은 생각이 들어 이상하리만큼 초연해졌다. 그리고 수술실 옆의 대기실에 도착했을 때는 간호사와 의사들, 그리고 이동침대의 왕래가 상당히 많다는 것을 어렴풋이 느꼈다. 토마스가 허리를 구부리고 키스를 해줄 때까지는 그가 온 것마저 모르고 있을 정도였다.

수술도구에 에워싸일 때 그녀는 토마스에게 '당신은 꼭 바보 같아요.' 하고 말했으나 그것도 단지 그렇게 말한 것 같은 느낌이 들었을 뿐이었다.

"다 잘되어가고 있으니 마음을 푹 놔요. 수술받을 결심을 정말 잘했어. 참 장해!"

토마스가 그녀의 손을 힘차게 잡고 말했다.

그때 오버메이어 박사가 캐시의 왼쪽에 나타났다.

"이 사람을 잘 부탁합니다."

그녀는 이렇게 말하는 토마스의 목소리를 들었다. 그리고 그 뒤에는 잠이 들었는지 다음에 정신이 들었을 때는 수술실로 실려가고 있는 중이었다. 조금도 무서운 생각이 들지 않았다.

"지금부터 푹 주무시게 될 겁니다."

마취의사가 말했다.

"벌써 졸려요."

캐시는 머리 위에 매달려 있는 링거병의 볼록한 부분에 물방울이 떨어지는 것을 지켜보면서 꺼져가는 소리로 중얼거렸다. 그리고 이내 깊은 잠에 빠져들었다.

수술팀은 재빨리 활동을 개시했다.

8시 5분이 되자 그녀의 안근(眼筋)이 박리되고 그 주위에 테이프가 감겨졌다. 그것이 완전히 고정되자 오버메이어 박사는 즉시 공막에 구멍을 뚫고 베기도 하고 흡인하기도 하는 도구를 그 안에 집어넣었다. 그리고 특수한 현미경을 사용하여 각막과 동공 내부에서 출혈을 하고 있는 초자체를 들여다보았다.

8시 45분, 캐시의 망막이 보이기 시작했다. 9시 15분, 그는 간헐적 출혈이 있는 장소를 발견했다. 시속유두(視束乳頭)에 이상한 루프 모양의 혈관이 새로 생겨 있었다. 오버메이어 박사는 매우 신중하게 그것을 응고시킨 뒤 절제했다. 그는 굉장히 기분이 좋았다. 문제가 해결되었을 뿐만 아니라 다시 재발할 우려도 완전히 없어졌기 때문이었다. 캐시는 매우 운이 좋은 여성이었다.

■ ■ ■

토마스는 그날 예정되어 있던 관상동맥의 바이패스수술을 하나만 하고 나머지 2건은 취소해 버렸다. 이번에도 혈관을 봉합하는 데는 애를 먹었으나 다행히 순조롭게 마칠 수 있었다. 그러나 전날과는 달리 수술을 끝내고 래리 오웬이 수술 부위를 닫기 시작하자 토마스는 즉시 평복으로 갈아입었다. 원래는 래리가 봉합을 마치고 환자를 회복실로 보낼 때까지 기다리고 있어야 하지만, 오늘 아침에는 짜증이 나서 도저히 가만히 앉아 있을 수가 없었다. 다만 경과를 보기 위해 다시 수술실을 들여다 보기는 했다.

"잘 됐습니다. 지금 피부를 봉합하고 있는 중입니다. 할로탄(전신 마취제)은 멈추게 했습니다."

래리가 뒤를 돌아보고 소리쳤다.

"좋아, 무슨 일이 있으면 연락해 주게."

"지금은 잘되어가고 있으니 염려 마십시오."

평일에는 좀체 하지 않는 일이지만 토마스는 그 길로 병원을 나와 포르쉐에 올랐다. 시동을 걸었을 때 그 힘찬 엔진소리에 그는 가슴이 뛰는 것을 느꼈다. 병원에서 항상 욕구불만에 차 있는 그에게 자동차는 말할 수 없는 해방감을 느끼게 해주었다. 일단 거리에 나가면 그를 간섭하는 것은 아무것도 없었다. 전혀 아무것도 없는 것이다.

토마스는 보스턴 시내를 가로질러 큰 약국 앞의 주차 금지 구역에 차를 세웠다. 의사허가증으로 위반 스티커를 면할 자신이 있었던 것이다. 그는 곧바로 처방 카운터로 갔다.

전통적인 하이네크 약사 가운을 입은 약제사가 높다란 카운터 뒤에서 모습을 나타냈다.

"뭘 드릴까요?"

"아까 전화로 약을 부탁해둔 사람이오."

"아, 그렇습니까. 말씀하신 대로 준비해 뒀습니다."

약제사는 조그만 마분지상자를 들어 보였다.

"처방전을 쓸 필요가 있겠소?"

토마스가 물었다.

"아닙니다. 허가증만 보여주시면 됩니다."

토마스가 지갑을 꺼내 허가증을 보이자 약제사는 그것을 힐끗 보기만 하고 말했다.

"약은 이것만 있으면 되겠습니까?"

토마스는 고개를 끄덕이고 지갑을 집어넣었다.

"이런 약을 주문하시는 분은 그리 많지 않아요."

약제사가 말했다.

"그럴 거요."

토마스는 꾸러미를 받아들이면서 맞장구를 쳤다.

■ ■ ■

캐시는 꿈인지 생시인지도 모르는 채 마취에서 깨어났다. 사람의 목소리는 들렸으나 꽤나 먼 곳에서 들려오는 것 같아서 무슨 소리를 하는지 알 수가 없었다. 이윽고 그녀는 자기 이름을 부르고 있다는 것을 깨달았다. 누군가가 일어나라고 하는 것 같았다.

캐시는 눈을 뜨려고 했으나 떠지지 않는 것을 깨닫고 깜짝 놀라 일어나려고 했다. 그러나 곧 제지되었다.

"가만히 누워 계세요. 수술은 잘됐으니 조금도 염려하지 마시고."

옆에서 목소리가 들려왔다. 하지만 눈이 보이지 않는데 뭐가 잘됐단 말인가. 이것은 도대체 어떻게 된 일일까? 그러다 갑자기 마취와 수술을 받았던 일이 떠올랐다.

"어머나, 이 일을 어쩌지? 내가 장님이 됐어!"

캐시는 얼굴로 손을 가져가며 외쳤다. 그러자 누군가가 그녀의 손을 잡았다.

"염려 마세요. 당신은 눈에 안대를 하고 있을 뿐이니까요."

"왜 안대를 했죠?"

그녀는 큰소리로 물었다.

"눈을 안정시키기 위해서예요. 하루 이틀 정도만 참으면 됩니다.

수술은 매우 잘됐어요. 박사님도 당신은 운이 매우 좋은 사람이라고 하시더군요. 말썽을 부린 혈관은 응고시켰지만, 또 출혈을 하면 곤란하기 때문에 안정을 시키지 않으면 안 돼요."

목소리의 주인공은 조용하게 말했다.

캐시는 그 말을 듣고 약간 안심을 했으나 아무것도 보이지 않기 때문에 불안해서 견딜 수가 없었다.

"잠깐이라도 좋으니 눈을 좀 뜨게 해주세요."

캐시는 간청했다.

"나는 할 수가 없습니다. 박사님의 지시가 있었기 때문에 당신의 붕대에는 손을 대지 못합니다. 하지만 눈에 빛을 비쳐드릴 수는 있어요. 그렇게 하면 보인다는 것을 알 수 있을 거예요. 해드릴까요?"

"네."

캐시는 무엇인가 의지할 수 있는 것이 필요했다. 왜 수술을 하기 전에 그 얘기를 해주지 않았을까? 그녀는 마치 바다에 내던져져 정처없이 표류하는 것 같은 느낌이 들었다.

"자, 합니다."

하는 목소리와 함께 찰칵 하는 소리가 들리더니 갑자기 빛이 보였다. 그것뿐만 아니라 지금까지와는 달리 양쪽 눈에 동시에 보였다.

"보여요!"

캐시가 흥분된 어조로 소리쳤다.

"물론 보이겠죠. 수술이 잘됐으니까. 통증은 없으세요?"

"없어요."

캐시는 대답했다. 빛이 사라졌다.

"그럼 안심하고 계세요. 그리고 용무가 있으면 연락해 주세요. 곧 올 테니까요."

캐시가 숨을 돌리고 있을 때 환자를 옮기고 있는 간호사들의 목소리가 들려왔다. 그녀는 그제야 자기가 회복실에 와 있다는 것을 깨닫고 토마스가 만나러 와줄까 하고 생각했다.

■ ■ ■

토마스는 재빨리 외래환자의 진찰을 끝냈기 때문에 2시 10분이 되자 2시 반에 예약한 환자 한 사람만 남게 되었다. 그것을 기다리는 동안 그는 수술실에 전화를 걸어 오늘 밤 흉부외과 당직이 누구냐고 물었다. 버제스 의사라고 했다. 토마스는 그에게 전화를 걸었다.

그는 이렇게 말했다. 자기는 캐시 때문에 아무래도 병원에서 자야겠으니 당직을 바꿔도 좋다, 그 대신 우리가 여행을 떠나게 되면 그때는 잘 부탁한다.

전화를 끊고 나니 아직도 15분의 여유가 있었다. 그는 캐시를 문병하기로 했다. 이미 병실로 돌아와 있을 시간이지만 그녀가 자고 있는지 어떤지는 알 수가 없었다.

토마스가 병실에 가보니 캐시는 얼굴에 큰 안대를 하고 그 위에 탄력성 있는 테이프를 요란하게 붙인 채 조용히 드러누워 있었다. 왼쪽 팔에는 링거가 천천히 떨어지고 있었다.

"캐시, 자는 거야?"

"아뇨, 당신인가요, 토마스?"

그녀가 대답했다.

토마스는 캐시의 팔을 잡았다.

"그래, 기분은 어때?"

"매우 좋아요, 이 안대만 없다면 말예요. 오버메이어 박사는 왜 미리 안대를 해야 한다는 말씀을 해주지 않았을까."

"그 사람과는 내가 얘기를 했어. 수술이 끝난 후 바로 전화를 걸어왔더라고. 생각보다 훨씬 잘됐다고 하더군. 나쁜 것은 혈관이 한 개뿐이더래. 그놈을 처리했으니까 눈을 안정시키기 위해 붕대를 했겠지. 처음엔 그럴 생각이 없었는데 말이야."

"이게 있으니까 마음이 안정되지 않아요."

"그럴 거야."

토마스는 동정하듯이 말했다.

그는 10분쯤 있다가 슬슬 돌아가 봐야 할 시간이 됐다면서, 그녀의 손을 잡고 될 수 있는 대로 잠을 많이 자라고 말했다.

놀랍게도 캐시는 그때부터 그대로 잠이 들어 오후 늦게까지 눈을 뜨지 않았다.

"캐시?"

누군가의 목소리가 들려왔다. 캐시는 뜻밖에 바로 옆에서 사람의 목소리가 들려오자 흠칫 놀랐다.

"조안이야. 깨워서 미안해요."

"괜찮아요, 조안. 당신이 들어오는 소리를 못 들어서 놀랐어요."

"수술이 잘됐다는 얘기는 들었어."

조안이 의자를 끌어당겨 앉으며 말했다.

"그렇다는군요. 이 안대만 풀어주면 얼마나 좋을까."

"캐시, 실은 할 얘기가 있어요. 이런 일을 당신에게 알려야 할지 말아야 할지, 오후 내내 그것만 생각하고 있었어."

"도대체 무슨 얘긴데 그래요?"

캐시는 걱정스러운 목소리로 물었다. 그녀가 맨 먼저 생각한 것은 자기가 담당하고 있는 환자 중의 누군가가 자살하지 않았을까 하는 것이었다. 클락슨 제2병동에서는 자살이 항상 고민거리였다.

"좋지 않은 소식이야."

"그건 당신의 목소리만 들어도 알 수 있어요."

"당신, 참을 수 있겠어? 뭣하면 이 얘긴 나중에 할까?"

"빨리 얘기해 봐요. 얘길 하지 않으니까 더 궁금하잖아요."

"좋아, 로버트 세이버트에 관한 일이야."

조안은 그렇게 말하고 한숨을 쉬었다. 이 소식이 캐시에게 얼마나 큰 쇼크를 줄까를 충분히 상상할 수 있었다.

"로버트가 어떻게 됐는데요?"

캐시는 반문했다.

"어서 말해 봐요, 조안. 애태우게 하지 말고."

그러나 캐시는 조안이 무슨 얘기를 하려고 하는지 알 것 같은 생각이 들었다.

"로버트가 어젯밤에 죽었어요."

손을 뻗어 캐시의 손을 잡으면서 조안이 말했다.

캐시는 죽은 듯이 드러누운 채 꼼짝도 하지 않았다. 시간이 흘러갔다. 5분, 10분, 시간이 얼마나 흘렀는지 조안은 알 수가 없었다. 캐시가 살아 있다는 증거는 다만 그 얕은 숨소리와 조안의 손을 움켜쥐고 있는 그 힘뿐이었다. 캐시가 필사적으로 울음을 참고 있는 것 같아서 조안은 무슨 말을 더 해야 할지 알 수가 없었다.

"캐시, 괜찮아?"

그녀는 간신히 그렇게 속삭였다.

캐시에게 있어서 그 소식은 그야말로 청천벽력이었다. 물론 입원을 할 때는 누구든지 걱정을 하게 되지만 그렇게 진지한 것은 아니다. 예를 들면 복권을 사서 당첨되기를 기대하는 정도에 지나지 않는다.

우연히 당첨될지도 모르지만 그 확률은 너무 적어 문제도 되지 않을 정도인 것이다. 그런데 로버트가 죽다니…….

"캐시, 괜찮아?"

조안이 같은 말을 되풀이했다.

"도대체 어찌 된 일인지 말해 봐요."

캐시가 한숨을 토해 내며 입을 열었다.

"아무도 확실한 것은 몰라."

조안은 캐시가 입을 여는 것을 보자 마음이 놓였다.

"나도 자세한 것은 몰라요. 그러나 자고 있는 동안에 죽은 것 같아. 간호사의 얘기로는 부검을 해보니 심장이 몹시 나빴다고 해요. 틀림없이 심장발작을 일으켰겠죠. 하지만 확실한 것은 몰라요."

"아, 세상에 이런 일이!"

캐시는 가까스로 눈물을 억눌렀다.

"이런 나쁜 얘기를 들려줘서 미안해. 하지만 내가 당신이었더라도 듣고 싶었을 것 같아."

"그 사람은 정말 근사했어요. 얼마나 좋은 친구였는데……."

캐시가 혼잣말처럼 중얼거렸다.

그 소식이 너무나 충격적이어서 그녀는 아무런 감정도 느껴지지 않았다.

"뭔가 마실 거라도 갖다 줄까?"

조안이 근심스러운 표정으로 말했다.

"아뇨. 괜찮아요."

다시 침묵이 이어지자 조안은 도저히 더 이상은 앉아 있을 수가 없었다.

"캐시, 정말 괜찮겠어?"

"난 괜찮아요, 조안."

"지금의 당신 기분, 말하고 싶지 않아?"

"지금은 아녜요. 아무것도 느껴지지 않아요."

조안은 캐시가 완전히 자기 껍질 속에 틀어박히고 말았다는 것을 알았다. 그 얘기를 한 것이 께름칙했으나 이미 얘기해버렸으니 어쩔 수가 없었다. 조안은 한동안 캐시의 손을 잡고 앉아 있다가 그녀를 좀 재워야겠다고 생각하고 방에서 나왔다.

그녀는 가는 길에 간호사실에 들러 수간호사에게 부탁했다. 자기는 담당의사가 아니라 단순한 친구로서 캐시를 만나러 왔는데, 그녀가 친구의 갑작스러운 죽음으로 몹시 낙담하고 있으니 특별히 관심을 가져주기 바란다, 물론 간호사들이 충분히 신경을 써줄 것으로 알지만…….

한편 캐시는 오랫동안 꼼짝도 하지 않고 누워 있었다. 조안이 나갈 때는 말리지 않았지만 혼자 있게 되니 불안한 생각이 들었다. 로버트의 죽음이 계기가 되어 옛날부터 있었던 고독에 대한 불안감이 되살아났다. 그녀는 어릴 때 어머니가 다른 건강한 아이와 바꾸기 위해 자신을 병원으로 돌려보내는 무서운 꿈을 꾸었던 것을 지금도 생생하게 기억하고 있었다.

갑자기 무서운 생각이 들자 캐시는 황급히 손으로 더듬어서 초인종을 찾았다. 금방 누가 와서 도와주기를 바랐던 것이다.

"무슨 일이십니까, 선생님?"

몇 분 후에야 병실에 들어온 간호사가 물었다.

"나, 무서워요. 이 눈가리개는 더 이상 참을 수가 없어요. 벗겨줘요."

"선생님도 의사시니까 저희들이 어떻게 할 수가 없다는 것은 잘 아시잖아요. 박사님을 모시고 오는 건 어떨까요?"

"당신 맘대로 해요. 아무튼 이 안대는 싫어요."

간호사가 나가고 나자 캐시는 다시 암흑세계에 혼자 남게 되었다. 시간이 너무 느리게 지나갔다. 이윽고 복도를 걸어오는 사람들의 믿음직스러운 발소리가 들려왔다.

조금 전의 그 간호사가 들어와 쾌활한 목소리로 말했다.

"오버메이어 박사님께 말씀드렸더니 박사님께서 곧 와보시겠다고 하셨어요. 그리고 캐시디 선생님의 수술은 믿을 수 없을 정도로 잘됐지만, 그렇다고 해서 안정을 취하지 않으면 안 된다고 하셨습니다. 다시 한 번 진정제를 놓아드리라는 지시가 있었으니 팔을 걷어주시기 바랍니다."

"진정제 같은 것은 필요 없어! 이 안대를 벗겨달란 말이야!"

"자, 자."

간호사는 캐시의 이불을 벗겼다.

캐시는 반항과 순종의 어느 길을 택할까 잠시 망설이다가 이윽고 팔을 걷고 주사를 맞았다.

"됐어요. 이제 마음이 좀 안정될 거예요."

"이게 무슨 약이죠?"

캐시가 물었다.

"그건 박사님께 물어보세요. 아무튼 가만히 누워서 환자답게 행동해 주세요. 텔레비전은 어때요? 켜드릴까요?"

간호사는 캐시의 대답도 듣지 않고 스위치를 켜놓고는 밖으로 나갔다. 뉴스 캐스터의 목소리를 듣자 캐시는 약간 마음이 안정되었다. 그리고 진정제가 효력을 발휘하자 그녀는 잠이 들고 말았다. 그러나 곧 잠이 깼다. 오버메이어 박사가 병실에 들렀던 것이다.

그는 수술이 얼마나 잘되었는가를 그녀에게 설명한 다음 안대를 풀게 될 무렵에는 왼쪽 눈의 시력도 완전히 회복될 것이라고 말했다. 그러나 앞으로 2, 3일이 고비이기 때문에 그동안은 좀 참지 않으면 안 된다고 말했다. 또한 여느 때처럼 진정제를 처방해 놓았으니 마음이 불안할 때는 언제든지 달라고 해서 먹으라고 했다.

캐시는 그 말을 듣자 기분이 좋아져 다시 잠이 들었다. 그리고 몇 시간 후 잠에서 깨어났을 때 그녀는 방안에서 속삭이고 있는 사람들의 목소리를 들었다. 그 중의 한 사람은 누구라는 것을 알 수 있었다.

"토마스?"

그녀가 불렀다.

"응, 나야."

그가 그녀의 손을 잡았다.

캐시는, "난 무서워요." 하면서 갑자기 눈물이 흐르는 것을 알고 자신도 당황했다.

"캐시, 왜 우는 거야?"

토마스는 안대 밑으로 흘러나오는 눈물을 보고 놀란 듯이 물었다.

"모르겠어요."

그녀는 로버트가 죽었기 때문이라는 것을 알고 있었으나 그렇게 말했다. 그리고 토마스에게 그 이야기를 해야겠다고 생각은 하면서도 흐느낌 때문에 말을 할 수가 없었다.

"마음을 안정시켜야지. 그러는 게 지금 당신에게는 아주 중요한데 말이야."

"굉장히 쓸쓸한 느낌이 들어요."

"무슨 소리를 하는 거야. 내가 이렇게 같이 있잖아. 간호사들도 많이 있고. 당신은 지금 최고의 병원에 입원하고 있는 거야. 자, 마음을 가라앉혀요."

"난 도저히 안 될 것 같아요."

"진정제를 좀 더 맞아야겠군."

토마스가 말했다. 그리고 캐시는 그가 방안에 있는 누군가와 얘기하는 소리를 들었다.

"더 이상 주사는 싫어."

"하지만 난 의사고 당신은 환자야."

토마스가 말했다.

나중에 캐시는 그가 그렇게 말해준 것을 고맙게 생각했다. 토마스가 다정하게 얘기를 하고 있는 동안에 그녀는 다시 잠속으로 빠져들었다.

토마스는 초인종을 눌러 간호사를 불렀다. 간호사가 들어오자 그는 침대 옆의 의자에서 일어서면서 말했다.

"오늘 밤엔 이 사람에게 수면제를 두 알 먹여요. 어젯밤에 한 알을 먹어서 몽유병자처럼 복도를 비틀거리며 다녔으니 말이야. 오늘 밤엔 푹 자게 하는 것이 좋겠어."

간호사가 나가고 난 후 토마스는 캐시가 계속 잠을 자고 있는지 어떤지를 확인하기 위해 한동안 그녀를 살폈다.

이윽고 캐시는 여느 때와 달리 입을 벌리고 코까지 골기 시작했다. 토마스는 문 쪽으로 걸어가다가 잠시 망설이더니 다시 장롱 쪽으로 돌아와 맨 밑의 서랍을 열었다. 그가 생각한 대로 SSD의 자료는 거기에 그대로 들어 있었다. 그는 캐시가 안대를 풀자마자 이 자료들을 읽도록 내버려두고 싶지 않았다. 토마스는 재빨리 그 컴퓨터 출력물을 꺼내어 겨드랑이에 끼고 다시 캐시의 모습을 살펴본 다음 병실을 나갔다. 그리고 간호사실에 가서 수석인 미스 브라이트를 찾았다.

"저 사람은 스트레스에 굉장히 약해요."

토마스는 마치 사죄를 하듯이 말했다.

미스 브라이트는 킹슬리 의사에게 미소를 지어 보였다. 그녀는 직무상 그에 대해서 잘 알고 있었다. 그에게서 사람은 누구나 약점을 갖고 있다는 것을 인정하는 듯한 말을 듣는 것은 그녀에게는 놀라운 사건이었다. 그녀는 처음으로 그에게 연민을 느꼈다. 부인의 입원은 이 사람에게도 틀림없이 스트레스가 되고 있을 것이다.

"부인은 저희가 성심껏 보살펴드리겠습니다."

"나는 주치의도 아니니 참견하고 싶지 않소. 하지만 아까 다른 간호사에게도 말했듯이, 심리적으로 볼 때 그녀에게는 강력한 진정제를 계속적으로 사용하는 것이 좋을 것 같소."

"알겠습니다. 조금도 염려하지 마세요."

미스 브라이트가 대답했다.

■ ■ ■

수면제를 가지고 온 간호사는 저녁식사가 이미 끝났다고 말했으나 캐시는 전혀 먹은 기억이 없었다.

"난 먹은 기억이 없어요." 하고 그녀는 말했다.

"그렇게 말씀하시면 병원 주방에서 매우 섭섭하게 생각할 거예요. 저도 그렇고요. 식사는 제가 가져왔었거든요."

간호사가 말했다.

"당뇨는 좀 어때요?"

"매우 좋아요. 식사가 끝난 후에 인슐린을 좀 많이 드렸어요. 나머지는 모두 이 안에 들어 있죠."

간호사는 손가락으로 링거 병을 두드렸다. 그 소리가 캐시에게도 들렸다.

"그리고 수면제는 여기 있어요."

캐시는 순순히 오른손을 내밀고 손바닥에 2개의 알약이 놓이자 그것을 입에 넣었다. 그리고 다시 손을 뻗어 물이 들어 있는 컵의 감촉을 느꼈다.

"진정제도 드릴까요?"

"필요 없어요. 온종일 잠만 자고 있었던 것 같은 느낌이에요."

캐시가 말했다.

"그건 잘하셨어요. 나이트 테이블은 여기 있어요."

간호사는 캐시가 내미는 컵을 받아들고 침대의 가로대 너머로 그녀의 손을 끌어 컵과 물병, 전화기, 초인종 같은 것을 만져보게 했다. 그 바람에 그녀는 그것들이 놓여 있는 장소를 알게 되었다.

"그럼 다른 용무는요? 통증은 없으세요?"

간호사가 물었다.

"없어요, 고마워요."

캐시는 얌전하게 대답했다. 수술을 받았는데 불쾌감이 거의 느껴지지 않는 것은 놀라운 일이었다.

"텔레비전을 끌까요?"

"그냥 두세요."

캐시는 소리를 듣는 것이 좋았다.

"오케이. 리모컨은 여기에 있어요."

간호사는 캐시의 손에다 리모컨을 들려주었다.

"그럼 안녕히 주무세요. 용무가 있으시면 언제든지 저를 불러주시고요."

간호사가 나가자 캐시는 자신이 직접 탐험을 해보기로 했다. 그녀는 손을 뻗어 사이드 테이블을 만져보았다. 간호사가 그것을 벽에서 당겨놓았기 때문에 거리가 좀 가까워져 있었다. 그녀는 약간 애를 먹으면서 금속제 서랍을 열고 손목시계를 찾았다. 그것은 토마스가 준 것인데 병원의 금고에 맡겨두는 것이 좋지 않을까 하는 생각이 들었다. 어차피 지금은 시간을 볼 수 없기 때문이었다. 그리고 인슐린 병과 주사기를 만져보았다. 시계는 주사기 밑에 들어 있었다. 충분히 안전하다는 생각이 들었다.

그녀는 다시 이불 속에 손을 집어넣었다. 차츰 약의 효력이 온몸에 번지자 그녀는 왜 이런 것을 남용하는 사람들이 생기게 되는지 그 기분을 알 수 있을 것 같았다. 이것은 현실감을 마비시키기에 충분했다. 물론 현실적인 문제는 여전히 존재하지만, 그것이 남의 일처럼 절박하게 느껴지지 않는 것이다. 그녀도 로버트를 잃은 슬픔을 느끼지 않고 그의 일을 생각할 수 있게 되었다. 어젯밤 그가 편안하게 잠들었던 것을 떠올리면서 그의 죽음도 그렇게 편안했을까, 그랬으면 얼마나 좋을까 하고 생각했다.

그때 캐시는 갑자기 꿈인지 생시인지 모를 잠에서 깨어나 자기가 생전의 로버트를 본 마지막 사람이라는 것을 깨닫자 소스라치게 놀랐다. 그가 죽은 것은 도대체 몇 시쯤이었을까. 그때 자기가 그 자리에 있었다면 어떻게든지 그를 도울 수 있었을지도 모르고, 토마스를 불러 그를 구해 달라고 했을지도 모른다.

캐시는 캄캄한 어둠을 응시했다. 토마스가 로버트의 방에 들어왔을 때의 기억이 서서히 되살아나기 시작했다. 그를 만났을 때의 쇼크도 잊을 수가 없었다. 그때 토마스는 말했다. 캐시가 병실에 없었기 때문에 틀림없이 로버트의 방에 가 있을 거라고 생각했다고. 그때는 그럴 수도 있겠다고 생각했다. 하지만 토마스는 왜 그런 한밤중에 자기를 찾아왔을까.

로버트의 부검에서 무엇을 알아냈을까. 과연 결정적인 사인을 알아냈을까 하고 캐시는 생각했다. 또 그런 것은 생각하고 싶지 않았으나 로버트는 죽을 때 치아노제가 있었을까, 그리고 경련을 일으켰는지 어땠는지 궁금한 생각이 들었다. 그러다 문득 로버트는 자신의 연구의 희생자가 아닐까 하는 생각이 들었다. 그렇다면 그는 20번째 희생자가 되는 것이다. 만약 생전의 로버트를 본 마지막 사람이 토마스라면 어떻게 하지? 그때 토마스는 자기를 병실에 남겨놓고 다시 로버트의 방으로 간 것은 아닐까? 그때 토마스의 태도가 갑자기 달라진 것도 무엇인가 켕기는 것이 있었기 때문이 아닐까?

캐시는 떨기 시작했다. 그녀는 자신이 편집증을 나타내는 것도 알고 있었고, 자신의 생각을 정당화하려는 망상도 더해간다는 것도 알고 있었다. 그리고 지금 자신은 스트레스에 짓눌려 있고, 또 수면제를 포함해서 많은 양의 약을 먹고 있다는 것도 알고 있었다. 이런 약은 그녀의 사고력을 조금씩 빼앗아가고 있다는 것도 그녀는 알고 있었다.

그러나 머릿속에서는 이런 무서운 생각들이 끊이지 않고 일어났다. 그때 그녀는 갑자기 최초의 SSD 증례가 토마스가 레지던트였던 시절에 일어났다는 것을 알았다. 그런 환자의 죽음이 어쩌면 토마스가 병원에서 자는 날의 밤과 겹쳐지는 것은 무얼까.

거기까지 생각하다가 그녀는 갑자기 자신이 지금 완전히 남의 손에 맡겨져 매우 절박한 입장에 놓여 있다는 것을 알았다. 1인실에 혼자 눕혀져 링거를 꽂은 채, 눈까지 가려져 있을 뿐만 아니라 약까지 투여되고 있는 것이다. 방에 누가 들어와도 알 길이 없고 몸을 지킬 방법도 없었다.

캐시는 큰소리로 도움을 청하고 싶었으나 무서워서 꼼짝도 할 수가 없었다. 그야말로 자승자박이었다. 초가 흐르고 분이 지나간다. 이윽고 그녀는 초인종이 있다는 것을 알았다. 그녀는 그쪽으로 조금씩 손을 뻗으면서 누군지 모를 적에게 손이 닿지 않을까 하고 조마조마했다. 그녀는 플라스틱 막대기에 손이 닿자 그것을 쥐고 엄지손가락으로 초인종을 눌렀다.

그러나 아무도 오지 않았다. 기다리는 시간이 영원처럼 느껴졌다. 그녀는 몇 번이고 단추를 누르면서 제발 간호사가 빨리 와주기를 빌었다. 언제 무서운 일이 일어날지 모르는 것이다. 그것이 어떤 일인지는 모르지만 아무튼 무서운 일이.

"무슨 일이죠?"

이윽고 간호사가 단추를 누르고 있는 캐시의 손을 떼어내면서 퉁명스럽게 말했다.

"벨은 한 번만 누르면 돼요. 금방 오니까요. 이 층에는 많은 환자들이 입원하고 있는데 모두 당신보다 중증이란 말예요."

"방을 바꾸고 싶어요. 2인실로 가고 싶어요."

캐시는 간호사의 손을 잡으며 애원했다.

"캐시, 지금은 한밤중이에요."

간호사가 화를 내며 말했다.

"혼자 있고 싶지 않단 말이야!"

캐시는 소리쳤다.

"알았어요, 캐시. 제발 진정하세요. 투약기록을 다 쓰고 나면 제가 할 수 있는 일을 생각해 볼게요."

"박사님에게 할 말이 있어요."

"캐시, 지금 몇 시인지 아세요?"

“몇 시든 상관없어요. 박사님과 얘기하게 해줘요.”

“알았어요. 당신이 그대로 가만히 누워 있겠다고 약속하면 박사님을 불러보겠어요.”

캐시는 그제야 간호사의 손을 놓고 일어서게 했다.

“이제 기분이 좀 좋아졌죠? 마음을 가라앉히세요. 제가 오버메이어 박사님을 불러볼 테니까요.”

간호사가 병실을 떠날 무렵이 되자 캐시의 겁에 질린 상태도 약간 누그러졌다. 자기가 생각해도 너무 분별없는 짓을 했다는 생각이 들었다. 자기가 담당하고 있는 환자들보다 더했던 것이다.

그녀는 클락슨 제2병동을 생각하다가 조안을 떠올렸다. 그녀는 자기를 이해해 주고, 잠을 깨워도 화를 내지 않을 단 하나의 친구였다.

손으로 더듬어서 전화기를 찾아낸 캐시는 그것을 가슴에 올려놓고 수화기를 어깨와 베개 사이에 끼고 교환수를 불렀다.

캐시가 이름을 대자 교환수는 위디커 의사의 집으로 전화를 연결해 주었다.

한동안 벨소리가 계속되자 캐시는 조안이 늦게까지 데이트를 하고 있는 것이나 아닐까 걱정되었다. 막 수화기를 내려놓으려고 하는데 조안이 나왔다.

“아, 살았다! 당신이 있어줘서 정말 기뻐요!”

캐시는 말했다.

“캐시, 도대체 무슨 일이에요?”

“나 무서워요, 조안.”

“뭐가 무서워요?”

캐시는 얼른 대답할 수가 없었다. 조안과 전화로 얘기를 하고 있으니 자신의 공포가 마치 거짓말처럼 느껴졌다. 토마스는 시내에서 가장 이름 높은 심장외과의 대가가 아닌가.

"로버트와 관계 있는 일인가요?"

조안이 물었다.

"어느 정도는."

"캐시, 내 말을 들어봐요. 당신이 불안해하고 있는 것도 당연해요. 가장 친한 친구가 죽었고 당신 자신도 수술을 받았으니. 게다가 눈까지 가려져 있으니 불안할 수밖에요. 하지만 너무 지나치게 생각할 필요는 없어요. 간호사를 불러 수면제를 달라고 해요."

"약은 이미 뒤집어쓸 만큼 먹었어요."

"아냐, 아직 모자라거나 먹는 방법이 잘못되었을 거야. 내가 오버메이어 박사님에게 전화를 걸어볼까?"

"아네요, 됐어요."

"내가 도울 수 있는 일은?"

"로버트가 발견됐을 때 치아노제가 있었는지, 또 경련을 일으킨 흔적이 있었는지 몰라요?"

"캐시, 그런 것을 내가 어떻게 알겠어. 그리고 그것은 당신이 걱정할 일이 아니잖아. 로버트는 죽었어요. 지금에 와서 당신이 어떻게 할 수 있는 문제가 아니란 말이야."

"당신 말이 맞아요. 아, 잠깐만 기다려요. 누가 온 것 같으니까."

캐시가 말했다.

"미스 랜달이에요. 오버메이어 박사님의 전화가 와 있습니다."

간호사가 말했다.

캐시는 조안에게 고맙다는 인사를 하고 전화를 끊었다. 수화기를 놓자마자 벨이 울렸다. 오버메이어 박사였다.

"캐시, 자네가 몹시 불안해하고 있다는 간호사의 전화가 있어서 전화했네. 수술이 잘됐다는 말을 자네가 어느 정도 믿고 있는지 모르지만 수술은 대성공이었어. 흔히 있는 당뇨병과의 병리적인 관련도 조사해 보고 싶었는데 그것은 못했지만 말이야. 아무튼 자네는 마음을 푹 놓고 있게."

"이 안대 때문인 것 같아요. 혼자 있는 것이 무서워요. 다른 환자들과 같이 있는 방으로 옮기고 싶어요. 지금 당장."

캐시는 사과하는 어조로 말했다.

"내 생각에 그런 요구는 간호사들에게는 약간 무리야. 아마 내일은 그 문제에 대해 생각해볼 수 있을 거야. 오늘 밤은 우선 자네를 안정시키는 것이 좋겠어. 한 번 더 진정제를 주라고 간호사에게 말해 놓았는데……."

"간호사는 지금 여기에 와 있어요."

"됐어, 그럼 주사를 맞고 자도록 해요. 나로서는 그것이 제일 좋을 것 같아. 항상 의사와 마누라가 골칫거리 환자인데 자네는 그 양쪽 다라고."

캐시는 다시 한 번 주사를 맞기로 했다. 그녀는 미스 랜달이 마지막으로 어깨를 툭 치는 걸 느낄 수 있었다. 캐시는 또 혼자 남게 되었다. 그러나 그것은 문제될 것이 없었다. 약이 소리 없이 눈사태와 같이 밀려오는 잠 속으로 그녀를 이끌어주었다.

■ ■ ■

캐시는 매우 시끄러운 소리와 어지러운 색채로 가득 차 있는 무시무시한 꿈에서 깨어났다. 강력한 진정제를 맞았는데도 불구하고 왼쪽 눈에 마치 물결치는 것 같은 희미한 통증이 느껴지자 그녀는 문득 자신이 입원하고 있다는 것을 깨달았다.

잠시 동안 그녀는 누운 채로 조용히 있었다. 그러나 귀만은 어떤 조그만 소리도 놓치지 않으려고 필사적으로 노력하고 있었다. 안대 속에서 이상한 색채가 춤을 추고 있었으나 그것은 틀림없이 안대에 압박되어 있기 때문에 느껴지는 환각일 것이다. 병원 전체가 잠들어 있었기 때문에 먼 데서 들려오는 희미한 소음밖에는 아무 소리도 들리지 않았다. 그때 갑자기 캐시는 무엇인가가 움직이는 것 같은 생각이 들었다. 그녀는 숨을 죽이고 기다렸다. 또 무슨 기척이 느껴졌다. 그것은 링거의 플라스틱 튜브에서 전해져 오고 있었다. 자신의 맥박이 빨라지는 것 같았다. 단순히 날카로운 신경 탓일까?

"거기 누가 있어요?"

갑자기 용기가 나서 캐시는 말을 걸었다.

아무런 응답도 없었다.

캐시는 오른손을 뻗어서 침대 왼쪽을 더듬어 보았다. 아무도 없었다. 그녀는 손을 내려 링거를 팔에 고정시키고 있는 테이프를 만져보았다. 그리고 손가락으로 재빨리 플라스틱 튜브를 더듬어 가만히 당겨보았다. 그러자 조금 전에 당겨지는 것 같은 느낌이 들었을 때와 똑같은 감각이었다. 어둠 속에서 누군가가 자신의 링거 튜브를 만진 것이다!

등골이 오싹해지는 공포감을 어떻게든 억제하려고 하면서 캐시는 초인종을 찾으려고 나이트 테이블 위를 더듬었다. 그러나 초인종이 없었다. 물병은 있었다. 컵도 있었다. 전화기도 있었다. 그러나 초인종은 없었다. 그녀는 손을 더 재게 움직이면서 더 넓은 범위를 더듬어 보았다. 혼자 있다는 불안감이 더욱 절박하게 느껴졌다. 초인종은 어디에도 없었다. 어디론가 사라져버린 것이다.

카산드라는 자신이 상상의 포로가 되어 겁을 먹고 있는 자신을 깨달았다. 그러나 분명 누군가가 이 방에 있었다. 그것은 직감으로 알 수 있었다. 이윽고 그녀는 코에 익숙한 어떤 냄새를 맡았다. 이브생로랑의 오드콜로뉴였다.

"토마스?"

캐시는 말을 걸었다. 오른쪽 팔꿈치를 짚고 몸을 반쯤 일으키면서 다시 한 번 불렀다.

"토마스!"

아무런 대답이 없었다.

캐시는 갑자기 땀이 흐르는 것을 느꼈다. 순식간에 온몸이 땀투성이가 되었다. 아까부터 빨라지고 있던 심장의 고동이 더 빨라지기 시작했다. 캐시는 즉각 자기 몸에 무슨 일이 일어나고 있는가를 알았다. 이것은 전에도 경험한 적이 있었다. 그러나 이렇게 격렬할 정도로 빠르지는 않았다. 인슐린 반응이다!

그녀는 필사적으로 반창고에 의해 단단히 달라붙어 있는 안대 밑으로 손가락을 집어넣었다. 그리고 조금 전까지 링거를 맞기 위해 쓰지 않고 있던 왼쪽 손을 같이 사용해서 붕대를 잡아 찢었다.

캐시는 목청껏 소리치려고 했으나 목소리에 힘이 들어가지 않았다. 갑자기 침대가 덜컹거리기 시작했다. 그녀는 높게 올려놓은 가로대 쪽으로 몸을 굴려 미친 듯이 허우적거리면서 다시 한 번 초인종을 찾으려고 했다. 하지만 그 바람에 사이드테이블이 뒤집어져서 전화기도, 물병도, 컵도 모두 바닥에 떨어지고 말았다. 그러나 캐시에게는 그 소리가 들리지 않았다. 그녀의 몸은 이미 걷잡을 수 없는 경련의 대발작을 일으키고 있었다.

■ ■ ■

17층 야간근무자인 캐롤 아론슨은 투약실에서 항생물질을 배분하고 있다가 어딘지 먼 곳에서 유리가 깨지는 소리를 들었다. 그녀는 잠시 망설이다가 차트실에 얼굴을 들이밀고 준간호사인 레노어와 이상하다는 듯이 얼굴을 마주보았다. 그리고 두 사람은 사정을 알아보기 위해 간호사실을 나왔다. 어쩌면 누군가가 침대에서 떨어졌는지도 모른다고 생각했다.

그들이 복도를 몇 발짝 걸어갔을 때 캐시가 침대의 가로대를 두드리고 있는 소리가 들려왔다. 두 사람은 병실로 뛰어 들어갔다. 캐시는 아직도 격렬한 경련을 일으키면서 두 팔을 가로대에 집어넣고 그것을 흔들고 있었다.

캐시가 당뇨병이라는 것을 알고 있는 캐롤은 금방 이 사태를 깨달았다.

"레노어! 빨리 구급을 불러! 그리고 50퍼센트 포도당과 50cc 주사기, D5W 새 병을 갖고 와!"

준간호사가 밖으로 뛰어나갔다.

한편 캐롤은 캐시의 팔을 억지로 가로대에서 빼낸 다음 악물고 있는 이 사이에 혀가 물리지 않도록 설압자를 집어넣으려고 했다. 그러나 그것은 도저히 되지 않았다. 그래서 그녀는 재빨리 링거를 멈춘 다음 침대머리에 캐시가 머리를 부딪히지 않도록 필사적으로 붙들고 있었다.

이윽고 레노어가 돌아왔다. 캐롤은 D5W를 받아 즉시 링거 병을 바꾼 다음 헌 병은 의사가 안에 들어 있는 인슐린 양을 조사할 것으로 생각하고 옆으로 치워놓았다. 그리고 링거를 완전히 열어놓고 대형 주사기에 50퍼센트 포도당을 넣고 그것을 넣을까말까 망설였다. 규정상 의사가 오는 것을 기다려야 하는 것이다. 하지만 캐롤은 구급의학을 충분히 배웠기 때문에 이럴 경우에는 맨 먼저 포도당을 사용해야 하며, 더구나 해가 거의 없다는 것을 알고 있었다. 그녀는 그것을 사용하기로 결심했다. 캐시의 몸에서 계속 땀이 흐르고 있는 것은 중증의 인슐린 반응임을 나타내는 것이다.

캐롤은 링거 튜브에 주사바늘을 찔렀다. 포도당액이 다 들어가기도 전에 극적으로 효과가 나타났다. 캐시의 경련이 멎고, 의식도 돌아오기 시작했는지 입을 벌리고 무슨 말을 하려는 듯 입술을 달싹거렸다. 그러나 그 관해(寬解)도 오래가지 못했다. 캐시는 다시 의식을 잃었다. 그리고 경련은 재발되지 않았으나 이완된 근육이 계속해서 수축현상을 일으키고 있었다.

이윽고 구급 팀이 도착하자 캐롤은 자기가 한 처치를 보고했다. 선임 레지던트는 캐시를 진찰한 다음 지시를 내렸다.

먼저 후배 레지던트에게는 "혈액을 채취해 주게. 전해질과 칼슘, 동맥의 혈액가스, 그리고 혈당을 조사해 봐야 하니까." 하고 말했다. 그리고 의대생에게는 "자네는 심전도를 조사해 보게." 하고 말했다. 그러고는 "아, 그리고 미스 아론슨, 50퍼센트 포도당을 하나 더 써보면 어떨까?" 하고 말했다.

이렇게 해서 팀 전원이 치료에 몰두하고 있는 동안 레노어는 사이드 테이블을 바로 놓고 전화기를 제자리에 갖다 놓고는 깨진 유리조각들을 발로 한쪽 구석에 밀어놓았다. 그리고 테이블에서 빠져나온 서랍을 주워 다시 끼우려고 하다가 이미 사용한 인슐린 빈 병이 몇 개나 들어 있는 것을 보고 깜짝 놀라 그것을 캐롤에게 주었다. 캐롤은 다시 레지던트에게 건네주었다.

"맙소사! 캐시는 눈을 가린 상태에서도 자신이 인슐린을 주사할 생각을 했을까?"

레지던트가 말했다.

"그렇지 않았을 거예요. 인슐린은 링거에 포함되어 있고, 또 소변의 당량을 체크하면서 보충하게 되어 있으니까요."

"그럼 무엇 때문에 자신이 직접 인슐린을 맞았을까?"

"글쎄요."

캐롤도 같은 생각이었다.

"틀림없이 진정제가 너무 많았기 때문에 머리가 혼란해서 반사적으로 주사한 것이 아닐까요? 하지만 그것도 의문이네."

"눈을 가리고도 주사할 수 있을까?"

"그건 할 수 있죠. 이 분은 20년 동안이나 하루 두 번씩 자신이 직접 주사를 했으니까요. 분량은 정확하지 않더라도 주사는 할 수 있을 거예요. 그리고 또 한 가지 생각할 것이 있어요."

"뭔데?"

"일부러 했을지도 모른다는 거예요. 이 분이 굉장히 우울한 표정을 하고 있었다고 낮에 근무하던 간호사가 말했고, 이 분의 남편이 누군지는 아마 아실 거예요, 그 남편이 아내가 이상한 행동을 할 수 있다고 말했거든요."

레지던트는 고개를 끄덕였다. 그는 정신과를 매우 싫어하고 있었기 때문에 자살을 기도하는 환자가 있다는 것은 생각하고 싶지도 않았다. 더구나 지금은 새벽 3시가 아닌가.

캐롤이 주사기에 포도당을 또 하나 넣어 건네주자 레지던트는 그것을 즉시 주입했다. 아까와 마찬가지로 캐시는 2, 3분 동안 잠시 정신을 차렸으나 다시 의식을 잃고 말았다.

"주치의가 누구야?"

레지던트는 캐롤이 건네주는 세 번째 포도당을 받으면서 물었다.

"안과 오버메이어 박사님이에요."

"누가 전화를 걸어봐. 이건 당직 따위가 함부로 다룰 수 있는 환자가 아니니까."

■ ■ ■

전화벨은 토마스가 몽롱한 정신으로 손을 뻗어 수화기를 집어들 때까지 계속 울렸다. 그는 병원의 자기 방에서 잠들기 전에 퍼코댄을 두 알이나 먹었기 때문에 정신을 집중시키기가 어려웠다.

"몹시 피곤하신가 봐요. 좀처럼 못 일어나시는 것을 보니."

병원의 교환양이 쾌활한 목소리로 말했다.

"오버메이어 박사님의 전화가 있었습니다. 곧 연락을 해달라고 하셔서, 번호를 가르쳐드릴까요?"

"응."

펜을 찾으려고 책상 위를 더듬으면서 토마스는 대답했다.

교환양은 토마스에게 번호를 가르쳐주었다. 그는 즉시 다이얼을 돌리다가 손을 멈추었다. 그리고 시계를 보았다. 틀림없이 캐시에 대한 얘기일 것이다. 그는 욕실에 들어가 얼굴에 물을 끼얹고 정신을 차리기로 했다.

그는 약기운 때문에 아직도 몽롱한 머리가 좀 맑아질 때까지 전화를 걸지 않고 있었다.

"토마스, 오늘밤 합병증이 생겼네."

전화를 받은 오버메이어 박사가 말했다.

"합병증이라고요?"

토마스는 걱정스러운 듯이 말했다.

"그렇다네. 우리가 전혀 예기하지 못했던 거야. 캐시가 다량의 인슐린을 직접 주사했다네."

"그래서 지금 괜찮습니까?"

"응, 괜찮을 것 같네."

토마스는 멍하니 허공을 쳐다보았다.

"자네도 큰 쇼크를 받았을 거야. 하지만 그녀는 걱정할 것 없네. 내과 주치의인 맥키네리도 왔는데, 담당 간호사의 재치 있는 처치를 매우 칭찬하고 있었네. 그 사람도 캐시는 걱정할 것 없다고 했어. 그래도 만일을 위해 당분간은 그녀를 중환자실로 옮겨놓기로 했네."

오버메이어 박사가 말했다.

"그거 잘됐군요. 곧 달려가겠습니다."

마음이 산란해진 토마스는 간신히 그렇게 말했다.

그는 중환자실에 도착하자마자 캐시의 침대로 뛰어갔다. 그녀는 잠들어 있는 것 같았다. 오른쪽 눈의 안대가 벗겨져 있는 것이 눈에 띄었다.

"지금은 잠이 들었지만 곧 깨실 거예요."

옆에서 간호사가 말했다.

토마스는 오버메이어 박사를 바라보았다.

"캐시와 얘기를 하고 싶은가?"

캐시를 흔들어 깨우려고 손을 뻗으면서 오버메이어 박사가 그에게 물었다.

토마스가 그 손을 잡았다.

"아니, 괜찮아 보입니다. 자게 내버려두죠."

"오늘밤 캐시가 마음의 안정을 잃고 있었던 것은 나도 알고 있었는데……."

오버메이어 박사는 자책하듯이 말했다.

"그래서 진정제를 더 주라고 지시했었는데, 설마 이런 일이 생길 줄은 생각지도 못했네."

"제가 만났을 때도 굉장히 무서워하고 있었습니다. 어젯밤 친구가 죽었기 때문에 마음의 안정을 잃었던 것 같습니다. 나는 그런 얘기를 안 하려고 했는데 정신과 레지던트가 지껄였다고 하더군요."

토마스가 말했다.

"그럼 자네는 캐시가 자살을 기도했다고 생각하나?"

오버메이어가 물었다.

"글쎄요. 저도 영문을 모르겠습니다. 그녀는 하루 두 번씩 자신이 직접 인슐린 주사를 놓는 데 익숙해져 있기 때문에 이런 실수는 도저히 생각할 수가 없어요."

"정신과 진찰을 받아보면 어떨까?"

"선생님은 주치의이고 저도 객관적인 입장은 아니잖습니까. 하지만 제가 만약 선생님의 입장이라면 상태를 좀 살펴보겠습니다. 여기에 두면 그녀도 안전하니까요."

"내가 오른쪽 눈의 안대를 벗겨줬네. 그 안대 때문에 더욱 불안감을 느꼈던 것 같아. 다행히 왼쪽 눈은 아직도 깨끗하네. 혈관을 응고시킨 다음 경련의 대발작을 일으킨 것은 큰 시련이었지만, 그것을 극복했기 때문에 앞으로는 출혈할 염려가 거의 없을 거야."

"혈당은 어떻습니까?"

"현재는 거의 정상일세. 하지만 조사팀이 앞으로 아주 세밀히 관찰할 걸세. 사람들은 캐시 자신이 대량의 인슐린을 주사했다고 생각하는 것 같아."

"그럴 거예요. 지금까지도 저 사람은 이따금 무모한 짓을 했으니까요." 하고 토마스는 말했다.

"그리고 자신의 병을 언제나 될 수 있는 한 가볍게 생각하려고 했습니다. 하지만 이번 일은 단순한 부주의만은 아닌 것 같습니다. 아무래도 자신이 무슨 짓을 저질렀는지도 모를 가능성이 있어요."

토마스는 오버메이어 박사의 적절한 조치에 대해 감사하다는 인사를 하고 나서 천천히 중환자실에서 나왔다.

데스크에 앉아 있던 간호사들은 앞을 지나가는 그를 바라보았다. 그렇게 우울하고 근심스러운 표정을 짓고 있는 킹슬리 의사의 얼굴을 그녀들은 지금까지 한 번도 본 적이 없었다.

꿈과 현실

새벽 5시가 되었을 때 캐시는 주위를 둘러보았다. 그녀는 간호사실에 있는 큰 벽시계를 보고 자기는 지금 회복실에 있는 것이라는 생각이 들었다. 눈 수술을 했기 때문인지 머리가 깨질 듯이 아팠다. 머리를 좌우로 흔들어보니 왼쪽 눈에 날카로운 통증이 느껴졌다. 그녀는 수술 받은 쪽의 붕대를 가만히 만져보았다.

"어머, 캐시디 선생님!"

왼쪽에서 목소리가 들려왔다. 천천히 고개를 돌리자 어떤 간호사가 웃고 있는 것이 보였다.

"이 세상에 돌아오신 것을 축하해요. 우린 선생님 때문에 얼마나 놀랐는지 몰라요."

캐시는 어리둥절해하며 미소를 지었다. 간호사의 명찰을 보니 '미스 스티븐스, 내과 중환자실'이라고 쓰여 있었다. 그녀는 더욱 무슨 영문인지 알 수가 없었다.

"기분은 좀 어떠세요?"

미스 스티븐스가 물었다.

"배가 고파요."

캐시가 대답했다.

"혈당이 다시 내려갔나 봐요. 마치 고무공처럼 오르락내리락 하고 있거든요."

캐시가 약간 몸을 움직이자 두 다리 사이에서 타는 듯한 작열감이 느껴져서 몹시 불쾌했다. 그녀는 자신의 요도에 카테터를 넣었다는 것을 깨달았다.

"수술 중에 내 당뇨병 때문에 문제가 있었나요?"

"수술중이 아니에요."

미스 스티븐스가 생글생글 웃으며 말했다.

"수술 후 밤이 되어서죠. 틀림없이 그렇다고 생각되는데, 캐시디 선생님이 대량의 인슐린을 직접 주사하셨어요."

"내가?"

캐시는 중얼거렸다.

"그날이 언제죠?"

"금요일 새벽 5시예요."

캐시는 더욱 혼란을 느꼈다. 아무튼 만 하루가 달아나버린 것이다.

"여긴 어디죠? 회복실 아닌가요?"

"아니에요, 여긴 집중 감시실이에요. 선생님은 인슐린 반응을 일으켜서 여기에 오셨어요. 어제 일을 정말 아무것도 기억 못하세요?"

"모르겠어요."

캐시는 또 애매하게 대답했다. 여러 가지 이미지가 조금씩 안개 속에서 모습을 드러내기 시작했다. 자신의 세계에 틀어박혀 있었을 때의 공포감이 떠올랐다. 굉장히 불쾌한 느낌이 들었었다. 불안하고 무섭고. 하지만 무엇이 그렇게 무서웠을까?

"선생님, 곧 밀크를 갖다 드릴게요. 그걸 드시고 좀 더 주무시도록 하세요."

미스 스티븐스가 말했다.

그 다음에 캐시가 시계를 보았을 때는 7시가 지나 있었다. 토마스가 침대 옆에 서 있었다. 그 파란 눈은 약간 부은 것도 같고 빨갛게 충혈되어 있었다.

"두 시간 전에 한 번 눈을 뜨셨었어요."

침대 반대쪽에 서 있던 미스 스티븐스가 말했다.

"혈당은 많이 내리지는 않았지만 매우 안정되고 있습니다."

"좋아졌다니 정말 다행이오."

캐시가 눈을 뜬 것을 보고 토마스가 말했다.

"밤중에 한 번 와봤었는데 당신은 그때까지 의식이 분명하지 못하더군. 그래, 기분은 어떻소?"

"굉장히 좋아요."

캐시가 대답했다. 토마스의 오드콜로뉴에 그녀는 특별히 강렬한 인상을 받았다. 마치 이브생 로랑의 그 향기가 그 맹렬한 악몽의 일부분인 것 같은 느낌이 들었던 것이다. 캐시는 지금까지 운 나쁘게 인슐린 반응을 일으킬 때는 언제나 끔찍한 꿈을 꿨는데, 이번에는 그 악몽이 아직도 사라지지 않은 것 같은 느낌이 들었다.

갑자기 심장의 고동이 빨라지고 머리가 욱신거리기 시작했다. 꿈과 현실을 구분할 수 없게 되었다. 하지만 2, 3분 후 토마스가 "지금 수술이 있어. 끝나는 대로 다시 올게." 하고 방을 나가자 그녀의 기분이 다소 나아졌다.

오전에 오버메이어 박사와 내과의 주치의가 왔다. 그녀는 중환자실에서 나와서 복도 끝에 있는 1인실로 되돌아갔다. 그러나 그녀가 혼자 있기 싫다고 떼를 쓰는 바람에 결국 간호사실 맞은편에 있는 큰 방으로 옮겨졌다. 그 방에는 세 사람이 있었다. 두 사람은 복잡골절로 들어와 있었고, 또 한 사람은 굉장히 덩치가 큰 여자였는데 담낭수술을 받았으나 경과가 별로 좋지 않았다.

캐시는 강력하게 또 한 가지 요구를 했다. 링거를 떼어달라는 것이었다. 맥키네리 의사는 그것이 필요한 이유를 설명하면서, 그렇게 심한 인슐린 반응을 일으키지 않았었느냐, 만약 링거를 맞지 않고 당을 계속 섭취한다면 틀림없이 혼수상태에 빠져 다시는 회복하지 못할 것이라고 했다. 캐시는 얌전히 듣고 있었지만 절대로 물러서지는 않았다. 링거를 결국 떼어내고 만 것이다.

오후 3시쯤 되자 캐시는 한결 기분이 좋아지고 두통도 그럭저럭 참을 수 있을 정도가 되었다. 같은 방에 있는 환자들의 괴로운 체험담을 듣고 있는데 조안 위디커가 들어왔다.

"방금 얘기를 듣고 왔어. 좀 어때?"

그녀는 근심스러운 표정으로 말했다.

"괜찮아요."

캐시는 조안을 만나게 된 것이 반가워서 쾌활하게 대답했다.

"정말 다행이야! 캐시, 당신이 직접 대량의 인슐린을 주사했다는 말을 들었는데……."

"했는지 안 했는지 난 기억이 없어요."

"정말? 참, 그러고 보니 당신은 로버트의 일 때문에 굉장히 혼란에 빠져 있는 것 같았는데……."

조안은 말끝을 맺지 못했다.

"로버트가 어떻게 됐나요?"

캐시는 조급하게 물었다. 그러나 조안이 미처 대답을 하기도 전에 캐시는 갑자기 머리에 떠오르는 것이 있었다. 마치 없어졌던 직소 퍼즐 한 조각이 제 자리에 들어가 맞춰진 듯한 느낌이었다. 그렇지, 내 수술 전날 밤에 로버트는 죽었지.

"당신, 기억 안 나요?"

조안이 물었다.

캐시는 온몸의 힘을 빼고 침대 속으로 파묻혔다.

"지금 생각났어요. 로버트는 죽었죠."

그것은 진짜가 아닐 거야, 인슐린이 일으킨 악몽의 계속이야! 캐시는 부정하고만 싶은 심정으로 조안의 얼굴을 쳐다보았다.

"로버트는 죽었어요."

조안은 엄숙한 목소리로 말했다.

"캐시, 당신은 사실을 부정함으로써 자신의 슬픔을 얼버무리려고 한 것 아닌가요?"

"그렇진 않아요. 하지만 모르겠어요."

캐시는 대답했다. 슬픈 소식을 두 번이나 듣다니, 그건 너무 잔혹했다. 조안의 말처럼 자기 자신이 정말 사실을 부정하기로 한 것일까, 아니면 인슐린 반응 때문에 그렇지 않아도 흐릿한 기억에 완전히 빠져버리고만 것일까?

"어디 얘기해 봐요."

조안은 비밀얘기를 할 수 있도록 의자를 바짝 당겨놓고 말했다. 세 사람의 다른 환자들은 모른 체하고 있었다.

"당신이 스스로 인슐린을 주사하지 않았다면 어떻게 그게 당신의 혈액 속에 들어가 있었을까?"

캐시는 고개를 저었다.

"난 자살할 생각은 조금도 없어요. 당신이 그런 뜻으로 말한 거라면……."

"솔직히 말해 봐요. 이건 매우 중요한 일이에요."

"좋아요, 그럼 분명히 말하죠. 난 설사 잠을 자고 있더라도 자신에게 필요 이상의 인슐린을 주사하진 않아요. 틀림없이 누군가가 넣었다고 생각해요."

캐시는 딱 잘라 말했다.

"우연히? 우연히 필요 이상의 인슐린을?"

"아니, 내 생각에 이건 고의적이에요."

조안은 의사다운 초연한 태도로 자기 친구를 관찰했다. 병원의 누군가가 자신을 죽이려고 한다, 그렇게 생각하는 것은 망상인데 그런 얘기는 옛날부터 얼마든지 듣고 있었다. 그러나 그것을 캐시의 입으로 들을 줄은 꿈에도 생각지 못했다.

"확실해?"

조안은 간신히 물었다.

캐시는 또 머리를 저었다.

"모르겠어요. 이런 일을 당하고 보니 무엇 하나 확실하다고 말할 수 있는 것이 없으니까."

"도대체 누가 그런 짓을 했다고 생각해?"

조안이 말했다.

캐시는 손가락을 입에다 대고 속삭였다.

"토마스가 아닐까 하는 생각이 들어요."

조안은 흠칫했다. 그녀는 결코 토마스의 팬은 아니지만, 캐시의 얘기는 아무래도 편집광적인 망상이라는 생각이 들었다. 거기에 어떻게 대처해야 할지 그녀는 당황스러웠다. 지금의 캐시에게는 단순히 친구로서의 조언이 아니라 정신과 의사의 전문적인 도움이 필요하다는 생각이 들었다.

"어째서 토마스라고 생각해?"

조안은 생각한 끝에 물었다.

"한밤중에 눈을 떴을 때 그 사람의 오드콜로뉴 냄새가 났어요."

만약 이때 조안이 조금이라도 캐시를 정신분열증이라고 의심했다면 더 이상 그녀에게 질문하지 않았을 것이다. 그러나 캐시는 극단적인 스트레스 상태이기는 하지만 본질적으로는 정상적인 사람이라고 조안은 생각하고 있었고, 그녀에게 망상을 하지 않도록 하는 것이 현명하다고 판단했다.

"하지만 캐시, 한밤중에 토마스의 향수 냄새가 났다는 것만으로는 증거로서 매우 미약해."

캐시가 그녀의 말을 가로채려고 했으나 조안은 끝까지 들으라고 그녀를 타일렀다.

"그런 상황 하에서 당신은 꿈과 현실을 혼동했는지도 몰라요."

"조안, 나도 그걸 생각해 봤어요."

"그것뿐만 아니라."

조안은 캐시의 말을 듣지 않고 말을 계속했다.

"인슐린 반응이 일어나면 악몽을 꾼다, 이것은 나보다 당신이 더 잘 알잖아. 즉 당신은 망상성 정신이상 상태를 경험한 거야. 내가 수술을 받았다, 로버트가 불행한 죽음을 당했다, 게다가 당신은 격심한 스트레스를 겪고 있었거든. 이런 상태에서는 자신이 직접 인슐린을 주사한다는 것은 충분히 생각할 수 있어. 그리고 그 후에 당신이 현실이라고 생각할 수 있는 여러 가지 악몽을 꿨다고 생각해."

캐시는 진지하게 조안의 얘기를 들었다. 전에도 인슐린이 일으킨 꿈과 현실을 분간하기 어려운 때가 종종 있었던 것이다.

"하지만 내 스스로 다량의 인슐린을 주사했다고는 도저히 생각할 수가 없어요."

"그것은 다량이 아닐지도 모르지. 보통 때의 분량밖에 사용하지 않았는지도. 어쩌면 당신은 밤의 주사 맞는 시간이라고 생각했는지도 모른단 말이야."

충분히 납득할 수 있는 설명이었다. 토마스가 자기를 죽이려고 했다고 생각하기보다는 훨씬 받아들이기 쉬운 얘기였다.

조안은 계속해서 말했다.

"내가 정말 걱정하는 것은, 지금 당신이 우울한 상태냐 아니냐 하는 거예요."

"약간 우울한 정도예요. 그것도 물론 대부분은 로버트 때문이지만. 내 수술결과가 좋았다는 것은 다행이라고 생각해야겠죠. 하지만 이런 상태에서 그렇게 생각하라는 것은 무리예요. 하지만 자살을 생각할 정도가 아니라는 것은 분명해요. 아무튼 내 인슐린을 모두 가져가 버리고 말았어요."

"그건 당연하죠."

조안은 자리에서 일어났다. 캐시가 자살할 사람이 아닌 것은 확신할 수 있었다.

"유감스럽지만 두 사람이나 상담할 약속이 있어서 가봐야겠어. 부디 조심해요. 그리고 무엇이든 용무가 있으면 전화해줘. 약속할 수 있지?"

"약속할게요."

캐시는 조안에게 미소를 지었다. 그녀는 좋은 친구이며 좋은 의사였다. 그녀의 의견은 존중해야 하는 것이다.

"저 사람은 정신과 선생님인가요?"

조안이 나가자 같은 방 환자가 물었다.

"그래요. 나와 같은 레지던트지만 훨씬 선배예요. 이번 봄에 끝마쳐요."

"저 사람은 당신이 정신적으로 좀 이상하다고 생각하고 있는 것 아닐까요?"

캐시는 그 질문을 되씹어보았다. 그것은 결코 어리석은 질문이 아니었다. 어쩌면 조안은 내가 일시적으로 미쳤다고 생각했는지도 몰랐다.

"내가 굉장히 혼란에 빠져 있다고 생각했을 거예요."

이럴 때는 완곡하게 표현해 두는 것이 무난할 것이다.

"내가 잠을 자면서 자살을 기도했다고 생각하고 있었던 것 같아요. 만약 내가 이상한 짓을 하기 시작하면 즉시 간호사를 불러주세요. 아시겠죠?"

"염려 말아요. 목청이 터져라 외칠 테니까."

얘기를 듣고 있던 다른 사람이 진심으로 말했다.

캐시는 이 세 여자를 더 이상 놀라게 해서는 안 되겠다고 생각했다. 그러나 그녀들이 자신을 감시하고 있다고 생각하니 한결 마음이 놓였다. 자기가 정말 자기도 모르는 사이에 대량의 인슐린을 주사한 것이 사실이라고 하더라도 앞으로는 크게 신경을 쓰지 않아도 될 것이다.

그녀는 눈을 감고 로버트의 장례식은 언제일까, 그때까지는 퇴원을 해야 할 텐데 하고 생각했다. 그리고 SSD의 연구는 그 후 어떻게 되었을까 생각하다가 컴퓨터 출력물을 그의 병실에서 가지고 온 것이 떠올랐다. 그녀는 누군가에게 그것을 찾아달라고 해야겠다고 생각했다.

그녀는 간호사를 불러서 부탁했다. 간호사는 전에 있던 병실에 가서 꼭 찾아보겠다고 약속했다. 그러나 30분 후에 돌아온 간호사도, 캐시가 방을 옮기는 것을 도와준 2명의 준간호사도 그런 자료는 보지 못했다고 했고, 서랍을 모두 열어봤지만 아무것도 없었다고 말했다.

캐시는 그 SSD의 자료 역시 자신의 환각이었을까 하고 생각했다. 분명히 로버트의 병실에서 그것을 가지고 나오다가 토마스와 마주친 것 같은 생각이 드는데 그것도 역시 꿈이었단 말인가. 그것을 확인해 볼 방법은 없을까? 토마스에게 묻는 것이 가장 빠른 길이지만 왠지 그러고 싶지 않았다.

캐시는 방안을 둘러보면서 저녁 먹을 준비를 하고 있는 세 사람의 모습을 보자 기분이 좋았다. 이 사람들과 같이 있는다면 자기도 안심하고 지낼 수가 있을 것 같았다.

■ ■ ■

토마스는 늪지대의 후미에 걸려 있는 다리 앞에서 차를 세우고 엔진을 껐다. 그리고 다른 차가 없는 것을 확인하고 문을 열었다. 그는 차에서 나오자 낡은 판자에 구두소리를 울리면서 아치형의 나무다리를 건넜다. 물이 빠지고 있는 중이어서 그 작은 다리 밑에는 물이 기세 좋게 흐르면서 다리기둥 주위에서 소용돌이치고 있었다.

토마스에게는 시원한 공기가 필요했다. 병원을 나오기 전에 먹은 두 알의 탈윈도 기분을 좋게 해주지 않았다. 지금까지 이렇게 불안을 느껴본 적이 없었다. 금요일 오후의 간담회는 재미가 없었고, 게다가 갑자기 캐시의 문제가 생기기도 했다.

토마스는 거의 30분 동안이나 아무도 없는 다리 위에 서서 습기 찬 바람을 맞고 있었다. 뼛속까지 얼어붙는 것 같았다. 그러나 그 매서운 추위가 정신적으로는 도리어 효과가 있었는지 그제야 간신히 무엇을 생각할 수 있게 되었다. 이번에는 정말 무엇인가 하지 않으면 안 된다, 발렌타인과 그 일파는 모처럼 내가 이루어놓은 것을 파괴하려고 한다.

토마스는 손에 움켜쥔 약병을 물에 던지려고 했다. 그러나 도저히 던질 수가 없었다. 그는 그것을 다시 코트 주머니에 집어넣었다.

토마스는 차츰 기분이 좋아졌다. 한 가지 생각이 떠오르고, 그 생각이 형태를 이루게 되자 그는 히죽히죽 웃기 시작했다. 그리고 왜 지금까지 그런 생각을 못했을까 하고 마침내 소리를 내어 웃었다. 그는 다시 힘이 솟는 것을 느끼면서 차로 돌아와 히터를 가동시키고 손을 녹였다.

그는 차고에 차를 넣은 다음 정원을 가로질러 집 안으로 뛰어 들어갔다. 그리고 코트를 벗을 때는 약병을 웃옷 호주머니에 옮겨놓고 오늘 하루 중 최고의 기분을 맛보면서 어머니에게 인사를 하러 갔다.

"마침 잘 왔구나. 방금 해리엣이 저녁식사를 테이블에 차려놓았더구나."

어머니는 그의 팔을 잡고 식당으로 안내했다. 아들을 독점할 수 있게 되어 어머니의 기분이 좋은 것이라고 토마스는 생각했다. 그러나 양키풍의 포트로스를 큰 접시에서 뜨기 전에 그녀는 싹싹한 목소리로 캐시의 상태를 물었다. 그리고 해리엣이 부엌으로 들어가고 나자 그녀는 그에게 이것저것 묻기 시작했다.

"병원 일은 잘 되어 가냐?"

"잘 안 돼요."

토마스는 기분이 좋지 않았다. 자기 자리가 불안해진 병원 얘기는 별로 하고 싶지 않았다.

"조지 서먼과는 얘기를 해보았니?"

페트리셔가 불쾌한 표정으로 물었다.

"어머니, 병원 얘기는 하고 싶지 않아요."

잠시 침묵이 흘렀다. 그러나 잠자코 식사를 하던 페트리셔는 더 이상 참지 못하고 다시 말했다.

"네가 과장이 되면 그 사람을 어떻게 할 것인지 생각해 봤겠지?"

토마스는 포크를 내려놓았다.

"어머니, 다른 얘기 해요."

"그 일이 얼마나 너를 괴롭히고 있는지 잘 알고 있는 이상 얘기를 안 할 수가 없구나."

토마스는 몇 번이나 심호흡을 하면서 마음을 가라앉히려고 했다. 그가 손을 떨고 있는 것을 페트리셔도 똑똑히 볼 수 있었다.

"네 꼴을 좀 봐라, 토마스. 넌 꼭 단단히 감아놓은 태엽 같구나."

페트리셔는 손을 뻗어 아들의 팔을 만지려고 했다. 그러나 토마스는 그 손을 피하며 자리에서 일어났다.

"그 일을 생각하면 화가 나서 견딜 수가 없어요."

"그래, 언제쯤 과장이 될 수 있겠니?"

아들이 마치 우리에 갇혀 있는 사자처럼 앞뒤로 왔다갔다하는 것을 지켜보면서 페트리셔가 물었다.

"빌어먹을! 나도 그것을 알고 싶단 말이야!"

토마스는 이를 악물고 내뱉듯이 말했다.

"하지만 빠르면 빠를수록 좋아요. 그렇지 않으면 우리 과는 엉망진창이 된단 말입니다. 내가 모처럼 이룩해 놓은 심장과 혈관에 관한 연구프로그램을 그들은 합세해서 파괴하려고 한단 말예요. 보스턴 메모리얼 병원은 우리 수술 팀 때문에 유명해졌어요. 그런데 그들은 내 수술시간을 늘리기는커녕 줄이려고만 한다고요. 오늘도 나는 수술시간이 또 줄었다는 것을 알았어요. 왜 그랬는지 아세요? 발렌타인이 이 주의 서쪽에 있는 정신병원을 메모리얼 병원의 교육원으로 이용하려고 하기 때문이에요. 셔먼이 거기에 갔다 와서 그쪽은 심장수술의 금광이라고 했답니다. 빌어먹을! 거기 환자들은 평균 정신연령이 2살 이하래요. 그중에는 인간 같지도 않은 괴물까지 있어요. 그런데 어떻게 화가 나지 않겠습니까!"

"그럼 그런 수술은 레지던트나 인턴을 시키면 되지 않니?"

"어머니, 그 환자들은 지능이 뒤떨어진 소아과 환자란 말예요. 발렌타인은 상근하는 소아 심장외과 의사를 보충하려는 거예요."

"그렇다면 그것은 너와는 아무 관계도 없지 않니."

"하지만 그들은 그 때문에 내 수술시간을 줄이려고 더욱 압력을 가하고 있단 말입니다."

토마스는 큰 소리로 말했다. 그는 신경질이 나고 있다는 것을 자신도 깨달았다.

"지금 내 환자들은 위험한 고비를 넘겨야 할 정도로 수술이 연기되거나 아니면 다른 병원으로 옮겨야 할 형편이에요."

"하지만 네 환자들은 처음부터 예정이 되어 있지 않니?"

"통 이해를 못 하시는군요, 어머니는."

토마스는 되도록 천천히 얘기하려고 했다.

"병원에서는 충분히 살릴 수 있는 기회가 있을 뿐만 아니라 생명을 구해줄 만한 가치가 있는 환자들까지 내가 치료하는 것을 달가워하지 않아요. 교육기관이라는 평판을 얻기 위해 발렌타인이 지능이 떨어지는 사람이나 불구자들을 모아서 귀중한 수술시간을 희생시키려고 한단 말입니다. 내가 과장이 되지 못하면 이런 일들을 막을 수가 없어요."

"그렇다면 토마스, 네가 과장이 안 되면 다른 병원으로 가면 되잖니. 이제 자리에 앉아서 식사를 끝내는 것이 어떻겠니?"

"난 절대로 다른 병원엔 가지 않아요!"

토마스가 소리쳤다.

"토마스, 좀 조용히 해라."

"심장수술에는 팀이 필요해요. 그것을 모르시겠어요!"

토마스는 먹다 만 접시에 냅킨을 집어던졌다.

"더 이상 못 앉아 있겠어요. 어머니만 보면 화가 난단 말예요! 좀 마음이 편할까 하고 집에 돌아오면 어머니 때문에 엉망이 된단 말입니다!"

그는 무턱대고 소리를 질렀다. 그리고 어이가 없어서 멍하니 지켜보고 있는 어머니를 남겨놓고 밖으로 뛰쳐나갔다.

그는 2층의 복도를 걸으면서 멀리서 들려오는 파도소리를 들었다. 파도는 아마도 1미터나 2미터 정도의 높이는 될 것이다. 그는 그 소리를 좋아했다. 그것을 들으면 어릴 때의 생각이 떠올랐다.

그는 아침의 방에 불을 켜고 방안을 둘러보았다. 하얀 가구는 굉장히 차가운 느낌을 주었다. 그는 캐시가 꾸며놓은 실내장식이 마음에 들지 않았다. 창문에는 레이스가 달린 커튼이 걸려 있고 꽃무늬 쿠션이 놓여 있었지만 어딘지 공허하게 느껴졌다.

그는 그 방에서 잠시 서 있다가 곧 자신의 서재로 가서 떨리는 손으로 퍼코댄을 찾았다. 그리고 시내로 돌아가 도리스를 만날까 생각했으나 퍼코댄의 약효로 마음이 가라앉자 찬바람을 맞으며 밖에 나가는 대신 글라스에 스카치를 따랐다.

그녀가 사라졌다

캐시는 어떻게든지 안과의사가 비추는 광선에 익숙해지려고 했으나 오버메이어 박사의 검사를 받을 때마다 불쾌감은 여전했다. 수술 후 5일이 지나자 그 인슐린 소동을 제외하고는 아무런 일도 없었고 수술 후의 경과도 매우 순조로웠다. 오버메이어 박사는 매일 잠깐씩 그녀의 눈을 검사하러 와서는 좋다는 말만 하고 돌아갔다.

오늘 퇴원이 예정된 날에도 캐시는 그 마지막 '좋다'는 말을 듣기 위해 오버메이어 박사의 진찰실에 갔는데 예상대로 좋다는 판정을 받았다.

그가 마침내 눈에서 광선을 떼자 그녀는 비로소 안도의 한숨을 쉬었다.

"좋아요, 캐시. 그동안 문제였던 혈관도 모양이 좋아졌고 출혈도 일어나지 않았어. 그리고 말할 것도 없지만 왼쪽 눈의 시력은 놀라울 정도로 회복됐고. 앞으로는 형광안저검사로 경과를 봐야겠지만, 어떤 시점에서는 레이저 치료가 필요할지도 모르지. 아무튼 이제 완전히 위기를 벗어났네."

캐시는 레이저 치료가 어떤 것인지는 모르지만 그 때문에 빨리 퇴원하고 싶은 열망이 꺾이지는 않았다. 토마스를 두려워하는 마음은 자신의 공상 때문이었으며, 부부간의 실랑이도 그 대부분은 자신의 잘못 때문이라고 그녀는 생각했다. 빨리 집으로 돌아가서 두 사람의 결혼생활을 회복시키고 싶은 마음뿐이었다.

캐시는 이제 완전히 혼자 걸을 수 있었지만 쉐링턴 병동의 병실로 데려가기 위해서 온 푸른 옷의 자원봉사자는 꼭 휠체어에 타고 가야 한다고 우겼다. 그 자원봉사자는 나이가 일흔이 다 되었는데 괴로운 듯이 숨을 몰아쉬면서도 끝까지 고집을 부리는 바람에 캐시도 하는 수 없이 병실까지 타고 가기로 했다.

캐시는 짐을 다 꾸린 다음 침대 옆에 앉아 정식 퇴원허가를 기다리고 있었다. 토마스는 자기 진료실에서의 외래진료를 거절하고 1시 반이나 2시쯤 그녀를 집으로 데려가기로 했다. 그녀가 입원한 이래 그의 따뜻한 보살핌은 조금도 변하지 않았다. 어떻게든지 시간을 내어 하루에 네댓 번씩 병실을 찾아와 때로는 같은 방의 환자들과 식사를 같이 하기도 해서 환자들을 매우 즐겁게 했다. 그는 또 그들 두 사람만의 휴가계획을 완성해서 오버메이어 박사의 축복을 받으면서 10일 정도의 여행을 떠나기로 되어 있었다.

캐시는 휴가를 생각하기만 해도 즐거웠다. 토마스가 수술과 강연을 하기 위해 독일로 갔을 때 그것을 이용해서 유럽으로 신혼여행을 떠났던 것을 제외하고는 2, 3일 이상의 긴 여행은 해본 적이 없었다. 캐시는 마치 크리스마스를 손꼽아 기다리는 어린아이처럼 그 여행을 기다리고 있었다.

발렌타인 과장도 그녀가 입원하고 있을 때 문병을 왔었다. 그는 캐시의 인슐린 반응 소동 때문에 몹시 신경을 쓰고 있는 것 같았다. 캐시는 그가 책임을 느끼고 있나 싶어 그것을 화제로 삼으려고 하자 그가 그것을 피했다.

캐시의 나머지 입원기간을 정말로 즐겁게 해준 사람은 토마스였다. 그는 마지막 5일 동안은 특히 싹싹하게 대해줬기 때문에 캐시로 하여금 로버트의 얘기를 꺼내게 했을 정도였다. 그녀는 토마스에게 로버트가 죽던 날 밤 자신이 정말로 로버트의 병실에서 그를 마주쳤는지, 아니면 그것은 자신의 꿈이었는지를 물어보았다. 토마스는 웃으면서 그녀가 수술하기 전날 밤 틀림없이 거기서 만났다고 말했다. 하지만 그날 밤 진정제를 너무 많이 맞은 것 같았고, 그 때문인지 제정신이 아닌 것 같아 보였다고 말했다.

캐시는 그날 밤의 일들이 모두 환각이 아니라는 것에 마음을 놓았다. 희미한 기억 속에는 아직도 석연치 않은 부분이 있었지만, 그것은 자신의 상상 속의 일로 생각하기로 했다. 특히 조안의 도움으로 자신의 잠재의식 능력을 이해할 수 있었기 때문에 더욱 그렇게 생각했다.

"오케이."

미스 스티븐스가 캐시의 퇴원준비 상태를 살펴보러 왔다가 말했다. 퇴원허가가 난 것이다.

"여기 약이 있어요. 이것은 먹는 약, 이것은 낮에 넣는 안약, 이것은 자기 전에 바르는 연고, 그리고 안대도 잔뜩 넣어 드렸어요. 질문 있으세요?"

"없어요."

캐시는 자리에서 일어났다.

아직 11시가 조금 지난 시각이었다. 캐시는 가방을 현관으로 가지고 가서 안내계에 맡겼다. 토마스는 앞으로 적어도 2시간은 바쁠 것이기 때문에 그녀는 엘리베이터를 타고 병리과에 가보기로 했다. 그 SSD의 자료에 대해서는 토마스와 얘기를 하고 싶지 않다고 생각했던 기억이 어렴풋이 떠올랐다. 그 자료에 대해서는 기억하고 있는 부분도 있었으나 똑똑히 기억할 수는 없었다. 다만 그 연구에 대해서 아직도 흥미를 가지고 있다는 것을 토마스에게는 절대로 알려서는 안 된다고 생각했다.

엘리베이터가 9층에서 멎자 그녀는 곧바로 로버트의 연구실로 갔다. 그러나 그 방은 이미 로버트의 방이 아니었다. 문에 붙어 있는 스테인리스 틀에는 새로운 이름이 들어 있었다. 닥터 퍼시 프레이저, 캐시가 문을 두드리자 들어오라고 외치는 소리가 들렸다.

실내는 로버트가 있었던 때와는 전혀 딴판이었다. 온 방안에 책과 의학 잡지, 현미경 표본 같은 것이 산더미처럼 쌓여 있고 바닥에는 구겨진 종잇조각이 사방에 흩어져 있었다. 프레이저 박사는 이런 사무실 분위기와 썩 잘 어울려 보이는 사람이었다. 빗질도 하지 않은 것 같은 그의 고수머리는 그대로 수염으로 이어져 있었다.

"무슨 일로 오셨습니까?"

난잡한 방안을 보고 놀라는 캐시에게 그가 물었다. 그 목소리는 친절하지도 않고, 그렇다고 쌀쌀하지도 않았다.

"전 로버트 세이버트의 친구였어요."

캐시는 자기소개를 했다.

"아, 그래요."

프레이저 박사는 두 손을 머리 뒤에 대고 의자에 기대앉아 몸을 흔들면서 말했다.

"정말 불행한 일이었습니다."

"혹시 그 사람의 논문이 어디 있는지 아세요? 전 그 사람과 같이 일을 했는데 자료가 없어서 좀 아쉽네요."

"난 전혀 모릅니다. 내가 이 방에 들어왔을 때는 이미 깨끗이 치워져 있었어요. 여기 과장에게 물어보면 어떨까요. 이름은 닥터……."

"알아요. 저도 여기 레지던트로 있었거든요."

"도움이 못 되어서 미안하군요."

프레이저 박사는 그렇게 말하고 하던 일로 돌아갔다.

캐시는 돌아서서 나오다가 문득 떠오르는 것이 있었다.

"저, 선생님은 로버트의 부검결과가 어떻게 나왔는지 아세요?"

"그 사람에게는 심장에 심한 판막증이 있었다는 말을 들었어요."

"사인이 밝혀졌나요?"

"그건 모르겠어요. 지금 뇌를 부검하고 있는데 아직 끝나지 않은 것 같아요."

"혹시 치아노제가 있었는지 어땠는지 아세요?"

"있었다고 하는 것 같더군요. 하지만 나한테 물어보셔야 별로 도움이 안 될 겁니다. 난 여기 일을 아직 잘 몰라요, 신참이기 때문에. 왜 과장에게 물어보지 않습니까?"

"그 말씀이 옳아요. 방해해서 미안합니다. 감사합니다."

프레이저는 캐시가 나올 때 손을 흔든 다음 가만히 문을 닫았다. 그녀는 과장을 만나러 갔으나 공교롭게도 회의에 나가고 없었다. 할 수 없이 토마스 방의 대기실에 가서 그의 일이 끝날 때까지 기다려야겠다고 생각했다.

로버트의 방에 이미 다른 사람이 들어와 있는 광경은 차라리 보지 않은 것만 못했다. 그의 죽음이 새삼스레 느껴져 우울해졌기 때문이다. 장례식에 참석하지 못한 탓인지 그가 죽었다는 사실을 깜빡깜빡 잊어버리곤 했는데, 앞으로는 결코 그럴 일이 없을 것 같았다.

토마스의 사무실 문은 잠겨 있었다. 캐시는 손목시계를 들여다보고 그 이유를 알았다. 12시가 약간 지난 것을 보니 도리스가 식사를 하러 간 것이 틀림없었다. 그녀는 수위에게 문을 열어달라고 해서 대기실에 들어가 장밋빛 소파에 앉았다.

그녀는 날짜가 지난 '뉴요커'철을 훌훌 넘겼다. 그러나 거기에 집중할 수가 없었다. 방안을 둘러보니 토마스의 진찰실 문이 약간 열려 있는 것이 보였다. 캐시는 지난주에 토마스가 약을 먹고 있다는 것을 강력히 부정했고 또 그의 태도도 달라졌기 때문에 정말 약을 먹지 않는 것으로 생각했다. 그러나 이렇게 그의 대기실에 앉아서 진찰실 문이 열려 있는 것을 보니 들어가 보고 싶은 호기심이 생겼다. 그녀는 소파에서 일어나 도리스의 책상을 지나 안의 진료실로 들어갔다.

그 방에 들어가 본 것은 몇 번밖에 되지 않았다. 그녀는 책꽂이 위에 진열되어 있는 토마스와 전국적으로 유명한 심장외과 의사들의 사진을 바라보았다. 그녀는 자기 사진이 없는 것이 마음에 걸렸다. 페트리셔의 사진은 있었는데, 그것은 대학시절의 토마스가 부모와 함께 찍은 것이었다.

캐시는 신경질적으로 책상 앞의 의자에 앉으며 거의 자동적으로 오른쪽 두 번째 서랍을 열었다. 집에서도 같은 장소에서 약을 발견했기 때문이었다. 서랍을 열 때 그녀는 자신이 배신자가 된 것 같은 기분이 들었다. 토마스는 지난주에 매우 훌륭한 태도를 보여주었지 않은가.

그런데 그것들은 거기에 있었다. 퍼코댄, 데메롤, 바륨, 모르핀, 탈윈, 그리고 덱세드린…… 축소판 약국이었다. 또 그 안쪽에는 다른 주의 제약회사에 우편으로 주문하는 신청서가 한 다발 들어 있었다. 캐시는 몸을 구부리고 들여다보았다. 회사의 이름은 제네릭 제약, 처방전의 서명은 알란 박스터 의사로 되어 있었다. 그러고 보니 집에서 발견한 약병에도 같은 이름이 쓰여 있었던 것이 기억났다.

그때 갑자기 대기실 문이 닫히는 소리가 났다. 그녀는 서랍을 쾅 닫고 싶은 조바심을 억제하고 재빨리 소리가 안 나게 살짝 밀어 넣었다. 그리고 심호흡을 한 다음 토마스의 진찰실을 나왔다.

"어머나!"

도리스가 깜짝 놀라며 소리를 질렀다.

"부인이 와 계신 줄은 꿈에도 몰랐어요."

"병실에서 너무 빨리 내보내서 이리로 왔어요."

캐시는 미소를 지으며 말했다.

"워낙 모범적인 환자시니까요."

처음의 충격에서 깨어난 도리스는 캐시에게 빈정거리듯이 말했다.

"토마스는 부인을 댁으로 모셔가기 위해 오늘은 외래환자를 모두 거절하고 오후 시간을 완전히 비워뒀어요."

그녀는 안의 진찰실을 들여다본 다음 문을 닫았다.

"알란 박스터 선생이 누구죠?"

캐시는 도리스가 빈정거리고 있다는 것을 알면서도 모른 체하고 물었다.

"박스터 선생님은 심장병 학자인데 우리가 임시검사실로 쓰고 있는 옆방에 계시던 분이에요."

"언제 옮기셨죠?"

"옮긴 것이 아니라 돌아가셨어요."

도리스는 타이프라이터 앞에 앉으며 캐시는 돌아보지도 않고 말을 이었다.

"좀 앉으세요. 토마스는 곧 돌아올 거예요."

그녀는 타이프라이터에 종이를 끼우고 키를 두드리기 시작했다.

"토마스의 방에서 기다리는 게 좋을 것 같네요."

캐시가 그녀의 책상 앞을 지날 때 도리스가 고개를 홱 쳐들었다.

"토마스는 그가 없을 때 자기 방에 누가 들어가는 것을 좋아하지 않아요."

"그건 나도 알아요. 하지만 난 누가가 아녜요. 그의 아내에요."

캐시도 야무지게 맞받았다.

그리고 다시 진료실로 들어가 도리스가 따라올 것을 예상하면서 문을 닫았으나 문은 두 번 다시 열리지 않았고 타이프소리만 들려왔다.

토마스의 책상으로 돌아간 캐시는 재빨리 서랍을 열고 우편주문용지를 한 장 꺼냈다. 거기에는 박스터의 이름뿐만 아니라 그의 DEA(마약 단속국) 등록번호까지 인쇄되어 있었다. 캐시는 외선으로 마약 단속국에 전화를 걸었다. 비서가 나왔다. 그녀는 이쪽의 이름을 대고 어떤 의사에 대해 알아보고 싶다고 말했다.

"그렇다면 조사관에게 말씀해 보십시오."

비서가 말했다.

캐시는 수화기를 들고 기다렸다. 손이 부들부들 떨렸다.

잠시 후 한 조사관이 나왔다. 캐시는 보스턴 메모리얼 병원의 의사라고 자기소개를 했다. 그러자 조사관은 매우 정중한 목소리로 무슨 일이냐고 물었다.

"몇 가지 여쭤보겠어요. 어떤 특정한 의사가 처방전을 쓰는 경우 그쪽에서도 그것을 기록하고 있나요?"

"물론 기록하고 있습니다. 우리는 마약과 일반 약품에 관한 정보기구를 통해 컴퓨터에 입력하고 있습니다. 하지만 어떤 특정한 의사에 대해 특별한 정보를 요구하신다면, 그것은 가르쳐드릴 수가 없습니다. 금지되어 있으니까요."

"그것은 그쪽 직원들만 조사할 수 있다는 말씀이시군요?"

"그렇습니다. 하지만 그것도 의학관계의 감시위원회라든가 의사회의 윤리위원회 같은 곳에서 부정이 있다는 통고가 있기 전에는 함부로 조사하지 않아요. 개인의 처방이 단기간에 급격하게 변화했다든가 하는 경우에는 컴퓨터가 자동적으로 그 이름을 찾아내게 됩니다."

"알겠습니다. 그럼 특정한 의사에 대해 저는 도저히 조사해볼 방법이 없겠군요?"

캐시가 말했다.

"그럴 겁니다. 만약 어떤 의사에 대해 의문이 있다면 의사회에 한번 알아보시면 어떻겠습니까. 저희들이 왜 정보를 비밀로 하고 있는지는 충분히 이해하실 줄 압니다만."

"알겠습니다. 시간 내주셔서 감사합니다."

캐시가 수화기를 막 내려놓으려고 할 때 조사관이 덧붙였다.

"만약 정식으로 등록되어 있는 어떤 의사가 현재도 처방을 내고 있는지 어떤지에 대해 알아보시려면 알려드릴 수 있습니다. 양까지는 말씀드리지 못하지만. 그거라도 알려드릴까요?"

"부탁합니다."

캐시는 재빨리 알란 박스터 의사의 이름과 마약단속국의 등록번호를 말했다.

"잠깐만 기다려주세요. 컴퓨터에 넣어볼 테니까요."

조사관이 말했다.

캐시가 수화기를 들고 기다리고 있는데 갑자기 바깥문이 닫히는 소리와 함께 토마스의 목소리가 들려왔다. 캐시는 황급히 그 신청서를 호주머니에 집어넣었다. 토마스가 방에 들어오는 것과 동시에 조사관의 목소리가 들려왔다. 캐시는 의식적으로 미소를 지었다.

"박스터 선생은 정식으로 등록되어 있고, 지금도 처방을 내고 있습니다."

캐시는 잠자코 수화기를 내려놓았다.

■ ■ ■

캐시를 차에 태워 집으로 데려가는 동안 토마스는 쾌활하게 얘기를 하면서 자상하게 그녀를 보살펴주었다. 그는 캐시가 자기 방에 들어가 있는 것을 보고 몹시 화가 났으나 조금도 내색하지 않고 도리어 기분이 어떠냐고 그녀를 위로하기까지 했다. 뿐만 아니라 캐시가 아무리 괜찮다고 해도 토마스는 그녀를 현관에 기다리게 해놓고 차를 가지러 달려가기도 했다.

토마스의 그런 배려가 고맙기는 했으나 캐시는 마약 단속국에서 들은 얘기에 너무 놀라서 집에 도착할 때까지 거의 말을 하지 않았다. 토마스가 아무도 모르게 약을 손에 넣는 방법을 그녀는 그제야 알게 되었다. 그는 알란 박스터의 등록번호를 이용하고 있었다. 해마다 서류에 등록번호를 기입하고 5달러의 수수료와 함께 보내면 되었다. 그리고 그 번호를 이용해서 박스터 의사가 생전에 처방하고 있던 분량을 대략 추측해서 많은 양의 약을 쉽게 입수하고 있었던 것이다. 그것은 틀림없이 그가 사용하는 것보다 훨씬 더 많은 분량일 것이다.

그리고 그가 이와 같은 속임수를 쓰고 있었다는 것은 분명 그의 문제가 캐시 자신이 생각하는 것보다 심각하다는 것을 말해주고 있었다. 그러나 지난주에는 그의 행동이 거의 정상이었기 때문에 어쩌면 약의 남용을 삼가고 있는지도 몰랐다. 아무튼 여행을 떠나게 되면 조용히 얘기할 수 있으리라 생각했다.

"좋지 않은 소식이 있는데 말이야."

그녀의 생각을 중단시키려는 듯 토마스가 말했다.

캐시가 옆을 바라보니 그는 그녀가 정말로 자기 말을 듣고 있는지를 확인하려는 듯이 일순 날카로운 눈으로 자신을 노려보고 있었다.

"아까 수술실을 막 나오려고 하는데 로드아일랜드 병원에서 전화가 왔어. 오늘밤 응급수술을 해야 할 환자를 보낸다는 거야. 난 당신과 같이 있고 싶어서 나 대신 수술할 만한 사람을 찾아봤는데 아무도 없잖아. 당신만 괜찮다면 난 다시 병원으로 가봐야겠어."

캐시는 대답하지 않았다. 토마스가 병원에 가 있는 것은 오히려 다행이었다. 그동안에 자기가 무엇을 할 것인지를 결정할 수 있을 것도 같았다. 어쩌면 토마스가 지금까지 사용한 약의 분량을 서류로 추적해 볼 수도 있을 것도 같았다. 그렇게 되면 약을 끊을 수 있는 방법도 생각할 수 있을 것이다.

"이해해 주겠어? 선택의 여지가 없다고."

토마스가 물었다.

"이해해요."

캐시는 대답했다.

이윽고 차가 집 앞에 도착하자 토마스는 캐시를 위해 문을 열어주겠다고 고집을 부렸다. 그의 이런 행동은 첫 데이트 이후 한 번도 없었던 일이었다.

집 안으로 들어가자 토마스는 그녀에게 곧바로 아침의 방으로 가라고 했다.

"해리엣은 어디 갔죠?"

토마스가 얼음물이 든 물병을 들고 그녀의 뒤를 따라 올라왔을 때 캐시가 물었다.

"숙모님 댁에 간다면서 오후부터 휴가를 얻었어. 하지만 염려 말아요. 당신이 먹을 식사준비는 해놓고 갔을 테니까."

캐시는 걱정하지 않았다. 저녁식사 정도는 자기도 얼마든지 만들 수 있었다. 그러나 평소 그렇게 분주한 해리엣의 모습이 보이지 않는 것이 이상했다.

"어머님은 어떻게 해요?"

"내가 뭐든 다 할게. 당신은 그저 편히 쉬기나 하라고."

캐시가 소파에 드러눕자 토마스는 깃털이불을 덮어주었다. 그리고 정신과학에 대한 논문을 산더미처럼 머리맡에 쌓아놓았다. 그녀의 소일거리는 얼마든지 있는 것이다.

"또 뭘 갖다 줄까?"

토마스가 물었다.

캐시는 고개를 저었다.

토마스는 몸을 구부려 그녀의 이마에 키스를 하고 나서 방을 나가기 전에 여행용 서류를 그녀의 무릎 위로 툭 던졌다. 캐시가 열어보니 그 안에는 아메리칸 항공 탑승권 2장이 들어 있었다.

"내가 나가고 없는 동안 여행에 대해 생각해봐. 그러다 보면 밤잠을 푹 잘 수 있을 거야."

캐시는 두 팔로 그의 목을 힘껏 껴안았다.

이윽고 토마스는 옆의 욕실로 들어가더니 가만히 문을 닫았다. 캐시는 변기의 물을 내리는 소리를 들었다. 화장실에서 나온 토마스는 그녀에게 다시 키스를 하고 나서 너무 늦지 않으면 수술이 끝난 후에 전화를 하겠다고 말했다. 그리고 서재와 거실, 부엌 등을 차례로 둘러본 뒤 외출준비를 마쳤다.

캐시를 집에 데려다 놓고 토마스는 여느 때와 달리 몹시 기분이 좋은 것 같았다. 수술에 대해서도 자신의 능력을 시험할 수 있는 절호의 기회라고 기대를 걸고 있는 것 같았다. 그러나 그에게는 떠나기 전에 어머니를 만나야 할 일이 남아 있었다.

토마스는 벨을 누르고 페트리셔가 2층에서 내려오는 것을 기다렸다. 곧 또 병원에 가봐야 한다는 말이 나올 때까지 그녀는 아들이 온 것을 보고 매우 기뻐했다.

"오늘 캐시를 집에 데려왔어요."

그는 말했다.

"잘했다. 그런데 너도 알다시피 해리엣은 휴가야. 나한테 그 아이의 시중을 들어주라고는 하지 마라."

"캐시는 괜찮아요, 어머니. 그 사람을 혼자 있게 해주세요. 오늘밤 또 그쪽에 가서 캐시를 귀찮게 하지 마시고요."

"걱정 마라. 난 내가 환영받지 못하는 곳에는 추호도 가고 싶지 않으니까."

페트리셔는 지난번과는 정반대로 말했다.

토마스는 더 이상 아무 말도 하지 않고 그 자리를 떠났다. 몇 분 후 그는 차를 타고 앞좌석 밑에 있는 헝겊으로 손을 닦고 나서 자동차의 키를 돌렸다. 그리고 지금쯤은 보스턴으로 올라가는 길이 비어 있을 것이라고 생각하며 얼어붙은 오후의 공기 속으로 강력한 엔진을 가진 자신의 차를 천천히 몰기 시작했다.

병원에 도착한 토마스는 접수계의 조그만 건물 옆에 빈자리가 있는 것을 보자 매우 기분이 좋았다. 그는 차에서 내리면서 큰소리로 인사를 하고는 병원 안으로 들어가서 곧장 외과로 올라가는 엘리베이터를 탔다.

■ ■ ■

저녁이 되었다. 캐시는 불도 켜지 않은 채 바람에 몰리고 있는 바다가 담청색에서 회백색으로 변해 가는 광경을 바라보았다. 비행기 탑승권은 아직도 무릎 위에 얹혀 있었다. 여행을 떠나게 되면 아직도 약을 먹고 있는 토마스의 문제를 솔직히 얘기해 봐야겠다고 생각했다. 서로 상대방을 이해할 수만 있다면 그것으로 문제는 해결된 것이나 다름없었다. 그리고 자신이 긍정적인 태도로 대한다면 두 사람은 다시 새로운 출발을 할 수 있을 것이다.

그녀는 해변에 앉아 긴 대화를 나누고 있는 두 사람의 다정한 모습을 마음속으로 그렸다. 이윽고 병원에서의 그 괴로운 경험으로 지쳐 있었던 그녀는 잠이 들었다.

그녀가 잠에서 깨어났을 때는 완전히 캄캄해져 있었다. 방풍창을 울리는 바람소리와 끊임없이 지붕을 두드리는 빗소리가 들려왔다. 뉴잉글랜드의 변덕스러운 날씨는 그녀가 잠든 사이에 180도나 달라진 것 같았다.

그녀는 손을 뻗어 스탠드의 불을 켰다. 불빛이 너무나 눈부셔서 캐시는 손으로 눈을 가리면서 손목시계를 보았다. 벌써 8시가 다 되어 가고 있었다. 그녀는 깜짝 놀랐다. 황급히 깃털 이불을 걷어차고 자리에서 일어났다. 인슐린을 주사하는 시간이 늦어진 것이다.

그녀는 욕실에서 소변의 당량이 플러스 2인 것을 확인하고 나서 아침의 방으로 돌아가 냉장고에서 약을 꺼냈다. 그리고 도구를 책상으로 가지고 가서 신중하게 정규 인슐린 50단위와 렌테 10단위를 주사기로 뽑아 올리고 익숙한 솜씨로 자신의 왼쪽 넓적다리에 주사했다. 그리고 조심스럽게 바늘을 뽑아 주사기는 휴지통에 버리고 인슐린 용기는 정규 인슐린과 렌테 인슐린을 착각하지 않도록 냉장고의 다른 선반에 각각 넣었다. 그런 다음 안약 꾸러미를 풀어 안대를 벗고 왼쪽 눈에 안약을 넣었다.

식사를 하러 부엌으로 가려고 할 때 그녀는 수술 후 처음으로 현기증을 느꼈다. 곧 가라앉겠지 하고 잠시 걸음을 멈췄으나 현기증은 가라앉지 않고 손바닥이 축축해져 왔다. 왜 안약이 이렇게 여러 가지 증상을 일으키는 것일까. 그녀는 당황해서 황급히 아침의 방으로 가서 약의 라벨을 살펴보았다. 그것은 생각한 그대로 항생물질이었다. 그녀는 안약을 내려놓고 두 손을 닦았다. 손은 흠뻑 젖어 있었다.

이윽고 온몸에서 땀이 나기 시작하더니 미칠 듯이 배가 고프기 시작했다. 그것이 안약 때문이 아니라는 것은 캐시도 알고 있었다. 또 인슐린 반응이 일어난 것이다. 처음에는 주사기의 눈금을 잘못 봤을지도 모른다고 생각했으나 휴지통에서 꺼내 보니 정상이었다. 인슐린 병도 조사해 봤으나 여느 때와 마찬가지로 U100이었다. 캐시는 고개를 흔들었다. 당뇨병 밸런스가 왜 이렇게 엉망이 됐는지 이해가 가지 않았다.

그러나 아무튼 반응이 일어난 원인을 생각하기보다 그것을 치료하는 것이 선결문제였다. 그녀는 즉시 무언가를 먹는 것이 좋겠다고 생각했다. 하지만 부엌으로 가는 복도에서 온몸에 땀이 비 오듯 흐르고 심장이 심하게 뛰기 시작했다.

그녀는 맥을 짚어보려고 했으나 손이 떨려서 할 수가 없었다. 이것은 단순한 인슐린 반응이 아니다! 병원에서 경험한 것과 같은 중증이 되풀이되고 있었다.

공포감에 질린 캐시는 아침의 방으로 달려가 옷장을 열어젖혔다. 의대에 다닐 때 산 검은 가방이 어딘가에 있을 것이다. 빨리 찾아야 할 텐데. 그녀는 필사적으로 옷가지를 헤치고 안쪽을 찾았다. 있었다!

캐시는 가방을 들고 책상으로 달려가 물림쇠를 풀고 안의 것을 끄집어냈다. 그 안에 포도당 용기가 들어 있었다. 그녀는 떨리는 손으로 포도당을 주사기로 뽑아 그것을 몸에 주사했다. 그러나 효과는 별로 없는 것 같았다. 아니, 전혀 없는 것 같았다. 몸은 점점 더 떨리고 시력도 이상해졌다.

당황한 캐시는 그 가방에서 50퍼센트 포도당이 들어 있는 링거 병을 몇 개 꺼내어 간신히 자기 왼팔에 지혈대를 감고 떨리는 손으로 팔 안쪽의 정맥에 밸브가 달린 바늘을 꽂았다. 바늘 반대쪽에서 피가 솟았으나 그녀는 상관하지 않고 지혈대를 헐겁게 하고 나서 링거 튜브를 그곳에 연결했다. 그리고 병을 머리 위로 쳐들자 투명한 액체가 혈액을 밀어내면서 순조롭게 흐르기 시작했다.

그녀는 잠시 기다렸다. 포도당이 들어감에 따라 기분이 좋아지고 시력도 금세 정상으로 돌아왔다. 캐시는 머리와 어깨 사이에 병을 끼고 바늘을 찌른 부분에 반창고를 붙이려고 했으나 피가 묻어 잘 붙지 않았다. 그녀는 링거 병을 오른손에 들고 침실로 달려가서 수화기를 들고 911을 불렀다.

상대방이 나오기 전에 기절하지나 않을까 걱정이 되었다. 오랫동안 줄기차게 벨이 울리다가 이윽고 '911번, 여기는 구급'이라는 소리가 들려왔다.

"난 구급차가……."

캐시는 말을 하기 시작했으나 상대방은 그것을 가로막고 계속 '여보세요, 여보세요!'만 외쳐대고 있었다.

"들리세요?"

캐시는 외쳤다.

"여보세요, 여보세요!"

"제 말 안 들려요?"

캐시는 목이 터져라 하고 외쳤다. 다시 공포가 엄습해 왔다.

전화 받는 사람이 동료와 무슨 얘기를 하는 것이 들리더니 이윽고 전화가 끊어졌다.

다시 전화를 걸었으나 결과는 마찬가지였다. 이번에는 교환대를 불렀다. 거기도 마찬가지였다. 캐시는 미칠 것만 같았다. 저쪽 소리는 들리는데 상대방에게는 이쪽의 소리가 들리지 않는 것이다.

캐시는 두 번째 링거 병을 왼손에 들고, 사용 중인 병은 머리 위로 쳐들고 비틀거리면서 토마스의 서재로 달려갔다.

그녀는 소스라치게 놀랐다. 그의 서재의 전화도 역시 통하지 않았다. 저쪽에서 여보세요 하고 부르는 소리는 들리지만 이쪽의 말은 들리지 않는 것 같았다. 그녀는 울음을 터뜨리면서 수화기를 내동댕이치고 두 번째 병을 들었다.

계단을 구르지 않고 간신히 내려왔을 때 캐시의 공포감은 극에 달했다. 거실의 전화도, 부엌의 전화도 역시 통하지 않았다.

그녀는 밀려드는 졸음과 필사적으로 싸우면서 현관으로 달려갔다. 키는 사이드 테이블 위에 놓여 있었다. 그녀는 아직 사용하지 않은 링거 병과 함께 키를 잡았다. 맨 먼저 생각한 것은 지방의 병원까지 차로 가야겠다는 것이었다. 별로 멀지는 않았다. 기껏해야 10분 정도의 거리였고, 포도당 덕분에 인슐린 반응도 어느 정도 가라앉은 것 같았다.

현관문을 여는 데 몹시 힘이 들어서 그녀는 링거 병을 내려놓지 않으면 안 되었다. 피가 병 쪽으로 역류하기 시작했으나 다시 병을 머리 위로 쳐들자 또 맑아졌다.

비와 바깥의 냉기가 차고를 향해 달려가는 그녀에게 생기를 주는 것 같았다. 그녀는 링거 병을 쳐들면서 차 문을 열고 운전석으로 미끄러져 들어갔다. 그리고 백미러를 옆으로 젖혀 링거 병을 걸어놓고 키를 꽂았다. 그러나 아무리 돌려도 엔진이 걸리지 않았다. 그녀는 키를 빼고 눈을 감았다. 몸이 부들부들 떨리기 시작했다. 왜 엔진이 걸리지 않는 것일까? 다시 해봐도 결과는 마찬가지였다. 링거 병을 보니 거의 비어가고 있었다. 그녀는 몸을 부르르 떨고 두 번째 병의 커버를 벗겼다. 그것을 바꾸고 있는 2, 3분 동안에도 증세는 더욱 악화되는 것 같았다. 이 포도당을 다 맞고 나면 틀림없이 의식을 잃을 것이리고 그녀는 생각했다.

이제 믿을 것은 페트리셔의 전화밖에 없었다. 캐시는 차고에서 빗속으로 뛰어나가 페트리셔의 현관을 향해 달려갔다. 그리고 필사적으로 링거 병을 머리 위로 들고 버저를 눌렀다.

이윽고 요전의 방문 때와 마찬가지로 페트리셔가 계단을 내려오는 모습이 보였다. 그녀는 천천히 다가와 창문으로 조심스럽게 어둠 속을 내다보다가 캐시의 모습과 그녀가 쳐들고 있는 링거 병을 보더니 황급히 문을 열었다.

"아니! 대체 무슨 일이냐?"

땀투성이가 되어 있는 캐시의 창백한 얼굴을 보고 페트리셔가 놀란 듯이 말했다.

"인슐린 반응이에요. 빨리 구급차를 불러야겠어요."

캐시는 간신히 말했다.

페트리셔는 근심스러운 표정을 지었으나 쇼크 때문에 움직이지 못하는지 꼼짝도 않고 서 있었다.

"왜 안채의 전화를 쓰지 않고?"

"되질 않아요. 통화가 안 돼요. 제발!"

캐시는 페트리셔를 밀치고 비틀거리면서 안으로 들어갔다. 페트리셔는 그 기세에 놀라 자기도 모르게 뒤로 물러섰다. 캐시에게는 더 이상 얘기를 하고 있을 여유가 없었다.

페트리셔는 화가 났다. 아무리 몸이 아프다고 해도 그녀의 태도는 너무 무례해 보였다. 그러나 캐시는 시어머니의 불평 같은 것에는 귀도 기울이지 않았다.

페트리셔가 거실까지 쫓아왔을 때는 이미 911에 전화를 건 뒤였다. 이번에는 구급 교환수와 통화를 할 수 있게 된 캐시는 안도의 숨을 내쉬면서 되도록 침착하게 이름과 주소와 구급차가 필요하다는 것을 말했다. 계원은 곧 가겠다고 했다.

캐시는 떨리는 손으로 수화기를 내려놓고 곤혹스런 표정을 짓고 있는 페트리셔의 얼굴을 바라보았다. 그리고 기진맥진해서 소파에 털썩 주저앉았다. 페트리셔도 그녀 옆에 힘없이 주저앉았다. 그들은 드라이브웨이로 들어오는 구급차의 사이렌소리가 들릴 때까지 그대로 움직이지 않았다. 오랫동안의 반목으로 서로의 의사를 소통하기는 어려웠지만, 페트리셔는 거의 의식을 잃고 있는 캐시를 부축해서 2층에서 아래층으로 내려갔다.

페트리셔는 사이렌을 울리면서 염수의 늪지대를 빠져나가는 구급차를 바라보면서 짧은 순간 며느리에게 연민을 느꼈다. 그녀는 천천히 2층으로 올라가서 보스턴 메모리얼 병원으로 전화를 걸었다. 아들이 지방 병원으로 실려 간 아내를 보고 싶어 할 것이라고 생각해서였다. 그러나 토마스는 수술 중이었다. 페트리셔는 되도록 빨리 전화를 해달라고 부탁하고는 수화기를 내려놓았다.

■ ■ ■

토마스는 대시보드 위의 시계를 보았다. 12시 34분이었다. 그가 11시 15분에 수술을 마치고 나왔을 때 당직 간호사가 페트리셔의 메모를 건네주었었다. 토마스가 부리나케 어머니에게 전화를 걸자, 그녀는 몹시 당황한 목소리로 캐시를 혼자 놔두고 나간 것을 나무라면서 되도록 빨리 지방 병원으로 가보라고 했다.

토마스는 에섹스 제네럴 병원에 전화를 걸었으나 간호사는 캐시의 상태는 전혀 모르고 입원했었다는 것만 알려주었다. 토마스는 서둘러 갈 필요는 없다고 생각했으나 다만 캐시의 상태를 알고 싶었다.

병원의 한 블록 앞에서 빨간 신호를 보았을 때 토마스는 속도를 늦추기는 했지만 차를 세우지는 않았다. 병원 안으로 들어가서 차를 급회전시키자 타이어는 마치 항의라도 하듯이 비명을 질렀다.

병원의 접수계에는 사람이 없었다. '구급은 응급실로'라는 조그만 표시가 붙어 있는 것을 보고 토마스는 그쪽으로 갔다.

좁은 대기실과 유리창으로 된 간호사실이 있었는데, 간호사 한 사람이 커피를 마시면서 소형 텔레비전을 보고 있었다. 토마스는 유리창을 두드렸다.

"무슨 일로 오셨습니까?"

그녀는 보스턴 사투리로 물었다.

"아내를 찾으러 왔소."

토마스는 짜증스럽게 말했다.

"조금 전에 구급차로 실려 왔을 텐데……."

"잠깐만 앉아 계십시오."

"여기에 입원한 거요?"

"앉아 계시면 선생님을 부르겠습니다. 선생님에게 물어보시는 것이 좋겠습니다."

"빌어먹을."

토마스는 속으로 투덜거리면서 시키는 대로 앉았다. 앞으로 어떻게 될지 짐작조차 할 수가 없었다. 다행히 오래 기다리지 않아서 다 낡아빠진 수술복을 입은 동양인이 밝은 형광등에 눈을 깜빡이면서 나타났다.

"죄송합니다. 부인은 이제 여기에 계시지 않습니다."

닥터 장이라고 자기를 소개한 그가 말했다.

토마스는 잠깐 캐시가 죽었다는 줄로 알았다. 그러나 닥터 장은 이어서 캐시가 자진해서 퇴원했다고 말했다.

"뭐라고요?"

토마스는 큰소리로 외쳤다.

"그게 무슨 말입니까?"

토마스는 노여움을 억누르면서 물었다.

"그분은 대량의 인슐린을 주사하고 고통스러워서 우리 병원에 오셨는데, 당분을 맞고 증세가 안정되자 여기서 나가고 싶다고 말했습니다."

"그래서 그것을 허락했단 말이오?"

"저는 퇴원에 반대했지만 부득부득 퇴원하겠다고 고집을 부리시더군요. 그분이 서명한 것도 있는데 보시겠습니까?"

토마스는 상대방의 팔을 움켜잡았다.

"용케도 퇴원을 허락했군요! 그 사람은 쇼크 상태여서 머리도 똑똑하지 못할 텐데 말이오."

"아닙니다, 정신이 맑아 퇴원서류에도 직접 서명을 했습니다. 그리고 저희들로서도 별로 할 일이 없었습니다. 그분은 보스턴 메모리얼 병원으로 가겠다고 하시더군요. 저도 그 병원이라면 더 좋은 치료를 받을 수 있겠다고 생각했습니다. 저는 당뇨병 전문의가 아니니까요."

"그래, 어떻게 갔소?"

"택시를 불렀습니다."

닥터 장이 대답했다.

토마스는 복도를 지나 바깥 현관으로 뛰어나왔다. 어떻게든지 그녀를 찾아내지 않으면 안 되었다.

그는 신경질적으로 차를 몰았다. 운전은 매우 난폭했다. 다행히 왕래하는 차가 별로 없었다. 그는 집에 잠깐 들렀다가 다시 보스턴으로 돌아갔다. 메모리얼 병원의 주차장에 차를 넣으면서 시계를 보니 새벽 2시가 되어가고 있었다. 그는 차를 세워놓고 응급실로 뛰어 들어갔다.

에섹스제네럴 병원과는 달리 거기는 환자로 초만원이었다. 토마스는 곧바로 입원계로 뛰어갔다.

"부인은 응급실에 오시지 않았는데요."

한 사무원이 말했다.

또 다른 사무원은 캐시의 이름을 컴퓨터로 검색했다.

"아무튼 입원하시지 않았습니다. 오늘 아침에 퇴원한 것으로 되어 있습니다."

토마스는 얼굴이 창백해졌다. 그녀는 대체 어디로 간 것일까? 마음에 짚이는 데는 한 곳밖에 없었다. 틀림없이 클락슨 제2병동으로 갔을 것이다.

토마스는 자신이 왜 정신과 병동에는 가고 싶지 않은지 정확히 알 수가 없었다. 그곳은 참으로 기분 나쁜 곳이었다. 더구나 기밀식으로 되어 있는 방화문은 공기 밀폐장치와 함께 닫히게 되어 있어서 그 문이 닫히는 소리도 전혀 마음에 들지 않았다.

어두운 복도에는 그의 구두소리만 유난히 크게 울려 퍼졌다. 그는 아무도 보는 사람이 없는데 텔레비전이 켜져 있는 휴게실 앞을 지났다. 책상 앞에 앉아 의학 잡지를 읽고 있던 간호사가 환자라고 생각했는지 얼굴을 들고 그를 보았다.

"난 닥터 킹슬리요."

토마스가 말했다.

간호사는 미소를 지으며 아는 체를 했다.

"난 내 아내, 닥터 캐시디를 찾고 있는데 그녀를 못 봤소?"

"못 봤습니다, 킹슬리 선생님. 그분은 지금 휴가 중일 텐데요."

"그렇소. 하지만 왔을지도 모르는데."

"안 오셨어요. 혹시 뵙게 되면 선생님이 찾고 계시더라고 말씀드릴게요."

토마스는 고맙다는 인사를 하고 정신과 병동을 떠났다. 일단 자기 방으로 가서 앞으로의 일을 생각하기로 마음먹었다. 자기 사무실로 걸어가면서도 줄곧 한 계획이 머리에서 떠나지 않았다.

그는 사무실 문을 열고 안으로 들어가자마자 책상 서랍을 열고 탈윈 몇 알을 꺼냈다. 그리고 위스키로 그것을 삼키고는 의자에 앉았다. 위궤양이 되었을까 하는 생각이 들었다. 명치끝에 둔한 통증이 느껴지고 등에도 통증이 있었다. 그러나 통증보다 더 나쁜 것은 걷잡을 수 없는 불안감이었다. 그는 마치 자신의 몸이 산산조각이 나는 것 같은 느낌마저 들었다.

'어떻게든지 캐시를 찾아내지 않으면 안 된다. 내 인생이 거기에 달려있다.'

토마스는 전화기를 당겨 늦은 시각인데도 불구하고 발렌타인 과장에게 전화를 걸었다. 캐시는 전에 그와 얘기한 적이 있었다. 다시 그를 찾아갔을 가능성이 있는 것이다.

발렌타인은 잠이 덜 깨어 정신이 몽롱하면서도 두 번째 벨이 울리자 전화를 받았다. 토마스는 사과를 한 다음 캐시로부터 무슨 얘기가 없었느냐고 물었다.

"아니, 아무 말도 없었네. 내가 그녀의 얘기를 들어야 할 무슨 이유라도 있는가?"

발렌타인은 그렇게 말하고는 헛기침을 했다.

"그건 모르죠. 캐시는 오늘 퇴원을 했는데 집에 데려다 놓았더니 다시 구급차를 불러 병원으로 갔다고 하더군요. 아무래도 또 인슐린을 대량으로 주사한 것 같아요. 구급차가 와서 캐시를 지방 병원으로 데리고 갔는데, 제가 가보니 제멋대로 퇴원한 뒤였습니다. 도대체 어디로 갔는지, 또 어떤 상태인지 전혀 알 수가 없습니다. 걱정이 되어서요."

"토마스, 정말 안됐네. 만약 캐시한테서 소식이 오면 즉시 자네한테 연락하도록 하겠네. 자네는 지금 어디 있는가?"

"병원으로 거시면 됩니다. 전화번호를 일러두겠습니다."

발렌타인 박사가 수화기를 내려놓자 부인이 몸을 뒤채면서 무슨 일이냐고 물었다. 과장의 집에는 밤에도 긴급전화가 걸려오는 일이 많기 때문이었다.

"토마스 킹슬리의 전화야. 마누라의 정신상태가 매우 불안정해서 자살이라도 하지 않을까 걱정하고 있어."

발렌타인은 어둠을 지켜보면서 대답했다.

"참 안됐군요. 어딜 가요, 당신은?"

발렌타인 부인은 남편이 이불을 걷어차고 자리에서 일어나자 황급히 말했다.

"아무데도 안 가니까 잠이나 자요."

발렌타인은 실내복을 걸치며 침실에서 나왔다. 그는 두려움이 느껴졌다. 모든 일이 자기 계획대로 되고 있지 않았다.

함정 속에서

캐시는 중환자실에서처럼 심한 두통을 느끼며 잠에서 깨어났다. 그때와 다른 것이 있다면 지금은 기분이 매우 상쾌하다는 것이었다. 그녀는 어젯밤에 일어난 일을 모두 기억하고 있었다.

에섹스제네럴 병원에서 퇴원한 뒤 맥키네리 의사와 연락을 취하려고 보스턴으로 향했었다. 그러나 병원에 도착하고 보니 이미 응급치료는 필요 없음을 알았다.

그녀는 그날 밤의 충격을 이겨내기 위해서는 무엇보다도 먼저 잠을 자야겠다고 생각했다. 그래서 클락슨 제2병동의 빈 당직실에 가서 간이침대에 드러누웠던 것이다.

그녀는 잠들기 전에 토마스의 일을 의논할 수 있는 사람이 있어야겠다고 생각했다.

'두 번째의 이 인슐린 사건에 토마스가 개입되어 있는 것일까?'

만약 관계가 있다면 인슐린은 그녀 자신이 관리해 왔으므로 어떻게 관여할 수 있었는지 궁금한 일이 아닐 수 없었다. 하지만 페트리셔의 전화 이외에는 온 집안의 전화가 모두 고장이었다는 것도 우연치고는 너무 이상한 일이었다. 그리고 자신의 차만 해도 지금까지 시동이 걸리지 않은 적이 한 번도 없었다.

'토마스를 SSD의 증례와 관련시켜 생각하고 있는 이 불안이 만일 사실이라면? 만약 내가 본 것이 환각이 아니고, 로버트의 죽음에 그가 관련되어 있다면 어떻게 해야 할까?'

만약 그것이 모두 사실이라면 토마스는 환자였다. 정신병자인 것이다. 그에게는 구원이 필요했다. 발렌타인 박사는 만약 토마스에게 카운슬링이 필요하다면 최대한 협조를 하겠다고 말했었다. 캐시는 내일 오전에는 발렌타인 박사를 만나야겠다고 마음먹었다. 잠시 그녀는 편안한 기분이 되었다. 그래서 마지막 소변검사를 하고 나서 이제 잠을 자야겠다고 생각했다.

이른 새벽에 잠에서 깼을 때 정신과 병동에는 아직 사람의 기척이 없었다. 캐시는 되도록 몸을 깨끗이 씻은 뒤 연구실로 달려가서 아직도 잠이 덜 깬 기사에게 혈액을 채취해서 혈당량을 측정해 달라고 부탁했다. 그러나 당직인 수석 기사는 캐시가 입원 카드를 가지고 있지 않아서 검사할 수 없다고 거절했다. 캐시는 다투지 않고 검체를 거기에 놓고, "당신의 양심이 시키는 대로 해주세요, 나중에 와볼 테니까요." 하고 말했다. 그리고 발렌타인의 방으로 가서 문 앞의 복도에 퍼질러 앉았다.

발렌타인은 한 시간 반 후에야 모습을 나타냈다. 그는 복도를 걸어오다가 기다리고 있는 캐시를 발견했다.

"잠시 시간이 있으시면 여쭐 말씀이 있는데요."

캐시가 말했다.

"좋지. 들어와요."

발렌타인 박사는 열쇠로 문을 열면서 말했다.

캐시는 그의 방으로 들어갔으나 발렌타인 박사의 시선을 피해 창밖을 바라보았다. 찰스 강 맞은편의 매사추세츠 공과대학의 건물이 보였다. 왠지는 모르지만 이 박사는 자신을 만나는 것을 별로 달가워하지 않는 것 같다고 생각했다.

"자, 무엇을 도와드리면 되겠소?"

발렌타인이 물었다.

"정말 도와주세요."

캐시는 애타는 심정으로 말했다. 발렌타인 박사는 책상 앞에 버티고 서서 별로 동요하는 기색이 없었다. 캐시는 어떻게 해야 할지 알 수가 없었다.

"그래, 무엇을 도와달라는 거죠?"

발렌타인은 캐시를 물끄러미 바라보며 말했다. 캐시에게 앉으라는 말도 하지 않았다.

"확실하지는 않아요. 하지만 전 토마스가 치료를 받아야 한다고 생각해요. 그가 약물 중독자인 것이 분명해졌어요."

캐시는 천천히 말했다.

"캐시."

발렌타인은 침착하게 말했다.

"지난번에 우리가 얘기를 나눈 뒤 나는 토마스가 처방전을 내는 경우를 조사해 봤어요. 그런데 그는 마약에 관한 한 너무 신중하다고 할 정도였소."

"그 사람은 자기 이름으로 약을 입수하고 있지 않아요. 그리고 약은 문제의 일부분에 지나지 않습니다. 토마스는 병이 들었어요. 정신적으로 말예요. 저는 정신과로 간 지 얼마 되지 않지만 토마스가 병들어 있다는 것만은 확신할 수 있어요. 그 사람은 저를 죽이려고 하는 것 같아요."

발렌타인은 즉시 대답하지 않고 놀란 표정으로 캐시의 얼굴을 바라보기만 했다. 그리고 처음으로 귀를 기울이는 것 같았다. 그는 부드러운 표정으로 캐시의 어깨에 손을 얹었다.

"캐시, 당신은 여러 가지로 스트레스를 받는 것 같군요. 아무래도 이 문제는 나 혼자 힘으로는 해결할 수 없을 것 같소. 아무튼 지금 당신에게 바라는 것은 거기 앉아서 좀 쉬라는 거예요. 당신의 이야기 상대가 될 만한 사람은 따로 있어요."

"누군데요?"

캐시가 물었다.

"아무튼 좀 앉아요."

발렌타인 박사는 싹싹하게 말했다. 그리고 구석에서 자신의 팔걸이의자를 끌고 와서 창문 앞에 있는 책상 앞에 놓았다. 그는 캐시의 손을 잡아 의자에 앉혔다.

"자, 편하게 앉아요."

이런 태도야말로 캐시가 기억하고 있는 발렌타인의 모습이었다. 그는 그녀를 보살펴주었었고 토마스도 돌봐주었었다. 그녀는 진심으로 감사하면서 그 부드러운 가죽의자에 몸을 파묻었다.

"뭘 좀 줄까? 커피? 아니면 뭐 먹을 것이라도?"

"네, 먹을 것을 주세요."

캐시는 배가 고픈 것을 느끼고 아직도 혈당이 낮은 모양이라고 생각했다.

"좋아요. 그럼 여기서 잠시 기다리고 있어요. 모든 일이 다 잘될 테니까."

발렌타인이 조용히 방문을 닫고 나가자 캐시는 그가 도대체 누구를 부르려고 하는 것일까 생각했다. 틀림없이 토마스가 두려워하는 높은 사람일 것이다. 그렇지 않으면 토마스가 귀를 기울이려고도 하지 않을 테니까. 캐시는 마음속으로 해야 할 말을 몇 마디 연습했다.

이윽고 뒤에서 문이 열리는 소리가 났다. 발렌타인 박사가 들어온 것이라고 예상하고 캐시는 무심코 뒤를 돌아보았다. 앗! 거기엔 뜻밖에도 토마스가 서 있었다.

토마스는 엉덩이로 문을 닫았다. 손에는 스크램블드에그가 담긴 접시와 카톤 포장의 우유가 들려져 있었다. 그는 캐시에게 다가와서 그것들을 그녀에게 건네주었다. 수염을 깎지 않은 얼굴이 수척해 보였다.

"당신이 먹을 것을 달라고 한다고 발렌타인 선생님이 말하더군."

목소리는 매우 조용했다. 캐시는 기계적으로 접시를 받았다. 배는 고팠으나 쇼크가 너무 커서 도저히 넘어갈 것 같지 않았다.

"발렌타인 선생님은 어디 계시죠?"

그녀는 쭈뼛거리면서 물었다.

"캐시, 당신은 나를 사랑하고 있소?"

토마스가 애원하듯이 말했다.

캐시는 당혹감을 느꼈다. 전혀 생각지도 못한 말이기 때문이었다.

"물론 사랑해요, 토마스. 하지만……."

토마스는 손을 뻗어 그녀의 입술에 손가락을 대고 말을 가로막았다.

"만약 그렇다면 당신은 내가 지금 얼마나 곤경에 처해 있는지를 알아야 해. 난 도움이 필요해. 난 알아. 당신만 도와준다면 내가 다시 일어설 수 있다는 것을."

캐시는 마음이 동요되기 시작했다.

'나는 지금까지 무엇을 생각하고 있었단 말인가. 물론 어젯밤의 그 무서운 사건과 토마스와는 아무런 관계가 없었다. 그의 병 때문에 나까지 이상해지고 말았던 것이다.'

"물론 다시 일어설 수 있고말고요."

캐시는 용기를 북돋우듯이 말했다. 토마스가 자신의 문제에 대해 그런 생각까지 하고 있을 줄은 생각지도 못했던 것이다.

"당신이 의심하고 있었던 것처럼 난 약을 먹고 있었어. 지난주엔 조금 나아졌지만 아직도 문제야. 큰 문제란 말이야. 그런데 별것이 아닌 것처럼 나 자신을 속이고 있었어."

"그래서 당신은 정말 끊어보려고 하는 거예요?"

토마스가 얼굴을 들었다. 그의 뺨을 타고 눈물이 주르르 흐르고 있었다.

"난 필사적으로 끊어보려고 했지만 혼자서는 안 돼. 캐시, 내게 대항하려고 하지 말고 당신이 내 곁에서 나를 좀 도와줘."

그 순간 토마스는 마치 철없는 어린애가 된 것 같았다. 캐시는 접시를 내려놓고 그의 손을 잡았다.

"난 지금까지 한 번도 도와달라고 한 적이 없었어. 자존심 때문에 할 수가 없었어. 하지만 이번에는 여러 가지로 무서운 일을 저지르고 만 것 같아. 캐시, 제발 나를 좀 도와줘."

"당신은 정신과적 진찰을 받아볼 필요가 있어요."

토마스가 어떤 반응을 보이는지 캐시는 그를 유심히 살펴보면서 말했다.

"나도 알아. 하지만 도저히 그것을 인정하고 싶지 않았어. 너무 두려웠거든, 모든 것이. 그래서 그것을 인정하는 대신 약을 점점 더 먹게 된 거야."

캐시는 남편을 뚫어질 듯이 바라보았다. 그가 꼭 낯선 사람같이 느껴졌다.

'당신은 이번 인슐린 소동과 정말 관계가 없나요? 로버트가 죽은 것도, SSD의 어떤 사건에도 관계가 없나요?' 하고 물어보고 싶은 생각이 굴뚝같았다. 그러나 도저히 물어볼 수가 없었다. 지금은 안 돼. 토마스는 완전히 낙담하고 있지 않은가.

"제발 부탁이야. 내 곁에 있어 줘요. 치료가 필요하다는 것을 인정한다는 것은 매우 어려운 일이야."

"당신은 입원을 해야 해요."

"그건 나도 알아. 하지만 이 메모리얼 병원은 안 돼."

캐시는 일어서서 그의 어깨에 손을 얹었다.

"좋아요. 나도 이 병원이 좋다고는 생각하지 않아요. 비밀로 해야 하니까. 토마스, 당신이 전문적인 치료를 받겠다면 난 그것이 끝날 때까지 시간이 얼마가 걸리더라도 당신 곁에 있겠어요. 난 당신의 아내니까요."

토마스는 캐시를 두 팔로 껴안고 눈물 젖은 얼굴을 그녀의 목에 갖다 댔다. 캐시도 격려하듯이 그를 힘껏 껴안았다.

"웨스턴에 비커즈 정신의학연구소라는 조그만 개인병원이 있어요. 그리로 가는 게 좋겠어요."

토마스는 알았다는 듯이 고개를 끄덕였다.

"아무튼 한시라도 빨리 가요. 당장 오늘 아침에라도."

캐시는 토마스를 떼어내고 그의 얼굴을 보았다.

토마스도 그녀를 정면으로 바라보았다. 터키석 같은 그의 눈에는 괴로움이 가득 차 있었다.

"나의 이 괴로움만 해소된다면 난 당신이 하라는 것은 무엇이든 다

할 거야. 더 이상 이 불안을 견딜 수가 없단 말이야."

캐시의 잠재의식 속에 숨어 있던 의사로서의 본능이 그녀로 하여금 이전에 갖고 있던 모든 의혹을 일순간에 잠식시키도록 만들어버렸다. 그녀의 의사 정신이 모든 장애를 극복한 것이다.

"토마스, 당신은 지금까지 자신을 너무 혹사해 왔어요. 어떻게든지 성공해야겠다고 생각한 나머지 너무 무리하게 살아온 거예요. 이것은 의사에게, 특히 외과의에게는 흔히 있는 문제라고 생각해요. 자기만 그렇다고 생각해선 안 돼요."

토마스는 애써 미소를 지으려고 얼굴을 일그러뜨렸다.

"완전히 이해했다고는 말할 수 없지만 당신이 나를 이해하고, 또 내 곁에서 떠나지 않는다면 그런 것은 중요하지 않아."

"저도 좀 더 일찍 이해했더라면 좋았을걸 그랬어요."

캐시는 다시 토마스를 껴안았다. 여러 가지 일은 있었지만 캐시는 이제 남편을 되찾은 것 같은 생각이 들었다. 물론 그녀는 토마스를 끝까지 도울 것이다. 병이라는 것이 어떤 것인지 그녀 자신이 누구보다 잘 알고 있는 것이다.

"이제 모든 것이 잘 될 것 같아요. 틀림없이 좋은 선생님, 좋은 정신과 의사를 만나게 될 거예요. 난 병이 든 의사에 대해 좀 공부한 적이 있었는데 모두 100퍼센트 사회에 복귀했어요. 필요한 것은 병원에 입원하는 것과 희망을 갖는 거예요."

"난 준비됐어."

"자, 가요."

캐시가 그의 손을 잡으며 말했다.

■ ■ ■

토마스와 캐시는 마치 연인들처럼 보스턴 메모리얼 병원으로 몰려드는 환자들을 무시하고 서로 팔짱을 낀 채 이른 아침의 햇살을 받으며 주차장으로 걸어갔다. 그동안에도 카산드라는 비커즈 정신의학연구소의 얘기를 열심히 들려주고 있었다. 그리고 병이 든 의사를 치료한 경험이 많은 정신과 의사도 알고 있다고 말했다.

포르쉐에 올라타자 캐시는 운전을 해도 괜찮은 상태냐고 토마스에게 물었다. 토마스는 괜찮다고 말했다. 캐시는 손을 뻗어 안전벨트를 꺼냈다. 여느 때 같으면 토마스에게도 안전벨트를 하라고 권하겠지만 오늘은 참기로 했다. 그의 감정이 매우 예민해져 있으므로 사소한 일로 폭발하면 곤란하기 때문이었다.

토마스는 차를 조심스럽게 몰면서 주차장에서 나왔다. 자동개폐식으로 되어 있는 출구를 통과했을 때 캐시는, 발렌타인 박사가 어떻게 그렇게 빨리 당신을 찾을 수 있었느냐고 토마스에게 물었다.

"어젯밤 당신을 찾을 수가 없어서 밤중에 전화를 했었어. 당신이 발렌타인 박사를 찾아갈 것 같았지. 그래서 당신이 오면 내 방으로 전화해 달라고 했어."

정지신호로 정차했을 때 토마스가 말했다.

"선생님이 좀 이상하다고 생각하지 않았을까? 그래, 당신은 뭐라고 했어요?"

"난 당신이 또 인슐린 반응을 일으켰다고만 했어."

캐시는 자신이 한 행동을 생각해 보았다. 틀림없이 엉뚱했다. 더구나 증상이 겨우 좋아지기 시작했을 때 의사의 충고를 뿌리치고 병원을 나와서 아무에게도 들키지 않도록 숨기까지 한 것이다.

토마스의 운전은 여전히 난폭했다. 스토로우 드라이브에 이르렀을 때 캐시는 당연히 웨스턴을 향해 왼쪽으로 급회전할 줄 알고 문을 붙잡았다. 그러나 토마스가 반대로 오른쪽으로 핸들을 꺾었기 때문에 캐시는 그에게 부딪칠 뻔해서 황급히 계기판을 짚었다. 그녀는 토마스가 평소의 습관대로 오른쪽으로 꺾었다고 생각했다.

"토마스, 이리로 가면 비커즈가 아니라 집으로 가게 돼요."

그러나 토마스는 대답하지 않았다.

캐시는 몸을 돌려 그를 바라보았다. 그는 긴장된 표정으로 핸들을 움켜쥐고 있었다. 계기판의 속도계가 조금씩 서서히 올라가고 있었다. 캐시는 손을 뻗어서 그의 목을 주물러주었다. 긴장된 근육을 풀어주려는 것이었다. 그는 아무래도 화를 내고 있는 것 같은 표정이었다.

"토마스, 왜 그래요?"

캐시는 두려움을 애써 감추며 물었다.

토마스는 대답도 하지 않고 마치 로봇처럼 차를 운전하고 있었다. 그들의 차는 높이가 다른 두 도로를 잇는 경사로를 지나며 기우뚱거리다가 곧 주(州)간 93번 도로로 진입했다. 차선이 많았지만 아침 시간에는 바깥쪽 노선의 차가 적었기 때문에 토마스는 그대로 차를 달렸다.

캐시는 안전벨트가 끝까지 늘어질 만큼 몸을 비틀어 토마스를 바라보았다. 어떻게 해야 좋을지를 모르겠는 그녀는 토마스의 옆구리 근처를 붙잡았다. 그때 웃옷 호주머니에 무엇인가 딱딱한 것이 들어 있는 것이 만져졌다. 캐시는 그가 깨닫지 못하도록 가만히 손을 넣어 끄집어냈다. 그것은 이미 뚜껑이 열려 있는 인슐린 500단위의 빈병이었다. 토마스가 그것을 빼앗아 다시 호주머니에 넣었다.

캐시는 앞으로 돌아앉아 현기증이 나리만큼 빨리 스쳐가는 도로를 지켜보면서 무엇 때문에 그런 것이 토마스의 호주머니에 들어 있을까 생각했다.

이윽고 그녀는 어젯밤에 왜 인슐린 반응이 일어났는가를 알 수 있었다. 토마스가 500단위 인슐린을 가지고 있는 이유는 하나밖에 없었다. 그것은 좀처럼 사용하지 않는 약이기 때문이었다. 그는 틀림없이 자신이 사용하고 있는 100단위와 이 500단위의 인슐린을 바꿔놓고 그녀로 하여금 보통 양의 5배를 주사하도록 한 것이다. 그것을 모르고 있는 캐시는 여느 때처럼 밀봉된 뚜껑에 바늘을 꽂고 그 진한 인슐린을 뽑아 올려 직접 주사를 한 것이다.

약을 바꾸는 것은 별로 어려운 일도 아니었을 것이다. 그녀가 약을 주사기에 넣는 방법과 똑같이 500단위의 인슐린을 넣은 주사기를 밀봉된 뚜껑 속으로 밀어 넣기만 하면 되는 것이다. 만약 그 포도당이 없었더라면 그녀는 지금쯤 나쁜 상태에 놓여 있을 것이다. 그리고 자기가 입원하고 있을 때는 어땠던가? 그 이브 생 로랑의 향기는 결코 꿈이 아니었다. 하지만 왜? 그것은 자기가 로버트와 함께 SSD의 자료를 분석하고 있었기 때문이었다.

그때 그녀는 문득 방금 병원을 나오기 전에 보였던 토마스의 행동은 모두 연극이었다는 것이 깨달아졌다. 뿐만 아니라 발렌타인이 정신이상이 된 것은 토마스가 아니라 자기라고 생각했다는 점이었다. 거기까지 생각이 미치자 캐시는 섬뜩한 생각이 들었다.

그녀는 새로운 감정이 끓어오르는 것을 느꼈다. 그것은 분노였다. 캐시의 분노는 토마스에게만이 아니라 자신에게도 향하는 것이었다. 자신은 얼마나 바보 같은 여자였던가!

그녀는 고개를 돌려 토마스의 날카로운 옆얼굴을 새로운 감정으로 바라보았다. 입술이 매우 냉혹해 보였고 깜빡도 하지 않는 그의 눈에는 광기가 깃들여 있었다. 전혀 알 수 없는 남자…….

"당신은 날 죽이려고 했군요."

캐시는 이를 악물고 주먹을 움켜쥐면서 말했다.

토마스는 캐시가 깜짝 놀랄 만큼 듣기 싫은 소리로 갑자기 웃음을 터뜨렸다.

"그걸 이제야 알았다니 대단한 사람이군! 존경해야겠어. 통화가 되지 않는 전화와 엔진이 걸리지 않는 차, 그것이 모두 우연의 일치라고 생각했나?"

캐시는 멍하니 스쳐가는 경치를 바라보았다. 그녀는 필사적으로 분노를 억누르고 있었다. 어떻게든지 손을 써야 했다. 도시는 뒤로 뒤로 흘러가고 있었다.

"물론 널 죽이려고 했어. 로버트 세이버트를 처치한 것처럼 말이야. 빌어먹을! 그럼 너희들은 내가 어떻게 할 줄 알았나. 가만히 앉아서 너희 두 사람이 내 인생을 엉망으로 만들게 할 줄 알았나!"

토마스가 날카롭게 외쳤다.

캐시는 재빨리 주위를 둘러보았다.

"이것 봐!"

토마스는 또 소리쳤다.

"내가 원하는 것은 살아갈 가치가 있는 사람을 수술하는 것뿐이야. 지능이 떨어지거나 불치병으로 죽어가는 인간이 아니란 말이야. 우리가 하는 일에는 한계가 있다는 것을 의학은 알아야 돼. 다발성 경화증이니 면역결핍증이니 하는 인간들에게 그 중요한 침대와 수술시간을 빼앗기고 사회에 도움이 될 수 있는 수술 희망자들을 언제까지나 기다리게 하는 법이 어디에 있느냔 말이야."

"토마스, 이 차를 즉시 유턴시켜요. 알겠어요?"

캐시는 애써 침착하게 말했다.

토마스는 증오에 가득 찬 눈으로 캐시를 노려보았다. 그리고 코웃음을 쳤다.

"흥, 내가 순순히 그 엉터리 병원에 갈 줄 알았나?"

"당신이 다시 일어설 수 있는 길은 그것뿐이에요."

캐시는 그렇게 말하면서도 이 사람은 완전히 미쳐버렸다고 자신을 타일렀다. 그러나 이때 마음속에서 느껴지는 것은 걷잡을 수 없는 혐오감뿐이었다.

"닥쳐!"

토마스는 째지는 소리로 외쳤다. 눈이 부풀어 오르고 얼굴이 시뻘겋게 물들어 있었다.

"흥, 정신과 의사 따위가 뭐야. 아무도 나를 심판하지 못해. 난 이 나라에서 가장 훌륭한 심장외과의란 말이야."

캐시는 자기도취에 빠져 있는 토마스의 행동에 어처구니가 없었다. 그리고 사람들은 이미 자기가 두 번씩이나 대량의 인슐린으로 자살을 기도했다고 생각하고 있을 터여서 앞으로 그들이 자신을 어떻게 평가할 것인가도 잘 알고 있었다. 난감한 입장이 될 것이 뻔했다.

전방에 서머빌 쪽으로 빠지는 출구가 급속히 다가오고 있는 것이 보였다. 여기서 어떻게든지 하지 않으면 안 된다고 그녀는 생각했다. 그녀는 차를 국도에서 벗어나게 하려고 달리고 있는 차의 속도도 생각하지 않고 손을 옆으로 뻗어 핸들을 움켜잡고는 갑자기 오른쪽으로 꺾었다.

토마스가 캐시의 따귀를 후려쳤다. 그녀는 그 바람에 앞으로 넘어지면서 몸을 지키기 위해 핸들을 놓았다. 그러나 아직도 캐시가 핸들을 쥐고 있다고 생각한 토마스는 힘껏 반대쪽으로 꺾었다. 그 바람에 그렇지 않아도 균형을 잃고 있던 차는 갑자기 왼쪽으로 기울어졌다.

당황한 토마스는 이번에는 필사적으로 오른쪽으로 꺾었으나 포르쉐는 그대로 옆으로 미끄러지면서 콘크리트 벽을 들이받았다. 이윽고 요란한 소리를 내면서 깨진 유리와 뒤틀린 쇳조각과 함께 피가 사방으로 흩뿌려졌다.

안전벨트

캐시는 아득한 곳에서 누군가가 자기 이름을 부르고 있는 것을 들었다. 대답을 하려고 했으나 말이 나오지 않았다. 그녀는 마침내 간신히 눈을 떴다. 조안 위디커의 근심스러운 얼굴이 짙은 안개 속에서 떠오르고 있었다.

캐시는 눈을 깜빡거렸다. 천천히 얼굴을 들어보니 얽혀 있는 링거병이 몇 개나 보였다. 왼쪽에서는 심장감시 장치가 끊임없이 소리를 내고 있었다. 심호흡을 해보니 찌르는 것 같은 통증이 느껴졌다.

"말하려고 하지 말아요, 당신은 괜찮으니까. 자신은 그런 생각이 안 들지도 모르지만."

조안이 말했다.

"도대체 어떻게 된 거예요?"

캐시는 통증을 참으면서 힘껏 말했지만 목소리는 겨우 속삭이는 것처럼 작게 나왔다.

"교통사고를 당했어요. 말하려고 애쓰지 말아요."

조안은 캐시의 이마에 내려와 있는 머리를 부드럽게 뒤로 넘겨주면서 말했다.

캐시는 마치 꿈을 꾼 듯이 토마스와의 그 무서운 사건을 떠올렸다. 자기가 화를 낸 것과 핸들을 움켜쥐었던 일이 생각났다. 그리고 따귀를 얻어맞고 계기판에 몸을 의지했던 것도 어렴풋이 기억났다. 그러나 그 뒤의 일은 마치 무대 앞에 막이 내려진 것처럼 공백이었다.

"토마스는 어떻게 됐어요?"

캐시는 무서워서 필사적으로 일어나려고 했다.

"그도 부상을 입었어?"

조안은 그녀를 가만히 눕혀주었다.

캐시는 순간 토마스가 죽었다는 것을 직감했다.

"토마스는 안전벨트를 안 하고 있었어."

조안이 말했다.

캐시는 잠시 망설이다가 이윽고 큰소리로 물었다.

"죽었어요?"

조안이 고개를 끄덕였다.

캐시는 얼굴을 돌렸다. 눈물이 왈칵 쏟아져 뺨을 타고 흘러내렸다. 하지만 그녀는 곧 토마스와의 마지막 대화를 떠올렸다. 로버트와 그 밖의 다른 모든 일들을. 그녀는 조안의 손을 잡고 속삭였다.

"난 그 사람을 사랑한다고 생각했었어요. 하지만, 하나님께 감사드려요……."

에필로그

6개월 후

발렌타인 박사는 스윙도어를 밀고 외과 휴게실로 들어갔다. 그는 그날 유일하게 있었던 수술을 마치고 나오는 중이었다. 수술은 순조롭지 못했다. 아마도 이젠 슬슬 페이스를 좀 늦춰야 할 것 같았다. 그러나 수술을 좋아하기 때문에 그것이 성공했을 때의 쾌감은 도저히 잊을 수가 없었다.

그가 뜨거운 블랙커피를 컵에 따랐을 때 누군가가 자신의 어깨에 손을 얹었다. 뒤를 돌아보니 조지 셔먼이 미소를 짓고 있었다.

"어젯밤 제가 누구와 함께 저녁식사를 했는지 아십니까?"

조지가 말했다.

발렌타인 박사는 조지의 지쳐 있는 얼굴을 측은하다는 듯이 쳐다보았다. 토마스가 죽은 후부터 입원환자에 대한 부담은 병원의 간부들 전원에게 지워졌으나, 그중에서도 조지의 과로가 가장 심했다. 그 중압감 속에서 그는 점차 성장해 가고 있었다. 여전히 그 특유의 미소와 동료들과의 농담은 변하지 않았으나 더욱 신중해지고 있는 것 같았다. 그런데 그가 지금 예전처럼 그 장난스러운 미소를 지으면서 발렌타인을 바라보고 있는 것이다.

"도대체 누구와 식사를 했는데 그러나?"

과장이 물었다.

"카산드라 킹슬리요."

발렌타인 박사의 눈썹이 의외라는 듯이 위로 치켜 올라갔다.

"그것 잘 됐군. 그래, 그 짝사랑 로맨스는 어떻게 되어가고 있나?"

"저항은 좀 적어진 것 같습니다."

조지가 웃으며 말했다.

"1월에 카리브 해로 여행을 같이 가기로 했습니다. 아마 멋진 여행이 될 거예요. 역시 그녀는 최고의 여성이에요."

"그녀의 눈은 좀 어떻던가?"

발렌타인 박사가 물었다.

"많이 좋아졌어요. 나쁜 데가 하나도 없다더군요. 용기도 생겼고, 더구나 그렇게 빨리 직장에 복귀할 수 있었으니……. 그녀는 클락슨 제2병동에서는 완전히 유명해졌대요. 같이 있던 한 사람이 그녀가 수석 레지던트를 할 소질이 충분하다고 하더군요."

"토마스에 대한 얘기는 해봤나?"

발렌타인 박사는 정색을 하고 말했다.

"가끔 합니다. 캐시 이외는 그 누구도 알지 못하는 이야기가 있는 것 같아요. 그녀는 아직도 어떻게 해야 할지 망설이고 있는 것 같지만, 저는 그녀가 결정하는 대로 따를 생각입니다."

발렌타인 박사는 그 말을 듣고 안도의 한숨을 내쉬었다.

"제발 그렇게 됐으면 좋겠군. 요전에 그녀를 만났을 때 토마스의 일을 공표하는 것은 득보다도 해가 많다고 그녀를 설득하긴 했지만 아직도 확신을 가질 수가 없단 말일세."

"그녀는 병원에 피해를 주는 것을 원치 않습니다. 동료끼리 서로 비판하는 것은 아무런 도움도 되지 못한다는 것이 그녀의 주장이었어요. 하지만 동료들이 가만히 있기 때문에 토마스 같은 인간이 환자를 살해하고 자신도 자멸의 길을 걷는 것이 아닙니까."

"그건 그래. 그래서 나도 마약 단속국에는 단단히 주의를 주었다네. 의사가 죽으면 의사면허위원회에서 즉시 통고를 하도록 독촉을 하라고 말이야. 그렇게 하면 아무도 죽은 의사의 면허를 악용할 수 없을 테니까."

"그거 참 좋은 생각입니다. 그래서 그들은 그것을 실행하고 있습니까?"

조지가 말하자 발렌타인 박사는 어깨를 움츠렸다.

"모르겠어. 사실은 나도 그 후에는 어떻게 됐는지 듣지 못하고 있으니까."

"그런데 토마스를 생각할 때 아직도 납득이 가지 않는 것은, 그가 겉으로는 아주 정상적으로 보였다는 것입니다. 약을 꽤 많이 먹고 있었던 것 같은데……. 하지만 그건 어쩔 수가 없었을 거예요. 저도 이따금 바륨을 먹고 있으니까요."

"나도 마찬가지야. 물론 토마스처럼 매일 먹는 것은 아니지만."

"물론 매일은 아니죠."

조지는 고개를 저으면서 맞장구를 쳤다.

"그런데 그가 왜 우리 과 전체가 전임이 된다는 것에 반대를 했는지 저는 도저히 이해할 수가 없어요. 틀림없이 약 때문에 현실에 대한 인식을 제대로 못했을 겁니다. 그날 밤 과장님 댁에서 있었던 파티가 끝난 뒤에도 그는 얼마든지 계획을 세울 수 있었을 겁니다. 병원의 출자자들은 내심으로는 그를 자유로운 촉탁의사 자리에서 몰아내고 싶었겠지만, 겉으로는 그를 부추기는 데 더 열심이었으니까요."

"토마스는 우수한 외과의사였던 만큼 자신에 대한 평가에 겸손하지 못했어. 그 사나이한테는 이런 농담이 어울릴 거야. 왜 자네는 알지 않나. '신처럼 연기하는 의사'라고 말이야."

토마스뿐만 아니라 의사는 모두 환자들의 생명에 영향을 미치는 결정을 내리고 있다는 생각을 하며 조지는 잠시 입을 다물었다.

"지난주에 선생님이 말씀하시던 그 세 군데 판막 수복수술 건 환자는 어떻게 됐습니까?"

조지는 아직도 생각을 계속하면서 물었다.

"그 사람을 어떻게 하실 작정이세요?"

발렌타인은 천천히 커피를 마셨다.

"그 환자의 얘기는 꺼내지 않을 생각이야. 그 여자는 신장도 나쁘고 나이도 60을 넘었어. 게다가 수년간 생활보호대상자로 살아왔네. 우리가 생각하고 있던 교육 프로그램에 대한 토마스의 반대의견 중에는 일리가 있는 면도 있었어. 나는 이사회에서도 그 여자의 얘기는 안 할 생각이야. 그 상담역인 사회학자라도 알아보게, 당장 수술하라고 할 것 아니겠나."

조지는 건성으로 고개를 끄덕였다. 그러나 속으로는 의사는 모두 어느 정도는 신의 역할을 하고 있다고 생각하면서, 캐시가 진심으로 염려하고 있는 것도 바로 이 점이라고 생각했다. 그는 이미 결정이 나 있는 차기 부장이 되면 그 사회학자에게는 물론 이사회에도 환자 치료에 대한 재정권을 계속 인정하게 할 작정이라고 캐시에게 약속했었다.

이윽고 조지는 발렌타인과 헤어져서 붐비고 있는 휴게실 앞을 지나 라커룸으로 들어갔다. 그러나 전화기 옆을 지날 때 그는 갑자기 그 3중 바이패스 수술에 대한 발렌타인의 결정에 이상한 불쾌감과 불안감이 싹텄다. 그는 충동적으로 수화기를 집어 들고 상담역인 로드니 스토다드를 불러달라고 교환에게 말했다.

옮긴이의 말

이 소설은 〈스핑크스〉를 제외하고 로빈 쿡이 쓴 의학소설의 네 번째 작품에 해당하는 Godplayer의 완역이다. 그는 다른 작품에서와 마찬가지로 미국 의학의 최첨단 기술을 종횡으로 구사하면서 의사가 환자의 생사를 좌우하는 신의 역할을 하는 위험성을 〈코마(Coma)〉, 〈인조두뇌(Brain)〉와 같은 박진감 넘치는 서스펜스로, 그리고 〈중독(Fever)〉과 같은 조용한 홈드라마 분위기로 교묘하게 전개하고 있다. 이 소설은 이미 몇 편의 전작과 마찬가지로 미국에서 베스트셀러가 되었다.

이 소설의 중심이 되고 있는 것은 심장외과 수술이다. 모두가 주지하다시피 심장은 한시도 멈추어선 안 되는 펌프 역할을 하는 기관이다. 심장을 절개해서 내부를 직접 들여다보면서 수술하는 방법은 혈액의 흐름을 인공적으로 바이패스로 옮겨놓고 동시에 정맥혈에 산소를 부가해서 동맥에 공급하는 대용 심장, 즉 인공 심폐장치가 고안될 때까지는 불가능했었다. 이것을 완성한 것은 1950년대인데 그때부터 판막의 수복과 인공판막 이식, 심근경색의 외과적 치료 등 심장수술은 급속한 발전을 하게 되었다.

심근경색은 오늘날 모르는 사람이 없으리만큼 성가신 병의 하나인데, 심장근육의 영양을 관장하는 관상동맥이 폐쇄되거나 흐름이 나빠짐으로써 근육이 궤사되고 마는 것이다. 이 외과적 치료법이 이 책에 자주 등장하는 심장 바이패스 수술이다. 이것은 하지(下肢)의 얕은 곳에 있는 복재정맥(伏在靜脈)이라는 혈관을 떼어서 병변이 있는 관상동맥을 대신하게 하는 수술인데, 한 개뿐만 아니라 2, 3개씩 문합하는 얘기가 이 책에도 나온다.

그 밖에 심방에서 심실로 규칙적으로 자극을 가해 그 양자의 수축과 확장에 항상 조화를 유지하게 하는 전도로(傳導路)에 장애가 일어나는 것을 심방블록이라고 하는데 여기에 주기적인 전기 자극을 가해 심박동의 협조를 인위적으로 계속하게 하는 장치가 페이스메이커(pacemaker)이다. 그리고 이 페이스메이커를 심장에 보내기도 하고 여러 가지 검사를 하기 위해 말초혈관에서 카테터를 삽입해 주는 기술도 매우 발전했다(심장 카테터법).

또 카운터풀세이션(counterpulsation)이라는 이름도 이 책에 나오는데, 거기에 대한 번역이 아직 안 되어 있어서 임시로 '대향박동법(對向拍動法)'이라고 번역해 놓았다. 이것은 카테터법을 실시하는 요령으로 대퇴동맥에서 대동맥으로 폴리우레탄 기구를 삽입해서 거기에 탄산가스나 헬륨을 공급하여 심장박동과 같은 리듬으로 그 기구를 팽창·수축시키고자 하는 것이다. 그렇게 함으로써 부전상태에 있는 좌심실의 일을 덜어주고 동시에 관상동맥의 혈류량을 증가시키는 것이다. 이런 것들은 모두 지난 30년 동안에 개발된 것이다.

새로운 기술이라면 잠시 등장하는 눈의 레이저 치료와 정신과 영역인 '경계'라는 분류도 있는데 그리 오래된 것은 아니다. 이 '보더라인 케이스(borderline case)'라는 것은 전문가의 설명에 따르면 신경증과 정신분열증의 중간에 있는 환자를 말한다고 한다.

수술방법의 진보는 이 소설에 나오는 안과 영역인 '초자체 절제술'에도 잘 나타나 있다. 이와 같이 안구의 가장 깊은 부분까지 메스를 넣게 된 것은 1971년 이후의 일이다.

여기에 자주 나오는 약품의 이름은 우리나라의 약품과는 이름이 달라서 당혹스러울 때가 많았다. 그 가운데 바륨은 트랭퀼라이저의 일종인데 진통과 정신안정에 사용한다. 또 덱세드린은 필로폰과 마찬가지로 암페타민계 각성제이고, 퍼코댄과 탈윈은 비몰핀계의 강력한 진통제다. 모두 습관성과 중독성이 있기 때문에 엄격히 규제되고 있다.

옮긴이 문용수

대구에서 출생하여 영남일보 논설위원을 지냈으며 신아일보, 경향신문, MBC 등에서 근무했다. 전문번역가로 활동했으며 저서에 《아, 따뜻한 남쪽 나라》, 《마지막 선택》, 《세계의 분쟁지대》 등이 있고, 주요 역서로 《인간 삼국지》, 《천도》, 《아이고, 강산아》, 《청춘 영웅》 등이 있다.

죽음의 신

개정판 1쇄 인쇄 2019년 6월 20일 | **개정판 1쇄 발행** 2019년 6월 25일
지은이 로빈 쿡 | **옮긴이** 문용수 | **펴낸이** 최효원 | **펴낸곳** (주)도서출판 오늘
출판등록 1980년 5월 8일 제2012-000082호
주소 서울시 영등포구 선유서로 15, 209호 | **전화** (02)719-2811(대) | **팩스** (02)712-7392
홈페이지 http://www.on-publications.com | **이메일** oneull@hanmail.net

* 잘못 만들어진 책은 바꾸어 드립니다.
ISBN 978-89-355-0553-1 03840